Souvenirs d'autrefois

Catalogage avant publication de Bibliothèque et Archives nationales du Québec et Bibliothèque et Archives Canada

Laberge, Rosette
Souvenirs d'autrefois
Sommaire : t. 3. 1920
ISBN 978-2-89585-669-6 (vol. 3)
I. Laberge, Rosette. 1920. II. Titre.
PS8623.A24S682 2015 C843'.6 C2015-941491-1
PS9623.A24S682 2015

Les Éditeurs réunis bénéficient du soutien financier de la SODEC et du Programme de crédit d'impôt du gouvernement du Québec.

Nous remercions le Conseil des Arts du Canada de l'aide accordée à notre programme de publication.

Financé par le gouvernement du Canada | Canada

Édition :
LES ÉDITEURS RÉUNIS
lesediteursreunis.com

Distribution au Canada :
PROLOGUE
prologue.ca

Distribution en Europe :
DILISCO
dilisco-diffusion-distribution.fr

Suivez Les Éditeurs réunis et Rosette Laberge sur Facebook.

Pour communiquer avec l'auteure : rosette.laberge13@gmail.com

Visitez le site Internet de l'auteure : rosettelaberge.com

Imprimé au Canada

Dépôt légal : 2016
Bibliothèque et Archives nationales du Québec
Bibliothèque nationale du Canada
Bibliothèque nationale de France

ROSETTE LABERGE

Souvenirs d'autrefois

Tome 3

1920

LES ÉDITEURS RÉUNIS

Chapitre 1

Adrien est aussi nerveux que le jour de ses noces, il marche de long en large dans la cuisine depuis qu'il est revenu de l'étable. Il y a un sacré bout de temps qu'il n'a pas été tendu de la sorte, et ça n'a rien à voir avec le fait qu'il n'a pas fermé l'œil de toute la nuit. La journée vient juste de commencer, et il a cette impression d'éternité devant laquelle il ne peut absolument rien faire. Assise à la table avec les enfants, Marie-Paule l'observe en secouant la tête de gauche à droite. Son mari n'a pas besoin de lui dire ce qui le préoccupe puisqu'elle le sait très bien. Si à l'inverse de lui, elle donne l'impression d'être totalement en contrôle, ce n'est qu'une illusion, parce qu'en réalité elle se sent comme un élastique prêt à se rompre au moindre coup de vent.

— Veux-tu bien venir t'asseoir ? finit-elle par lui lancer d'une voix autoritaire. J'ai déjà assez mal au cœur comme ça, tu me donnes le tournis.

Bien qu'elle entame son neuvième mois de grossesse, Marie-Paule est encore terrassée par des nausées qu'elle parvient parfois à estomper, mais jamais à faire disparaître. Et l'effet ne dure que le temps de mâcher tout ce qu'elle ingurgite. Cette cinquième grossesse n'a aucune commune mesure avec les quatre autres. Marie-Paule la trouve si difficile que s'il n'en tenait qu'à elle, elle mettrait fin à la famille le jour de l'accouchement, mais ça, c'est plus facile à dire qu'à faire.

— Pourquoi tu n'arrêtes pas de marcher, papa ? s'inquiète soudainement Michel en relevant la tête de son cahier. Est-ce que c'est parce que tu as mal aux jambes ?

Adrien s'immobilise le temps de jeter un coup d'œil à son fils et il lâche ensuite un grand soupir avant de recommencer à marcher de plus belle. Adrien se demande bien ce qu'il pourrait lui raconter. Il ne peut pas lui dire qu'il est mort de peur à l'idée que sa mère veuille s'installer avec eux ! Il ne peut pas non plus lui dire qu'il tremble rien qu'à l'idée que Lucille s'en prenne à sa nouvelle auto qui est encore plus belle que son ancienne. Un fils doit être fier de son père, mais par-dessus tout, il ne doit pas le voir trop souvent dans la peau d'un petit garçon effrayé par le retour de sa maman, comme c'est le cas présentement. Il y a des jours où Adrien se dit que c'est peine perdue, et que jamais il ne sera un adulte devant sa mère, ce qui le désole au plus haut point.

Devant le silence prolongé de son père, Michel revient à la charge.

— Est-ce parce que la vieille grand-mère va sortir de l'hôpital aujourd'hui ?

— Tu ne devrais pas t'en faire, renchérit aussitôt André d'une voix rassurante à souhait, grand-papa Joseph nous a promis qu'elle ne viendrait jamais rester ici.

Cette fois, Adrien s'arrête net de marcher. Quelle sorte de père est-il donc ? Ses fils sont plus braves que lui et ce ne sont que des enfants. Le retour de Lucille après plus d'un an ne lui dit rien qui vaille. Il a mis du temps avant de seulement considérer l'offre de son père de venir s'installer en bas avec sa famille et il en a mis encore plus à convaincre Marie-Paule d'accepter. Et maintenant que leur logement est loué, il est hors de question de reculer. Lucille n'a plus sa place ici, un point c'est tout. Reste désormais à lui faire comprendre. Adrien voudrait montrer sa bravoure, surtout devant ses fils, mais il en est incapable. Il connaît sa mère et il sait qu'elle fera tout pour lui compliquer la vie même si Joseph n'habite plus ici. Elle ne manquera pas de revendiquer sa maison sans se préoccuper le moins du monde qu'elle soit occupée, de cela il en est certain. *Veux-tu bien me dire dans quel pétrin je me suis fourré en descendant ?*

— Je sais tout ça, finit par répondre Adrien, mais votre grand-mère a la tête très dure et j'ai bien peur qu'elle ne soit pas très contente que votre grand-père l'ait chassée de sa maison.

Dans les circonstances, il devrait y avoir au moins une personne pour prendre la défense de Lucille, mais après tout ce qu'elle a fait endurer aux siens avant et pendant son séjour à l'hôpital, aucun d'entre eux ne s'est offert pour aller la chercher. Vu de l'extérieur, ça peut paraître mesquin, voire même méchant, et peut-être que ce l'est au bout du compte. Par contre, si on prend en considération la manière dont Lucille a reçu tous les membres de sa famille qui ont osé se présenter devant elle à l'hôpital, y compris son Adjutor adoré, on comprend facilement que personne n'ait envie d'affronter ses foudres une fois de plus. Le moins qu'on puisse dire, c'est que Lucille n'a jamais accepté d'être enfermée pour la simple et unique raison qu'elle demeure convaincue qu'elle n'avait rien fait pour mériter ça. Certes, elle reconnaît qu'elle a mis le feu au hangar et à l'auto d'Adrien par la même occasion, mais d'après ce qu'elle se tue à répéter à qui veut l'entendre, c'était un pur accident. Il faut être fou pour croire qu'elle aurait pu le faire sciemment. Quel genre de mère serait-elle, si elle avait osé poser un tel geste contre un des siens ? Les gens ont beau dire tout ce qu'ils veulent sur son compte, mais Lucille Pelletier a toujours été une mère exemplaire et, de cela, elle en est certaine.

— Est-ce que ça veut dire que la vieille grand-mère va être obligée de dormir dehors ? s'inquiète soudainement Michel, à qui l'on a tout de même inculqué un peu de charité chrétienne.

— Elle n'avait qu'à être gentille, si elle ne voulait pas être punie, lance André.

Adrien se demande sérieusement ce qu'il pourrait répondre, puisqu'aux dernières nouvelles, tout le monde ignore où Lucille va crécher. D'ailleurs, Adrien trouve que son père est un peu dur à son égard. Il est d'avis que sa mère a mérité tout ce qui lui arrive et plus encore. Par contre, qu'elle n'ait aucune place où aller le rend très inconfortable. Évidemment, il est hors de question qu'il la prenne chez lui. Plus elle se tiendra loin de lui, mieux il se portera. La dernière fois qu'il a vu Anna, la cousine de Lucille, cette dernière lui a dit qu'elle n'aurait qu'à venir chez elle. Inutile d'ajouter qu'Adrien s'est retenu à deux mains de lui dire qu'elle ignorait dans quoi elle s'embarquait en acceptant de l'héberger.

— Ne vous inquiétez pas pour elle, dit Marie-Paule, votre grand-mère ira sûrement vivre chez Anna.

— J'espère au moins qu'elle ne sera pas méchante avec elle, plaide André.

— Votre grand-mère est aussi capable d'être gentille, se sent obligé de préciser Adrien, lui-même surpris que ces paroles soient sorties de sa bouche.

En l'entendant, Marie-Paule ne peut pas s'empêcher de sourire. Il faut être bien naïf pour croire que Lucille est capable de gentillesse si ce n'est pas pour lui servir. À l'instar d'Adrien, Marie-Paule comprend parfaitement l'attitude de Joseph. Depuis le temps que sa femme lui mène la vie dure, il fallait à tout prix qu'il se protège d'elle. C'était ça ou elle aurait fini par avoir sa peau.

Étant donné le sérieux qui règne dans la cuisine, Marie-Paule décide de prendre les choses en main.

— Que diriez-vous de manger des crêpes pour déjeuner ?

— Mais on n'est pas dimanche ! s'écrie Michel.

— C'est une excellente idée, confirme Adrien en venant s'asseoir à la table. Après le déjeuner, j'irai voir le père Demers.

— Tu ne vas pas me dire qu'il a repris du service ?

— Pas aux dernières nouvelles. Je vais lui demander si je peux mettre mon auto dans son hangar.

— Il me semblait que tu avais fait installer tout un système.

— On n'est jamais trop prudent!

***

Malgré que beaucoup d'eau ait coulé sous les ponts depuis le jour où Joseph a fait enfermer sa Lucille, son retour dans le monde le chamboule bien plus qu'il ne voudrait le laisser paraître.

— Votre déjeuner est servi, papa, dit gentiment Gertrude en mettant la main sur l'épaule de son père.

— Je te remercie, ma belle fille, mais je n'ai pas faim.

Gertrude comprend que son père réagisse au retour de sa femme, mais ça l'inquiète. Il existe sûrement quelque part dans le monde quelqu'un de plus méchant que Lucille, mais sa mère pourra toujours se vanter d'avoir laissé des traces indélébiles sur tous ceux qu'elle a approchés, et particulièrement sur Joseph. Le pauvre homme se ronge les sangs depuis le jour de l'incendie. Il était si désespéré pour Adrien qu'il ne finissait plus de s'excuser pour son auto, tellement qu'Adrien a dû se fâcher après lui pour qu'il arrête. Joseph a passé des jours à se morfondre seul dans sa maison. Il était bien trop gêné pour se montrer au grand jour. Ce n'est qu'à force de venir le voir que Gertrude a fini par réussir à le faire sortir. Et il était temps, parce qu'il était en train de dépérir à force de rester enfermé. La première fois qu'il a lancé l'idée de venir vivre chez Gertrude, il s'est tout de suite repris. Heureusement pour lui, Camil s'est empressé de lui dire:

— On va agrandir la maison pour vous faire une chambre, papa.

Touché en plein cœur, Joseph s'est mis à pleurer toutes les larmes de son corps. Il aurait voulu rester dans sa maison comme si de rien n'était, mais il n'en avait plus la force. Il avait, et il a toujours d'ailleurs, un besoin viscéral d'être entouré des siens. Ah! il aurait pu simplement faire un échange de logement avec Adrien, mais ça aussi, ça lui demandait trop. Il devait à tout prix sortir de son foyer qui lui rappelait sans cesse son éternel combat avec Lucille. Quand ce n'était pas pour avoir un nouveau manteau de fourrure ou une horloge grand-père, sa femme trouvait une autre excuse pour s'en prendre à lui. Comme elle excellait dans ce domaine, Joseph en sortait toujours perdant, même si les apparences le déclaraient vainqueur sur toute la ligne. Alors qu'il n'a jamais aimé les conflits, voilà qu'il en réglait quotidiennement depuis le jour de son mariage.

Depuis que Joseph est chez elle, Gertrude ne se met jamais au lit sans remercier Dieu de lui avoir ramené ce père qu'elle aime tant. Elle aurait bien sûr préféré que son arrivée se fasse dans d'autres circonstances, mais elle est assez vieille pour savoir que les choses se passent rarement pour les bonnes raisons, du moins pour celles qu'on avait choisies. Gertrude voudrait avoir pardonné à sa mère depuis le temps, mais c'est peine perdue. Le mieux qu'elle puisse faire, c'est d'essayer de se convaincre que Lucille est morte et enterrée, même s'il n'en est rien.

— Vous devriez arrêter d'y penser, lui suggère Gertrude.

— Comment voudrais-tu que j'oublie que ma femme est folle et qu'elle a réussi à convaincre son médecin du contraire ? Je m'inquiète pour vous.

— On n'est plus des enfants, on est tous capables de se défendre.

— Je sais tout ça, mais je ne peux pas m'empêcher de penser de quoi elle est capable.

— Ce n'est quand même pas un monstre…

— Depuis le temps que tu la connais, tu ne devrais pas la sous-estimer ! Je te garantis qu'elle n'a pas perdu son temps en dedans et qu'on n'est pas au bout de nos peines.

Gertrude en a eu pour des semaines à s'en remettre lorsque Joseph leur a appris, à elle et à Marcella, que leur mère avait été enfermée. Heureusement que Gertrude travaillait à l'épicerie, parce qu'elle se demande bien comment elle aurait pu passer au travers si elle avait été confinée entre les quatre murs de sa maison. Lucille est folle, et pas à peu près. Gertrude n'a jamais contesté sa folie, elle en a fait l'objet tellement de fois qu'elle ne pourrait pas, même si elle le voulait, c'est surtout le terme qui plane maintenant au-dessus de la tête de sa mère qui l'atteint. Il n'y a personne sur la terre qui veut être la fille d'une folle. Jonquière est une petite ville où les nouvelles courent plus vite que la grippe. Gertrude les entend déjà murmurer dans son dos, et Lucille ne s'est pas encore montré le bout du nez.

Gertrude est allée voir sa mère seulement deux fois à l'hôpital, et Lucille n'en a fait qu'une bouchée. Jamais encore elle ne l'avait humiliée de la sorte en public. Et Lucille s'en est même prise à Marcella devant Gertrude. Là, c'était le bouquet. Si Lucille commençait à insulter sa préférée, qui sait jusqu'où elle irait. Gertrude a commencé à faire le deuil de sa mère. Plus vite elle parviendrait à la sortir de sa vie, mieux elle se porterait.

— Avez-vous changé d'idée ? demande Gertrude.

— Pour aller la chercher ? Non ! Elle ira crécher où elle voudra, mais je ne veux plus avoir affaire à elle.

Bien qu'elle soit tentée de réagir, Gertrude s'en abstient. Elle a essayé de raisonner son père plus souvent qu'à son tour, sans jamais parvenir à lui faire voir les choses autrement. Ce n'est pas qu'elle souhaite le voir se remettre avec Lucille, mais il aurait pu au moins lui donner un toit au lieu de la laisser à elle-même alors qu'elle a toujours vécu dans la ouate.

— Écoute ça, s'exclame Joseph en montrant le journal.

La petite Aurore Gagnon de Fortierville est morte à la suite des séquelles de ses blessures. L'enfant martyre était âgée de dix ans. Ses parents, Télesphore Gagnon et Marie-Anne Houde, ont été arrêtés et accusés de meurtre…

— Le monde est rempli de fous, ajoute Joseph.

— Même la mère ne ferait jamais ça, objecte Gertrude avec énergie.

— Seul l'avenir le dira, ma fille ! Depuis le coup de l'incendie, je ne lui fais plus confiance.

* * *

René et Gisèle n'auraient pas pu choisir plus mal leur journée pour aller chercher leur fils à l'orphelinat. Lorsque leur voiture entre dans la cour de l'hôpital, ils croisent celle qui ramène Lucille dans le monde normal. René implore aussitôt Dieu pour qu'elle ne l'ait pas vu, mais il réalise très vite que sa mère a encore les yeux clairs.

— Arrêtez ! crie-t-elle d'une voix forte pour que le cocher l'entende. C'est mon fils !

Si Lucille croyait faire plaisir à René en l'appelant ainsi, elle s'est royalement trompée. Il immobilise sa voiture en soupirant et il attend la suite. Installée à ses côtés, Gisèle pose la main sur le bras de son mari sans rien dire. Elle n'a pas vu sa belle-mère très souvent depuis leur mariage, mais ça lui a largement suffi pour connaître le personnage. Aujourd'hui, c'est un grand jour pour eux et Gisèle aurait payé cher pour ne pas avoir Lucille dans leurs pattes.

— Je suis heureuse de voir que tu tiens bon avec la sœur de ma bru préférée ! ironise Lucille. En tout cas, je ne suis pas près d'oublier le coup des conserves…

La seule raison qui retient René de clouer le bec de sa mère est que son discours n'a pas de sens. Lucille a beau sortir d'un long séjour à l'hôpital, ça ne l'excuse pas de passer outre le fait que Gisèle est aussi sa bru.

— Tu diras à cette chère Marie-Paule que je sais où se cache le petit Raymond de sa sœur Charlotte. Hum ! Ce n'est pas pour me vanter, mais je le sais depuis un sacré bout de temps, hein, Céline ? Et tu diras à Marcella que son beau Léandre a une fille qui s'appelle Claire. Tu vas m'excuser maintenant, mais on m'attend. Allez-y, on n'a pas toute la journée !

Tout s'est passé si vite que René et Gisèle se demandent s'ils ont rêvé ou si Lucille leur a vraiment parlé.

— As-tu un crayon et un papier ? questionne René.

— Je pensais justement à noter ce que ta mère vient de nous dire.

— Ce n'est pas une mère, argumente René, c'est un monstre. As-tu vu le regard qu'elle avait ? Ça ne me dit vraiment rien de bon. Écris vite avant qu'on oublie !

Aussitôt qu'elle a tout noté, Gisèle range précieusement son papier dans son sac à main.

— Oublions tout ça maintenant, dit-elle d'une voix enjouée, et allons chercher notre fils.

René regarde sa femme avec amour. Jamais il n'aurait cru qu'il était possible d'être aussi heureux. En fait, l'arrivée de Gisèle a changé sa vie du tout au tout, tellement que tout ce qu'il touche lui réussit. L'entreprise qu'il dirige n'arrête pas de prendre de l'expansion, et on lui commande de plus en plus de girouettes, au point qu'il y a des jours où il ne sait plus où donner de la tête. À vrai dire, il n'y avait qu'un hic dans leur mariage, et c'est pourquoi ils ont décidé d'adopter plutôt que d'attendre après une grossesse qui se laisse désirer. Et si toutefois un bébé s'annonce, eh bien, ils en auront deux à aimer. Évidemment, la présence d'Alida et son enthousiasme pour avoir d'autres petits-enfants ont pesé dans la balance. Elle s'est tout de suite offerte pour s'en occuper pendant qu'ils seraient au travail. Gisèle a réduit ses jours de travail à trois d'elle-même en se disant qu'il serait toujours temps de revenir à son horaire habituel si ça se passe bien avec leur fils.

Sans tarder, ils se rendent à la réception et ils expliquent ce qui les amène ici. La religieuse qui les accueille leur fait son plus beau sourire et leur demande de s'asseoir en attendant qu'elle aille chercher la responsable de l'orphelinat. Aussitôt assis, René saisit la main de Gisèle et la porte à sa bouche.

— Est-ce que je t'ai déjà dit combien je peux t'aimer ?

— Pas depuis ce matin, répond promptement Gisèle.

René n'a pas le temps de réagir qu'une porte s'ouvre sur une autre religieuse qu'ils ont déjà rencontrée. Elle les salue d'un signe de la tête et les invite à la suivre. Ils passent les deux grandes portes et se retrouvent dans le petit bureau attenant à l'orphelinat.

— Asseyez-vous ! Le temps de vous faire signer quelques papiers et j'irai vous chercher votre petit Ludovic. Je pense que vous avez fait un excellent choix. Ce garçon mérite d'avoir une belle vie, et si je me fie à tout ce que Charlotte a dit de bien sur vous, je ne doute pas une seconde que c'est ce que vous allez lui offrir.

En entendant le prénom de sa sœur, Gisèle ne peut pas s'empêcher de penser à ce qu'elle a noté tout à l'heure. Elle ne comprend pas encore à quoi tout ça rime, et ce n'est pas maintenant qu'elle va y arriver non plus. D'emblée, elle repousse au fond de sa mémoire ce qu'elle a entendu et elle se concentre sur ce moment si important pour elle. La vie lui a joué tout un tour en mettant René sur son chemin. Gisèle avait fini par en prendre son parti : elle ne se marierait pas et elle n'aurait jamais d'enfant non plus. Mais ça, c'était avant que René n'apparaisse dans sa vie. Elle aime tout de cet homme, tout sauf sa mère. Gisèle aurait bien voulu entrer dans ses bonnes grâces, mais il aurait fallu pour ça que Lucille l'honore de sa visite, ce qui n'a pas été le cas. Est-il utile de préciser que Gisèle partait avec deux prises ? Elle avait épousé le fils répudié de Lucille et elle habitait avec Alida, son ennemie jurée. Même Alida n'a pas réussi à lui expliquer pourquoi Lucille lui en voulait autant. *Lucille, c'est Lucille et il n'y a rien d'autre à dire, sauf qu'elle a toujours été folle.*

— Attendez-moi, dit la religieuse après avoir fermé la chemise contenant tous les papiers d'adoption, je vais aller le chercher.

Ni René ni Gisèle ne pourraient dire avec précision combien de temps la religieuse a mis avant de revenir avec leur petit Ludovic. Tout ce qu'ils savent, c'est que ça leur a paru une éternité. Ils n'ont pas échangé un seul mot, ils ont attendu calmement qu'elle revienne.

— Regardez comme il est beau, dit la religieuse en entrant dans le bureau.

René et Gisèle se lèvent en même temps et ils tendent les bras au petit Ludovic qui se colle sur la religieuse.

— Ne vous en faites pas, leur dit-elle d'une voix rassurante, il va vite s'habituer à vous. Je vous ai mis tout ce qu'il faut dans le sac.

L'instant d'après, la religieuse tend le bébé à Gisèle.

— Venez, je vais vous raccompagner jusqu'à la sortie, ajoute-t-elle comme si elle venait de leur donner un sac de sucre.

Chapitre 2

Charlotte n'en revient toujours pas ; deux policiers sont venus lui porter Raymond il y a une heure. Lorsqu'elle a aperçu le petit garçon en ouvrant la porte, elle lui a tendu les bras et il s'est blotti contre elle comme s'il était parti la veille. Depuis, elle refuse d'aller le coucher même s'il dort à poings fermés. Le tenir serré sur son cœur lui fait un bien immense. En fait, son retour vient tout simplement de la ramener à la vie. Elle était incapable d'arrêter d'y penser. Elle imaginait les pires scénarios et ça la rendait malade de voir à quel point elle était impuissante et elle n'avait aucun moyen de venir en aide à son fils. Il a l'air bien en apparence, mais elle pourra faire un examen plus minutieux en lui donnant son bain. Perdue dans ses pensées, Charlotte n'entend pas la porte grincer. En voyant le tableau, Laurier ne prend même pas la peine d'enlever ses bottes, pas plus de se secouer les pieds d'ailleurs, et il vient s'agenouiller devant son fils. Charlotte sursaute au contact de la main glacée de son mari sur son bras.

— Je ne t'ai pas entendu entrer, confesse-t-elle les larmes aux yeux, il est enfin revenu.

— Et il est encore plus beau qu'avant et il a grandi. Je veux le bercer.

— Prends le temps de te réchauffer les mains avant, il est là pour rester.

— Sais-tu au moins où cette folle l'avait caché pendant tout ce temps ? demande Laurier en allant s'installer à côté du poêle.

— Les policiers ont dit qu'il vivait chez une tante de Céline, à Kénogami.

— Mais ce n'est pas possible, objecte vivement Laurier, on a fait le tour de toute sa parenté deux fois plutôt qu'une.

— Si j'ai bien compris, c'était une amie de ses parents et sa marraine aussi. Si on n'a pas pu remonter jusqu'à elle, c'est parce que toute la famille de Céline lui a tourné le dos il y a une vingtaine d'années. Toujours est-il que notre fils est resté chez elle pendant tout ce temps-là. D'après les policiers, c'est une bonne famille.

— Comment peuvent-ils seulement oser dire ça? s'indigne Laurier. Et puis, ils auraient dû arrêter la tante.

— Arrête de t'emporter comme ça! L'important, c'est qu'il soit revenu. Et ni toi ni moi ne savons ce que Céline a pu raconter à cette pauvre femme.

— Tant qu'à ça, ce ne serait pas la première personne à se faire berner par elle.

Laurier se frotte les mains et il les passe sur sa chemise de flanelle pour s'assurer qu'il n'y a plus aucune trace de froid. Satisfait, il s'avance ensuite jusqu'à son fils et il le prend. Il est si ému que deux petites larmes s'enhardissent au coin de ses yeux avant même qu'il pose les fesses sur sa chaise berçante. Charlotte ne perd aucun de ses mouvements. Sous son épaisse carapace, Laurier cache un cœur aussi sensible que le sien.

— Il faut que je te dise autre chose.

Charlotte fait une pause de quelques secondes avant de poursuivre.

— Céline est sortie de l'hôpital.

Le regard de Laurier vire instantanément au noir en entendant ça. Savoir que Céline est en liberté n'a rien pour le rassurer. Si elle a été capable de prendre son fils une fois, rien ne l'empêchera de le refaire, si c'est ce qu'elle souhaite. Cette seule pensée lui donne la chair de poule.

— Les policiers m'ont dit qu'elle est sortie en même temps que la mère de René, le mari de Gisèle. Il paraît que Céline tenait tellement à partir avec elle que c'est pour ça qu'elle a fini par parler.

— Veux-tu bien m'expliquer pourquoi ils l'ont laissée sortir ? Pas besoin d'être médecin pour voir qu'elle est folle. Elle a enlevé un enfant et ce n'est pas encore assez ! Je me demande bien dans quel monde nous vivons !

Si Charlotte est rassurée que Raymond soit avec eux, savoir que Céline pourrait apparaître n'importe quand lui donne froid dans le dos elle aussi. Qui plus est, apprendre qu'elle se tient avec la belle-mère de ses sœurs, alors que cette Lucille est encore plus folle qu'elle, n'a rien pour la rassurer. *Pourquoi le bonheur ne vient jamais seul ?*

— Je vais changer d'emploi, laisse tomber Laurier pendant qu'il caresse doucement la joue de son fils, vous allez avoir besoin de moi.

— Que vas-tu faire ?

— Je vais travailler comme débardeur. De cette manière, je rentrerai à tous les soirs.

Charlotte devrait s'en réjouir, mais il y a si longtemps qu'elle mène sa barque à sa guise que ça ne fait pas son affaire plus qu'il faut. D'un autre côté, la présence constante de Laurier va compliquer les choses pour Céline, si toutefois elle décidait de s'en prendre à nouveau à son fils.

— C'est une bonne idée, confirme enfin Charlotte, mais j'aime autant t'avertir tout de suite, il n'est pas question que j'arrête d'aller à l'orphelinat.

Bien que Laurier n'ait toujours pas digéré que sa femme traîne là-bas, il sait qu'il ne pourra pas la faire changer d'idée, peu importe ce qu'il dira. Charlotte a suffisamment de caractère pour lui tenir tête le temps qu'il faudra pour arriver à ses fins. Elle lui en a donné la preuve le jour où elle a adopté Raymond sans même lui en parler. Il lui en a voulu de toutes ses forces, mais aujourd'hui, il la remercie de l'avoir confronté. Il tient à son fils comme à la prunelle de ses yeux depuis la seconde où il a posé les yeux sur lui, et il n'y avait que Charlotte pour accepter cet enfant comme s'il était le sien.

— D'accord ! finit-il par ajouter. Peux-tu aller le coucher dans son lit ? Je vais aller régler ça tout de suite et je reviens.

Charlotte s'approche de son mari aussitôt qu'elle revient dans la cuisine et elle l'embrasse sur la joue. Au lieu de la laisser s'éloigner, Laurier l'attrape par un bras et l'attire à lui. Il plaque ses lèvres sur les siennes et il la serre de toutes ses forces.

— Crois-tu qu'on aurait le temps ? lui chuchote-t-il à l'oreille.

— Même s'ils pleurent un peu, ils n'en mourront pas. Viens !

Les choses ont beau s'être améliorées entre eux, Charlotte est incapable de s'empêcher de penser à Léandre lorsqu'elle est dans les bras de son mari. Il ne la brusque jamais, il est même tendre avec elle, mais ce ne sera jamais plus comme avant.

— Dommage que je sois si loin de Marie-Paule, dit Charlotte pendant qu'elle rajuste sa robe, parce que je lui emprunterais bien quelques vêtements.

— On n'a qu'à aller la voir ! s'exclame Laurier.

Il est si rare que Laurier propose d'aller dans sa famille que Charlotte fronce les sourcils malgré elle. Devant sa réaction, Laurier ajoute :

— On pourrait en profiter pour faire le tour de la parenté, si tu veux.

Cette fois, Charlotte est touchée en plein cœur par son offre.

— C'est maman qui va être surprise de nous voir arriver ! s'écrie Charlotte d'une toute petite voix. Je vais préparer tout ce qu'il faut pendant que tu vas être parti.

* * *

La pauvre Anita surmonte difficilement sa récente déception amoureuse. Son fiancé est revenu de la guerre avec les jambes et un bras en moins. Au début, elle disait à tout le monde que ce n'était pas si grave que ça, que le plus important était qu'il soit vivant. Gertrude la regardait aller et elle n'en revenait pas de son courage. Plus les jours passaient, plus Anita maigrissait. Évidemment, elle ne s'en plaignait pas. Chaque livre qu'elle perdait lui donnait suffisamment de bonheur pour qu'elle continue à se faire accroire qu'elle pourrait passer sa vie avec un homme qu'elle n'aimait pas vraiment et qui n'était plus que le reflet de ce qu'il avait déjà été. C'est par un beau dimanche que Gertrude a décidé de l'aider à mettre fin à toute cette mascarade. Il n'y a rien qu'elle ne lui a pas dit pour qu'Anita finisse par réaliser le genre de vie qui l'attendait.

— Une fois que tu seras mariée, tu ne pourras plus rien faire pour t'en sortir. Crois-moi, plus vite tu l'oublieras et mieux ce sera pour toi. C'est triste, mais je t'estime trop pour te laisser gâcher ta vie sans rien faire.

En désespoir de cause, Anita s'était dépêchée de lui citer le cas de monsieur Joseph, ce à quoi Gertrude avait répondu que ce n'était pas pareil, que sa mère est folle et non invalide.

— Vous ne comprenez pas, s'est plainte Anita, c'était peut-être ma seule chance de me marier et de fonder une famille.

— Mais vous allez vivre de quoi? Et tu vas élever tes enfants toute seule? Fais-moi confiance, je suis sûre que tu peux trouver mieux. Je t'en supplie Anita, sors de là avant qu'il soit trop tard.

Et Anita a fini par l'écouter. Elle accroche un sourire sur ses lèvres aussitôt qu'elle est en présence de quelqu'un et dès qu'elle se retrouve seule, elle affiche cet air désespéré qui prend la relève sans qu'elle n'ait rien à faire. Elle n'est pas en peine d'amour, elle est seulement désespérée à l'idée de devoir passer le reste de ses jours seule et de se faire traiter de vieille fille aussitôt qu'elle aura le dos tourné. Elle a beau avoir perdu quelques livres, elle n'a pas une taille de guêpe pour autant. En tout cas, les hommes ne se bousculent pas à sa porte et elle ne s'illusionne pas sur le fait que cela puisse arriver.

— Je vais finir de travailler un peu plus tôt aujourd'hui, dit Gertrude avant de sortir de la maison.

— Ne vous pressez pas pour moi, la rassure Anita.

— Ah! tu sais, riposte Gertrude, rien n'est pareil depuis que Mérée est morte.

Comme si la guerre n'avait pas fait assez de morts, la grippe espagnole a pris le relais une fois l'armistice signé. Cette maudite grippe a fait plus de victimes en quelques semaines que la guerre en quatre ans. On estime que 56 000 Canadiens ont perdu la vie quelques heures seulement après avoir contracté ce virus. Jamais une pandémie n'aura fait autant de ravage chez nous, et dans le monde entier. Aucune famille n'a été épargnée. La peur régnait partout, au point que les gens se sont très vite remis à dire le chapelet à genoux. Au plus fort de la crise, les vivants n'étaient rien d'autre que des morts en sursis. Le retour des soldats chez eux était ni plus ni moins qu'une bombe à retardement. Quelques semaines à peine après son mariage avec monsieur Potvin, Mérée s'est réveillée un beau matin terrassée par la fièvre, elle est morte le lendemain à la même heure. Sa mort a causé tout un émoi dans la communauté. Ses enfants n'avaient pas assez d'avoir perdu leur père quelques mois auparavant, ils étaient maintenant orphelins. Si les plus vieux pouvaient se débrouiller seuls, c'était loin d'être le cas pour les plus jeunes.

— Il n'y a pas cinquante solutions, avait dit Camil après le service, on va emménager chez Mérée.

— Tu veux dire qu'on va s'occuper de ses enfants et de l'épicerie ?

— On ne peut quand même pas les abandonner… À l'âge qu'ils ont, personne ne voudra les adopter et après tout ce que Mérée a fait pour nous, on lui doit bien ça.

— Mais papa a emménagé chez nous pour ne pas être seul…

— Je sais tout ça, mais Anita sera avec lui.

Et Gertrude s'était mise à sortir tous les arguments possibles et impossibles, pas parce qu'elle ne voulait pas s'occuper des enfants de Mérée, mais plutôt parce qu'elle ne voulait pas abandonner son père. Camil l'avait écoutée jusqu'à ce qu'elle arrive au bout de son plaidoyer.

— Les deux maisons sont à peine à cinq minutes de marche l'une de l'autre, avait-il ajouté. Papa et Anita n'auront qu'à venir déjeuner avec nous, et ils repartiront avec les plus jeunes à notre maison pour la journée.

— J'aime bien ton idée.

Et c'est ainsi que les choses se passent depuis que Gertrude et les siens ont emménagé chez Mérée. Les deux familles ont eu besoin d'un peu de temps pour s'habituer à leur nouvelle vie, mais on peut dire que ça se passe plutôt bien dans l'ensemble. À vrai dire, Gertrude est encore étonnée de la force de caractère des enfants de

Mérée. Ils ont passé au travers de cette épreuve haut la main. Ils se sont levés les yeux rougis plus d'un matin, mais outre ça, ils se sont toujours montrés forts.

Monsieur Potvin ne met pratiquement plus les pieds à l'épicerie depuis la mort de sa femme. D'ailleurs, tous s'entendent pour dire qu'il a l'air d'une âme en peine. Il a réintégré sa maison aussi vite qu'il a pu. Il s'est excusé auprès des enfants et de Gertrude, rester dans les souvenirs, même si ce n'était ceux que de quelques semaines, lui était insurmontable. Et s'occuper des enfants, ça il ne pouvait pas le faire. Leur seule vue lui aurait rappelé sa tendre et douce épouse. Il savait que Mérée ne l'aimait pas autant que lui et que ça n'arriverait probablement jamais, mais le seul fait de partager sa vie le comblait de bonheur.

Quant à Camil, même s'il dirige le commerce de main de maître, il n'oublie jamais de consulter les filles et monsieur Potvin, bien que ce dernier le supplie chaque fois d'arrêter de l'achaler avec tout ça. Malgré les quelques projets qui ont été mis momentanément sur la glace, les affaires marchent au-delà de leurs espérances. Le nouveau magasin général a vite gagné une réputation enviable qui dépasse largement les limites de Jonquière.

La mort de Mérée a laissé un grand vide dans le cœur de Gertrude. Elle en a voulu à Dieu pendant des mois d'être venu la chercher, au point qu'elle a refusé plus d'une fois de dire le chapelet avec Camil.

— C'est à mon tour de vous parler, dit timidement Anita en s'approchant de Gertrude. Mérée était votre amie et vous étiez très attachée à elle, mais elle est morte depuis un an. Je suis certaine que Mérée ne voudrait pas que vous soyez encore triste pour elle. Ils ont tous besoin de vous voir sourire, et monsieur Joseph encore plus que les autres.

— Mais je souris tout le temps, plaide Gertrude.

— En apparence, oui, mais vous êtes comme moi, ce n'est qu'une façade.

Gertrude était loin de s'attendre à ce qu'Anita lui tienne ce genre de discours. Elle prend une gorgée de thé comme si celle-ci allait l'aider à réfléchir. Anita a vu juste. Mérée ne voudrait pas être un poids pour elle ni pour qui que ce soit. Et puis, elle aimait bien trop la vie pour en perdre une seule seconde. C'est alors que les souvenirs avec son amie affluent dans l'esprit de Gertrude. Elle soupire un bon coup et regarde Anita droit dans les yeux.

— J'étais pourtant certaine que ça ne paraissait pas tant que ça, avoue Gertrude. Tu as raison, il est grand temps que je passe à autre chose. Et si tu veux, on va le faire ensemble.

— À deux, jamais je croirai qu'on n'y arrivera pas !

Sans aucun signe annonciateur, Gertrude s'approche d'Anita et l'embrasse sur la joue, ce qui fait rougir la jeune femme jusqu'à la racine des cheveux. Anita ne pourra jamais remplacer Mérée, mais elle est toujours là pour Gertrude chaque fois qu'elle en a besoin. Elle a peu de chances de devenir sa meilleure amie, la seule que Gertrude avait n'est plus de ce monde, cependant elle pourrait très bien être comme sa sœur. Bien que Gertrude s'entende bien avec Marcella, leur relation n'a rien à envier à celle que Gertrude et Anita entretiennent.

— À une condition, ajoute Gertrude, je veux que tu me tutoies.

— Je peux essayer si vous… tu veux, bafouille Anita avant d'éclater de rire.

Cette petite marque d'attention à elle seule fait la journée d'Anita. Contrairement à Gertrude, elle rêve du jour où elles seront amies, comme Mérée et Gertrude l'étaient. Lorsqu'Anita pense à son statut, elle se dit qu'elle peut bien rêver, mais qu'elle n'a aucune chance que ça arrive un jour. Elle est entrée dans la famille Pelletier pour servir Joseph et Lucille, ce qui la place au rang des serviteurs. En sortir est quasi impossible.

— Il faut vraiment que je traverse au magasin, dit Gertrude. Est-ce que mon sourire a l'air vrai ?

— Une chose est certaine, il l'est plus qu'hier. Je ramènerai les enfants à la même heure que d'habitude.

* * *

Lorsque Joseph aperçoit des traces sur la neige face à la porte d'en avant, il sait qu'une surprise les attend dans la maison. Il arrête la voiture près du garage et dit à Anita :

— J'ai bien peur qu'on a de la visite !

— Madame Lucille ? demande aussitôt Anita.

— Je vais passer par en avant. Entre par le côté avec les enfants.

En ouvrant la porte, Joseph reconnaît la voix de Lucille malgré les bruits de vaisselle. Il avance jusqu'à la cuisine sans prendre la peine d'enlever ses bottes et il est pris d'une vague de colère indéfinissable quand il la voit.

— Qu'est-ce que tu n'as pas encore compris ? s'écrie-t-il en s'approchant. Je ne veux plus t'avoir dans les pattes sous aucune considération.

Lucille se retourne et elle lui fait son plus beau sourire. Elle descend ensuite de sa chaise et elle vient se placer en face de lui.

— Aussi bien t'habituer tout de suite, parce que Céline et moi nous allons nous installer ici. Tu as voulu jouer au plus fin, mais tu as perdu. Tu n'avais pas le droit de donner ma maison à Adrien et à cette chipie de Marie-Paule. Au fait, je ne sais pas qui a placé la vaisselle dans les armoires mais, peu importe, on a tout mis à notre main.

L'instant d'après, Lucille se tourne vers Céline et lui dit :

— Je te présente Joseph, le père de mes enfants.

Si Lucille pensait blesser Joseph, le moins qu'on puisse dire c'est qu'elle a manqué son coup, puisqu'il ne sourcille même pas.

— Sors d'ici ou c'est moi qui vais te sortir, lance Joseph d'une voix autoritaire.

— Ne monte pas sur tes grands chevaux, Joseph Pelletier. Je me suis informée et je sais que Gertrude habite chez Mérée avec sa famille.

— Je n'habite pas seul, laisse tomber Joseph.

— Tant que tu n'habites pas avec la grosse, il n'y a aucun problème pour moi.

C'est à ce moment qu'Anita fait son entrée dans la maison. Elle a envie de crier quand elle aperçoit Lucille près de ses armoires. Elle lui a déjà fait le coup et, cette fois, ça ne passe pas.

— J'espère sincèrement que vous n'avez pas touché à mes armoires, parce que vous allez avoir affaire à moi. Et sortez de ma cuisine avant que je vous sorte moi-même !

Saisie par l'audace et le ton d'Anita, Lucille met quelques secondes avant d'encaisser le coup.

— Vous, riposte Lucille, ne vous mêlez pas de mes affaires, c'est entre Joseph et moi. Jamais je n'aurais cru que tu descendrais aussi bas, Joseph Pelletier. Tu t'es acoquiné avec la grosse fille, on aura tout vu. Viens Céline, on n'a plus rien à faire ici.

Furieuse, Lucille agrippe son manteau et elle le boutonne avec rage. Lorsqu'elle arrive au dernier bouton, elle s'écrie :

— Tu diras à Marcella que son mari est une charogne.

Alors qu'elle est restée silencieuse jusque-là, Céline ajoute :

— Et à Charlotte que je reprendrai mon petit Raymond au moment où elle s'y attendra le moins.

Et les deux femmes se mettent à rire en chœur.

— Viens Céline, confirme Lucille, allons-nous-en.

— Au cas où ça pourrait te rendre service, dit Joseph avant de refermer la porte, Anna est prête à te recevoir.

— Qu'elle aille au diable, la cousine, vocifère Lucille, elle n'a même pas eu le courage de venir me voir à l'hôpital. Et toi aussi, Joseph Pelletier ! Et n'oublie surtout pas ta grosse fille !

Joseph court à la fenêtre aussitôt que la porte se referme. Au nombre de fois que Lucille a volé l'auto d'Adrien, il se doute bien qu'elle ne se gênera pas pour prendre la sienne si l'envie lui prend. Ce n'est que lorsque les deux femmes disparaissent de son champ de vision qu'il revient dans la cuisine.

— Je suis désolé pour ce qu'elle a dit, lance Joseph.

— Comme on dit, je sais de qui ça vient. Vous m'aviez dit que madame Lucille était folle, mais jamais je n'aurais cru que c'était à ce point. Croyez-vous qu'elle va revenir ?

Joseph hausse les épaules en guise de réponse. Il espère que non, mais avec Lucille, on peut s'attendre à tout. Et c'est à ce moment que Joseph repense à ce qu'elle a dit sur Léandre et Céline, sur Charlotte. Toute cette histoire lui donne la chair de poule.

— Qui est cette Céline ?

— Tout ce que je sais, répond Joseph, c'est qu'à l'air qu'elle a, elle doit venir de la même place que Lucille.

* * *

Il en faut plus que ça pour que Lucille baisse les bras. Elle entraîne Céline jusqu'à l'épicerie de Mérée aussitôt sortie de chez Gertrude. Elle s'est fait revirer comme une crêpe à son ancienne maison. Adrien, son propre fils, la regardait avec des fusils dans les yeux. Et sa Marie-Paule n'était pas mieux, c'est à peine si elle a jeté un coup d'œil aux deux femmes. Voir Adrien et sa famille dans ses affaires n'a pas plu du tout à Lucille. Ses petits-enfants n'ont même pas daigné lui porter la moindre attention. Ce n'est pas que Lucille y tenait tant que ça, mais toutes les grands-mères sont en droit de s'attendre à ce que leur progéniture leur accorde un peu d'importance. Pas besoin de chercher très loin pour savoir qu'Adrien lui en veut encore pour son auto. *Rien de tout ça ne serait arrivé s'il avait accepté de me la prêter. On est une famille ou on ne l'est pas!* Et que dire de l'accueil de Joseph? Lucille lui en veut de l'avoir fait enfermer mais, en même temps, elle ne peut pas dire qu'elle a détesté son séjour à l'hôpital. En réalité, à partir du jour où Céline a commencé à partager sa chambre, elle n'a pas vu le temps passer. Si seulement elle avait démontré un peu de regret, Lucille aurait pu sortir bien avant ça. Elle savait que Joseph ne lui ferait pas de cadeau et c'est pour cette raison qu'elle a pris son temps.

C'est la tête haute que Lucille fait son entrée dans le magasin général de Mérée avec Céline sur les talons. Elle regarde partout et dès qu'elle repère Gertrude, elle fonce dans sa direction comme un taureau. Sitôt à sa hauteur, elle lui tape sur l'épaule pour qu'elle se retourne et part sur un délire sans même prendre le temps de la saluer:

— J'espère que tu es fière de ton coup. J'ai passé plus d'un an à l'hôpital et je n'ai nulle part pour dormir. Tout ça ne serait pas arrivé si tu ne t'étais pas mariée. Tu es comme ton père et comme tout le reste de la famille, tu as une pierre à la place du cœur et un jour, tu vas payer pour tout le mal que tu m'as fait. Compte-toi chanceuse que je te parle encore. Et tu n'es même pas venue me voir à l'hôpital. Fille indigne !

Gertrude est sous le choc en entendant sa mère. Et elle l'est doublement quand elle voit les clients s'agglutiner autour d'elles pour ne pas perdre un seul mot de son monologue.

— Tu n'es qu'une ingrate ! À cause de toi, je vais être obligée de dormir dehors. Tu n'avais pas le droit de garder la grosse fille chez vous. Je ne t'ai jamais rien fait, moi. Comment as-tu osé me faire du tort ? Tu le savais que je ne pouvais pas la sentir.

Cette fois, Gertrude en a assez entendu. Elle plonge son regard dans celui de sa mère et lui dit d'une voix forte en alliant le geste à la parole :

— Ça suffit maintenant ! Sortez d'ici avant que je vous sorte par la peau du cou. Ils n'auraient pas dû vous laisser sortir, vous êtes un danger public. Je vais demander à Adrien de vous conduire chez Anna. Et si j'étais à votre place, je me tiendrais à carreau pour une fois.

— Pour qu'il me nargue avec sa nouvelle auto ? Peuh ! Plutôt dormir dehors.

— Moi, lance Céline, j'aimerais mieux aller chez Anna, déjà que je suis gelée jusqu'aux os.

Lucille regarde sa protégée et, contre toute attente, elle lui fait son plus beau sourire.

— Ne t'inquiète pas, Lucille Pelletier n'a jamais dormi dehors et ce n'est pas ce soir que ça va commencer. Quant à toi Gertrude, tu ne manqueras pas de péchés à confesser jusqu'à la fin de tes jours. Je me demande bien comment j'ai pu engendrer une fille aussi méchante que toi. Tu…

Mais Lucille n'a pas le temps de finir sa phrase. Camil arrive par-derrière et il la prend par le bras.

— Suivez-moi, la belle-mère, vous en avez assez fait pour aujourd'hui.

— Lâchez-moi ! Ma Gertrude n'a rien à voir avec cette femme et c'est votre faute si elle est devenue ce qu'elle est. Je vous ai dit de me lâcher, ajoute Lucille en levant la main pour frapper Camil.

— Je vous conseille de ne pas essayer, parce que vous allez le regretter. Allez ! On n'a plus de temps pour vous.

Outrée, Lucille se débat tellement qu'elle finit par se dégager de l'emprise de Camil.

— Viens Céline, on va aller rendre une petite visite à Marcella. Je suis certaine qu'elle va être contente d'apprendre ce que son cher Léandre fait dans son dos.

C'est sur ces paroles que les deux femmes sortent du magasin sans se retourner.

— Est-ce que ça va, Gertrude ? lui demande Camil en passant son bras autour de ses épaules.

Gertrude commence par ravaler un bon coup. Comment pourrait-elle bien aller après ce que sa mère vient de lui dire ? Même si c'est un tissu de mensonges, elle a mal comme si on venait de la brûler au fer rouge.

— Ça va aller, finit-elle par répondre d'une toute petite voix. Je vais retourner au comptoir.

Camil n'est pas aveugle, il voit bien que sa femme est tout à l'envers. Il n'a pas assisté à tout le cirque de Lucille, il était dans l'entrepôt, mais il en a assez entendu pour savoir que sa belle-mère a tout fait pour blesser Gertrude. Lucille était déjà passée maître dans l'art de faire mal aux gens sans leur toucher avant d'être internée. Contrairement à la majorité des gens, plus elle vieillit pire elle est. Camil plaint son beau-père de toutes ses forces. Être marié avec une harpie de son genre est la pire des punitions qu'un homme puisse se faire infliger. *Vous êtes mariés pour le meilleur et pour le pire… Ça prend juste un prêtre pour dire de pareilles bêtises. Je n'en connais aucun qui endurerait la belle-mère plus qu'une journée !*

Alors que Gertrude voudrait oublier ce qui vient de se passer au plus vite, tous les clients qui ont été témoins de la scène ne manquent pas de lui témoigner leur soutien. Elle les remercie, mais elle ne fait rien pour relancer la conversation. Sa mère est folle et ça, tout le monde le sait. C'est alors que les dernières paroles de sa mère lui reviennent en tête. *J'irai voir Marcella.* Gertrude voudrait bien être un petit oiseau pour entendre ce que Lucille a à lui dire de si important. Elle se passe les mains dans le visage, comme si ce seul mouvement allait effacer ce qui vient de se passer, et elle se remet au travail.

***

— On devrait se faire conduire chez votre cousine Anna, plaide Céline. La brunante est à la veille de tomber et on n'a nulle part où dormir.

— Elle n'a même pas eu le cœur de venir me voir à l'hôpital, argumente Lucille.

— Mais pour le moment, on n'a pas d'autre place où aller et je suis congelée. Et j'ai faim aussi !

Lucille regarde sa jeune protégée et elle lui passe la main sur la joue en lui souriant.

— Fais-moi confiance un peu, non seulement je vais trouver un endroit pour la nuit, mais je vais aussi te trouver un mari riche. Et tu pourras reprendre ton petit Raymond. Je te l'ai dit, Lucille Pelletier n'a qu'une parole.

De prime abord, Céline ne doute pas des capacités de celle qu'elle estime plus que sa propre mère. Si ce n'avait pas été de Lucille, jamais elle n'aurait tenu le coup aussi longtemps dans cet hôpital de fous où elles étaient les deux seules personnes plus ou moins lucides. C'est seulement qu'elle vit très mal avec le fait que son petit Raymond soit retourné vivre chez cette Charlotte.

Les deux femmes avancent vers la rue principale et lorsqu'elles arrivent au coin d'une ruelle, elles sont témoins d'une scène qui fait sortir Lucille de ses gonds. Un policier est en train de s'en prendre à une des filles de la maison close de madame Charmaine. Lucille ne fait ni une ni deux et elle va porter secours à la pauvre femme qui essaie désespérément de se défaire des griffes du policier.

— Espèce de goujat! hurle-t-elle en lui assénant des coups de sacoche.

Le policier se pare comme il peut, mais lorsqu'il lève la tête entre deux coups et que Lucille reconnaît Roger, son neveu, elle redouble d'ardeur à la tâche. Elle n'a pas oublié le coup de l'auto et elle a bien l'intention de prendre sa revanche.

— Au nom de la loi, arr…

— Laisse-moi tranquille avec ta loi! Tu ne me fais pas peur, espèce de fumier. Lâche cette fille immédiatement ou je ne réponds plus de mes actes.

— Si vous n'arrêtez pas, je vais vous arrêter et…

— Lâche-la et fous-lui la paix. Elle ne fait que son travail!

Roger pourrait se servir de son pouvoir pour arrêter sa tante, mais même si toute la famille s'entend pour dire qu'elle est folle, personne ne manquerait de lui reprocher son geste. C'est pourquoi il décide de lâcher le bras de la fille. Elle va aussitôt se réfugier sur la galerie en serrant son châle sur sa poitrine. La pauvre était sortie seulement pour fumer une cigarette.

— Que je ne te prenne plus à traîner dehors dans cette tenue, lance Roger avant de s'en aller.

— Et toi non plus, ajoute bravement Lucille. Que je ne te reprenne pas à traîner ici parce que tu vas avoir affaire à moi.

Tout s'est passé si vite que Lucille n'a pas remarqué que toutes les femmes de la maison ont franchi la porte pour voir ce qui se passait. Lucille leur sourit et elle replace ses vêtements avant d'aller rejoindre Céline.

— Madame ! s'écrie la plus en chair. Est-ce que je pourrais vous parler ?

Même si Céline tire sur sa manche pour qu'elles s'en aillent, Lucille se retourne.

— À la condition que vous me serviez un thé bien chaud... avec du sucre.

C'est sans grande conviction que Céline suit Lucille à l'intérieur de la maison. La femme les invite à passer au salon après avoir commandé de leur apporter du thé. Elle se présente à Lucille et lui dit tout de go :

— Je ne vous connais pas, je viens juste d'arriver en ville, mais si vous cherchez du travail, je suis prête à vous engager pour protéger mes filles de ce policier véreux et de ses acolytes. Je vous offre le gîte et le couvert si vous l'empêchez de nous soutirer notre argent et je ne parle même pas des faveurs qu'il exige de mes filles.

— C'est parfait pour nous, la coupe Lucille.

— Ah ! mais je parlais seulement pour vous.

— C'est à prendre ou à laisser.

Charmaine détaille Céline sous toutes ses coutures sans aucune gêne.

— Votre amie est plutôt jolie, elle pourrait travailler avec mes filles.

Céline recule sur sa chaise en entendant ça.

— Elle vient avec moi, mais il est hors de question qu'elle s'occupe de vos clients. Elle est promise à un tout autre avenir.

Charmaine promène son regard de Lucille à Céline avant de reprendre la parole.

— Venez, je vais vous montrer votre chambre.

Aussitôt que la porte se referme sur leur bienfaitrice, Lucille s'exclame :

— Je te l'avais dit, qu'on ne coucherait pas dehors.

— Mais on est dans un bordel, riposte Céline. Ce n'est certainement pas ici que je vais trouver un mari.

— On a un toit sur la tête et on va manger trois repas par jour. Pour l'instant, c'est tout ce qui compte. Défais ta valise pendant que je vais aller jaser avec les filles que je dois protéger.

Céline n'en revient tout simplement pas. Alors que Lucille a toujours vécu dans la ouate, voilà qu'elle vient d'accepter de défendre des prostituées pour le gîte et le couvert plutôt que d'aller s'installer chez Anna. Décidément, cette femme n'a pas fini de la surprendre.

Chapitre 3

Bien que son voyage à Rome remonte à plus de six mois, monseigneur Labrecque flotte encore sur son petit nuage rose. Revenu coiffé du titre d'archevêque, un grand sourire orne son visage en permanence. À part les visites répétées du quêteux qui veut embrasser sa bague, personne ne réussit à le lui faire perdre. Comme on le lui a dit à son retour, dès qu'une place se libérera à Montréal ou à Québec, on l'en avisera. Évidemment, sa nomination a soulevé bien des questions et de nombreux commentaires dans l'Église, tous niveaux confondus. D'autres auraient été mal à l'aise d'avoir accédé à l'échelon supérieur aussi facilement, mais pas lui. Il marche la tête haute et ne se laisse aucunement influencer par tout ce qu'on peut raconter dans son dos. Il a enfin obtenu ce qu'il voulait et c'est tout ce qui compte pour lui.

La nouvelle de sa nomination s'est répandue comme une traînée de poudre à la grandeur du Saguenay. Qui plus est, elle a fait l'objet d'un article dans tous les journaux régionaux.

— Je voudrais savoir ce qui va arriver avec moi quand vous allez partir, dit Émile d'une voix incertaine.

— Rien mon garçon, le rassure monseigneur. Tu vas continuer tes cours et je vais veiller sur toi à distance.

— Mais après ?

Cette fois, c'est un regard protecteur et bienveillant que monseigneur pose sur le jeune homme. Décidément, Émile a devant lui un avenir prometteur. Malgré sa jeunesse, il a enregistré tout ce que son protecteur lui a dit et il suit ses affaires de près, ce qui plaît énormément à monseigneur Labrecque.

— Après, tu viendras me rejoindre où je serai.

— Mais je ne pourrai pas prendre votre place, puisque vous serez archevêque.

— Dans le temps comme dans le temps, mon garçon. Tout ce que je te demande pour l'instant, c'est de faire de ton mieux. Pour le reste, je m'en chargerai le moment venu.

Monseigneur sera éternellement redevable à Adjutor pour ce qu'il a fait pour lui. Il ne manque pas de le remercier chaque fois qu'il le voit. Lors de la dernière visite d'Adjutor, ce dernier lui a dit que ça suffisait, que ça le mettait mal à l'aise, puisqu'au fond il n'avait fait que le lien entre monseigneur Agati et lui.

— Vous ne semblez pas réaliser que sans vous j'aurais été condamné à rester évêque jusqu'à la fin de mes jours, argumente monseigneur. Que ça vous plaise ou non, je vous dois beaucoup plus que vous ne pouvez l'imaginer.

Monseigneur loge dans le pavillon qu'Adjutor a fait construire pour sa mère quand il lui rend visite. Il ne se lasse pas du paysage qu'il a sous les yeux. La vue du manoir et du fleuve vaut à elle seule le déplacement, et ce, peu importe le temps de l'année. L'immensité n'existe pas qu'à Saint-Irénée, mais on peut dire qu'elle revêt un caractère très particulier qu'on ne retrouve nulle part ailleurs.

Monseigneur sort une feuille de papier, sa plume et son encrier et il réfléchit à ce qu'il va écrire. Alors que les mots ont l'habitude de lui venir très aisément, ce n'est pas le cas cette fois-ci. Voilà déjà deux jours qu'il tourne et retourne les mots dans sa tête sans trouver quoi dire. Disons que l'objet de sa lettre n'a rien de réjouissant, du moins de son point de vue. Il appuie le bout de sa plume sur son menton comme il a l'habitude de le faire quand il réfléchit. Il s'est bien promis que cette fois, il ne se lèvera pas de sa chaise tant et aussi longtemps qu'il n'aura pas cacheté son enveloppe.

Mon cher Adjutor,

Je crains que ce que vous vous apprêtez à lire ne fera pas votre affaire du tout et, sincèrement, j'aurais préféré ne pas être le porteur de cette nouvelle pour le moins désolante.

Monseigneur relève la tête et il regarde en l'air en espérant être inspiré pour la suite.

Votre mère est sortie de l'hôpital pour entrer dans un endroit de perdition. Vous ne le croirez pas, mais elle s'occupe de la protection des filles de la maison close de Jonquière. Soyez assuré que j'ai vérifié mes sources avant de vous écrire. Il paraît que la pauvre femme n'avait aucune place où aller et que c'est pour cette raison qu'elle a accepté ce travail contre le gîte et le couvert. Je ne voudrais pas vous dire quoi faire, mais entre vous et moi, je trouve inacceptable qu'une femme de son rang soit réduite à vivre avec les filles de joie. N'allez pas penser que je condamne votre père ou quelque membre de votre famille de ne pas l'avoir pris avec eux, je connais le caractère de votre mère, seulement il semble que vous soyez le seul à pouvoir la sortir de là…

L'homme d'Église relit sa lettre une dernière fois, il la plie et la glisse dans une enveloppe. Il regarde l'heure et il se lève pour aller la porter à son secrétaire. S'il fait vite, elle partira aujourd'hui. Concentré, monseigneur sort de son bureau et il passe à deux doigts d'entrer en collision avec le quêteux.

— Monseigneur, monseigneur, je voudrais embrasser votre bague.

Il n'en faut pas plus pour le mettre de mauvaise humeur. À peine pose-t-il les yeux sur le pauvre homme qu'il est pris d'un haut-le-cœur incontrôlable. Celui-ci dégage une odeur nauséabonde et repoussante.

— Je vous envoie mon secrétaire, lance-t-il en poursuivant son chemin.

— Mais je veux juste embrasser votre bague.

L'homme lui tient le même discours chaque fois qu'il débarque à l'évêché et ça horripile tellement monseigneur que s'il ne se retenait pas, il l'attraperait par le col de son manteau crasseux et il le sortirait à coups de pieds pour que celui-ci comprenne une fois pour toutes qu'il n'a rien à faire ici. Contre toute attente, monseigneur revient sur ses pas et il tend sa main en fermant les yeux. Dès qu'il sent le contact des lèvres du quêteux sur ses doigts, il retire sa main et lui dit :

— Allez-vous-en, maintenant que vous avez eu ce que vous vouliez.

Et monseigneur rentre dans le bureau de son secrétaire en prenant soin de fermer la porte derrière lui.

— Combien de fois vais-je devoir vous dire de m'en débarrasser ?

Son secrétaire lève les yeux de ses papiers et il soupire.

— J'ai l'impression de ne faire que ça !

— Faites-le ramasser par la police si ça ne fait pas, parce que moi je n'en peux plus.

Monseigneur s'essuie rageusement la main sur sa soutane avant de tendre son enveloppe à son secrétaire.

— Il faudrait absolument qu'elle parte aujourd'hui.

— Je m'en charge.

— Et sortez-moi cet agrès de mon évêché avant que je le fasse moi-même.

***

— C'est tout l'effet que ça te fait ? demande Gertrude.

— Je ne suis quand même pas pour le tuer, répond Marcella d'un ton las. Ce n'est pas comme si je ne le savais pas, je t'en ai parlé avant de tomber enceinte de mon dernier. Souviens-toi, je t'avais dit que mon mari me trompait. Léandre est un bon père et un bon époux, même que je te dirais qu'il est meilleur que jamais au lit. Non ! Non ! La mère a beau dire ce qu'elle voudra, je suis bien mariée et je ne ferai pas de vague.

— Et s'il avait fait un enfant à une autre femme ?

— Il peut en faire autant qu'il veut tant qu'il ne m'oblige pas à les élever.

Gertrude était loin de penser que Marcella réagirait ainsi. En fait, elle était certaine de la trouver complètement abattue. En tout cas, si Camil la trompait, elle lui ferait la vie dure.

— Tu me surprendras toujours ! lance Gertrude.

Marcella a tourné la question de tous bords tous côtés et, au final, elle a décidé de ne rien faire. Tant et aussi longtemps que Léandre les fait vivre elle et les enfants, elle n'a pas le droit de se plaindre.

— Entre toi et moi, je n'ai pas grand choix. Ou je fais avec, ou je passe le reste de ma vie à me morfondre chaque fois que Léandre sort de la maison. Et puis, qui peut m'assurer que la mère dit la vérité ? Depuis qu'elle a mis le feu au hangar, je ne lui fais plus confiance, et encore moins à cette Céline qui la suit partout comme un chien de poche.

— Parlons-en, de sa Céline. Hier, la mère m'a dit avec un petit sourire en coin que c'était la fille qu'elle avait toujours souhaité avoir. Hum ! Elles peuvent bien rester avec les filles de joie…

Celle-là, Gertrude l'a en travers de la gorge. Elle a donné plus de trente ans de sa vie à sa mère et ce n'est pas encore assez. Au lieu de la remercier, Lucille saisit toutes les occasions pour l'abaisser.

— En tout cas, poursuit Gertrude, je commence sérieusement à en avoir assez de ses petites visites. C'est rendu que je rentre la tête dans les épaules chaque fois que j'entends ouvrir la porte. Tu devrais la voir, elle se plante dans un coin du magasin et elle passe des commentaires sur moi et même sur les clients. Quand je ne peux plus la supporter, je vais chercher Camil pour qu'il vienne la sortir. Tu devrais entendre tout ce qu'elle lui dit.

— Et Adrien dans tout ça ?

— Adrien ? Mets-toi à sa place un peu, il l'évite comme la peste. Il s'en va dès qu'il l'aperçoit. Hier, il m'a dit qu'il était mort de peur à l'idée qu'elle lui vole son auto.

— Il faut le comprendre, la mère n'y est pas allée de main morte avec lui. Je ne sais même pas comment il fait pour rester dans la maison des parents.

Marcella a été très surprise quand elle a appris qu'Adrien et sa famille descendaient vivre en bas. À la place de Marie-Paule, jamais Marcella n'aurait accepté. Elle aurait eu bien trop peur que Lucille veuille revenir chez elle. Au moins, Adrien a tenu son bout quand sa mère s'est présentée à sa porte.

— Est-ce qu'il t'arrive de te demander ce qu'on a bien pu faire au Bon Dieu pour avoir une mère comme la nôtre ?

— Je l'ai fait pendant trop longtemps, et j'ai fini par renoncer à comprendre. J'ai pour mon dire que la mère a toujours été folle et qu'il n'y a aucune explication logique. On aura beau dire et faire tout ce qu'on voudra, ça ne la changera pas. La mère n'a pas son pareil, et ce n'est pas dans le bon sens des choses. J'en suis rendue à un point où elle pourrait vivre sur un tas de fumier que ça ne me dérangerait pas, pourvu qu'elle n'apparaisse plus dans mon champ de vision parce que ça me tue à petit feu. Je vais peut-être te paraître méchante, mais j'étais bien quand elle était enfermée.

Gertrude devrait aller se confesser de penser ainsi, mais elle ne le fera pas. La dernière fois qu'elle a vu Adjutor, elle en a discuté avec lui et il lui a dit d'arrêter de s'en faire pour rien.

— La mère, c'est la mère, et ce n'est pas une dizaine de chapelet qui va la ramener. Si ça peut te rassurer, je ne me confesse jamais à cause d'elle. Et si ça se trouve qu'un curé vient me le reprocher un jour, eh bien, je lui dirai qu'il n'a qu'à l'emprunter pendant quelques heures pour savoir de quoi elle est capable. Après tout ce qu'elle nous a fait endurer, il est normal qu'on ne veuille plus rien savoir d'elle.

Depuis ce jour, Gertrude n'est plus allée à la confesse. Le curé de la paroisse la regarde de travers quand il la voit, mais ça ne la dérange pas.

— C'est pareil pour moi, finit par répondre Marcella.

Marcella s'approche de Gertrude et elle la prend par le cou.

— Je vais nous servir un petit remontant.

Gertrude ne fait ni une ni deux et elle lui dit en distançant son index de son pouce au maximum :

— Comme dirait le père, je vais en prendre deux doigts.

Et les deux sœurs éclatent de rire.

— Pour une fois qu'on est juste toutes les deux, lance Marcella, ça te dirait de jouer un air ou deux avec moi ?

— J'attendais juste que tu me le demandes !

* * *

Charlotte apprécie de plus en plus que Laurier rentre tous les soirs, d'autant qu'il l'aide avec les petits aussitôt qu'il met les pieds dans la maison. Et même si elle revient parfois un peu plus tard de l'orphelinat, il ne lui fait aucun reproche. Elle s'affaire à préparer le souper pendant que les enfants s'amusent avec les blocs de bois que Laurier leur a faits. Elle se surprend même à chanter, depuis que son petit Raymond est revenu. Elle n'en demeure pas moins vigilante lorsqu'elle sort de la maison avec les enfants, mais elle se dit que Céline ne voudra certainement pas courir le risque de retourner à l'hôpital. Ça ne la rassure qu'à moitié, mais elle refuse de vivre en permanence avec la pression d'un couteau sur la gorge. Rien ni personne ne pourra effacer ce qui a été. Reste maintenant à prier pour que son bonheur se perpétue au moins jusqu'à la majorité des enfants.

La dernière visite de Léandre remonte à l'été dernier. Charlotte n'arrive toujours pas à le chasser de son esprit. Son image lui apparaît lorsqu'elle s'y attend le moins. Chaque fois que Laurier en est témoin, il lui demande ce qui la fait sourire. Chaque fois, elle répond la première chose qui lui passe par la tête. Le nouveau travail de Laurier lui donne beaucoup moins de liberté qu'avant, en tout cas pas suffisamment pour qu'elle croise le fer avec Léandre sous son toit si jamais l'occasion se présente. Et puis, les enfants vieillissent et ils dorment de moins en moins longtemps pendant la journée.

— C'est moi, s'écrie joyeusement Laurier en rentrant dans la maison. Il va falloir mettre de l'eau dans la soupe, parce que j'ai invité quelqu'un à souper.

Charlotte abandonne ses chaudrons et elle se tourne en direction de son mari.

— Je te présente Arthur Gagné, on travaille ensemble. C'est Charlotte, ma femme.

Le jeune homme incline la tête en guise de salutation. Laurier se penche pour prendre son fils dans ses bras.

— Lui, c'est Raymond et elle, c'est Claire.

— Ils sont jumeaux ? demande poliment Arthur.

— Pas vraiment, répond Laurier, je t'expliquerai un autre jour.

Charlotte ne se lasse pas de regarder Laurier quand il a un des enfants dans les bras. Dire qu'il ne voulait pas en avoir…

— Ah oui, avant que j'oublie, Arthur va dormir ici.

— Ce soir ? s'informe Charlotte.

— Je ne sais pas pour combien de temps. Il pourra s'installer dans la petite chambre.

Prise de court, Charlotte fronce légèrement les sourcils, ce qui n'échappe pas à Arthur.

— Si ça vous dérange, je vais m'organiser.

— Non ! Non ! se dépêche de dire Charlotte. C'est l'effet de surprise, c'est tout. Vous êtes le bienvenu, Arthur.

— Je te l'avais dit, que ma femme était recevante.

Charlotte n'aime pas se faire imposer des choses. Comme elle n'a pas fait le coup seulement une fois à Laurier, il vaut mieux qu'elle ne fasse pas de vague. Et puis, de prime abord, ce jeune homme lui plaît bien.

— Après le souper, ajoute-t-elle, j'irai préparer votre lit. En attendant que ce soit prêt, parlez-moi un peu de vous.

De nature réservée, Arthur commence par rougir jusqu'à la racine des cheveux. Il se redresse ensuite sur sa chaise en se demandant ce qu'il pourrait bien dire.

— J'ai une vie plus qu'ordinaire, vous savez. Je suis l'aîné d'une famille de dix enfants et je travaille depuis que j'ai douze ans. J'ai été élevé sur une terre dans un rang près de Roberval. Et je fais le même travail que Laurier.

Aussitôt son dernier mot prononcé, Arthur hausse légèrement les épaules en guise de fin.

— Y a-t-il longtemps que vous travaillez au port ? lui demande Charlotte.

— Seulement quelques jours.

Il est si rare qu'ils reçoivent des invités que Charlotte aurait un tas de questions à lui poser. Comme elle ne veut pas l'intimider davantage, elle retourne à ses chaudrons.

— Le souper est prêt ! s'exclame-t-elle quelques minutes plus tard.

Chapitre 4

Il y avait bien longtemps que Joseph n'était pas resté à souper chez Gertrude.

— J'avais pratiquement oublié à quel point tu cuisines bien, s'exclame-t-il après avoir avalé sa dernière bouchée.

Depuis qu'elle travaille assidûment au magasin, son père accepte rarement ses invitations. Il a pour son dire qu'elle en a plein les bras avec les deux familles et le magasin, mais elle a de l'aide, et on dirait qu'il a tendance à l'oublier. Anita s'occupe des plus jeunes jusqu'à trois heures et Marthe prend la cuisine et le ménage en charge.

— C'est Marthe qui cuisine bien comme ça, avoue Gertrude. Je ne sais vraiment pas ce que je ferais sans elle. Le souper était prêt quand je suis venue rejoindre les enfants.

Gertrude aurait quelques raisons de se plaindre si elle le voulait, mais jamais elle ne le fait. Sa vie a commencé à changer, et à s'embellir aussi, le jour où elle a dit oui à Camil et ça n'a jamais arrêté. Elle qui avait peur de ne pas pouvoir avoir d'enfants, elle en a maintenant plus qu'elle en aurait voulu, même si elle s'était mariée vingt ans plus tôt. Elle aime les enfants de Mérée comme s'ils étaient les siens et tous le lui rendent bien. Elle retrouve en chacun d'eux un peu de son amie et ça lui fait chaud au cœur les jours où elle lui manque trop. Et puis, Gertrude s'estime chanceuse de travailler hors de sa cuisine. Elle passe ses journées à servir les clients et à remplir les tablettes, et elle adore ça. Ce qu'elle aime encore plus, c'est lorsqu'elle participe aux réunions des associés et qu'elle peut mettre son grain de sel dans la moindre décision qui concerne le magasin. Elle n'en a jamais parlé à personne, pas même à Camil, mais dans ces moments-là elle a l'impression d'être quelqu'un.

— Dommage que je sois déjà marié, blague Joseph.

— Vous n'avez jamais si bien dit, ne peut s'empêcher d'ajouter Gertrude, et vous êtes loin d'avoir frappé le gros lot en amour.

— Ça dépend du point de vue où on se place, renchérit Joseph. Au concours de la plus folle, j'aurais de bonnes chances de sortir gagnant. Parlant de la bête, est-ce qu'elle te fait encore des misères ?

Gertrude lève les yeux au ciel et elle soupire un grand coup.

— Tu ne vas quand même pas me dire que ta mère est encore venue au magasin aujourd'hui ? demande Joseph d'un ton indigné en voyant la réaction de sa fille.

— Pour tout vous dire, répond Gertrude, elle n'a pas manqué une seule journée depuis qu'elle est sortie de l'hôpital.

— Pire que ça, papa, précise Camil, elle vient le matin et l'après-midi, et je la sors les deux fois. Si ça continue, je vais avoir les bras bleus à la grandeur, à force de me faire rentrer les ongles dans la chair.

Joseph est découragé. Il veut bien croire que Lucille en veut à toute la famille, mais il y a quand même des limites. S'il y a une chose dont il est sûr, c'est que son petit manège a assez duré.

— Je ne croyais pas que je me rendrais là un jour, ajoute Joseph, mais d'après ce que je peux voir, Lucille ne me laisse pas d'autre choix. Accordez-moi quelques jours pour régler votre problème.

— Qu'est-ce que vous comptez faire au juste ? demande aussitôt Gertrude.

— Fais-moi confiance et je vais te débarrasser de ta mère une fois pour toutes.

La dernière phrase de Joseph n'a rien pour rassurer Gertrude. De nature habituellement conciliante, elle voit une série de scènes toutes plus violentes les unes que les autres où son père les débarrasse de Lucille.

— Promettez-moi de ne pas faire de bêtises, vous là, le supplie Gertrude, je n'ai pas envie d'aller vous porter des pommes en prison.

— Ne t'inquiète pas, ce que j'ai en tête ne la tuera pas, enfin pas physiquement.

— Et vous n'auriez pas envie de nous en dire un peu... suggère Camil.

— Pas maintenant.

Gertrude et Camil se jettent un regard en coin. C'est la première fois que Joseph leur fait des cachettes, mais avec l'air qu'il a, ils en viennent très vite à la conclusion qu'ils n'ont pas à s'inquiéter.

— J'avoue que vous m'intriguez, ajoute quand même Camil.

Joseph leur fait son plus beau sourire. Si son plan fonctionne comme il l'espère, Lucille ne remettra pas les pieds dans le magasin de sitôt.

— As-tu su les dernières nouvelles, ma fille ? demande Joseph.

— Si ça se passe en ville, je gagerais que je suis déjà au courant.

— Non ! C'est des nouvelles d'Émile, le fils d'Alphonse. Tu te souviendras qu'il traînait de la patte quand il est entré au collège... eh bien, c'est le meilleur de sa classe dans toutes les matières.

— C'est la mère qui va être contente, renchérit Gertrude.

— Je ne crois pas qu'elle soit au courant et Alphonse m'a demandé de ne pas lui en parler. Il paraît que monseigneur ne la porte pas dans son cœur. Mais tu ne sais pas la meilleure, la dernière fois qu'Émile est allé à Chambord, il a dit à son père qu'il allait devenir archevêque comme monseigneur Labrecque un jour.

— Il ne manque pas d'ambition, le jeune, émet Camil. On peut au moins dire que la belle-mère a vu juste sur ce coup.

Joseph reste songeur pendant un bref instant. Il aimerait dresser une liste des bons coups de Lucille, mais pour ça il faudrait qu'elle en ait fait plus qu'un. Chaque fois qu'il essaie de lui trouver du bon, il tombe immanquablement sur une de ses vacheries. Pour ça, elle a toujours été championne.

— Ça vous dirait de jouer une petite partie de cartes ? s'informe Joseph.

— Jouez sans moi, répond Gertrude, je vais en profiter pour ranger la cuisine.

Gertrude adore avoir son père avec elle. Si le logement avait été un peu plus grand, elle lui aurait offert de venir les trouver. Au moins, le fait qu'Anita vive dans sa maison avec lui la rassure beaucoup.

— Avant que j'oublie, dit Gertrude, vous direz à Anita que je lui ai peut-être trouvé un prétendant.

— Pour vrai ? demande Joseph.

— Il vient d'arriver à Jonquière, il travaille avec Adrien sur la livraison de temps en temps.

— Et il a tous ses membres, ajoute Camil d'un ton moqueur.

Ce n'est pas la meilleure blague que Camil ait faite, mais ils la rient tous pendant quelques secondes.

— Tu sais de qui je parle ? s'inquiète soudainement Gertrude. Moi, c'était la première fois que je le voyais.

— Non, mais je me doute bien que tu ne feras pas exprès pour lui en trouver un pareil à celui qu'elle a laissé.

— Tant qu'à ça, tu as bien raison.

— Je ne manquerai pas de lui faire le message, confirme Joseph. Tout ce que je souhaite, c'est qu'il ne l'éloigne pas de moi.

***

Céline est de corvée à la cuisine aujourd'hui, et elle chantonne doucement en brassant le ragoût. La porte d'en arrière s'ouvre soudainement sur un homme qui a fière allure. Céline lui sourit et, avant qu'elle ait le temps d'ouvrir la bouche, Lucille s'écrie dans son dos :

— Vous n'avez pas le droit d'entrer par ici, c'est réservé au personnel.

Loin d'intimider l'homme, cette remarque le pousse à plonger son regard dans celui de Lucille avant de lui dire :

— Vous êtes sûrement nouvelle, parce que je passe toujours par cette porte.

— Eh bien, plus maintenant.

— Ho ! Ho ! Je ne vais quand même pas sortir par une porte pour entrer par une autre rien que pour vous faire plaisir, ma bonne dame.

Lucille s'approche jusqu'à pouvoir le toucher et elle lui lance au visage :

— Premièrement, je ne suis pas votre bonne dame. Deuxièmement, c'est moi qui mène ici. Et je ne sais même pas qui vous êtes.

— Monsieur Potvin, l'ancien propriétaire du magasin général. Mais je vous connais, vous êtes la mère de Gertrude. Vous êtes Lucille Pelletier, la femme de Joseph.

Lucille le regarde à deux fois. C'est vrai qu'elle ne l'a pas vu depuis plus d'un an et qu'elle ne s'attendait pas à le voir ici, mais on peut dire qu'il a pris un sacré coup de vieux. En temps normal, Lucille l'aurait reviré comme une crêpe, mais elle vient d'avoir une idée, et c'est pourquoi elle adoucit son ton et lui dit en souriant :

— Oubliez le Pelletier, je m'appelle Lucille de Minier. Qu'est-ce que je peux faire pour vous, monsieur Potvin ?

— La même chose que d'habitude, quoique je me laisserais bien tenter par cette belle enfant, répond-il en montrant Céline du menton.

— N'y pensez même pas. Céline est ma protégée et elle n'est pas de service ici. C'est une femme respectable et j'entends bien qu'elle le reste.

— Je paie bien, vous savez.

— Vous lui donneriez la lune que ce serait non, réplique Lucille du tac au tac.

Mais l'occasion est trop belle pour que Lucille la manque. Et puis, elle ne risque rien à le dire.

— Si vous voulez absolument avoir Céline, revenez avec une bague en or surmontée d'un gros diamant et on pourra commencer à discuter. Suivez-moi au salon, je vais aller m'informer sur vos préférences.

Monsieur Potvin fixe Céline jusqu'à ce qu'il soit sorti de la cuisine, ce qui n'échappe pas à Lucille.

— Je peux très bien vous en parler moi-même, dit-il.

C'est au tour de Lucille de fixer son regard sur lui. Elle n'est pas certaine d'avoir envie de l'entendre parler de ses préférences sexuelles, quoiqu'à bien y penser, ça pourrait lui servir.

— Je vous écoute !

Lorsque monsieur Potvin arrive au bout de sa liste d'épicerie, Lucille se lève et elle lui dit d'une voix assurée :

— Attendez-moi ici, je vais chercher Rose.

— C'est à croire que vous avez fait ça toute votre vie, madame Pelletier, oh pardon, de Minier, parce que c'est justement ma préférée.

— En passant, j'accepte les pourboires.

Sur ce, Lucille tourne les talons et monte l'escalier d'un pas alerte. Sa brève rencontre avec monsieur Potvin lui donne des ailes. Il est un peu vieux pour Céline, mais son argent pourrait compenser largement ses quelques cheveux en moins et sa vingtaine d'années en trop. *Plus j'y pense, plus je trouve que c'est une bonne idée !*

Lucille ne perd pas une seconde lorsqu'elle revient dans la cuisine et elle entreprend de convaincre Céline que l'idée de la marier à monsieur Potvin est ce qu'il pourrait lui arriver de mieux.

— Il est bien trop vieux pour moi, argumente aussitôt Céline, il a l'âge de mon père.

— Mais sa bourse est pas mal mieux garnie, par exemple. Si tu as toujours l'intention de récupérer ton petit Raymond, ce serait la personne parfaite. Il est respecté, et surtout respectable, et il a les moyens de payer. Et entre toi et moi, il est plutôt bien conservé pour son âge.

Bien que Céline n'ait pas une grande expérience en matière d'hommes, elle a tout de même ses préférences… et ce monsieur Potvin n'en fait pas partie. Il est plutôt bel homme c'est vrai, cependant Céline a du mal à s'imaginer en train de faire son devoir conjugal avec lui. Elle a beau faire des efforts pour oublier Laurier, elle n'y arrive pas. Elle n'en a pas parlé à Lucille, mais au fond, ce n'est pas seulement son fils qu'elle souhaite récupérer, mais le père aussi.

— Promets-moi au moins d'y réfléchir, ajoute Lucille en lui passant la main sur la joue. Je ne te dis pas ça pour te mettre de la pression, mais tu sais aussi bien que moi qu'un mariage comme celui-là réglerait tous nos problèmes d'un coup.

Céline regarde Lucille avec affection, elle sait qu'elle a raison. Reste maintenant à se convaincre qu'elle sera capable de surmonter leur différence d'âge et tout ce qui vient avec elle.

— Je vais y penser, finit-elle par dire après quelques secondes qui ont paru interminables à Lucille. Mais qui vous dit qu'il serait prêt à aller jusque-là ?

— Quand un homme regarde une femme de cette manière, c'est qu'il est prêt à tout pour la mettre dans son lit… même à la marier. On n'est pas mal ici, mais j'ai pour mon dire qu'on pourrait être bien mieux ailleurs.

Des cris stridents proviennent subitement de l'extérieur. Lucille ne fait ni une ni deux et elle sort. Quand elle aperçoit Roger en train de s'en prendre à une de ses filles, elle attrape le balai au passage et elle se rue sur lui.

— Il me semblait pourtant que j'avais été claire, hurle-t-elle en lui assénant des coups de balai sans se priver. Tu n'as pas le droit de t'approcher de mes filles. Lâche-la !

— C'est moi qui fais la loi ici, pas vous, s'écrie Roger. Je vais l'arrêter pour atteinte à la pudeur. Vous savez aussi bien que moi qu'elle n'a pas le droit de se promener dehors en petite tenue.

— Si ce n'est que ça, dit Lucille, je te promets que ça n'arrivera plus.

— Je vous donne une dernière chance, mais c'est bien parce que c'est vous. Faites-la rentrer avant qu'elle attrape son coup de mort, il fait trop froid pour laisser un chien dehors.

Aussitôt libérée de son bourreau, la jeune femme se dépêche de rentrer dans la maison. Alors qu'elle s'apprête à monter à l'étage, Lucille l'interpelle :

— Jeanne ! Attends, il faut que je te parle.

La jeune femme rebrousse chemin et elle vient se poster docilement devant Lucille.

— Je peux te protéger quand je suis là, mais il ne faudrait quand même pas le faire exprès. Tu sais aussi bien que moi que Roger n'est pas le seul policier en ville.

— J'ai compris, madame Lucille, confirme Jeanne. Est-ce que je peux aller me préparer maintenant ?

— Vas-y, ma belle fille.

Lucille n'est pas et elle ne sera jamais la personne la plus chaleureuse que la terre ait portée, mais avec les filles d'ici, elle est plus douce qu'avec n'importe qui. D'ailleurs, si Gertrude la voyait agir avec elles, elle tomberait sûrement en bas de sa chaise, et elle lui en voudrait de toutes ses forces. Lucille n'a pas de pitié pour les filles de la maison, elle a du respect pour elles. Certes, elles ne font pas le travail le plus noble qui soit, mais quand on connaît leur histoire comme Lucille, on peut facilement trouver une excuse à chacune d'entre elles pour être descendue aussi bas. Et puis, Lucille ne se gêne pas pour dire haut et fort que c'est la faute des hommes si la prostitution existe. *S'ils n'étaient pas aussi cochons, les bordels n'existeraient pas !*

— Bon, dit Lucille à l'intention de Céline, il faut que j'aille au magasin.

S'il y a une chose que Céline ne comprend pas, c'est bien les visites quotidiennes de Lucille au magasin général. Lucille n'a pas manqué une seule journée depuis qu'elles se sont installées ici, et ce, même si elle revient enragée après chacune d'elles.

* * *

Adjutor était dans tous ses états lorsqu'il a reçu la lettre de monseigneur. Il ne s'est pas contenté de la relire trois fois, il l'a même montrée à Arabella.

— Ta mère travaille vraiment dans un… bordel? lui a-t-elle demandé en lui remettant sa lettre.

— Je ne sais pas ce qui arrive avec elle, mais malgré qu'on l'ait laissée sortir de l'hôpital, on dirait qu'elle n'a pas retrouvé toute sa tête. Voir si une femme comme elle doit traîner dans un endroit comme celui-là. Je n'en reviens tout simplement pas. Ma mère, la sainte Lucille, s'occupe des filles de joie. Je savais que quelque chose ne tournait pas rond chez elle, mais jamais à ce point-là.

Même si Arabella ne porte toujours pas Lucille dans son cœur et qu'elle ne lui a pas manqué du tout pendant la dernière année, elle a pitié d'elle.

— Peut-être qu'elle n'avait pas d'autre choix, ajoute-t-elle du bout des lèvres.

— C'est bien mal la connaître que de croire ça. Je conviens que personne de la famille ne veut l'aider, mon père compris, mais il me semble bien que sa cousine Anna était prête à la prendre chez elle. Fais-moi confiance, si la mère a choisi la maison close, c'est qu'elle a une raison.

— Tu ne vas quand même pas la laisser là alors que son pavillon est prêt !

Adjutor sourit à sa femme. Lucille a beau être sa mère, il refuse de l'avoir dans les pattes comme avant. La connaissant, s'il lui donne un pouce, la première chose qu'il saura, c'est qu'elle aura déménagé ses pénates au manoir sans le consulter au préalable évidemment. Sa mère est un vrai poison et personne n'arrivera à le convaincre du contraire. En même temps, il est hors de question qu'il la laisse là où elle est. Ce n'est pas un endroit pour elle, et ce n'est pas très bon pour la réputation de leur famille non plus. Et bien que selon lui, il ait fait largement sa part avec elle, il demeure le mieux placé pour la prendre.

— Tu as raison, je vais aller la sortir de là. Mais entre toi et moi, elle a intérêt à filer doux cette fois, parce que je n'hésiterai pas à la retourner d'où elle vient si elle n'en fait qu'à sa tête. Et puis, je dois bien ça au père, après tout ce qu'elle lui a fait voir.

L'un comme l'autre, ils savent parfaitement que celui qui va parvenir à faire agir Lucille contre sa volonté n'est pas encore né.

— On n'aura qu'à lui parler dès qu'elle arrivera, propose Arabella sans trop croire elle-même ce qu'elle vient de dire.

Dans les jours qui suivent, Adjutor se présente au magasin général dans l'espoir d'en savoir plus long sur la nouvelle lubie de leur mère. Au discours de monseigneur, Gertrude ajoute les visites quotidiennes de Lucille et elle lui dit :

— Je te trouve bien courageux de vouloir l'emmener avec toi.

— Crois-moi, ça n'a rien à voir avec le courage. Je dirais plutôt que c'est de l'inconscience, répond Adjutor d'un ton teinté d'ironie. Et vous en avez assez fait pour elle, c'est à mon tour de prendre la relève.

— Je ne voudrais pas être méchante, mais je ne ferai rien pour la retenir. J'aimerais juste te mettre en garde. La mère a changé, et ce n'est pas en mieux. Elle est sortie de l'hôpital en même temps qu'une certaine Céline et elle l'a prise sous son aile. Je ne te mens pas, je pense qu'elle l'aime plus que nous tous réunis.

Gertrude fait une petite pause avant de poursuivre. Voir l'amour que Lucille porte à Céline lui brise le cœur. Mais Lucille a-t-elle déjà aimé quelqu'un ?

— Si j'ai bien compris, cette Céline aurait un fils et c'est pour l'avoir enlevé à ses parents adoptifs qu'on l'a enfermée. Il paraît qu'elle veut le reprendre. Et la mère a lâché une bombe sur Léandre.

— Elle est bien capable d'avoir tout inventé, plaide Adjutor.

— Je n'ai pas eu l'impression qu'elle mentait, mais... En tout cas, si j'étais à ta place j'y penserais à deux fois avant de lui offrir de vivre chez nous.

— Mais elle vivra dans le pavillon que j'ai fait construire pour elle, pas au manoir.

— La connaissant, elle ne se contentera pas du pavillon très longtemps.

Adjutor aimerait dire à Gertrude qu'elle se trompe sur toute la ligne, mais pour cela, il faudrait qu'il en soit convaincu. Il est parfaitement conscient du risque qui le guette en tendant la main à sa mère, mais en son âme et conscience il doit le faire. Son passé en tant qu'homme d'Église lui interdit de ne pas tendre la main à toute personne en difficulté. Et le moins qu'on puisse dire, c'est que Lucille a besoin d'aide.

— Bonjour, dit Adjutor à la jeune femme qui vient de lui ouvrir la porte, je voudrais voir madame Lucille Pelletier.

— Vous voulez dire madame de Minier ? précise Céline.

Il y a si longtemps qu'Adjutor n'a pas entendu le nom de fille de sa mère qu'il met quelques secondes avant de répondre.

— Oui. Dites-lui que c'est son fils Adjutor.

— Suivez-moi au salon, je vais aller la chercher.

C'est la première fois qu'Adjutor met les pieds dans une maison close. Il est tellement impressionné qu'il regarde partout.

— Depuis quand cours-tu les bordels ? lui demande Lucille d'un ton sec en entrant dans la pièce.

— Depuis que ma mère se tient là, répond Adjutor sans hésiter. Vous avez l'air en grande forme.

— Je t'en supplie, laisse faire les politesses et dépêche-toi de me dire pourquoi tu as fait tout ce chemin.

Adjutor repense à ce que Gertrude lui a dit et il hésite à parler. La femme qu'il a devant lui est pire que dans ses souvenirs. Elle a le regard si noir qu'elle lui fait peur, et il l'imagine mal tourner autour de sa fille même sous sa vigilance. Il doit faire un effort pour se souvenir du motif de sa visite. Il prend ensuite une grande respiration et se lance.

— Je suis venu vous sortir d'ici.

— Ça, c'est le bouquet ! s'écrie Lucille. Où étais-tu quand j'étais à l'hôpital ? C'est tout juste si tu m'as rendu visite deux fois et là, tout à coup, tu décides de jouer au bon samaritain. Retourne d'où tu viens et vite. Je n'irai nulle part avec toi.

— Mais je vais vous ramener à Saint-Irénée, plaide Adjutor. Au cas où vous l'auriez oublié, j'ai fait construire un pavillon juste pour vous.

— Pour que tu te débarrasses de moi à la première occasion comme tu sais si bien le faire, je te remercie mon garçon, mais je suis bien ici. Les filles ne sont pas aussi instruites que toi, mais elles ont du cœur et elles ont de la considération pour moi. Va trouver ta duchesse et laisse-moi tranquille.

Adjutor était loin de s'attendre à une telle réaction de la part de sa mère. Il savait qu'elle ne lui faciliterait pas les choses, mais pas qu'elle préférerait le bordel à son pavillon, par exemple. Alors qu'il est perdu dans ses pensées, Lucille se lève de sa chaise et ajoute avant de sortir de la pièce :

— Viens me revoir seulement si tu as envie d'essayer une prostituée.

Et Lucille sort sans jeter un regard à son fils. Déstabilisé par la dernière phrase de sa mère, Adjutor est incapable de bouger. Il ignore combien de temps s'est écoulé avant qu'il trouve la force de se lever. Ce qu'il sait par contre, c'est que Gertrude avait raison. Le moins qu'on puisse dire, c'est que leur mère vieillit mal. Le dos courbé comme s'il portait la terre entière sur ses épaules, Adjutor sort du bordel. Il faut qu'il parle à son père et le plus vite sera le mieux.

— Je ne suis pas étonné qu'elle t'ait reviré de bord, dit Joseph.

— Moi, je ne comprends pas pourquoi elle a fait ça. Vous savez aussi bien que moi qu'elle ne jurait que par le manoir et le pavillon que j'allais lui faire construire. Et maintenant qu'il est prêt, elle refuse de venir… il y a quelque chose qui m'échappe.

— Ne perds pas ton temps, mon garçon, depuis qu'elle a mis le feu au hangar pour faire brûler l'auto d'Adrien, ta mère n'est plus la même. Elle n'est pas moins méchante qu'avant, elle l'est juste différemment. Je ne sais pas pourquoi, mais depuis qu'elle est revenue dans le monde, elle a jeté son dévolu sur Gertrude et, crois-moi, elle ne la ménage pas.

— Gertrude m'en a parlé. Je lui ai offert de l'aider, mais elle m'a dit qu'il n'y avait rien que je puisse faire pour elle.

Adjutor oscille la tête de gauche à droite à plusieurs reprises. Décidément, les choses ne vont pas en s'améliorant avec sa mère.

— Êtes-vous en train de me dire qu'elle ne s'occupe pas de la nouvelle auto d'Adrien ? s'informe Adjutor.

— Pas aux dernières nouvelles, mais je peux te dire qu'Adrien est sur ses gardes comme ce n'est pas possible. C'est rendu qu'il ne rentre jamais dans le magasin général sans avoir demandé à quelqu'un de vérifier si sa mère est là. Lucille l'a traumatisé pour le reste de ses jours et je prie Dieu à tous les soirs pour qu'elle ne s'en prenne plus à son auto, parce que cette fois, je ne sais pas jusqu'où il irait.

— Ce n'est pas normal que la mère sème la terreur comme ça dans sa propre famille.

— Que veux-tu que je te dise ? Ta mère est folle et elle risque de tous nous enterrer.

Il y a une question qui brûle les lèvres d'Adjutor depuis un bon moment déjà. Il fixe Joseph et il lui demande :

— Je sais bien que ce ne sont pas mes affaires, mais vous est-il déjà arrivé de regretter de l'avoir mariée ?

Joseph n'a pas l'habitude de perdre son temps à ressasser des choses auxquelles il ne peut rien changer de toute façon. Il est marié à Lucille depuis si longtemps qu'il a du mal à se souvenir pourquoi il lui a fait sa grande demande alors que son cœur battait pour une autre. Dans ses secondes d'errance sur cet épisode de sa vie, il se dit que c'est purement et simplement par lâcheté. Lucille avait détruit la réputation de sa dulcinée pour lui mettre la main dessus et il n'a rien fait pour sortir de ses filets. Au contraire, il l'a menée jusqu'à l'autel et a commencé à goûter à sa médecine le soir de leur nuit de noces. Lucille n'a jamais été un cadeau et il est bien placé pour le savoir.

— Les regrets, c'est pour les faibles, mon garçon. Je l'ai abandonnée, c'est bien pire.

Et Joseph sort sa pipe de sa poche et se met à la bourrer pour se donner une contenance. Il n'est pas fier de ce qu'il a fait, mais c'était ça ou son histoire avec Lucille aurait pu très mal tourner.

— Sortez deux verres, dit Adjutor, je vous ai apporté une bonne bouteille de whisky.

Adjutor se lève et va la chercher dans le sac qu'il a laissé à l'entrée.

— Cesse de t'en faire pour ta mère, ajoute Joseph, et pour Gertrude. J'ai trouvé le moyen de faire cesser ses visites.

— Jurez-moi que vous ne ferez pas quelque chose que vous pourriez regretter.

— Ne t'inquiète pas pour moi. Ta mère restera à distance tant qu'Anita restera avec moi.

— Ça me rassure ! À votre santé, papa !

Chapitre 5

Margot a éclaté de rire quand elle a remis la lettre de Joseph dans son enveloppe. En deux pages, son beau-frère lui a raconté les dernières frasques de Lucille et il l'a suppliée de venir l'aider. Pour un autre que lui, jamais Margot n'aurait accepté de remettre les pieds au Saguenay. Pour lui, elle a fait ses bagages et elle a pris la direction de son Jonquière natal sans aucune hésitation. Leur dernière rencontre remonte à son mariage. Le lendemain, Margot quittait la région au bras de son mari pour ne jamais revenir, c'est du moins ce qu'elle croyait.

Elle passe une partie du trajet à penser aux années où Lucille et elle vivaient avec leurs parents. D'après la lettre de Joseph, sa chère petite sœur n'a pas changé d'un iota. D'ailleurs, Margot se demande bien comment il a fait pour l'endurer pendant tout ce temps. *Il y a tout de même des limites à la bonté d'un homme.*

Joseph lui a demandé de le rejoindre à la maison de Gertrude. Voilà près d'une heure qu'il lui raconte en détail ses dernières années de vie commune avec Lucille.

— Il était temps que tu la lâches, confirme Margot, parce qu'elle aurait fini par avoir ta peau. Tu méritais bien mieux que ma sœur.

— Je ne peux m'en prendre qu'à moi, confie Joseph, puisque j'ai été assez bête pour la marier. Bon, es-tu prête ? C'est son heure pour aller emmerder Gertrude.

Margot n'en est pas revenue de tout ce que Joseph lui a raconté. Sa sœur a toujours été particulière, mais là elle dépasse les bornes, et pas rien qu'un peu. Et le coup de l'incendie lui a donné la chair de poule.

Joseph et Margot font le point une dernière fois avant de faire leur entrée dans le magasin. Joseph devance Margot de quelques pas et, quand il aperçoit Lucille, il s'écrie :

— Tu vas être fière de moi, ma fille, j'ai trouvé l'employée que tu cherchais.

Surprise, Gertrude lève les yeux de son grand livre et elle regarde son père d'un drôle d'air.

— Mais je…

— Laisse-moi d'abord te la présenter.

Joseph se retourne et fait signe à Margot de venir le rejoindre. Cette fois, c'est à une paire de gros yeux de la part de Gertrude qu'il a droit.

— Bonjour Gertrude, dit Margot d'une voix forte, on ne se connaît pas, mais on est parentes. Ton père m'a dit que tu cherchais une employée, eh bien, me voici !

C'est alors que Lucille s'avance jusqu'au comptoir pour être bien certaine qu'elle n'a pas la berlue.

— Margot ? siffle-t-elle. Qu'est-ce que tu fais ici ?

— Je viens travailler pour ta fille.

— Elle n'a besoin de personne, surtout pas de toi, lance Lucille sur un ton mauvais, et je suis là pour elle.

— Ce n'est pas ce qu'on m'a dit. Il paraît que Gertrude a besoin d'une employée capable de te garder à distance et, par le plus grand des hasards, je passais par ici.

Cette fois, c'en est trop pour Gertrude. Elle a beau fouiller dans sa mémoire, elle est certaine de n'avoir jamais vu cette femme.

— Est-ce que quelqu'un pourrait m'expliquer ? demande-t-elle.

Margot tire le tapis de sous les pieds de Lucille et elle dit en tendant la main à Gertrude :

— Je m'appelle Margot et je suis la sœur aînée de ta mère. J'ai quitté la région avant que tes parents se marient et je ne suis jamais revenue. Laisse-moi régler une ou deux affaires avec ta mère et tu n'auras qu'à me dire ce que tu veux que je fasse.

Elle se tourne ensuite vers Lucille et ajoute en prenant soin de lui faire son plus beau sourire :

— Au cas où ça t'intéresserait, Jo est mort cinq ans après notre mariage et j'ai épousé un médecin six mois plus tard. J'ai quatre enfants et ils sont tous professionnels. Georges est avocat, Antoinette est directrice de l'école primaire, Gaston est hôtelier et Pierre est comptable à l'évêché. Et les tiens ? À part Gertrude, que font-ils ?

Une fois de plus, la maudite Margot vient de lui en mettre plein la vue, mais elle ne se laissera pas faire, cette fois. Lucille gonfle la poitrine et se lance :

— Mon fils Adjutor a été nommé archevêque par le pape en personne, mais il a préféré se marier avec une duchesse italienne. Tu devrais voir son manoir. Il m'a même fait construire un pavillon qui surplombe le fleuve.

— Ce n'est pas pour t'embêter, mais j'habite moi-même dans un palace, c'est un cadeau de mon défunt mari. Et j'ai ma propre auto depuis au moins quatre ans.

— Hum, maugrée Lucille, a beau mentir qui vient de loin.

— Je peux te montrer des photos si tu veux ! Mais tu sais bien que j'ai toujours eu plus que toi et ce n'est pas demain la veille que ça va s'arrêter. Je suis plus grande que toi, plus intelligente, plus belle et plus riche aussi. À part ton curé manqué, que font tes autres enfants ?

Lucille a l'impression d'avoir un volcan en ébullition dans la poitrine. Elle n'a pas vu sa sœur depuis près d'un demi-siècle et rien n'a changé entre elles. Sa seule vue la fait toujours rager et elle sait d'avance qu'elle ne gagnera pas à ce petit jeu-là parce que peu importe ce qu'elle dira, Margot aura plus à dire. Bien que Lucille déteste perdre, plus vite elle tirera sa révérence et mieux ce sera pour elle. C'est pourquoi elle tourne les talons sans même lui répondre et elle martèle rageusement le plancher à chacun de ses pas. Le retour de Margot lui donne des boutons, mais surtout il vient bouleverser ses plans.

— Lucille ? l'interpelle Margot alors qu'elle allait ouvrir la porte.

Lucille s'arrête pour entendre la suite.

— Maintenant que tu sais où me trouver, passe quand tu voudras, on jasera comme dans le bon vieux temps. On a tellement de temps à rattraper toi et moi.

Si la porte du magasin n'était pas si lourde, Lucille se serait fait un plaisir de la claquer, mais au lieu de ça, elle la laisse grande ouverte en sortant.

Gertrude est heureuse que sa mère soit partie, mais elle aimerait bien comprendre pourquoi la seule vue de sa sœur a mis Lucille dans cet état.

— Laisse-moi t'expliquer, lui dit Margot en se tournant vers elle.

— Montons, suggère Gertrude, on sera plus tranquilles pour parler.

— Prenez votre temps, dit Joseph avec un petit sourire en coin, je m'occupe de tout.

Aussitôt qu'elles arrivent en haut, Gertrude met de l'eau à bouillir et elle invite Margot à s'asseoir. Cette dernière voudrait bien attendre d'avoir son thé pour parler, mais l'air de Gertrude l'incite à le faire au plus vite.

— Comme je te l'ai dit, je suis la sœur aînée de ta mère, j'ai à peine un an de plus qu'elle. Ça n'a jamais été le bonheur entre elle et moi. D'aussi loin que je me souvienne, elle a toujours été jalouse de tout ce que j'avais. Je ne le faisais pas exprès pour la faire fâcher, mais j'ai toujours eu des meilleures notes qu'elle à l'école et ça la brûlait. Contrairement à elle, je riais tout le temps, ce qui faisait que j'avais plus d'amis qu'elle et les garçons me couraient après sans que je ne fasse rien. Tu aurais dû voir les crises qu'elle me faisait… Et si j'avais le malheur de ne pas en faire de cas, eh bien, elle redoublait d'ardeur et elle me frappait. Je ne peux rien te promettre, mais tes chances sont excellentes qu'elle ne remette plus les pieds ici tant que j'y serai. C'est triste à dire, mais ma seule sœur n'a jamais pu me sentir, alors que du temps où on vivait dans la même maison, j'aurais donné tout ce que j'avais pour qu'elle m'aime.

Gertrude n'a pas perdu un seul mot prononcé par cette tante dont elle ignorait jusqu'à l'existence avant son entrée remarquée dans le magasin.

— Et pour le mari médecin, les enfants et le palace, confesse Margot, il n'y a rien de vrai. C'était juste pour la provoquer. Au fait, c'est ton père qui m'a écrit.

— C'est curieux, dit Gertrude, il ne m'a jamais parlé de vous. Pire, je ne soupçonnais même pas votre existence. Mais comment vous a-t-il trouvée ?

— Ça, c'est une autre histoire, mais je préférerais que ce soit lui qui te la raconte. Alors, acceptes-tu que je travaille au magasin ?

Gertrude plonge son regard dans celui de sa nouvelle tante dans l'espoir de trouver quoi lui répondre. Margot lui rend son sourire et attend patiemment.

— Vous commencez dans dix minutes et ne vous avisez surtout pas de me faire la vie dure comme la mère, parce que vous allez le regretter.

— Tu peux dormir sur tes deux oreilles, ma nièce. Est-ce qu'on t'a déjà dit que tu ressemblais beaucoup à ton père ? Je pense qu'on va bien s'entendre. Merci pour le thé !

***

Aussitôt qu'elle arrive au bordel, Lucille va s'enfermer dans sa chambre pour décanter un peu. Il ne faudrait pas que Roger se pointe pour faire des embrouilles à une des filles maintenant, parce qu'elle serait capable de le tuer tellement elle est hors d'elle-même. Elle vient de se faire expulser du magasin général par la personne qu'elle déteste le plus au monde. Et le pire, c'est qu'elle ne pourra pas y retourner tant et aussi longtemps que Margot y sera. À voir le petit sourire que Joseph avait quand elle est passée à sa hauteur, c'est sûrement lui qui a manigancé le retour de l'enfant prodigue. Rien que pour ça, elle lui en voudra jusqu'à la fin de ses jours. Même après tout ce qu'elle lui a fait endurer, Joseph n'avait pas le droit de recourir à Margot pour l'éloigner. C'est un coup bas et il n'a pas fini de payer pour son erreur. Et Lucille est convaincue que sous ses airs de sainte nitouche, Gertrude a sûrement trempé dans l'affaire elle aussi. *J'ai été bien trop bonne avec eux, il est grand temps qu'ils sachent de quel bois je me chauffe. Et pas seulement eux !* Un sourire machiavélique sur les lèvres, Lucille sort de sa chambre et elle part à la recherche de Céline.

— J'ai besoin de toi, s'écrie Lucille lorsqu'elle la trouve en train de lire au salon, ils ont tous besoin d'avoir une petite leçon.

— Qui ça ?

— Mes enfants et mon mari, voyons, répond rageusement Lucille.

Bien que Lucille ne lui fasse pas peur, à voir son air, Céline sait qu'il vaut mieux qu'elle se tienne à carreau. Lorsqu'elles étaient à l'hôpital, il arrivait très souvent à Lucille de s'emporter. On aurait dit qu'elle ne se sentait pas bien tant qu'elle n'avait pas piqué une bonne crise de colère. Tout a fini par y passer : les religieuses, les malades, les visiteurs. Il venait un moment dans la journée où elle sautait sur la première occasion qui se présentait pour péter les plombs. C'est d'ailleurs ce qui l'a gardée à l'hôpital aussi longtemps. Le médecin lui avait dit qu'il ne la laisserait pas sortir tant qu'elle n'arriverait pas à contrôler sa colère.

— Lorsque ça fera trente jours que vous ne vous serez pas fâchée, vous serez libre.

Lucille lui raconte en gros ce qui vient de lui arriver au magasin général.

— Avez-vous déjà une idée en tête ?

— D'abord, je voudrais organiser un souper spécial pour les filles. Pas des *beans* au lard salé et du jambon dans le sirop d'érable. Non, un vrai repas de famille.

Devant le froncement de sourcils de Céline, Lucille continue sur sa lancée.

— On pourrait aller voler des pots de viande à Marie-Paule et à Marie-Laure aussi. Et on pourrait prendre quelques poulets dans leur coffre au passage.

Lucille lui a tellement parlé de sa famille que Céline sait parfaitement qui elles sont. Et l'idée de Lucille commence sérieusement à lui plaire. Sa vie est tout sauf palpitante depuis qu'elles habitent ici. À part les quelques corvées dont elle doit s'acquitter, elle passe ses journées à lire et à écrire. Heureusement que c'est elle qui va faire les courses, parce qu'elle mourrait d'ennui. Lucille lui a promis de lui trouver un mari riche, mais disons que ce dernier tarde à se montrer.

— Avez-vous une idée du moment où vous voudriez le faire ?

— Arté et Adrien vont toujours à la messe de dix heures avec leur famille, on en profitera pour aller faire nos provisions.

— Il nous faut une voiture.

— On n'aura qu'à emprunter celle d'un client, on ne sera même pas parties une heure.

Céline sourit à Lucille. Le seul fait de savoir qu'il va enfin se passer quelque chose de spécial dans sa vie lui donne des ailes.

— C'est tout ? lui demande Céline.

— Pas vraiment, mais pour le reste, j'aurai besoin de l'aide des filles… je t'en parlerai en temps et lieu.

Céline savait bien que Lucille ne se donnerait pas du mal pour préparer à souper aux filles sans attendre quelque chose en retour.

— Et c'est pour quand ?

— Dimanche, cette affaire ! On n'est pas pour attendre que les coffres et les armoires à conserves soient vides… Et fie-toi sur moi, on va en prendre pour que ça paraisse.

Chapitre 6

Les deux pieds sur la bavette du poêle, Arté commence à regretter de ne pas être allé voir Adrien chez lui après la traite du soir plutôt que d'être là à l'attendre comme un imbécile.

— Il a sûrement été retardé, lui lance Marie-Laure en levant les yeux du pantalon qu'elle est en train de coudre pour son plus jeune.

Arté aimerait bien être aussi optimiste que sa femme, mais chaque fois que son frère retarde, il se dit qu'il a dû prendre le large. Pourtant, ça ne lui est arrivé qu'une fois pendant tout le temps que leur mère a été internée, et c'est quand il a appris qu'elle allait sortir, mais pour Arté c'était une fois de trop. Il ne comprend pas, et il ne comprendra jamais non plus, pourquoi Adrien a besoin de boire jusqu'à en perdre la carte. C'est bien pour dire, même le principal intéressé ne peut pas expliquer ce qui le pousse à agir ainsi, et ce n'est pas faute de lui avoir posé la question à maintes reprises.

— Il arrive, s'écrie Marie-Laure.

Arté se lève pour aller ouvrir à son frère.

— J'ai tout fait pour être à l'heure, plaide Adrien pendant qu'il secoue ses bottes autant qu'il peut, mais Camil m'a demandé d'aller porter un paquet au père Demers. Je pensais lui laisser sur la galerie, mais il m'a vu arriver. Tu le connais, il est pire qu'un moulin à paroles. Tant qu'à l'avoir devant moi, j'en ai profité pour le cuisiner, mais il m'a juré qu'il ne nous a rien volé depuis le jour où il nous avait rapporté notre cochon et tu sais quoi, je l'ai cru.

— Que quelqu'un se soit servi dans notre coffre, dit Arté, c'est une chose, mais je voudrais bien savoir qui a osé entrer dans nos maisons pour voler nos conserves. Si ça continue, on va être obligés de barrer nos portes chaque fois qu'on sort.

— Tu sais aussi bien que moi que ce n'est pas ça qui va arrêter les voleurs, objecte Adrien. La personne qui nous a volés savait ce qu'elle faisait. Je ne sais pas pour vous, mais chez nous elle n'a touché à rien d'autre qu'aux pots de conserve. C'est quand même curieux!

— J'ai dit à Arté qu'il n'y avait que la belle-mère pour s'en prendre à nos conserves, s'exclame Marie-Laure.

Marie-Laure savait très bien qu'elle s'exposait aux foudres de son mari en disant cela, mais elle n'a pas pu s'en empêcher. Elle était très fâchée quand elle a vu que plusieurs de ses pots avaient disparu et, après avoir vérifié auprès de ses enfants, elle a tout de suite pensé à Lucille.

— Veux-tu bien arrêter de l'accuser? s'indigne Arté. Elle n'a même pas de voiture.

Si Adrien en veut à sa mère de toutes ses forces, Arté est toujours là pour prendre sa défense et lui trouver une ribambelle d'excuses au besoin.

— Mais tu devrais savoir qu'elle n'a pas besoin d'avoir de voiture, lance Adrien, elle n'a qu'à en emprunter une comme elle faisait avec la mienne. La mère est loin d'être une sainte et, au fond, tu le sais aussi bien que moi. Ce n'est pas parce qu'elle a été enfermée qu'elle est devenue une autre personne. En tout cas, moi, je m'en méfie comme de mon pire ennemi. Au cas où tu l'aurais oublié, elle a mis le feu au hangar et on paie encore ce que ça a coûté pour le reconstruire. Et je ne parle même pas de mon auto.

— Je continue à croire qu'elle ne l'a pas fait exprès, argumente Arté.

— Elle voulait me punir, ajoute Adrien.

Il s'arrête là, parce que chaque fois qu'il a ce genre de discussion avec Arté, il finit toujours par avoir l'impression d'être un monstre. Il convient que leur mère ne s'en est jamais prise à Arté, du moins pas comme elle l'a fait avec lui. Par contre, son frère est au courant de toutes les frasques de Lucille comme tous les autres membres de leur famille et cela devrait suffire à changer sa façon de voir les choses, mais bon… Quant à l'idée émise par Marie-Laure, elle demande réflexion. Adrien est même surpris que Marie-Paule ne lui ait pas fait le même commentaire.

— Revenons à nos moutons, poursuit Adrien, la mère ne mérite pas qu'on lui accorde autant d'importance. Tu voulais me voir au sujet de Lucien.

— Oui, répond Arté. À vrai dire, il m'a confié que Louis avait la mauvaise habitude de se servir dans l'avoine et que ça ne devait pas lui coûter trop cher pour nourrir son cheval.

— On tient peut-être notre voleur ! s'exclame vivement Adrien.

— J'en ai parlé à Lucien, mais il m'a dit que ça l'étonnerait beaucoup. Vois-tu, il inspecte la voiture de Louis chaque soir pendant qu'il nettoie l'étable et il n'a jamais trouvé autre chose que de l'avoine.

Adrien se passe la main sur le menton aller-retour. Savoir qu'un de ses employés le vole ne l'enchante pas du tout.

— Ça me déçoit, confie Adrien, j'avais confiance en lui. Qu'est-ce que tu suggères ?

— Le plus simple serait de le renvoyer, mais il travaille bien et il ne dit jamais un mot plus haut que l'autre. Et tu sais aussi bien que moi que ce n'est pas facile de trouver un bon homme. J'ai pensé qu'on pourrait carrément lui donner de l'avoine pour son cheval au lieu qu'il soit obligé de nous la voler.

Sur le coup, Adrien n'est pas du tout en accord avec la proposition de son frère. Adrien déteste les voleurs, particulièrement ceux qui s'en prennent à ce qu'il possède. En même temps, il comprend Arté de ne pas vouloir chercher quelqu'un d'autre, vu le temps qu'ils ont pris pour enfin trouver leurs deux employés.

— Il ne faudrait quand même pas qu'il croie qu'on le récompense parce qu'il nous volait.

— Tu as raison. J'ai pensé lui dire que c'était une sorte d'augmentation. Par contre, s'il continue à nous voler, là je serai sans pitié.

— Et Lucien dans tout ça ? Tu crois qu'il va trouver ça juste… Il dénonce un voleur et pour sa punition, on lui donne ce qu'il volait.

— Il a déjà bien plus que Louis, il est logé.

— Je comprends tout ça, mais il faudrait qu'il y trouve son compte.

— Laisse-moi réfléchir à tout ça et je t'en reparle.

Et les deux frères se mettent en frais de parler de leur tante Margot.

— As-tu fini par savoir pourquoi personne ne nous avait jamais parlé d'elle ? demande Arté.

— J'en parlais justement avec Gertrude ce matin. Elle n'a pas encore réussi à tirer les vers du nez à papa. Mais au moins, depuis qu'elle travaille au magasin, la mère n'y a pas remis les pieds.

— C'est au moins ça de pris. Je disais justement à Marie-Laure qu'on devrait inviter notre tante à manger.

— On pourrait faire ça chez nous, offre Adrien, c'est plus grand. Je peux me charger de contacter tout le monde, si tu veux. Que diriez-vous de dimanche prochain ?

— Si Marie-Paule est partante, répond Marie-Laure, c'est parfait pour moi, mais à la condition que vous me promettiez que votre tante Margot n'a rien à voir avec la belle-mère.

— C'est le jour et la nuit, lance aussitôt Arté d'une voix enjouée. J'irais même jusqu'à dire que les enfants vont l'adorer.

* * *

On dirait vraiment que Roger passe son temps à surveiller les filles de la maison, parce que dès que l'une d'entre elles ose se pointer le nez dehors, elle tombe immanquablement sur lui. Au premier cri de celle-ci, Lucille abandonne ce qu'elle fait, elle accourt dehors et se rue sur son neveu.

— Là, ça suffit ! lui hurle-t-elle à deux pouces des oreilles. Je commence à en avoir assez de te frapper à coup de balai. Lâche-la avant que je te fasse la peau et écoute bien ce que j'ai à te dire.

Roger ne fait ni une ni deux et il lâche sa victime. Il replace ses vêtements et il recule d'un pas pour que Lucille ne puisse pas l'atteindre.

— Je vous écoute, ma tante.

— Ce n'est pas la première fois que je te demande de laisser mes filles tranquilles, mais c'est la dernière, par exemple. J'ai un marché à te proposer et c'est dans ton intérêt de l'accepter si tu ne veux pas que je te fasse la peau pour vrai.

— Vous devriez faire attention à ce que vous dites, plaide Roger, c'est à un policier que vous parlez.

— Comment veux-tu que je l'oublie, alors que vous êtes les seuls à vous attriquer ainsi ? Ne m'interromps plus ! Je disais donc que j'ai un marché à te proposer. Toi et tous les autres policiers de la ville, vous laissez mes filles tranquilles et je vous offre de profiter de leurs faveurs.

— Que voulez-vous dire, au juste ? Je suis marié, moi…

Lucille le regarde d'un drôle d'air. S'il fallait que tous les hommes mariés qui viennent ici cessent de le faire, les filles seraient très vite à court de clients. Comme elle n'a pas envie de débattre de la vertu de son neveu ni de celle de ses compagnons d'armes, Lucille se contente de soupirer un bon coup avant de souligner :

— J'offre une petite gâterie par semaine à chacun d'entre vous.

— Est-ce qu'on peut la choisir ?

— Mais oui, répond Lucille d'un ton chargé d'impatience, ce n'est pas une punition, c'est une gâterie.

— Il était temps !

Sans laisser le temps à Lucille de réagir à ce qu'il vient de dire, Roger ajoute :

— Est-ce que je peux prendre la mienne maintenant ? Je veux Céline.

Lucille se retient de lui tomber dessus à pieds joints. Encore un autre qui veut mettre la main sur sa protégée. Et elle se met en frais de lui expliquer le cas de Céline.

— Je comprends, mais c'est elle que je veux.

— Tant que je vivrai, tu ne poseras pas tes sales pattes sur elle. Choisis-en une autre ou va-t'en.

— Si j'étais à votre place, ma tante, je ferais attention à ce que je dis. N'oubliez pas que je représente la loi et que je peux arrêter toutes les filles de la maison si je le veux, et même vous.

Là, Lucille commence à en avoir assez de Roger. Elle s'approche de lui jusqu'à pouvoir sentir son haleine d'oignon et lui dit entre quatre yeux :

— Et moi, je ne me gênerai pas pour dénoncer ton comportement dans les journaux. Choisis, ou tu jettes ton dévolu sur quelqu'un d'autre, ou je salis ta réputation au point que tu ne pourras plus jamais travailler pour la police jusqu'à la fin de tes jours. Que ça fasse ton affaire ou non, ici tu es sur mon terrain, et c'est moi qui dicte les règles. Alors ?

Roger savait que sa tante Lucille était une coriace, mais il n'aurait jamais cru qu'elle avait assez de cran pour lui tenir tête lorsqu'il est en fonction. S'il ne peut pas avoir Céline, eh bien, il en choisira une autre. Comme on dit, à cheval donné on ne regarde pas la bride. Depuis le temps qu'il rêve d'entrer dans cette maison à titre de client, il n'ira certainement pas gâcher ses chances en tenant tête à sa vieille tante.

— Me recommandez-vous Camélia ?

Devant la docilité de son neveu, Lucille recule d'un pas et elle lui sourit.

— C'est un excellent choix pour ta première fois. Suis-moi !

Lucille retourne à sa chambre dès que Camélia prend Roger en charge.

— Fini les problèmes avec la police, clame-t-elle en se laissant tomber dans le fauteuil près de la fenêtre. Madame Charmaine va me devoir une fière chandelle pour l'en avoir débarrassée une fois pour toutes.

Lucille explique à Céline en long et en large comment elle s'y est prise sans même que cette dernière ne lui pose la moindre question. Elles se connaissent si bien que la plupart du temps, elles ne sont pas obligées de se parler pour se comprendre.

— Et il voulait t'avoir ! ajoute Lucille avec un petit sourire en coin.

— À choisir entre Roger et monsieur Potvin, j'aime encore mieux le deuxième.

— Je savais bien que tu finirais par le trouver à ton goût.

— Ce n'est pas exactement ce que j'ai dit.

Il n'est pas rare que Lucille interprète ses paroles à son avantage, mais la plupart du temps Céline n'en fait pas de cas. Lucille veille sur elle comme une mère sur son petit et elle veut le meilleur pour elle. De ça, Céline est convaincue. D'ailleurs, Lucille le lui a déjà démontré à plusieurs occasions.

— À ce que je sache, ajoute Céline d'un air taquin, il n'a encore rien fait pour démontrer son intérêt.

— Je te l'ai déjà dit, il faut être patiente avec les hommes. Rappelle-toi tout ce que j'ai dû accomplir pour que Joseph finisse par me demander en mariage. On va le laisser aller encore un peu et on reviendra à la charge. Fais-moi confiance, un jour tu seras sa femme et tu auras un magasin général encore plus gros que celui qu'avait Mérée. Tu sais quoi, j'ai déjà trouvé l'endroit où il devrait être.

Céline sourit à Lucille. Non seulement elle aime cette femme comme une mère, mais elle a un respect sans bornes pour elle, et aussi beaucoup d'admiration pour son intelligence. La vérité, c'est que rien ne résiste à Lucille, pas plus qu'à elle d'ailleurs. Comme elles se plaisent à le dire, à deux, elles sont invincibles et c'est ça le plus important. Lorsqu'elles veulent quelque chose, elles n'ont aucun remords à froisser quelques personnes au passage si c'est pour les aider à atteindre leur but. L'une et l'autre ont pour croyance qu'elles ont suffisamment souffert dans leur vie et qu'il est temps de récolter même ce qu'elles n'ont pas semé.

— Je gage que c'est sur le terrain vague juste en face de celui de Gertrude.

Et elles se mettent à rire aux éclats jusqu'à en avoir mal au ventre.

— Je n'ose même pas imaginer la face que fera ma chère fille le jour où on va commencer les travaux. Depuis le temps qu'elle me connaît, elle devrait savoir qu'on ne se débarrasse pas de moi seulement en sortant Margot de la boule à mites. Tant pis pour elle, elle l'aura voulu!

***

Avoir su que la seule présence de Margot suffirait pour tenir sa mère à distance, Gertrude aurait demandé à son père de la faire venir bien avant. Mais pour ça, il aurait d'abord fallu qu'elle connaisse son existence. En plus d'être son assurance-paix contre sa mère, Margot fait preuve d'une grande efficacité, peu importe ce qu'elle lui demande de faire.

— Je ne te raconterai pas d'histoire, lui a confié Margot un soir où Gertrude l'avait invitée à manger, mon défunt mari avait un commerce du genre et j'allais l'aider la plupart du temps. Je n'ai jamais été une femme d'intérieur, et vu que je n'avais pas d'enfant, il n'était pas question que je passe mes journées à me ronger les sangs toute seule chez moi. Ou pire encore à tresser des tapis ou à tisser des serviettes à vaisselle. D'ailleurs, j'en ai tellement fait que j'en ai encore d'avance. Comme la plupart des hommes, mon mari était contre l'idée que sa femme travaille, mais je l'ai eu à l'usure. Ce n'est pas pour me vanter, mais après un mois, il ne pouvait plus se passer de moi, ni moi de mon travail.

— Je vous comprends, dit Gertrude, parce que c'est exactement ce qui est en train de m'arriver. J'ai passé plus de temps à servir la mère qu'à m'occuper de ma famille et, au moment où j'aurais pu le faire, j'ai préféré venir donner un coup de main à Mérée plus souvent. Là, je suis prise dans le tourbillon du travail, et j'adore ça.

Gertrude met sa main sur le bras de sa tante et ajoute:

— Je regrette vraiment de ne pas vous avoir connue avant. Vous ne savez même pas à quel point j'aurais aimé aller me réfugier chez vous quand je n'en pouvais plus de la mère. Je ne vous dis pas tout ce qu'elle m'a fait endurer jusqu'à ce que vous débarquiez ici.

Elle m'a toujours considérée comme sa marionnette. Elle claquait des doigts et je faisais ce qu'elle voulait. C'était ça ou elle m'empoisonnait la vie.

— Je sais très bien qu'elle est capable de le faire. Je suis triste de voir comment elle vous a traités. Ce que je vais te dire va peut-être te paraître méchant, mais ta mère ne méritait pas ton père, pas plus qu'elle ne méritait d'avoir des enfants. Lucille n'a toujours aimé que Lucille. Avec le caractère qu'elle a, je l'aurais très bien vue dans la peau d'une mère supérieure.

— Ma mère en religieuse ? Jamais de la vie.

— Penses-y un peu et tu vas voir que ce n'est pas si fou !

Gertrude regarde sa tante avec tendresse. Depuis qu'elle la connaît, il lui arrive de plus en plus souvent de se dire que c'est elle que son père aurait dû marier. D'ailleurs, il faudrait être aveugle pour ne pas voir à quel point ils s'entendent bien, ces deux-là. Chaque fois que Joseph pose son regard sur Margot, on dirait qu'il admire une œuvre d'art.

— J'avoue que j'ai beaucoup de mal à imaginer ma mère avec une cornette. Entre vous et moi, je plains les sœurs qui auraient eu affaire à elle.

— Tu as tort. Rappelle-toi qu'elles ont fait le vœu d'obéissance et que tout ce que ta mère veut, c'est commander. Je te le dis, elle aurait été parfaite dans sa robe noire avec son grand crucifix de bois.

— Et gare aux prêtres qui auraient osé lui donner des ordres. Même monseigneur Labrecque en a pris pour son rhume avec elle. C'est bon de rêver !

— Mais je te garantis que Lucille va frapper encore, c'est juste qu'on ne sait pas quand ni comment. Ma présence dérange ses plans, mais ça ne l'arrêtera pas pour autant. Et je te garantis qu'elle va frapper encore plus fort.

Gertrude aimerait comprendre pourquoi sa mère s'en prend à elle avec autant d'énergie. Gertrude est de loin celle qui en a fait le plus pour Lucille, mais on dirait que ça ne compte pas. Jamais elle ne s'en est prise à Marcella, Arté, Estrade, Alphonse ou même à Wilbrod. Elle leur a bien lancé quelques bêtises de sa spécialité au passage, mais sans s'acharner sur eux pour autant. Les souffre-douleur de la famille sont sans contredit René, Gertrude, Adrien, Adjutor et Joseph. Quoi qu'ils disent ou qu'ils fassent pour elle, ils ont toujours tout faux.

Les derniers propos de Margot résonnent dans la tête de Gertrude. Savoir que sa mère lui prépare encore quelque chose lui donne la chair de poule.

Margot observe sa nièce. Elle est heureuse d'être là. Les enfants de Joseph sont tous très gentils avec elle et ça lui fait beaucoup de bien de voir qu'aucun d'entre eux n'a pris la tangente de leur mère, enfin pas de manière draconienne. En tout cas, à première vue, aucun ne semble avoir hérité de sa folie, ce qui est une très bonne nouvelle.

— Croyez-vous qu'elle va finir par se fatiguer de m'en vouloir ?

— Non ! répond spontanément Margot. Peu importe ce que tu feras, tu seras toujours l'ennemie à abattre… tout comme moi, d'ailleurs.

Au moment où Margot prononce ces derniers mots, les propos qu'elle a tenus à Joseph le jour de son arrivée lui reviennent de plein fouet : *Tu sais aussi bien que moi que je peux l'aider à éloigner Lucille d'elle et de son magasin, mais en revanche, je risque de lui nuire tout autant par ma seule présence.*

— Il faut que tu réalises que je ne suis pas seulement un avantage pour toi.

— Je sais, mais affronter la mère avec vous à mes côtés me rend plus forte. Je ne connais pas toute votre histoire avec elle, mais j'ai bien vu qu'elle ne vous porte pas dans son cœur. Et j'ai une confiance aveugle en mon père, alors s'il a pris la peine de vous amener ici, c'est qu'il croit que vous devez y être.

En entendant cela, Margot est prise d'une vague d'émotion peu commune. Elle essuie discrètement deux petites larmes qui s'apprêtaient à couler au coin de ses yeux et elle se reprend très vite en main.

— Je suggère qu'on porte une attention particulière à tout ce que diront les clients sur son compte, lance Margot, et même qu'on les questionne discrètement.

— Vous commencez à me faire peur, vous là…

— J'ai pour mon dire que c'est toujours plus facile de se préparer quand on sait à quoi s'attendre.

***

Déjà qu'elle avait moins de temps pour aller à l'orphelinat depuis que Laurier avait changé d'emploi, c'est encore pire maintenant qu'Arthur habite avec eux. Charlotte n'a que de bons mots à dire à son égard, mais il n'en demeure pas moins que sa somme de travail a encore augmenté. Il faut dire que son besoin de se faire complimenter pour sa cuisine lui gruge pas mal de temps. Et là-dessus, elle est servie. Depuis son arrivée, jamais Arthur n'a manqué une occasion de lui lancer des fleurs dès sa première bouchée. Chaque fois, elle rougit comme une débutante, ce qui n'échappe pas à Laurier qui s'est mis lui aussi de la partie. Leurs petits gestes l'encouragent à faire toujours mieux. Hier, Arthur lui a dit qu'elle devrait vendre ses tartes aux pommes au magasin général.

— Si ce n'était pas si loin, a dit Charlotte, il y a un sacré bout de temps que je les vendrais à celui de Jonquière.

— Je pourrais aller voir le propriétaire de celui de Chicoutimi pour vous, si vous voulez, lui a gentiment offert Arthur.

— Je vous remercie, mais je veux me garder du temps pour aller à l'orphelinat.

Laurier l'a regardée de travers, mais elle n'en a fait aucun cas. Il peut continuer à lui en vouloir aussi longtemps qu'il le voudra, jamais elle ne cessera de donner un peu de temps aux petits orphelins.

C'est ainsi qu'une des premières préoccupations de Charlotte, lorsqu'elle ouvre les yeux le matin, est de trouver comment surprendre ses hommes quand ils s'assoiront à table. Le regard fixé sur le poulet gelé comme une barre qu'elle vient de sortir du coffre de bois après avoir mis les enfants au lit pour leur sieste de l'après-midi, elle réfléchit à ce qu'elle pourrait bien inventer pour qu'il soit différent. Elle promène son regard autour d'elle et l'arrête sur les pommes que Laurier a montées avant de partir travailler. *Je pourrais ajouter des…*

De petits coups secs frappés sur la porte mettent brusquement fin à sa réflexion. Elle se dépêche d'aller ouvrir. Lorsqu'elle se retrouve devant Léandre, elle recule d'un pas pour le laisser entrer.

— Je commençais à croire que vous m'aviez oubliée… dit-elle d'une petite voix.

Léandre ne fait ni une ni deux et il la prend dans ses bras. Charlotte est aux anges, elle hume l'odeur de Léandre à répétition comme si elle pouvait l'enfouir dans sa mémoire et y avoir accès chaque fois qu'elle en aura envie. Ils s'embrassent maintenant à en perdre haleine, oubliant d'un coup qu'un des enfants pourrait se lever ou que quelqu'un pourrait arriver. Chaque fois qu'ils s'approchent l'un de l'autre, ils perdent la tête. C'est ainsi qu'ils se retrouvent très vite au lit et qu'ils donnent libre cours à l'envie incontrôlable qu'ils ont l'un de l'autre. Ils passeraient des heures allongés côte à côte à se raconter leur vie. Au lieu de ça, ils s'aiment en vitesse et retournent aussitôt dans la cuisine après avoir refait le lit et replacé leurs vêtements.

— J'ai un cadeau pour vous, Charlotte, confie Léandre. Je vais le chercher.

La minute d'après, Léandre lui remet un sac brun dans lequel se trouve un beau chapeau de vison brun. Les yeux de Charlotte s'illuminent en le voyant. Elle le met sur sa tête sans tarder avant d'aller se voir dans le miroir. Elle l'adore.

— C'est très gentil à vous, mais je ne peux pas l'accepter, argumente-t-elle en l'enlevant aussitôt. Je n'ai pas les moyens de me l'offrir.

— Mais il n'est pas à vendre, c'est un cadeau. Et il vous va comme un gant. J'ai une idée, vous n'aurez qu'à dire que vous l'avez gagné au magasin général de Jonquière.

— Depuis quand font-ils des tirages? demande innocemment Charlotte.

Léandre lui caresse la joue. Décidément, il aime tout de cette femme.

— Et qu'est-ce que je pourrai dire à mes sœurs et à ma mère?

— Vous trouverez bien quelque chose, répond gentiment Léandre. Je vous en prie, Charlotte, ça me ferait tellement plaisir que vous l'acceptiez. Bon, il faut que j'y aille.

Il embrasse doucement Charlotte, remet son manteau et il sort de la maison sans se retourner. Et comme à chacune de ses visites, Charlotte se lève et le regarde partir à la fenêtre. Une petite voix lui dit qu'elle aurait dû le repousser, mais son cœur lui dit qu'un peu de chaleur n'a jamais tué personne. Elle retourne se poster devant son poulet et ses pommes et reprend sa réflexion exactement là où elle l'a laissée, sauf que cette fois c'est en chantonnant qu'elle le fait.

Le cadeau de Léandre la touche beaucoup. Seulement, ça l'embête un peu d'être obligée de mentir pour le porter. *Il est tellement beau que ça en vaut bien la peine!*

Chapitre 7

S'il y a une chose que les fils d'Adrien apprécient depuis qu'ils vivent dans la maison de leurs grands-parents, c'est bien d'avoir un piano, mais surtout d'avoir le droit de pianoter dessus de temps en temps. Au départ, Adrien n'était pas chaud à l'idée, mais Marie-Paule lui a vite fait comprendre qu'il n'avait qu'à le vendre, si personne ne pouvait y toucher. Il a eu beau plaider le fait qu'aucun de ses fils ne sait en jouer, il s'est vite fait répondre qu'il n'avait qu'à demander à ses sœurs de leur apprendre.

— J'ai autre chose à faire que de les charrier chez Marcella ou chez Gertrude à tout bout de champ pour qu'elles leur donnent des cours. Et même s'ils savent jouer du piano, ça ne changera pas grand-chose dans leur vie.

Devant l'entêtement de son mari, Marie-Paule s'est adressée directement à ses belles-sœurs. Toutes les deux ont accepté de montrer ce qu'elles savent à leurs neveux, mais à la condition que ces derniers aient un réel intérêt pour la musique. Et elles ont tenu promesse. Gertrude et Marcella viennent à tour de rôle chez Marie-Paule pour éveiller Michel et André à la musique. Il ne leur a fallu que quelques leçons pour voir qu'André était non seulement intéressé, mais qu'il avait du talent. Quant à Michel, le piano est très vite apparu comme le cadet de ses soucis. Il n'a aucune patience et il préfère de loin piocher sur le clavier pour faire du bruit plutôt que de jouer comme ses tantes essaient de lui montrer. Il était tellement indiscipliné la dernière fois que Marcella lui a dit qu'il pouvait aller jouer et qu'il venait d'avoir sa dernière leçon.

— Maman, est-ce que je pourrais jouer du piano ? demande André aussitôt que tout le monde a avalé sa dernière bouchée.

Marie-Paule est tellement fière des progrès de son fils qu'elle accepte sans aucune hésitation. Elle se garde bien d'en parler à qui que ce soit, mais elle est un peu jalouse de son fils. Si la musique laisse Adrien totalement insensible, c'est loin d'être son cas. Chaque fois qu'elle entend un air joué au piano, elle arrête ce qu'elle fait pour ne pas perdre une seule note. Et il en est de même quand André pose ses petits doigts sur le clavier. Si ça ne la gênait pas autant, elle demanderait à ses belles-sœurs de lui apprendre à jouer quelques morceaux.

Avant d'aller s'installer au piano, André invite tout le monde à le suivre au salon. Gertrude et Marcella posent un regard fier sur leur neveu et elles sourient en voyant que le salon, que leur mère gardait fermé à double tour, est devenu une pièce vivante dont les portes ont même été enlevées à la demande de Marie-Paule dès le lendemain de leur installation au premier étage. Fier comme un paon, André pose les mains sur le clavier et il ferme les yeux pendant quelques secondes avant de frapper sur une première touche. Quelle n'est pas sa surprise quand il réalise au bout de quelques notes qu'il y en a qui sont restées silencieuses. Il s'arrête net de jouer et se tourne vers ses tantes.

— On dirait que les noires refusent de jouer, s'écrie André en levant les bras dans les airs.

Sans même attendre que ses tantes réagissent, il pianote sur les touches noires sans obtenir le moindre son. Cette fois, André se tourne vers Michel et il s'écrie :

— Si c'est toi qui m'as fait une blague, s'exclame-t-il, elle n'est pas drôle.

— Mais je n'ai rien fait, se défend Michel d'une voix haut perchée.

— C'est de ta faute, l'accuse André, tu frappes trop fort sur les touches.

— Fais-moi une petite place, lui dit sa tante Marcella, je vais vérifier quelque chose.

Marcella enfonce les touches noires l'une après l'autre sans obtenir le moindre son. Elle refait ensuite le même exercice avec les blanches. Toutes sans exception jouent la note qui leur est attribuée.

— Il ne nous reste plus qu'à regarder dans le piano, suggère Gertrude. C'est la première fois que je vois une affaire de même. Aide-moi !

Lorsque les deux sœurs aperçoivent un gros paquet de cordes, elles n'en reviennent pas.

— Je rêve sûrement, s'exclame Gertrude, il y a quelqu'un qui s'est amusé à couper toutes les cordes des touches noires.

C'est alors qu'un grand rire se fait entendre à l'autre bout du salon, un rire qui a un effet d'entraînement contagieux.

— Arrêtez de rire, hurle pratiquement André, ce n'est même pas drôle.

— Il a raison, lance Margot. Je ne voudrais pas vous faire de peine, mais je crois connaître le nom du coupable.

Suspendus aux lèvres de cette femme que tous apprécient de plus en plus, ils attendent la suite.

— Je mettrais ma main au feu que c'est l'œuvre de Lucille.

— Comment peux-tu en être aussi certaine? lui demande Joseph.

— Elle a fait le même coup quand on allait au couvent. La sœur avait refusé qu'elle fasse partie de la chorale parce qu'elle chantait faux et elle s'était vengée sur le piano. Je ne voudrais pas être prophète de malheur, mais les autres pianos de la famille ont sûrement subi le même sort.

Tous trop occupés à essayer de comprendre pourquoi Lucille s'en est prise à leurs pianos cette fois, ils n'entendent pas André qui se met à hurler en pleurnichant.

— Pourquoi la vieille grand-mère a-t-elle brisé mon piano?

L'instant d'après, il se laisse tomber la tête sur le clavier, ce qui fait un vacarme d'enfer. Marie-Paule s'approche de son fils et elle s'assoit à côté de lui.

— Arrête de pleurer, on va le faire réparer.

— Je déteste la vieille grand-mère et je ne veux plus jamais qu'elle vienne chez nous. Elle me fait peur.

Adrien voudrait bien intimer son fils d'arrêter de parler de sa mère de cette manière, mais pour ça, il faudrait qu'il soit en désaccord avec lui. C'est pourquoi au lieu de l'envoyer en punition, il dit haut et fort:

— Je regrette de dire ça devant les enfants, mais la mère est encore plus folle qu'avant. Si on n'est plus capables de sortir de notre maison sans craindre qu'elle fasse des siennes, ça ne marche plus. Il faut qu'on trouve une solution au plus vite pour se protéger d'elle.

— Tu as raison Adrien, confirme Margot, mais j'aime autant te dire que s'attaquer à Lucille, c'est comme s'en prendre à Dieu.

— Je t'en prie, lance Joseph d'un ton chargé d'impatience, laisse Dieu en dehors de ça. S'il était aussi bon que les prêtres veulent nous le faire croire, il ne laisserait pas faire ça. Lucille, c'est le diable en personne et il va falloir que quelqu'un finisse par l'arrêter parce qu'elle va trop loin.

C'est la première fois que les Pelletier entendent Joseph parler de Lucille avec autant d'autorité. Tous savaient qu'il n'endossait pas son comportement, mais cette fois il leur a livré le fond de sa pensée sans aucune retenue. Son intervention jette un froid instantané sur l'assistance. Quand il voit ça, Camil s'approche et lui dit :

— Venez papa, on va jouer aux cartes. Ça fait longtemps que je veux donner une leçon à Adrien.

— Arrive Arté, s'écrie Adrien, on va leur montrer que c'est nous les plus forts.

Les conversations reprennent tranquillement. Restées au salon, les femmes discutent entre elles tant bien que mal pendant que les enfants courent partout.

— Je ne voudrais pas tourner le fer dans la plaie, s'exclame Marcella, mais je suis un peu craintive d'ouvrir mon piano.

— Pour ce qui est du mien, se plaint Gertrude, je n'irai certainement pas voir ce soir. Quand Camil se met à jouer aux cartes avec papa, on n'est pas sortis de l'auberge.

— Je vais m'en occuper, la rassure Margot, et je te dirai ce qui en est demain matin. Je suis tellement triste pour vous.

— Un piano, ça se répare, lance Marcella, mais c'était un cadeau de notre père et la mère l'a sûrement souillé, tout comme celui-là. On dirait qu'elle ne pense pas avant d'agir.

Margot préférerait ne pas mettre son grain de sel, mais c'est plus fort qu'elle. Les agissements de sa sœur l'horripilent et elle se doit de donner l'heure juste à ses nièces.

— Il est temps que vous sachiez que votre mère ne fait jamais rien au hasard. Si elle a décidé de s'en prendre à vos pianos, vous pouvez être assurées qu'elle avait une raison derrière la tête. Ma version, c'est qu'en vous atteignant, elle touchait Joseph en plein cœur. Je ne voudrais pas la glorifier, mais si je me fie à ce que j'ai vu dans les yeux de Joseph, elle a atteint son but haut la main.

— J'aimerais bien savoir quand est-ce qu'elle est venue faire sa sale besogne, s'inquiète Marcella. Je suis pratiquement toujours à la maison.

— Êtes-vous allés à la messe ce matin ? lui demande Margot.

— Mais oui, répond promptement Marcella.

— Ne cherchez pas plus loin.

***

Pendant que les Pelletier digèrent tant bien que mal le silence des touches noires du piano de leur enfance, Ernest fait son entrée au bordel. Jusqu'au moment d'ouvrir la porte, il prie pour ne pas tomber sur sa tante. Sa déception n'en est que plus grande quand c'est elle qui lui ouvre la porte et qui l'accueille à bras ouverts.

— Ne sois pas gêné, mon neveu, entre, on a tout ce qu'il faut ici pour te réchauffer.

Décidément, la vieille tante ne donne pas sa place même dans un bordel. Ernest venait régulièrement ici avant qu'elle s'y installe. Il a très vite troqué Jonquière pour Chicoutimi pour ne pas se retrouver en face d'elle comme maintenant. Depuis le coup du séminaire, disons qu'il ne la porte pas dans son cœur. Mais ce soir, il s'est dit que c'était suffisant, que le bordel n'était pas la propriété de Lucille et qu'il avait le droit de venir comme tous les autres hommes. Il a donc pris son courage à deux mains, quelques verres de whisky, et il a marché jusqu'ici.

— Je voudrais voir Camille, dit Ernest sans se donner la peine de saluer sa tante.

— Tu devrais essayer Marilyne, lui suggère Lucille avec un petit sourire en coin, elle te conviendrait bien mieux.

Si Lucille aime commander, ce n'est pas ce soir qu'Ernest va la laisser décider de la fille qu'il va payer pour s'offrir un peu de plaisir.

— Non ! C'est Camille que je veux et personne d'autre.

— Eh bien, tu vas devoir attendre ton tour, à moins que tu déposes… un bon pourboire dans le creux de ma main, s'agite Lucille en alliant les paroles au geste.

Plus il en entend, plus Ernest a envie de s'en aller. Il est prêt à payer pour le service qu'il prendra, mais il ne donnera certainement pas d'argent à sa tante Lucille. Ça, jamais !

— Je veux voir madame Charmaine.

Lucille hausse les épaules et elle lui dit avec son plus beau sourire :

— Tu n'es pas chanceux, elle est sortie. Ou bien tu me donnes un généreux pourboire, ou bien tu retournes d'où tu viens. C'est comme tu veux. Aussi bien te le dire, c'est moi qui s'occupe des filles maintenant.

— Ils auraient dû vous laisser en dedans.

— Ne sois pas impoli avec ta vieille tante.

Bien que son envie de commettre un péché soit très grande, Ernest jette un regard noir à Lucille et il tourne les talons sans rien ajouter.

— C'est vraiment votre neveu? lui demande Céline en s'avançant dans la lumière.

— Malheureusement, oui, répond Lucille d'un ton bourru. Et ne t'avise surtout pas de me dire que tu le trouves beau, parce que c'est juste de la poudre aux yeux. Ernest est l'être le plus méprisable qu'il m'ait été donné de rencontrer. Il a même osé me frapper alors que je venais lui offrir une carrière sur un plateau d'argent.

Céline est déçue. Elle allait effectivement demander à Lucille de lui présenter le jeune homme. Elle a tellement été éblouie par sa beauté qu'elle revient à la charge sans se soucier du commentaire désobligeant de Lucille.

— Est-ce qu'il est riche?

— Non! C'est un simple journalier à la pulperie de Kénogami. Dire que je voulais en faire un prêtre.

— Il est bien trop beau pour se cacher sous une soutane!

Cette fois, Lucille en a assez entendu. Elle s'approche de sa protégée et lui met doucement la main sur l'épaule.

— Fais-moi confiance, il ne faut pas que tu t'approches de lui. Il n'en vaut pas la peine.

— Mais je meurs d'ennui ici, chuchote Céline. Je suis bien trop jeune pour passer mes journées enfermée et j'ai hâte de me marier pour pouvoir aller chercher mon fils et faire d'autres enfants. J'ai l'impression d'avoir juste changé de prison.

Autant Lucille aime Céline, autant elle la trouve écervelée par moments. On dirait qu'elle agit toujours sans réfléchir. Elle voulait avoir Laurier et porter son enfant. Comme elle ne parvenait pas à tomber enceinte de lui, elle s'est organisée pour l'être d'un autre et lui faire porter sa grossesse. Elle avait pourtant tout prévu. Elle apprendrait la nouvelle à Laurier à sa prochaine visite. Étant donné qu'il n'arrêtait pas de lui dire qu'il l'aimait, elle se disait qu'il l'installerait dans une maison avec leur enfant et qu'il les ferait vivre. Mais ses parents ont bousillé son plan quand ils ont su qu'elle était enceinte d'un homme marié et ils lui ont interdit tout contact avec son amoureux. De surcroît, ils l'ont même obligée à aller accoucher à Chicoutimi et à donner son fils en adoption. Son plan venait de tomber à l'eau. L'apparition de Charlotte le jour où son père est venu la chercher lui a redonné espoir. Céline a tellement bien joué ses cartes qu'elle a réussi à s'installer chez Laurier. Le seul fait de le voir dans son quotidien la remplissait de bonheur. Il lui est arrivé plusieurs fois de rêver qu'elle tuait Charlotte de ses propres mains et que, le lendemain de son service funèbre, Laurier retombait dans ses bras. Mais devant l'indifférence de Laurier, elle a fini par comprendre que jamais plus il ne lui ferait de place dans sa vie. Et c'est là qu'elle est partie avec son fils. D'ailleurs, si ça n'avait pas été de l'insistance de Lucille de sortir avec elle, jamais elle n'aurait dévoilé où elle l'avait caché. Raymond était bien là où elle l'avait dit. Comme il était son seul moyen pour sortir de l'hôpital, elle a avoué aux policiers ce qu'ils voulaient savoir afin de suivre Lucille.

— Je comprends tout ça, ma belle fille, mais accorde-moi encore un peu de temps pour te bâtir une vie de rêve.

Céline hausse les épaules et elle finit par sourire à Lucille.

— Je vais aller prendre l'air un peu.

— Ne t'éloigne pas trop, il va faire noir dans quelques minutes.

En réalité, Céline ne va pas dehors pour prendre l'air, mais bien pour voir si elle peut trouver Ernest. C'est le premier bel homme qu'elle voit depuis qu'elle vit ici et Dieu sait qu'elle en a vu défiler, des hommes. Elle sort par la porte de côté et elle trouve Camille en pleine discussion avec l'objet de son désir. À voir l'air qu'ils ont, ils ont sûrement trouvé un moyen de se rapprocher malgré le refus de Lucille.

— Promets-moi de ne rien dire à madame Lucille, la supplie Camille aussitôt qu'elle l'aperçoit.

— À une condition, répond gentiment Céline, qu'il m'accompagne pour aller prendre une marche.

Flatté, Ernest gonfle la poitrine.

— C'est la première fois que je vous vois, dit Ernest. Vous êtes nouvelle ici ?

— À la prochaine ! s'exclame Camille avant même que Céline ait le temps de répondre à la question d'Ernest.

— Ah ! mais je ne travaille pas pour madame Charmaine, je suis avec votre tante Lucille.

Devant l'air déçu du jeune homme, Céline lui tend la main et lui dit :

— Venez, je vous raconterai tout en marchant. Ce n'est pas prudent de rester ici.

Si Céline croyait en passer une à Lucille, elle s'est trompée royalement. Installée à la fenêtre de leur chambre, elle n'a rien perdu. Connaissant Céline, elle doit vite trouver une solution pour la sortir de là avant qu'elle commette une bêtise qui pourrait lui coûter son mariage avec monsieur Potvin. Lucille descend l'escalier aussi vite qu'elle peut et elle sort de la maison. Elle court jusqu'au poste de police et elle entre en trombe.

— Il faut que tu m'aides ! s'écrie-t-elle d'un souffle. Ernest a enlevé Céline.

Roger lève lentement les yeux de ses papiers et il regarde sa tante d'un air las.

— Depuis quand le cousin est-il assez brave pour enlever des femmes ? Aux dernières nouvelles, elles lui tombaient toutes dans les bras comme des mouches. Il va falloir m'en dire un peu plus pour que je bouge d'ici.

Le souffle encore court d'avoir couru, Lucille ferme les yeux pendant quelques secondes et elle soupire. Lorsqu'elle les ouvre enfin, elle fixe son neveu et lui dit :

— Disons qu'il ne l'a pas vraiment enlevée, Céline lui a demandé d'aller marcher avec elle. Tu le connais aussi bien que moi, il ne faut pas que je la laisse trop longtemps avec lui. Tu comprends, j'ai promis sa main à un homme respectable et je ne peux pas la laisser aux mains de ce goujat.

Un peu plus et Roger se mettait à rire. S'il se retient, c'est seulement parce que pour une fois, il pourra tirer profit du désarroi de sa tante.

— Je n'ai pas le temps ! Et puis, vous n'avez qu'à vous en occuper vous-même, il reste toujours au même endroit.

— Ne me prends pas pour une imbécile ! Je t'offre trois coups pour sortir Céline de ses griffes avant qu'il soit trop tard.

— Cinq !

— OK ! Grouille, on n'a pas de temps à perdre !

S'il lui restait ne serait-ce qu'une parcelle de respect pour Roger, Lucille vient de la perdre. Il est bien comme son défunt père, il ne marche qu'à coup de pots-de-vin et il est toujours prêt à utiliser son insigne pour son bénéfice personnel. Lucille se souviendra toujours du jour où elle a appris qu'il était entré dans la police.

Elle s'était mise à rire comme une folle et elle ne s'était arrêtée que lorsqu'une crampe au ventre l'avait pliée en deux. Son père avait sûrement graissé la patte de quelqu'un pour le faire accepter.

Lucille ne s'est pas trompée. Ils les ont trouvés à quelques maisons de chez Ernest.

— Attendez-moi ici, lui ordonne Roger en arrêtant sa voiture un peu plus loin que les marcheurs.

Pour une fois, Lucille obéit. Elle ne se retourne même pas pour observer la scène. Tant et aussi longtemps qu'elle tient Roger par les couilles, elle n'a pas à s'inquiéter ; il fera ce qu'elle veut. Ce n'est que lorsqu'elle voit passer Ernest à sa hauteur qu'elle se manifeste.

— Bonne nuit, mon cher neveu ! lui lance-t-elle d'un ton sarcastique. Je t'interdis de t'approcher de Céline.

Ernest poursuit sa route sans même se retourner.

— Pourquoi avez-vous envoyé la police ? lui demande Céline en venant se poster à côté d'elle. Je ne faisais rien de mal, je marchais.

— Mais ça n'aurait pas tardé. Ernest n'est pas un homme recommandable, en tout cas pas pour toi, ma belle fille. Monte, on va retourner à la maison.

— Allez-y toute seule, moi j'ai envie de marcher.

— Alors, je marcherai avec toi, renchérit Lucille en descendant de voiture. Tu peux y aller, Roger.

Chapitre 8

— Vous pouvez compter sur moi, dit Adrien, et j'irai poster les paquets avant de revenir.

— Je te remercie.

Adrien ne fait pas exception à la règle. Tout comme ses frères et sœurs, il apprécie beaucoup Margot et il regrette de ne pas l'avoir connue avant. C'est une mère comme elle qu'il aurait aimé avoir. Et Margot est d'une telle efficacité au magasin que tous ceux qui y travaillent se demandent ce qu'ils feront, si jamais elle décide de partir. Quoique depuis deux semaines, monsieur Potvin vient régulièrement au magasin, ce qui les a tous étonnés.

— Ça faisait un sacré bout de temps qu'on ne l'avait pas vu aussi jovial, lui a confié Gertrude. Il a sûrement une excellente raison pour se pointer ici aussi souvent.

— Serais-tu en train de me dire qu'il vient pour moi ? s'informe Margot.

— Je dirais que oui, parce que vous êtes la seule nouvelle personne ici. Comme dirait Mérée, sa défunte, c'est un bon parti.

— Mais tu sais, à l'âge que j'ai, je me fiche pas mal des bons partis. Ce que je veux, c'est un homme que j'aime. Et ton monsieur Potvin, je l'ai connu dans ma jeunesse, mais il ne me reconnaît pas.

— Sans blague ? En tout cas, je n'ai pas de conseil à vous donner, mais si j'étais à votre place, je prendrais mon temps avant de le repousser du revers de la main. C'est aussi un homme très gentil, vous savez.

— Je sais tout ça.

Adrien sort du magasin les bras chargés et il dépose le tout sur le siège du passager. C'est à ce moment qu'il s'aperçoit que son volant a disparu.

— Non ! hurle-t-il de toutes ses forces en se prenant la tête à deux mains. Je vous en supplie, dites-moi que je rêve. Ma folle de mère a volé le volant de mon auto.

Alertée par les cris de son neveu, Margot relève ses jupes et elle vient vite le trouver.

— C'était donc vrai ! s'indigne-t-elle en voyant l'auto d'Adrien sans volant. Je ne peux pas croire qu'elle te l'a volé. Attends-moi, je reviens tout de suite.

Lorsque Margot réapparaît, elle tient une grande boîte dans ses mains et elle la remet à Adrien.

— C'est pour toi. Quand ton père a vu que Lucille avait brisé les trois pianos, il s'est dépêché d'aller acheter un autre volant pour ton auto.

Adrien ouvre la boîte sans grand enthousiasme. Il apprécie le geste de son père, mais il a beaucoup de mal avec celui de sa mère. D'autant plus qu'il a peur de sa réaction si jamais elle ose lui voler son auto.

— Je me demande bien qui sera sa prochaine victime, lance Margot.

— Que voulez-vous dire ?

— Ta mère est partie sur le sentier de la guerre. Elle s'en est prise à ton père, à tes sœurs et maintenant à toi. J'ai bien peur qu'elle ne s'arrête pas tant qu'elle n'aura pas fait le tour de la famille. Je pense qu'il faudrait avertir tes frères.

— Mais de quoi ?

— Si seulement je le savais. Ta mère a l'esprit pas mal plus dérangé que je le croyais. Veux-tu que je t'aide à installer ton volant?

— Non! Dire que j'étais presque parvenu à oublier qu'elle s'en était déjà prise à mon auto… ce que je peux être naïf parfois. Je vais devoir trouver une autre façon pour l'empêcher de me la voler. Je suis tellement découragé que si je ne me retenais pas, je me laisserais glisser le long de mon auto et je me mettrais à pleurer comme un enfant.

— Elle serait trop contente. Installe ton volant et va lui rendre une petite visite. Et tant qu'à y être, apporte-lui les cordes des touches noires des trois pianos et une caisse de pots de conserves vides. Je reviens.

Ce n'est pas qu'Adrien trouve l'idée de sa tante bête, seulement sa mère est la dernière personne qu'il a envie de voir en ce moment. Mais en même temps, une petite revanche lui ferait le plus grand bien.

— Et qu'est-ce que je dois lui dire? demande Adrien lorsque Margot revient.

— Ne gaspille pas ta salive pour elle. Contente-toi de déposer les cordes, les pots et la feuille d'instructions de ton volant à ses pieds et va-t'en sans lui adresser la parole.

***

Chaque fois que monsieur Potvin se pointe au magasin, ou Margot est dans l'entrepôt, ou elle est occupée avec un autre client. Toujours est-il qu'elle n'a pas encore eu l'occasion de le servir, ni même d'échanger deux mots avec lui. Ce serait mentir de dire qu'elle n'arrête pas de penser à lui depuis que Gertrude lui a mis dans la tête qu'il en pinçait sûrement pour elle. Elle doit quand même admettre que si tout ça est vrai, eh bien, ça ne la laisse pas indifférente. Revenir à Jonquière a ramené bien des souvenirs à sa mémoire, comme ce temps où monsieur Potvin la voyait dans sa soupe alors qu'elle l'ignorait totalement, au grand dam de ses parents, sous prétexte qu'il était trop vieux pour elle. Ils ont toujours la même différence d'âge, cependant les années l'ont assouplie un peu. Pas au point de lui tomber dans les bras en claquant des doigts, mais à tout le moins de considérer son offre, à la condition que Gertrude ait vu juste. Tout serait tellement plus facile si le cœur de Margot ne battait pas déjà pour quelqu'un d'autre.

Lorsque Margot le voit faire son entrée dans le magasin, elle se racle la gorge et elle se redresse. Il s'avance d'un pas assuré jusqu'à elle et lui sourit.

— Bonjour Margot ! Tu as dû trouver que j'étais bien distant avec toi, mais je ne t'avais pas reconnue. Ma foi du bon Dieu, tu es encore est plus belle que dans le temps. J'ai entendu dire que c'est Joseph qui a réussi à te ramener à Jonquière.

— Toujours aussi galant, à ce que je vois. Comment allez-vous, monsieur Potvin ?

Margot aimerait bien paraître plus à l'aise avec lui, mais c'est peine perdue. Depuis qu'elle le connaît qu'elle le vouvoie gros comme le bras et ça ne risque pas de changer.

— J'imagine qu'on t'a mise au courant de ce qui m'était arrivé.

Monsieur Potvin attend quelques secondes avant de poursuivre.

— Le moins qu'on puisse dire, c'est que je ne suis pas très doué avec les femmes. J'en ai marié deux et elles sont mortes. Je sais bien que je ne devrais pas me lancer dans un troisième mariage…

À ces mots, le visage de Margot vire au rouge. Et si Gertrude avait raison ? Comme si ce n'était pas suffisant, Margot est aussi prise d'une bouffée de chaleur carabinée, ce qui la rend très mal à l'aise. Elle fait de gros efforts pour soutenir le regard de monsieur Potvin. Voilà maintenant qu'il se tord nerveusement les mains et qu'il fait mine de renifler en se passant la main sur le menton.

— Il faut que tu m'aides à choisir une bague de fiançailles pour Céline ! s'exclame-t-il d'un seul trait.

Margot doit prendre sur elle pour ne pas éclater de rire. Aussitôt l'effet de surprise passé, elle se demande qui peut bien être cette Céline. Comme s'il lisait dans ses pensées, monsieur Potvin ajoute :

— Je vais demander la main de la jeune femme que ta sœur a prise sous son aile, tu l'as sûrement déjà vue. J'aimerais que tu me conseilles.

— D'accord ! confirme simplement Margot, en bonne femme d'affaires. Avez-vous un…

— Je veux la plus belle. Tu connais Lucille autant que moi, elle aime le beau. Peux-tu me dire combien de temps ça va prendre avant de la recevoir ?

— Accordez-moi une minute, je vais aller m'informer auprès de Gertrude.

Lorsque Gertrude apprend la nouvelle, une vague de colère l'envahit. Sa mère a réussi à mettre la main sur monsieur Potvin pour le donner en pâture à cette Céline. Elle n'en revient pas.

— On ne peut pas le laisser faire ça, objecte Gertrude. La mère est en train de l'arnaquer.

— Je sais tout ça, mais s'il est assez bête pour se marier avec cette Céline, qu'il le fasse. En tout cas, ce n'est certainement pas moi qui vais lui dire qu'il se trompe et que c'est moi qu'il devrait plutôt demander en mariage, ricane-t-elle.

C'est seulement à ce moment que Gertrude réalise qu'elle a créé de faux espoirs à sa tante en prétendant que monsieur Potvin n'avait d'yeux que pour elle.

— Ah! je suis tellement désolée, s'exclame Gertrude. Et il est bien trop vieux pour elle.

— N'oublie surtout pas qu'il est riche et que Lucille a besoin de se refaire. Elle donne peut-être l'impression d'être bien au bordel, mais je ne suis pas dupe. Depuis le soir où elle y est entrée avec sa protégée qu'elle cherche un moyen d'en sortir. Peux-tu t'occuper de lui?

Gertrude met la main sur le bras de sa tante et le presse un peu avant d'aller rejoindre monsieur Potvin. Elle lui parlera plus tard.

Margot tourne les talons et elle va au-devant du client qui vient juste de faire son entrée dans le magasin. Sérieusement, elle n'est pas déçue de la tournure des événements, au contraire. Elle a eu sa chance de mettre la main sur monsieur Potvin et elle ne l'a pas prise. Puis de toute façon, s'il avait osé lui faire la grande demande, elle aurait refusé. Il y a longtemps que Margot a compris qu'on ne fait pas du neuf avec du vieux, et encore moins avec un vieux comme lui. Décidément, Lucille ne cessera jamais de l'étonner. Réussir à convaincre cette Céline d'épouser un homme qui pourrait facilement passer pour son grand-père est un tour de force en soi. *Joseph n'en reviendra pas quand je vais lui raconter ça!*

* * *

Anita était prête à tout pour que ça marche avec Armand, mais ce n'était pas encore assez. Il a fini par lui avouer pourquoi il est venu s'installer à Jonquière en plein cœur de l'hiver.

— Je devais me marier à la fin du mois, mais ma fiancée m'a laissé tomber pour le nouveau forgeron. C'était au-dessus de mes forces de rester là à les regarder se faire les yeux doux.

La franchise d'Armand a ravi Anita, mais sa joie a été de très courte durée.

— Il vaut mieux qu'on cesse de se voir avant que j'entache ta réputation. Je ne suis pas prêt pour le mariage, et encore moins pour fonder une famille.

Entre les paroles d'Armand et une bonne claque au visage, Anita aurait choisi la deuxième option sans aucune hésitation. Elle aurait eu mal, mais la douleur n'aurait pas duré plus longtemps que le temps nécessaire pour guérir son bleu. Alors qu'elle croyait avoir trouvé un mari, voilà qu'elle se retrouve une fois de plus à la case départ.

— Tu t'en fais pour rien, lance Joseph pour la faire sortir de la lune.

C'est un regard voilé par les larmes qu'Anita tourne vers lui. Elle sait qu'Armand ne mérite pas autant d'attention, mais c'est plus fort qu'elle. Il y a si longtemps qu'elle rêve de fonder sa propre famille qu'elle commence à perdre espoir d'y arriver un jour.

— Fais-moi confiance, ajoute Joseph, tu vas finir par trouver chaussure à ton pied.

— Je ne voudrais pas vous manquer de respect, répond Anita, mais c'est plus facile à dire qu'à faire. Vous n'avez qu'à me regarder. Je n'ai rien d'autre que mes rondeurs pour attirer le regard des hommes sur moi et je peux vous dire que tous préfèrent de loin une fille comme la Céline qui traîne avec madame Lucille.

— Je t'interdis de te comparer à elle, la met en garde Joseph. Au cas où tu l'aurais oublié, elle était enfermée au même endroit que Lucille. Nomme-moi un seul homme qui voudrait épouser une folle !

Comment pourrait-elle répondre à la question de Joseph, alors qu'elle passe la majeure partie de son temps entre la maison de

Gertrude et son logement au-dessus du magasin général? Au moins, lorsqu'elle travaillait pour son cousin dentiste, elle rencontrait beaucoup de monde. Aucun client n'a jamais levé les yeux sur elle, mais elle avait l'impression d'être vivante et elle gardait le moral. Depuis qu'elle s'occupe des enfants de Gertrude et de ceux de Mérée, ses chances de rencontrer quelqu'un sont pratiquement nulles.

Anita hausse les épaules en guise de réponse, ce qui ne satisfait pas Joseph. Il aime trop Anita pour la voir souffrir.

— J'ai une idée, ajoute-t-il, tu devrais faire quelques heures au magasin comme avant.

— Qui s'occuperait des enfants? s'inquiète aussitôt la jeune femme.

— Moi! s'écrie Joseph sans aucune hésitation. Tu es trop jeune pour rester enfermée à longueur de journée. Non, il faut que tu voies du monde, que…

Anita sourit à la seule idée de sortir de la maison. Voir du monde ne réglera pas son problème en soi, mais elle se sentira moins seule, ce qui sera déjà un net avantage.

— J'irai voir Gertrude après le souper, confirme Joseph.

S'il y a une chose que Joseph déteste, c'est bien de voir Anita malheureuse. Même si c'est en partie grâce à elle qu'il tient le coup, il ne passe pas son temps à la remercier pour autant.

— Vous êtes trop bon avec moi, lui dit Anita.

— Il serait plus juste de dire qu'on est bon l'un pour l'autre, la corrige Joseph. Je te considère comme ma fille, Anita, et tant que je vivrai, je ne laisserai personne te faire du mal.

Anita sourit à Joseph en soutenant son regard. Il y a une question qui lui brûle les lèvres depuis l'arrivée de Margot et qu'elle ne se décide pas à lui poser, sous prétexte que ça ne la regarde pas. Devant son air bizarre, Joseph lui dit :

— Je t'écoute, Anita.

Surprise, la jeune femme secoue la tête et elle plisse les yeux avant d'ouvrir la bouche. Cette fois, sa curiosité l'emporte sur le bon sens et elle va droit au but.

— Pourquoi vous n'avez pas marié madame Margot, au lieu de madame Lucille ?

Sa question prend Joseph de court. Il tire sur sa pipe comme s'il voulait aspirer tout ce qui l'entoure et l'instant d'après, il se met à se tousser les tripes. C'est la première fois qu'Anita le voit étouffé à ce point. Elle court lui chercher un verre d'eau, qu'elle lui tend. Incapable de prononcer un seul mot, Joseph repousse le verre. Même s'il voulait avaler une seule goutte d'eau, elle ne passerait pas. Et il tousse de plus belle jusqu'à ce qu'il finisse par reprendre son souffle. Anita s'en veut de l'avoir mis dans cet état et elle s'excuse. Au lieu de la rassurer, Joseph lui dit :

— Parce que je n'avais pas le choix.

Anita se garde bien de revenir à la charge même si la réponse de Joseph ne la satisfait pas.

— Je ferais mieux de préparer le souper avant que madame Margot arrive.

Et Anita abandonne Joseph à ses pensées.

Chapitre 9

La première chose que Marie-Paule remarque lorsque Charlotte entre chez elle, c'est son chapeau de fourrure et elle ne se prive pas pour lui en parler. Charlotte se met aussitôt à bafouiller comme une gamine, ce qui lui met la puce à l'oreille.

— Tu sais bien que tu peux tout me dire, plaide cette dernière d'un ton plus doux. Profites-en pendant qu'on est toutes seules, si tu veux que je t'aide.

Pendant une fraction de seconde, Charlotte s'en veut de ne pas l'avoir laissé chez elle. Elle se serait évité bien des mensonges si elle avait écouté le gros bon sens. En même temps, c'est maintenant qu'elle doit le porter et pas en plein cœur de l'été.

— Parle, l'encourage Marie-Paule, je ne te mangerai pas.

— C'est un cadeau de Léandre, dit-elle tout bas.

— Je peux me tromper, mais d'après moi, tu n'as pas fini de te faire poser des questions. As-tu au moins une idée de ce que tu vas dire ?

Charlotte prend son courage à deux mains et elle dit à sa sœur ce que Léandre lui a suggéré.

— C'est loin d'être l'idée du siècle. Pense seulement à Gisèle !

Ça fait des jours que Charlotte jongle avec la question. Laurier a gobé son histoire de concours sans aucun problème.

— Peux-tu m'aider à trouver une meilleure réponse ?

Au lieu de s'en prendre à sa sœur pour sa nouvelle étourderie, Marie-Paule réfléchit à la manière de la sortir de cette impasse.

— J'ai trouvé ! s'écrie-t-elle après quelques secondes qui ont paru une éternité à Charlotte. Il nous reste sûrement encore une vieille tante du côté de papa.

Charlotte se demande bien de qui Marie-Paule parle.

— Tante Florence ?

— Pourquoi pas ? Elle n'a jamais donné signe de vie depuis que papa est décédé et tu sais comme moi que c'était loin d'être la préférée de maman. Écoute-moi bien ! Tu l'as vue à l'hôpital par hasard en allant bercer les enfants et d'une affaire à l'autre, elle t'a envoyé un chapeau de fourrure sans aucune explication.

— Mais j'ai déjà dit à Laurier que je l'avais gagné…

— S'il est comme Adrien, il a déjà oublié ce que tu lui as raconté.

— Et maman ?

— Je serais la première étonnée si elle demandait des nouvelles de tante Florence.

Charlotte a un poids de moins sur les épaules. Elle s'approche de sa sœur et elle la serre dans ses bras de toutes ses forces.

— Qu'est-ce que je ferais sans toi ? lui demande-t-elle.

— Peut-être encore plus de bêtises ! répond Marie-Paule d'un ton sec. Excuse-moi, je n'ai pas le droit de te faire la morale. C'est juste que depuis que Gisèle est mariée avec René, ça complique passablement les choses. Et j'ai horreur de mentir.

— Je sais tout ça, confirme Charlotte. Je te promets de faire plus attention à l'avenir.

Marie-Paule regarde sa sœur avec amour. Charlotte n'a aucune méchanceté ni malice. Sa plus grande erreur a été de succomber au charme de Léandre, mais il faudrait être drôlement culottée pour lui jeter la première pierre quand on connaît sa vie aussi bien que Marie-Paule. Et puis, comment aurait-elle pu prévoir que Gisèle convolerait en justes noces avec son beau-frère ? La vie de Charlotte est tout sauf simple et la plupart du temps Marie-Paule la plaint et, surtout, elle s'en fait pour elle.

Soudainement prise d'un haut-le-cœur, Marie-Paule change de couleur.

— Tu ne me dis pas que tu es encore enceinte ! s'exclame Charlotte d'une voix joyeuse.

Au lieu de répondre sur le même ton, Marie-Paule fait un demi-sourire et dit :

— J'espère que ce sera une fille, cette fois.

À voir son air, Charlotte se rend très vite compte que si elle avait eu le choix, Marie-Paule aurait passé son tour.

— La vie est vraiment mal faite, lance Charlotte. Je suis là à m'user les genoux à force de prier pour tomber enceinte, alors que toi tu n'es même pas contente.

— Je ne dirais pas ça de même, s'excuse pratiquement Marie-Paule, mais entre toi et moi, j'en ai déjà plein les bras avec mes quatre garçons. Excuse-moi, je ne devrais pas parler comme ça. C'est quand même pour avoir des enfants que je me suis mariée et…

Marie-Paule se met à pleurer.

— Et j'en ai ! ajoute-t-elle entre deux sanglots.

Charlotte tend aussitôt son mouchoir à sa sœur.

— C'est le monde à l'envers, commente Charlotte pour essayer de détendre l'atmosphère. Toi, tu pleures parce que tu es enceinte, et moi, parce que je ne le suis pas.

— Je te l'ai déjà dit, plaide Marie-Paule, si tu étais proche je te prêterais mes enfants de temps en temps.

Et les deux sœurs se mettent à rire alors que de grosses larmes coulent encore sur les joues de Marie-Paule. Elle sait très bien qu'elle n'a pas le droit de se plaindre, mais c'est plus fort qu'elle. Ses deux premières grossesses se sont bien passées, mais à compter de la troisième, les choses se sont gâtées. Ses enfants sont pétants de santé et elle les aime. Seulement, elle déteste plus que tout être enceinte. Les nausées, la bedaine, la fatigue, l'accouchement, les nuits blanches… Tout lui déplaît au plus haut point. Chaque période de neuf mois de sa vie qu'elle consacre à fabriquer un bébé est un vrai supplice pour elle, et elle se garde bien d'en parler à qui que ce soit, et surtout pas à son confesseur. Le pire pour elle demeure de ne pas savoir quand sa famille va cesser de s'agrandir. C'est même rendu qu'elle ne trouve plus le moindre plaisir à faire son devoir conjugal, tellement elle est tenaillée par la peur de faire un autre petit Pelletier. Pour Marie-Paule, la cour est pleine, sauf qu'elle ne sait pas quoi faire pour arrêter l'hémorragie.

Charlotte se sent totalement démunie devant le désarroi de sa sœur. Que pourrait-elle bien dire ou faire pour la rassurer ? Ça ira mieux demain ? Ou tu ne trouves pas que tu t'en fais pour rien ? Tu n'as qu'à aller voir la vieille femme du troisième rang, elle va te débarrasser de ton paquet en deux temps trois mouvements. En désespoir de cause, Charlotte s'assoit avec les enfants et s'empare de quelques blocs de bois pour se donner une contenance. Il y a des situations où il vaut mieux ménager sa salive et la nouvelle grossesse de Marie-Paule en fait partie.

— Je suis désolée, finit-elle par dire pendant que Marie-Paule s'essuie les yeux.

— C'est moi qui devrais l'être ! Je n'ai pas le droit de me plaindre.

— Avec moi, tu as le droit de tout dire et de tout faire, la rassure Charlotte. Je ne suis pas juste ta sœur, je suis ton amie.

— Je te promets que ça n'arrivera plus.

Charlotte aurait préféré que Marie-Paule ne prononce pas sa dernière phrase. Entêtée comme elle l'est, Charlotte peut dormir sur ses deux oreilles. Même si Marie-Paule devait avoir dix autres enfants, elle jouerait la carte de la mère comblée alors qu'il n'en est rien.

— Changement de sujet, se dépêche d'ajouter Marie-Paule, Gisèle m'a fait promettre d'aller souper avec eux ce soir. Il paraît qu'elle a une nouvelle à nous apprendre.

— Tu ne me dis pas qu'ils sont déjà prêts à adopter un deuxième enfant, s'exclame joyeusement Charlotte.

— Je ne sais rien de plus que ce que je t'ai dit.

— À moins qu'elle soit enceinte…

Si Marie-Paule s'écoutait, elle plaindrait Gisèle à la seule idée que cette dernière soit peut-être enceinte. Au lieu de ça, elle respire à fond et s'essuie les mains sur son tablier avant d'aller chercher son petit dernier qui vient de se mettre à pleurer. Bien que Charlotte meure d'envie de révéler qu'il est fréquent qu'une femme tombe enceinte quand elle vient d'adopter et que c'est le souhait ultime de Gisèle, elle se tait et continue de jouer avec les enfants jusqu'au retour de Marie-Paule dans la cuisine.

— Bon, dit Charlotte en se relevant, dis-moi ce que je peux faire pour t'aider.

— Continue à amuser les enfants, répond Marie-Paule du tac au tac, je m'occupe du dîner.

* * *

Lucille a tout de suite vu les occasions d'affaires offertes par les clients du bordel, occasions dont elle ne se prive pas de profiter depuis. Mine de rien, à force de menacer à gauche et à droite et d'étaler sur la place publique les écarts de conduite des hommes les plus influents de la région, elle s'est très vite assuré un avenir prometteur dans l'industrie. Son attitude agressive aurait pu faire fuir les clients visés, mais c'est tout le contraire. D'abord, plus ils peuvent lui profiter, plus Lucille les traite aux petits soins. Avec elle, aucun ne peut se targuer de ne pas en avoir pour son argent, bien au contraire. Elle fait attention à eux comme à la prunelle de ses yeux et tous le lui rendent bien. Il y a bien eu quelques rares récalcitrants, mais à sa demande, ou plutôt à ses exigences, ils ont vite pris le chemin d'un autre bordel. Ce qu'ils ignorent encore, c'est que devant les affaires d'or de celui de Jonquière depuis que Lucille l'a pris en main, madame Charmaine a décidé de lui confier toutes ses autres maisons de la région. Tôt ou tard, ces messieurs lui tomberont dans les mains sur un plateau d'argent dès qu'ils se retrouveront à nouveau en face d'elle. Cette perspective à elle seule réjouit Lucille.

Étant donné que la tâche risque d'être trop grosse pour elle, Lucille a commencé à chercher la personne idéale pour l'aider. Curieusement, c'est le nom d'Ernest qui lui revient sans cesse à l'esprit. Son neveu a refusé de devenir le prêtre de rechange de la famille et il lui a tenu tête lorsqu'elle a essayé de lui soutirer un pourboire lors de sa visite au bordel. Il n'a pas la langue dans sa poche et depuis qu'il est tout petit qu'il ne s'en laisse imposer par personne. C'est un gars comme lui dont elle a besoin : beau, fort et avec du caractère. En y réfléchissant de plus près, Lucille voit deux problèmes au fait de l'embaucher. D'abord, Ernest occupe un emploi enviable à la pulperie et elle devra user de finesse pour le convaincre de changer de camp. Ensuite, le rapprocher de Céline est loin d'être une bonne affaire. La protégée de Lucille a beau taire le nom d'Ernest depuis que celle-ci est allée la récupérer avec Roger avant qu'elle ne commette l'irréparable, il n'en demeure pas moins que Céline n'attend que l'occasion idéale pour aller le trouver. Demander à Ernest de venir travailler au bordel équivaut à lui servir l'étalon sur un plateau d'or. Céline pourrait lui jurer sur la bible qu'elle ne fera rien avec Ernest que Lucille ne la croirait pas. Céline a peut-être l'air d'un ange, mais elle n'a pas la chanson. Et ça, Lucille le sait. *Pas question de risquer son mariage avec monsieur Potvin! Pas question non plus de me priver d'un bon homme.*

Lucille s'est bien gardée de partager ses intentions avec Céline. La première fois qu'elle a frappé à la porte de son neveu, il n'a même pas daigné lui ouvrir. Il a fait le mort, mais Lucille savait qu'il était là puisqu'elle l'avait vu par la fenêtre avant de frapper. À sa deuxième visite, il l'a carrément envoyée au diable à travers la porte. Elle est repartie avec le sourire les deux fois. Ernest lui prouvait sans l'ombre d'un doute qu'elle avait fait le bon choix en jetant son dévolu sur lui. Ce n'est qu'à sa cinquième visite qu'il lui a ouvert la porte. N'eût été les plaintes des voisins devant ses hurlements pour que sa tante s'en aille, il l'aurait sûrement fait poiroter encore longtemps.

— Entrez! lui dit-il d'une voix peu amicale. Vous avez besoin d'avoir une maudite bonne raison pour me coller au derrière après ce que vous m'avez fait.

De nature habituellement peu rancunière, Ernest a encore la passe du pourboire quémandé par sa tante Lucille sur le cœur et, sur ce coup, tout porte à croire qu'il aura la mémoire longue.

— Commence par enterrer la hache de guerre, l'intime Lucille sur le même ton, et je vais te dire pourquoi je suis ici.

La tante et le neveu se toisent du regard pendant quelques secondes avant qu'Ernest lâche un grand soupir en même temps qu'il décroise les bras. Lucille n'a jamais été sa préférée, mais il a du respect pour elle. Pourquoi? Parce que cette tante n'est pas une femme ordinaire. Elle a fini de le convaincre quand il a habité chez elle. Il n'en revenait pas de voir à quel point elle malmenait Gertrude et, pourtant, sa cousine finissait toujours par se plier aux caprices de sa mère. De bon ou de mauvais gré, Gertrude obéissait au doigt et à l'œil comme une petite fille de cinq ans l'aurait fait. Même son oncle Joseph goûtait à la médecine de sa femme.

Dès qu'elle voit qu'Ernest relâche sa mâchoire, Lucille lui explique en détail ce qu'elle attend de lui.

— Quand es-tu prêt à commencer ?

La confiance qu'elle a en elle est une autre chose qu'Ernest a toujours admirée chez sa tante. Malgré ses origines très modestes, Lucille a toujours eu une attitude de riche. Elle veut, elle obtient. Avec elle, il n'y a pas de place pour les compromis.

Ernest a d'abord été très surpris de savoir pourquoi sa tante insistait autant pour le voir. Le seul fait qu'elle ait pensé à lui le surprend beaucoup. Si son père était là, il ne manquerait pas de lui rappeler de ne jamais quitter la pulperie parce qu'il ne trouvera pas mieux. Toute sa famille et ses connaissances abonderaient dans le même sens sans se faire prier. Quand on a la chance de travailler pour monsieur Price, on s'organise pour y rester le plus longtemps possible, particulièrement en ces temps difficiles. Ernest n'irait pas jusqu'à dire qu'il déteste son emploi. Par contre, il peut dire que les heures s'égrènent un peu trop lentement à son goût, entre le moment où il commence son quart de travail et celui où il le termine. De prime abord, l'idée de travailler pour sa tante ne l'enchante guère, mais il a toujours eu un faible pour les belles femmes. À bien y penser, il se verrait bien dans la peau du protecteur de ces dames.

— J'aime autant vous dire que travailler pour vous est la dernière chose que je souhaite.

— Le contraire m'aurait surprise. Si ça peut te rassurer, tu vas travailler pour moi, mais pas avec moi.

Ernest est de plus en plus tenté par l'offre de sa tante. Il ne connaît de ce milieu que ce qu'il a vu en tant que client occasionnel, mais son petit doigt lui dit qu'il s'y plairait pas mal plus qu'à la pulperie.

— Je ne veux pas changer quatre vingt-cinq cents pour une piastre. Ou vous m'offrez plus qu'à la pulperie, ou vous m'oubliez.

Lucille fait mine de réfléchir, alors qu'elle avait déjà prévu le coup.

— Je peux te garantir que tu vas au moins doubler ton salaire avec les pourboires.

— Rien ne me garantit que je vais en faire. Je vous le répète, ou vous m'offrez plus qu'à la pulperie, ou vous m'oubliez.

Lucille aurait été la première déçue si Ernest avait tout accepté sans aucune négociation.

— C'est correct pour moi. Quand peux-tu commencer ?

— Dans une semaine, deux au plus.

— Il reste une chose à régler. Tu dois me promettre de te tenir loin de Céline.

— Mais je n'ai jamais rien fait pour l'attirer. C'est elle qui m'a couru après.

— Je suis au courant, mais je te demande de la repousser si toutefois elle s'en prend encore à toi. Si tu veux qu'on s'entende bien, attends au moins qu'elle soit mariée.

Décidément, la tante Lucille n'a pas fini de l'étonner. L'idée de travailler avec les filles de joie a fait son bonhomme de chemin dans l'esprit d'Ernest. Il se voit déjà en costume du dimanche à longueur de semaine pour faire son travail. Céline est un beau brin de fille, mais pas au point de mettre la carrière qui s'offre à lui en péril. Il n'ira pas jusqu'à la traiter de folle en public même si c'est ce que tout le monde dit dans son dos, mais si elle se tient avec sa tante Lucille, il y a sûrement un fond de vérité. Et puis, on n'enferme pas les gens sans aucune raison.

Sa dernière phrase lui donne confiance en l'avenir. Lucille est ce genre de personnes qu'il vaut mieux avoir de son bord.

— À mon tour de mettre mes conditions, ajoute Ernest d'une voix assurée, je veux pouvoir profiter des services des filles chaque fois que j'en ai envie.

Au lieu de céder à l'envie d'éterniser les négociations avec son neveu, Lucille lui fait son plus beau sourire et lui dit :

— Je ne m'attendais pas à moins de ta part. Si tu acceptes de payer la moitié du prix des clients, tu as ma bénédiction.

Ernest est bouche bée devant la réaction de sa tante. Il n'en revient tout simplement pas. En plus de gagner plus cher qu'à la pulperie et de faire des pourboires, il pourra se payer la traite autant qu'il le voudra sans se ruiner.

— Marché conclu, se dépêche-t-il de dire en tendant la main à sa tante.

***

Lorsque Lucille revient au bordel, quelle n'est pas sa surprise de trouver Céline en grande conversation avec monsieur Potvin !

— Bonjour madame de Minier, s'écrie ce dernier en la voyant. Vous m'avez l'air en grande forme…

— Encore plus que vous pensez, répond prestement Lucille. J'espère que Céline s'est bien acquittée de ses devoirs d'hôtesse.

— Je vous rassure tout de suite, c'est moi qui ai refusé son offre de me servir à boire. Vous comprendrez que c'est la moindre des choses d'avoir l'esprit clair quand on vient demander une belle fille comme Céline en mariage, surtout à mon âge.

Lucille est si contente qu'elle doit prendre sur elle pour ne pas se mettre à danser et à chanter, ce qui n'est pas le cas de Céline. La jeune femme a perdu toutes ses couleurs d'un coup. Même si elle savait que ça finirait par arriver avec monsieur Potvin ou avec quelqu'un d'autre, il n'en demeure pas moins qu'elle prendrait ses jambes à son cou si seulement elle avait un endroit où se réfugier. C'est que chaque fois qu'elle a fait l'amour avec un homme, elle l'avait choisi, alors qu'il n'en est rien pour celui qui n'a d'yeux que pour elle et qui s'émoustille devant le moindre battement de cil qu'elle daigne lui offrir.

— Je n'irai pas par quatre chemins, ajoute Lucille, avez-vous la bague ?

— Bien sûr que je l'ai ! répond monsieur Potvin en lui tendant une petite boîte qu'il gardait précieusement dans le creux de sa main.

Monsieur Potvin n'a pas réfléchi très longtemps à l'offre de Lucille. Il s'est dit qu'il était encore assez en forme pour s'occuper d'une femme comme Céline et l'honorer au lit. Elle ne l'aime pas, pas plus que lui d'ailleurs, mais il sera fier de se promener en ville avec cette belle enfant à son bras. Tout ce qu'il lui demandera, c'est de lui être fidèle. En échange, il lui offrira la lune, si c'est ce qu'elle désire.

— J'ai pris la plus belle qu'il y avait dans le catalogue.

L'instant d'après, il se tourne vers Céline et lui dit :

— J'espère qu'elle te plaira, c'est Gertrude qui m'a conseillé. Si tu ne l'aimes pas, eh bien, je l'échangerai.

Savoir que Gertrude s'en est mêlée suffit pour que Lucille refuse la bague, mais lorsqu'elle voit un éclair malicieux dans les yeux de Céline, elle la prend de court et lance :

— Ce n'est pas parce que c'est ma fille, mais Gertrude a toujours eu beaucoup de goût en matière de bijoux. Vous avez fait un excellent choix ! N'est-ce pas, Céline ?

Devant l'empressement de Lucille, Céline ne peut pas faire grand-chose à part corroborer ses dires. Il faudra qu'elle soit plus rapide que Lucille la prochaine fois. Monsieur Potvin venait de lui servir une raison en or pour repousser le mariage, et elle s'est fait damer le pion par Lucille comme une débutante. Une nouvelle commande lui aurait peut-être suffi pour se sortir de cette impasse qui ne lui dit rien qui vaille, à part assurer son avenir. Au lieu de ça, Céline vient de se faire enfermer dans une nouvelle prison appelée « mariage » avec un homme qui pourrait être son père et pour qui elle ne ressent absolument rien d'autre qu'un grand respect. Elle n'ose même pas imaginer à quoi ressemblera leur nuit de noces et toutes celles à venir. Et voilà qu'elle se met à penser à Laurier et aux échanges torrides qu'ils ont eus avant qu'elle tombe enceinte et que ses parents l'enferment à double tour dans la maison familiale.

Devant le silence prolongé de Céline qui n'a pas encore ouvert la bouche, monsieur Potvin commence à s'inquiéter.

— Je n'ai jamais rien vu d'aussi beau, s'exclame Lucille.

— Mais si Céline ne…

Cette fois, Lucille commence à s'impatienter. Elle en a trop fait pour que Céline fasse avorter ses plans. Elle va se marier avec monsieur Potvin, un point c'est tout. Lucille prend la main de Céline sans aucun ménagement et lui passe la bague au doigt.

— Détrompez-vous, le coupe Lucille, c'est l'émotion. Mettez-vous à sa place, ce n'est pas à tous les jours qu'une jeune femme comme elle se fait offrir un aussi beau bijou. Avez-vous pensé à une date pour votre mariage ?

— J'adorerais me marier en mai, répond monsieur Potvin en prenant la main de Céline dans la sienne.

— C'est parfait pour nous, confirme Lucille. D'ici là, vous pourrez venir veiller avec Céline les bons soirs.

Sur ce, Lucille se lève et tend la main à monsieur Potvin. Vu la tête que fait Céline, plus vite l'entretien prendra fin, mieux ce sera pour tout le monde.

— À bientôt !

À peine monsieur Potvin a-t-il refermé la porte que Lucille s'approche de Céline et lui dit d'une voix douce :

— Tu devrais faire attention à ton humeur, ma belle fille, parce qu'au cas où tu l'aurais oublié, tu as besoin de ce mariage pour reprendre ton fils… si c'est toujours ton souhait, bien entendu.

Quelle question ! Bien sûr qu'elle veut récupérer son fils. C'est juste qu'elle n'a aucune envie d'unir sa destinée à ce vieux monsieur. Céline tourne nerveusement sa bague de fiançailles dans son doigt. Lorsque le diamant se met à briller de tous ses feux, elle sourit.

— C'est vrai qu'elle est belle, avoue-t-elle du bout des lèvres.

— Crois-en mon expérience, dit Lucille, cet homme va te manger dans la main si tu joues bien tes cartes.

— Je veux avoir un magasin général, lance Céline d'une voix ragaillardie.

— Commence par l'emmener jusqu'à l'autel et on s'en reparlera. En passant, je t'offre ta robe de mariée.

— Est-ce que je vais pouvoir la choisir ?

— Fais-moi confiance, tu seras la plus belle mariée de l'année.

Devant l'air déçu de sa protégée, Lucille ajoute :

— Il faut au moins un peu de mystère à un mariage. Viens ma belle fille, on va aller manger.

Lucille n'en revient tout simplement pas de l'idée qu'elle vient d'avoir. Bien qu'elle ait un peu de temps pour la mettre à exécution, il lui tarde de faire le nécessaire.

Chapitre 10

Si les nausées de grossesse empoisonnent la vie de Marie-Paule, Charlotte les bénit. Elle est tellement heureuse d'être enceinte qu'il lui arrive encore d'en douter alors qu'elle rend tout ce qu'elle mange depuis plusieurs semaines déjà. Mais cette fois encore, elle est la seule à carburer au bonheur à l'état pur. Ce n'est pas mêlant, Arthur a manifesté plus de joie à son annonce que Laurier. En fait, il est resté de glace. Et ce n'est qu'au moment d'aller dormir qu'il lui a dit du bout des lèvres qu'il était content. Il aurait eu un couteau sous la gorge que ça n'aurait pas été pire.

— Je sais que je te déçois, a-t-il ajouté devant l'air contrit de Charlotte, mais deux enfants, cela me suffisait amplement.

— Je suis au courant.

Charlotte était si chamboulée qu'elle lui a jeté au visage que s'il ne voulait plus courir le risque d'en faire d'autres, ils n'avaient qu'à cesser de faire leur devoir conjugal. Le visage de Laurier s'est rembruni instantanément.

— Il est hors de question que je me passe d'un des seuls plaisirs de la vie. Tu es mieux de t'armer de patience, parce que je vais t'honorer jusqu'à mon dernier souffle.

— Et si on fait d'autres enfants?

— Je ferai avec.

Ce n'est pas exactement les paroles qu'une femme voudrait entendre de la bouche de son mari après lui avoir annoncé qu'elle porte son enfant, et encore moins Charlotte. Cette deuxième grossesse est un cadeau du ciel pour elle et son valeureux mari a encore joué le rôle d'éteignoir à merveille. Si elle ne désirait pas cet enfant de toutes ses forces et qu'il n'y avait pas Arthur, il aurait réussi à influencer son humeur. Depuis qu'il est au courant de son état, le jeune homme est toujours au-devant d'elle, ce qui lui fait le plus grand bien. Chaque fois qu'il la voit soulever quelque chose de lourd, il accourt et lui enlève des mains. Dès qu'il entre dans la maison, il fait tout pour alléger sa tâche. Laurier l'observe de sa chaise berçante sans broncher. Même s'il le voulait, il en serait incapable. L'annonce d'un troisième enfant ne lui fait pas plaisir. Pire, elle le contrarie encore plus qu'aux deux premiers. Ce n'est pas d'être obligé de les loger, de les habiller et de les nourrir qui l'embête, ça il sait le faire. C'est qu'il n'en a jamais voulu. Laurier a beau s'être amélioré, mais jamais il n'arrivera à la cheville d'Arthur, par exemple, qui a ça en lui. Lorsque les deux hommes rentrent à la maison, Claire et Raymond se précipitent sur lui avant de jeter un seul regard à leur père. Au début, son jeune compagnon était mal à l'aise, mais Laurier l'a vite rassuré. *Comment voudrais-tu qu'il en soit autrement? Tu es bien plus aimable que moi!*

Charlotte reprend son rouleau et l'abat sur sa boule de pâte avec l'énergie du désespoir. La réaction de Laurier l'atteint beaucoup plus qu'elle le souhaiterait. Elle le prive d'une partie du plaisir associé au fait d'être enceinte, du moins dans son cas. Et même si elle s'y attendait, au plus profond de son cœur, elle gardait espoir de le voir manifester son bonheur. Dans ses rêves les plus fous, il la prenait dans ses bras et il la faisait tourner sur lui-même pour lui témoigner sa joie. Ou alors il la couvrait de baisers et l'entraînait au lit sans se préoccuper de tout ce qu'il y avait autour. *C'est connu, le bonheur des uns fait parfois le malheur des autres.* Charlotte essuie rageusement deux petites larmes du revers de la main et elle roule sa pâte à tarte avec plus d'ardeur. La visite de sa mère va lui faire du bien. Dès qu'elle en a parlé, Arthur lui a dit qu'il s'installerait temporairement dans le hangar. C'était bien mal connaître Charlotte de croire qu'elle accepterait son offre. Va pour qu'il cède sa chambre à Alida, mais c'est à la condition qu'il dorme dans le salon.

— Vous faites partie de la famille, Arthur, et je ne permettrai pas que vous dormiez dans le hangar, lui a débité Charlotte d'un ton autoritaire.

Devant l'insistance de Charlotte, Arthur n'a pas eu d'autre choix que de se plier à sa décision. Arthur était si jeune lorsqu'il a quitté sa famille qu'il apprécie chaque minute de sa vie passée dans cette maison. Sa vie est beaucoup plus belle, depuis que Laurier l'a pris sous son aile. Et puis, Arthur aime beaucoup Charlotte, peut-être même un peu plus qu'il le devrait.

Adrien discute allègrement avec Alida depuis qu'ils sont partis de Jonquière. Au départ, René avait prévu l'emmener chez Charlotte en voiture, mais un bris majeur à l'entreprise a très vite changé ses plans. Il est allé voir Adrien et lui a demandé s'il pouvait le remplacer au pied levé.

— Tu tombes bien, le frère, a répondu Adrien, je n'ai rien de prévu aujourd'hui.

C'est ainsi qu'Alida est montée dans l'auto d'Adrien avec un grand sourire sur les lèvres. Voyager en auto sur une grande distance la ravit.

— Et ta mère ? lui demande Alida.

Adrien réfléchit quelques secondes avant de répondre. Ce n'est pas qu'il soit superstitieux, mais il n'aime pas en parler plus qu'il faut. Chaque fois qu'il le fait, il a l'impression de s'attirer les foudres de sa chère mère. C'est plus fort que lui, il a beau se trouver ridicule, il fait tout pour éviter le sujet.

— C'est bien parce que c'est vous, ne peut-il s'empêcher de dire. Une chose est certaine, la mère ne change pas pour le mieux. Aux dernières nouvelles, elle a pris du galon au bordel, et pas mal à part ça. Le bruit court que c'est elle qui gère tout l'alcool qui circule dans la région. Le plus drôle, c'est qu'elle a réussi à enrôler Ernest dans son sillage alors qu'elle avait du mal à l'endurer. Il me semblait qu'il était resté chez vous.

— Vous avez raison, mais c'était uniquement pour bien paraître, et pour embêter papa. Et Gertrude aussi !

Alida n'en revient pas de tout ce que Lucille fait vivre aux siens. Dans son livre à elle, cette femme ne mérite pas d'être mère et encore moins d'être mariée à un homme bon comme Joseph. Les mauvaises langues ont crié au scandale quand elles ont su qu'il l'avait abandonnée, mais ça n'a pas duré. Joseph est tellement aimé de tous qu'il a très vite repris son image d'homme presque parfait marié à une folle. Et Alida ne se gêne pas pour prendre sa défense chaque fois que l'occasion se présente.

— Et tu crois que c'est vrai qu'elle a monté en grade ?

— Ah oui ! s'écrie Adrien sans aucune hésitation. Mon auto est comme un confessionnal, et je peux vous jurer que tous s'entendent pour dire que la mère a le sens des affaires. Pour avoir réussi à mettre le grappin sur monsieur Potvin pour son amie, qui est aussi folle qu'elle, il fallait être habile, parce que le bonhomme n'est pas né de la dernière pluie. J'ignore comment elle s'y est prise pour l'entourlouper au point qu'il veuille se mettre la corde au cou une troisième fois, mais tout ce que je sais, c'est qu'elle a réussi haut la main. Heureusement que le mariage approche, parce que le pauvre homme ne sait plus à quel saint se vouer tant il est impatient.

— Je ne suis pas étonnée ! ajoute Alida. Lucille a toujours obtenu tout ce qu'elle voulait. Est-ce que je me trompe ou ça fait un bout de temps qu'elle ne s'est pas intéressée à ton auto ?

— Non et tout ce que je souhaite, c'est que ça reste comme ça. Je ne vous dis pas à quel point je la surveille. Marie-Paule trouve que j'en fais trop, mais c'est plus fort que moi. J'ai encore le coup de l'incendie sur le cœur et, entre vous et moi, je ne crois pas pouvoir l'oublier un jour.

— Tu n'es quand même pas en train de me dire que tu vas te confesser pour ça ?

— Plus maintenant ! Je lui en veux pour ce qu'elle m'a fait et je lui en voudrai jusqu'à la fin de mes jours. J'en ai parlé à Adjutor et il m'a dit de laisser Dieu en dehors de tout ça. Je ne devrais peut-être pas vous le dire, mais lui-même a cessé d'aller se confesser pour tout ce qui regarde la mère. Faire partie de ses préférés n'a pas que des avantages, vous savez. Nous serons chez Charlotte dans quelques minutes.

Alida aime tellement sa nouvelle vie à la campagne qu'elle néglige Charlotte bien malgré elle. Maintenant qu'elle habite à proximité de chez Marie-Paule, elle profite à plein de ses petits-enfants et elle allège la tâche de sa fille autant qu'elle peut. Il faudrait être aveugle pour ne pas voir que sa nouvelle grossesse pèse sur les épaules de Marie-Paule. Bien qu'Alida ait du mal à comprendre comment une femme peut ne pas être heureuse de porter un enfant, elle se garde bien d'en parler à sa fille. Et sa vie avec Gisèle, René et Ludovic la comble de joie. Jamais Alida n'aurait pu espérer une vieillesse aussi douce. La venue du bébé que Gisèle attend ne fera qu'augmenter son plaisir. Alida est née pour aimer. Son cœur est si grand qu'il n'a pas de limites.

— Je n'ai pas vu le temps passer, dit Alida.

— Ce n'est pas pour me vanter, lance Adrien d'une voix taquine, mais le temps passe toujours trop vite quand on est en bonne compagnie.

— Sacré Adrien ! riposte Alida en lui pinçant le bras. Il faudrait t'inventer si tu n'existais pas !

Adrien n'a pas le temps de s'engager dans la cour de Charlotte que cette dernière sort sur la galerie pour les accueillir. Elle saute au cou de sa mère avant même qu'elle descende de l'auto.

— Je pense que vous étiez attendue, s'exclame Adrien.

Le temps de faire le tour de l'auto et Charlotte lui réserve le même sort, ce qui le fait bien rire.

— Venez vite, je vous ai fait une bonne tarte aux pommes, s'exclame Charlotte.

— Je ne pourrai pas traîner, confie Adrien, mais si tu me prends par les sentiments…

Occupés à barbouiller à la table, Claire et Raymond abandonnent leurs travaux aussitôt qu'ils voient leur grand-mère et ils viennent se jeter dans ses bras. Adrien observe la scène à distance en se disant que c'est ça, une vraie grand-mère. Et c'est alors que le visage de la dernière de Marcella se superpose sur celui de Claire. Surpris, Adrien secoue la tête à quelques reprises, mais l'image est toujours là.

— Vous allez me trouver fou, confie-t-il aux deux femmes, mais pendant une seconde, j'ai eu l'impression de me retrouver devant la dernière de Marcella. C'est fou ce que ta fille a des airs de Léandre.

Le commentaire d'Adrien bouleverse Charlotte. Elle regarde sa fille deux fois plutôt qu'une avant d'ajouter en rigolant :

— C'est le bouquet ! D'après tout le monde, Raymond n'a rien de son père et voilà maintenant que ma fille ressemble à Léandre. C'est trop drôle !

— Si j'étais à ta place, s'interpose Alida, je ne me fierais pas à Adrien pour voir les ressemblances. Il a l'œil pour bien des choses, mais pas pour ça. Alors, vas-tu arrêter de nous torturer et nous en servir un morceau ?

— Asseyez-vous, suggère Charlotte, et je vous sers. Je peux même vous offrir un peu de crème fraîche si vous voulez.

L'intervention d'Alida a détourné l'attention, mais elle n'a pas effacé les paroles d'Adrien dans la tête de Charlotte pour autant. Comme ce n'est pas le moment, elle relègue le tout dans sa mémoire et elle fait un effort pour être une bonne hôtesse.

— Avez-vous fait bon voyage ? demande-t-elle.

— Voyager avec Adrien est un pur plaisir, s'exclame Alida.

— Idem la belle-mère ! lance Adrien avant de porter une grosse bouchée de tarte aux pommes à sa bouche.

La seconde d'après, il ferme les yeux pour mieux la goûter. Il n'a jamais mangé quelque chose d'aussi bon.

— J'ignore ce que tu as mis dans ta tarte, plaide-t-il, mais il faut absolument que tu donnes ta recette à Marie-Paule. Ta tarte ferait fureur au magasin général.

— C'est ce qu'Arthur se tue à me dire, leur confie Charlotte, mais je vais faire mieux que ça. Je vais t'en donner une pour que tu la fasses goûter à ma sœur.

Adrien est tellement gourmand qu'il salive déjà à l'idée de repartir avec sa tarte.

— J'aime autant te le dire tout de suite, si tu m'en donnes une, je ne la partagerai pas avec personne.

— Rendu là, c'est ton affaire, ajoute Charlotte. D'ailleurs, comment va ma sœur ?

— Elle se vomit toujours les tripes, répond Adrien, et elle maigrit à vue d'œil.

— C'est un peu normal, plaide Alida, mais elle devrait aller mieux d'ici une couple de semaines.

— Je l'espère de tout mon cœur, réagit Adrien, parce que pour tout vous dire, ma femme n'est pas à prendre avec des pincettes ces temps-ci.

— Mettez-vous un peu à sa place, riposte Alida. Elle essaie de fabriquer un bébé et elle en a quatre autres sur les bras.

— Je connais une femme qui en a eu vingt-quatre à elle seule, s'exclame Adrien, et elle est pétante de santé.

Il y a longtemps qu'Alida a renoncé à faire comprendre aux hommes que porter un enfant n'est pas une mince affaire et que toutes les femmes ne passent pas à travers de la même façon. Si elle se fie à sa propre expérience, chaque grossesse représentait une épreuve en soi pour elle. Toutes sans exception l'ont jetée dans un état de fatigue extrême qui prenait fin seulement le jour où elle entamait son sixième mois. Plus le temps passait, moins elle se possédait.

— J'en connais aussi qui sont mortes en couches, lance Alida. La maternité n'est pas facile pour toutes les femmes. Avez-vous déjà eu mal au cœur, Adrien ?

— Ça m'arrive à chaque fois que j'abuse du pouding chômeur.

— Eh bien, imaginez-vous que votre mal dure pendant neuf mois.

Adrien se souvient de la dernière fois où ça lui est arrivé. Il ne savait plus à quel saint se vouer, tellement il n'en pouvait plus d'avoir mal au cœur.

— Je peux vous dire sans aucune chance de me tromper que je ne survivrais pas.

— C'est le lot de plusieurs femmes que je connais et elles tiennent le coup.

Les paroles d'Alida font leur chemin dans l'esprit d'Adrien. Il ne peut pas partager les malaises de sa femme, mais il pourra au moins essayer de la soulager en lui offrant de l'aider.

— Sacrée belle-mère ! s'écrie-t-il en se levant de table. Vous allez m'excuser, il faut que j'y aille.

***

Lucille ne s'est pas montré la face au magasin général depuis que Margot y travaille. Bien que cette dernière ne soit pas toujours là, il faut croire que son spectre suffit à lui seul à la garder à distance. Au risque de passer pour une fille sans cœur, Gertrude bénit chaque jour qui passe sans voir sa mère.

— Il faut absolument que vous soyez là ! s'exclame Gertrude.

— Même si c'était mon souhait le plus cher, ironise Margot, il faut qu'il y ait quelqu'un au magasin.

— Mais j'ai déjà tout prévu, Anita va se charger du magasin et papa va s'occuper des enfants.

Assister aux prouesses de Lucille n'a rien pour soulever l'enthousiasme de Margot.

— Monsieur Potvin me l'a encore dit hier, renchérit Gertrude, il tient à ce que vous soyez là.

— Je me demande bien pourquoi, d'ailleurs ! Il devrait être heureux maintenant qu'il va l'avoir, sa jeune poulette.

— Ma foi du bon Dieu, seriez-vous jalouse ?

— Rassure-toi, se défend prestement Margot, la jalousie ne fait pas partie de ma liste de défauts. Ce n'est pas pour me vanter, mais il y a eu une époque où je n'aurais eu qu'à cligner des yeux pour qu'il me tombe dans les bras. C'est juste que j'ai toujours eu du mal avec les hommes qui se marient avec une femme qui pourrait être leur fille, et parfois même leur petite-fille. J'en sais peu sur cette Céline, mais je la plains de tout mon cœur.

— Pas moi! avoue candidement Gertrude. Si elle s'est acoquinée avec la mère, c'est qu'elle lui ressemble sûrement plus qu'on pense. Il faut avoir du culot, ou être folle pour vrai, pour préférer rester enfermée plutôt que de dire où on a caché son fils.

— Là-dessus, avoue Margot, je dois dire que je la comprends. Je n'ai pas eu d'enfant, mais j'aurais eu du mal à accepter qu'on m'oblige à le donner en adoption.

Contrairement à sa tante, Gertrude est incapable de prendre la défense de cette Céline que Lucille considère comme sa propre fille. Gertrude a pour son dire qu'on n'a qu'une mère dans toute sa vie et que même si celle-ci est bourrée de défauts et qu'elle s'occupe mal de nous, il n'en demeure pas moins qu'on espère toujours une caresse ou un mot doux de sa part, même si on sait que ça ne risque pas d'arriver.

— J'aimerais mieux qu'on change de sujet si ça ne vous fait rien, propose gentiment Gertrude.

— Je ne demande pas mieux, avoue Margot.

Même si Lucille n'a pas récidivé depuis le coup des cordes de piano, Margot garde l'œil ouvert. Ce serait bien mal connaître sa sœur que de penser qu'elle a rangé les armes. Non! Lucille est sûrement en train de manigancer quelque chose qui va leur tomber dessus au moment où ils s'y attendront le moins.

— Êtes-vous au courant de la dernière nouvelle? questionne Gertrude.

— Ça dépend laquelle, ironise Margot.

— Le bruit court que quelqu'un veut ouvrir un nouveau magasin général juste en face du nôtre.

— Et c'est tout l'effet que ça te fait ?

— Comme je le disais à Camil hier soir, on a bien trop d'ouvrage pour s'inquiéter pour quelque chose qui n'arrivera peut-être jamais.

Margot ne saurait expliquer pourquoi, mais cette nouvelle rumeur ne lui dit rien de bon. Elle se trompe sûrement, mais chaque fois que quelque chose de spécial arrive ou est annoncé, elle ne peut pas faire autrement que penser que Lucille a quelque chose à voir là-dedans. En même temps, c'est comme rien, elle se trompe sûrement sur ce coup. Jamais Margot ne croira que Lucille irait jusqu'à faire cet affront à monsieur Potvin, puisqu'il est déjà actionnaire dans le leur. Margot secoue vivement la tête à quelques reprises avant d'ajouter :

— Excuse-moi, c'est plus fort que moi. Je voudrais tellement que Lucille vous laisse en paix que c'est rendu que je vois sa signature partout.

Gertrude est émue quand Margot parle ainsi. Il lui arrive souvent de s'amuser à imaginer comment aurait été leur vie si Joseph l'avait épousée au lieu de Lucille. Gertrude ne connaît pas encore le fin fond de l'histoire, mais chaque fois que Margot et Joseph sont dans la même pièce, ils se cherchent du regard.

— C'est peut-être moi qui suis devenue trop confiante…

Margot sourit à sa nièce. Savoir qu'elle réussit à lui enlever un peu de pression la rend heureuse.

— Autre changement de sujet, lance Margot, j'ai pensé à quelque chose et je voudrais avoir ton avis.

***

Lorsqu'Anita a appris que monsieur Potvin avait demandé Céline en mariage, elle est allée s'enfermer dans sa chambre et elle a pleuré toutes les larmes de son corps. Pas parce qu'elle avait un œil sur lui, mais plutôt parce que selon elle, Céline ne mérite pas ce qui lui arrive. Depuis, Anita doit faire un effort pour sourire quand elle est en présence de quelqu'un. Son état d'esprit n'a pas échappé à Gertrude.

— Ou tu m'en parles de toi-même ou je te cuisine jusqu'à ce que tu lâches le morceau. On a pris un engagement, toi et moi, et je ne te laisserai pas tomber. Je t'écoute.

Anita soupire en levant les yeux au ciel. Elle ne peut pas se sauver bien loin, puisque Gertrude est devant la seule porte pour sortir du petit bureau attenant au magasin. Et elle se trouve sotte de réagir ainsi au mariage de deux personnes pour qui, en temps normal, elle n'a pas vraiment d'intérêt.

— Jure-moi d'abord que tu ne riras pas de moi, l'implore Anita.

— Si ça peut te faire plaisir, je te le jure.

— J'en veux de toutes mes forces à cette Céline de se marier.

Gertrude commence d'abord par reculer jusqu'à s'appuyer sur la porte en entendant ça. L'instant d'après, elle est prise d'un fou rire incontrôlable. Anita la regarde sans savoir comment réagir. Doit-elle la frapper à coups de poing pour qu'elle arrête de rire ? Ou doit-elle se mettre à rire elle aussi ? Plus les secondes passent, moins Anita sait quoi faire et plus Gertrude rit fort.

— Excuse-… moi, parvient-elle à balbutier entre deux éclats de rire. Tu ne de… vrais pas t'en…

Et Gertrude se met à tousser avant de finir sa phrase. Adossée à la porte, elle s'essuie les yeux comme elle peut et elle fait un effort pour ne pas se remettre à rire.

— Je t'imagine mal au lit avec monsieur Potvin, s'exclame Gertrude avant de repartir à rire de plus belle.

Frappée par l'image suggérée par les propos de Gertrude, Anita lui endosse le pas sans hésiter. Il vient un temps où elles rient si fort que Camil vient frapper à la porte pour s'assurer que tout va bien.

— Je te raconterai ce soir, lui répond Gertrude entre deux hoquets.

Les deux femmes ignorent combien de temps a duré leur délire. Ce qu'elles peuvent dire par exemple, c'est qu'il était temps que ça arrête, parce qu'elles n'en pouvaient plus de rire.

— Chère Anita, dit Gertrude, tu me fais tellement rire.

— Mais tu m'avais juré !

— Comment voulais-tu que je garde mon sérieux quand je t'imaginais en train de faire une partie de jambes en l'air avec monsieur Potvin ?

— Tu n'as rien compris, Gertrude. Laisse-moi t'expliquer. Céline est tout sauf une femme honorable et elle va épouser un des hommes les plus riches de la région alors qu'elle ne le mérite pas.

— Ma pauvre Anita, il serait grand temps que tu apprennes que la vie ne va pas au mérite. Quant à toi, tu vaux bien mieux qu'un homme comme lui.

— Peut-être, mais vous n'êtes que quelques-uns à le savoir et aucun d'entre vous ne représente un prospect pour moi.

— Tant qu'à ça, tu as bien raison ! Je te promets que tu vas finir par rencontrer quelqu'un de bien un jour.

Chapitre 11

Malgré l'insistance de Céline pour voir sa robe, Lucille a tenu bon jusqu'au matin de son mariage. Elle vient de l'emmener au salon où une grande boîte avec un gros ruban rose l'attend sur le divan. Céline est si excitée qu'elle s'agenouille devant son cadeau et elle défait le nœud en deux temps trois mouvements pour libérer au plus tôt l'objet de son désir. Elle va enfin porter une robe blanche comme elle a toujours rêvé de le faire. L'homme qu'elle va épouser n'a rien du prince charmant qu'elle attendait, mais il va lui permettre de réaliser ce à quoi elle tient le plus. Céline sort la robe de sa boîte et elle la place devant elle pour mieux l'admirer. Sa simplicité n'a aucune commune mesure avec la bague que lui a offerte son futur mari, mais elle lui plaît.

— Merci, Lucille! s'exclame Céline, c'est la plus belle robe qu'on m'ait jamais offerte.

— Dépêche-toi de l'essayer, au cas où il y aurait quelques retouches à faire... quoique ça me surprendrait, parce que j'ai l'œil pour ça.

— Ici?

— Ce serait trop risqué. Montons à notre chambre, on sera plus tranquilles.

Céline marche tellement vite que Lucille a du mal à la suivre dans l'escalier. Sitôt arrivée dans leur chambre, elle retire ses vêtements et se glisse dans la robe. L'effet est instantané sur Lucille.

— Je n'aurais pas pu faire un meilleur choix. Monsieur Potvin va en perdre son latin. Il ne reste plus qu'à remonter tes cheveux et tu seras parfaite. Viens te voir dans le miroir. Je n'en reviens pas à quel point tu es belle dans cette robe.

Pâmée devant son reflet, Céline est incapable de prononcer un seul mot. Lucille a raison, cette robe lui sied à merveille. Céline reconnaît une fois de plus que la présence de Lucille dans sa vie est bonne pour elle. Céline sourit à sa garde du corps par le biais du miroir avant de reporter son attention sur son reflet. C'est alors que Céline découvre une minuscule tache sur le corsage. Elle commence par la gratter avec son ongle sans obtenir de résultat.

— Regardez ici.

Lucille s'approche et quand elle voit le petit point rouge que lui montre Céline, elle lui dit :

— J'ai pourtant fait très attention en la manipulant, je vais aller chercher ce qu'il faut pour l'enlever. Va te faire remonter les cheveux par Camille pendant ce temps-là.

Une fois Céline sortie de la chambre, Lucille met la robe sur le lit et elle s'assoit dans le fauteuil sans rien tenter pour faire partir la tache. Un grand sourire plaqué sur les lèvres, elle savoure sa nouvelle petite victoire et elle pense à son empire qui grandit de jour en jour. L'embauche d'Ernest n'a que du positif jusqu'à maintenant. Lucille et lui ne deviendront jamais les meilleurs amis du monde, mais ils travaillent bien ensemble, et c'est tout ce qui compte pour elle. Elle lui dévoile chaque jour un pan de sa nouvelle vie et, la plupart du temps, Ernest n'en revient tout simplement pas de voir l'audace dont sa tante a dû faire preuve pour se tailler une place dans un monde réservé aux hommes. Ce qui le surprend le plus, c'est de voir que tous sans exception la respectent. Son sens des affaires très aiguisé lui permet de jouer dans la cour des grands, et elle s'y sent à l'aise comme un poisson dans l'eau. Pour toutes ces raisons, Ernest emmagasine tout ce qu'il peut et il pose des tas de questions à sa tante. Elle lui a offert une occasion en or d'apprendre les tenants et les aboutissants d'un monde dont il soupçonnait à peine l'existence, et il a bien l'intention de profiter du moindre enseignement.

Lorsque Céline réapparaît dans la chambre, Lucille lui tend une petite boîte.

— C'est mon cadeau de mariage.

— Mais vous m'avez déjà offert ma robe, lance Céline.

— Oui, mais tu ne vas la porter que pendant quelques heures… Je tenais à t'offrir quelque chose qui va te rester. Ouvre-le vite.

Céline n'en croit pas ses yeux. Elle tient dans ses mains une fine chaîne en or sertie d'un petit diamant. Il n'en faut pas plus pour que la jeune femme lui saute au cou et qu'elle oublie la tache sur le corsage de sa robe.

— Merci Lucille ! Je ne sais vraiment pas ce que je ferais sans vous.

— Habille-toi maintenant… il ne faudrait pas faire attendre ton fiancé.

Le mot à lui seul fait frémir Céline, c'est pourquoi elle se dépêche de l'oublier. Cette journée a trop d'importance pour son avenir pour qu'elle laisse quelques pauvres petites lettres venir la gâcher. À compter de demain, Céline pourra commencer à compter les jours qui la séparent de Raymond, et c'est tout ce qui compte à ses yeux. À la seconde où elle tiendra son fils dans ses bras, elle saura qu'elle n'a pas fait tout ce chemin pour rien. *Et tant pis pour la nuit de noces, je n'en mourrai pas !*

— Approche, je vais m'occuper des petits boutons.

Margot a hésité jusqu'à la dernière minute avant de se pointer à l'église. D'abord, elle continue à croire qu'elle n'a pas sa place ici. Ensuite, elle n'a pas vraiment envie de revoir sa sœur adorée. N'eût été l'insistance de Gertrude, elle serait restée avec Joseph au magasin. L'église est remplie de curieux. Les quelques invités occupent les premières rangées. Lucille était déjà installée dans son banc lorsque Gertrude, Camil et Margot sont arrivés, ce qui a somme toute fait l'affaire des trois.

Le sourire aux lèvres, monsieur Potvin attend patiemment sa dulcinée à l'avant de l'église. Plus elle s'approche de lui, plus Margot trouve que leur différence d'âge est flagrante, mais elle essaie de porter son attention sur la toilette de la mariée.

— Elle a une très belle robe, glisse Margot à l'oreille de Gertrude.

Le regard embué par les larmes comme chaque fois qu'elle assiste à un mariage, Gertrude a du mal à distinguer les détails. Elle sort son mouchoir et s'essuie les yeux.

— On dirait que c'est ta robe de mariée, lui dit soudainement Camil d'une voix étouffée.

Surprise, Gertrude plisse les yeux pour mieux voir. Elle s'y reprend à deux fois pour être bien certaine qu'elle n'a pas la berlue. Elle n'arrive pas à faire le lien avec sa robe de mariée qui dort dans le fond de la garde-robe de sa maison et celle que porte Céline. Par quelle magie sa robe aurait-elle pu aboutir sur son dos ?

— C'est vraiment ta robe, renchérit Camil en chuchotant, je me souviens de tous les petits maudits boutons que j'avais eu un mal de chien à déboutonner avec mes gros doigts. Pourquoi lui as-tu donné ta robe ?

Gertrude refuse de croire ce qu'elle voit. Si cette Céline porte sa robe, c'est que sa mère est retournée chez elle pour la prendre. Gertrude se sent tellement mal qu'elle a peur de perdre connaissance si elle ne va pas prendre l'air.

— Laisse-moi passer, dit-elle à son mari.

Elle est si énervée qu'elle oublie de marcher sur la pointe des pieds pour ne pas faire de bruit. Le résonnement de ses pas ne manque pas d'attirer tous les regards sur elle, sauf celui de Lucille. Elle n'a pas besoin de se retourner pour reconnaître la démarche de sa fille. Satisfaite de son coup, un sourire mauvais s'affiche sur ses lèvres.

Gertrude sort de l'église et elle s'adosse sur le mur pour ne pas s'effondrer. Elle a tellement de mal à respirer qu'elle commence à paniquer. Alors qu'elle croyait que sa mère s'était désintéressée d'elle, Lucille l'attendait au détour. Gertrude essaie désespérément de reprendre son souffle sans y arriver. Elle est tout en sueur et elle a l'impression que sa tête va exploser. Elle n'entend même pas la porte qui s'ouvre à deux pouces d'elle.

— Gertrude ! s'écrie sa tante en la prenant par le bras. Respire doucement, ça va aller. Encore… encore…

Lorsque Gertrude parvient enfin à reprendre son souffle, elle s'accroupit et elle se met à pleurer.

— Veux-tu bien me dire ce qui t'a mise dans cet état ? s'enquiert Margot.

— La mère m'a volé ma robe de mariée pour l'offrir à Céline.

— Je ne peux pas croire qu'elle t'ait fait ça ! répond Margot au bout de quelques secondes.

— Et ce n'était même pas elle qui l'avait payée. Pourquoi a-t-elle pris ma robe ?

Les bras autour des épaules de sa nièce, Margot se demande bien ce qu'elle pourrait lui dire, parce qu'au fond peu importe la question, la réponse demeure toujours la même. Lucille est folle à lier et elle n'aura pas assez d'une vie pour faire payer à Gertrude de l'avoir abandonnée.

— Pour te faire souffrir, finit par dire Margot. Ayoye ! Il faut que je me relève, j'ai une crampe dans le mollet.

— Étirez votre jambe au maximum, lui suggère Gertrude, je vous tiens.

C'est bien la première fois de sa vie que Margot est contente d'avoir une crampe. Gertrude n'a pas oublié ce qui vient de se passer, mais le fait d'occuper son esprit à autre chose l'a sortie du gouffre d'où elle n'arrivait pas à s'extirper.

— Est-ce que ça va mieux ?

— Je vais survivre encore cette fois, lance Margot en rigolant. Retournons dans l'église maintenant.

— Non merci ! J'ai eu ma dose pour aujourd'hui.

— C'est là que tu te trompes. On va entrer et on va s'asseoir à l'arrière. Si quelqu'un te pose des questions, tu n'auras qu'à répondre que tu as eu un malaise. Et on ira à la noce aussi. C'est un petit jeu qui se joue à deux, et on va montrer de quoi on est capables à ta mère.

La dernière chose dont Gertrude ait envie, c'est bien de se retrouver en face de son bourreau et du chien de poche qui l'accompagne. En même temps, elle comprend que si elle ne va pas au mariage, Lucille croira qu'elle a gagné la partie. Plutôt mourir que de lui donner la victoire sans se battre.

— Ma mère est morte, décline Gertrude d'un ton neutre, il ne reste plus que Lucille. Allons-y !

La peine de Gertrude ne s'est pas effacée par magie pour autant, mais la haine qu'elle entretient à l'égard de Lucille vient de prendre les choses en main. Elle aura tout le temps de pleurer quand elle sera de retour chez elle.

Gertrude n'écoute pas le prêtre, elle promène son regard entre la nuque de Lucille et sa robe de mariée. Elle est tellement pompée qu'elle se voit courir jusqu'en avant. Elle se poste devant Lucille et elle la roue de coups de poing jusqu'à ce qu'elle s'effondre sur son banc. Elle court ensuite jusqu'à Céline et elle lui déchire sa robe sur le dos sans aucun ménagement. Elle ramasse les lambeaux, prend un cierge au passage et les met en feu sur le parvis de l'église sous le regard des curieux qui l'ont suivie.

Lorsque les mariés passent à sa hauteur, Gertrude sourit à monsieur Potvin. Il est si heureux qu'on dirait qu'il a rajeuni de vingt ans en une seule heure. La tête droite comme un piquet, Lucille regarde droit devant elle.

— Elle croit que tu es partie, lui dit Margot à l'oreille.

— Sans vous, c'est sûrement ce qui serait arrivé.

Dès qu'il aperçoit sa femme, Camil arrête pour les laisser passer devant lui.

— Est-ce que ça va ? s'informe-t-il.

Gertrude prend sa main et elle la serre très fort.

— Je n'ai jamais vu quelqu'un d'aussi méchant, lui dit-il à l'oreille. Rien ne nous oblige à aller à la noce, tu sais.

— Mais je ne la manquerais pas pour tout l'or du monde. Allons-y !

Camil regarde sa femme d'un drôle d'air. Il se demande bien comment elle peut passer par-dessus ce que sa mère a fait, alors qu'elle tenait à sa robe comme à la prunelle de ses yeux. Et elle prend même la peine de l'essayer chaque année à la date de leur mariage, ce qui le fait rire. Il y a sûrement quelque chose qui lui échappe, reste maintenant à prendre son mal en patience jusqu'à ce qu'ils retournent à la maison. Ça prend un sacré front de bœuf pour venir voler la robe de sa fille ! La belle-mère n'a pas son pareil pour faire du mal aux siens.

Le marié n'a rien laissé au hasard, il a même fait décorer son salon par sa bonne. L'alcool coule à flots et il y a suffisamment à manger pour nourrir tout un régiment. Céline savoure chaque seconde de sa nouvelle vie. Elle savait où son mari habitait, mais elle n'était jamais entrée avant aujourd'hui. La maison n'est pas d'un grand luxe, mais elle est décorée avec goût et le mobilier a du style. C'est sûrement l'héritage des deux madames Potvin qui l'ont précédée, mais ça lui convient parfaitement. De toutes les maisons où elle a posé ses maigres effets, c'est de loin la plus belle et elle trouve qu'elle a beaucoup de chance.

C'est enfin au tour de Gertrude de féliciter les mariés. Elle commence par offrir ses vœux à monsieur Potvin.

— Je te remercie, Gertrude. On m'a dit que tu avais eu un malaise pendant la cérémonie.

— C'est sûrement l'âge, blague-t-elle.

— Tu es encore une jeunesse ! Je suis content que tu sois venue à mon mariage.

— Comment aurais-je pu le manquer ? D'abord, je vous estime beaucoup. Ensuite, vous avez été un excellent mari pour Mérée. Et, finalement, nous sommes associés. Vous voyez bien que j'avais trop de raisons pour refuser d'y être.

Monsieur Potvin passe doucement sa main rugueuse sur la joue de Gertrude et il lui dit :

— Tu ressembles tellement à ton père.

L'instant d'après, Gertrude se retrouve en face de Céline. Souriante à souhait, la jeune femme attend qu'elle lui offre ses vœux de bonheur. Au lieu de ça, Gertrude s'approche un peu plus et lui dit dans le creux de l'oreille :

— J'aimerais beaucoup que tu me rendes ma robe dans le même état.

Puis elle recule pour laisser la place à Camil. Au moment où il embrasse la mariée sur la joue, Gertrude se rapproche et elle lui explique tout bas:

— Et n'essaie pas de faire partir la petite tache sur le corsage, c'est du sang et ça ne part pas.

Céline aurait reçu une claque en pleine face qu'elle ne serait pas plus ébranlée. Lucille a osé lui offrir la robe de sa fille. Céline n'en revient tout simplement pas. Elle regarde s'il reste encore plusieurs invités en file pour venir féliciter les mariés et elle se met à compter les minutes qui la séparent du moment où elle ira retirer cette robe qui lui pique la peau comme si elle était faite d'une multitude d'épines. Cette fois, Céline se promet bien que Lucille ne l'emportera pas en paradis. Maintenant qu'elle est mariée, elle va lui montrer de quel bois elle se chauffe.

Lorsque Lucille se retrouve devant elle, Céline fait comme si de rien n'était. Elle reçoit ses vœux de bonheur avec toute la dignité dont elle est capable. À rusée, rusée et demie. Lucille ne perd rien pour attendre.

— Tu es la plus belle mariée qu'il m'ait été donné de voir, s'exclame Lucille en lui prenant les mains.

Puis elle s'approche et lui glisse à l'oreille:

— On a réussi!

Céline n'ajoute rien, elle se contente de sourire.

— J'espère que vous êtes conscient de la chance que vous avez! s'écrie Lucille à l'intention de monsieur Potvin.

— Ah oui! Et je vais prendre soin de cette belle enfant comme de la prunelle de mes yeux.

Aussitôt que le dernier invité passe devant elle, Céline se dépêche d'aller se changer. Si elle se souvient bien, Lucille lui a dit qu'elle avait déposé son sac dans la chambre qui fait face à l'escalier. Céline tourne la poignée et quand elle voit le grand lit, elle est prise d'un étourdissement passager. Elle secoue la tête vivement pour s'en libérer, et c'est à ce moment qu'elle aperçoit sa robe accrochée au mur. Elle aura moins de panache dans sa toilette bleu marine, mais au moins, elle saura que personne ne l'a portée avant elle. De ça, elle en est certaine, puisque c'est elle qui est allée la commander chez la couturière. Elle roule la robe de mariée en boule et elle la fourre rageusement dans son sac. Elle le prend avec elle, le dépose au pied de l'escalier et retourne au salon en prenant soin d'arborer son plus beau sourire.

— Pourquoi êtes-vous allée vous changer si tôt ? s'enquiert son époux.

— La dentelle me piquait trop, ment-elle sans aucun scrupule.

— Le bleu vous va à merveille, la complimente monsieur Potvin en effleurant sa joue.

S'il salive à l'idée de ce qui l'attend quand les invités seront partis, c'est loin d'être le cas de Céline. Elle n'a pas choisi le marié et elle ne ressent absolument rien pour lui. Il est gentil et riche, et pour le moment, c'est tout ce qu'elle pense de lui. *Je n'aurai qu'à fermer les yeux ! Lucille m'a juré que ça ne durera que quelques minutes.*

— Merci ! Veuillez m'excuser une minute, j'ai deux mots à dire à Gertrude.

Céline s'approche de Gertrude d'un pas décidé. Elle ne fait ni une ni deux et lui dit sans se préoccuper le moins du monde qu'elle est en train de parler :

— N'oubliez pas de prendre le sac qui est au pied de l'escalier en partant.

Et elle retourne rejoindre son mari sans attendre.

— Si j'avais une fille, est-il en train de dire, je voudrais qu'elle ressemble à Gertrude.

Cette observation à elle seule fait changer Céline d'humeur instantanément. Tout sourire a disparu de son visage et elle sent la boucane qui lui sort par les oreilles.

— Ne vous mettez pas dans cet état, plaide monsieur Potvin en observant sa femme. Si un jour on a une fille et qu'elle vous ressemble, je serai le plus heureux des hommes.

Devant l'innocence de son mari, Céline ne peut pas s'empêcher de lui sourire.

— Rassurez-vous, je n'ai rien contre elle. D'ailleurs, comment le pourrais-je, puisque je ne la connais même pas. Enfin, tout ce que je sais d'elle, c'est ce que sa mère a bien voulu me dire...

— J'ai bien peur que sa description de Gertrude soit légèrement faussée. Je propose qu'on l'invite à manger avec son mari, un de ces quatre. On pourrait aussi inviter Gisèle et René si vous voulez.

Savoir que son mari aime recevoir lui fait gagner des points aux yeux de Céline. Elle n'a pas la prétention d'être la meilleure cuisinière que la terre ait portée, mais tous les membres de sa famille s'entendaient pour dire qu'elle se défendait plutôt bien. Son poulet rôti faisait l'unanimité chaque fois qu'elle en déposait un sur la table familiale et les filles du bordel lui ont fait honneur, elles aussi, en l'inondant de compliments. Céline aurait aimé les inviter à son mariage, mais Lucille lui a très vite fait comprendre que ça ne se faisait pas. Maintenant qu'elle est mariée, Céline se promet bien de les inviter à manger. Elle sait que son mari a passé dans les bras de plusieurs d'entre elles, mais c'est son problème à lui, pas le sien. Et puis, ce qu'il a fait avant elle ne la regarde aucunement.

— Je ne demande pas mieux que de les connaître et, sans vouloir me vanter, je dois dire que je suis plutôt bonne cuisinière.

Monsieur Potvin est tout sourire devant sa nouvelle épouse. Plus il la regarde, plus il lui tarde de consommer son mariage. Disons qu'il a été un peu trop sage, ces temps derniers. Il n'a pas cessé complètement d'aller au bordel après avoir fait sa demande en mariage, il allait se satisfaire à Chicoutimi par respect pour sa future femme. Seulement, il s'est mis au régime sec il y a deux semaines et il commence sérieusement à trouver le temps long. Il faut dire qu'il a été gâté avec Mérée, et même avec sa première compagne. L'une comme l'autre ne lui ont jamais refusé de prendre son plaisir quand bon lui semblait. Il arrivait même à Mérée de prendre les devants, ce qui n'avait rien pour lui déplaire, bien au contraire.

— Venez danser avec moi, s'écrie-t-il en lui prenant la main, j'ai des fourmis dans les jambes.

Chapitre 12

Joseph n'en revient toujours pas de ce que Lucille a encore fait. Ça l'a tellement mis hors de lui qu'il n'a pas fermé l'œil de la nuit. Il n'accepte pas qu'elle s'en prenne encore à Gertrude, et il voudrait bien trouver le moyen de l'en empêcher.

— Allez à la messe sans moi, dit-il à Margot et à Anita, parce que vous allez passer votre temps à me réveiller.

— Je reste avec toi, lance Margot.

Anita les regarde tour à tour, ça ne lui donnera pas grand-chose de rester elle aussi. Anita les salue et elle sort de la maison.

— Ça ne peut pas continuer comme ça, s'exclame Joseph d'une voix forte. Elle va finir par avoir sa peau, à force de frapper dessus et je ne peux pas rester là sans rien faire pour l'aider. Réalises-tu qu'elle a osé revenir ici pour voler sa robe de mariée? Il n'y a que Lucille pour penser à ces choses-là! Elle n'est pas seulement folle, c'est le diable en personne. Chaque fois qu'elle récidive, je me demande qui sera sa prochaine victime. S'en prendra-t-elle à Alphonse, Adjutor, Arté, Adrien, Estrade, ou René? À moins qu'elle jette son dévolu sur Marcella… Je ne sais plus quoi faire ni quoi penser.

Et Joseph se met à pleurer. Devant autant de chagrin, Margot s'approche de lui et elle le prend dans ses bras.

— Ça va aller, Joseph, lui dit-elle à l'oreille, je suis là.

C'est alors que se produit quelque chose d'inattendu que ni Joseph ni Margot n'ont vu venir. Voilà maintenant qu'ils s'embrassent à pleine bouche comme si leur vie en dépendait. L'instant d'après, ils se retrouvent dans la chambre de Joseph et ils s'aiment avec toute cette fougue qu'ils refoulaient au plus profond de leur être depuis le jour où Margot est revenue à Jonquière. L'un comme l'autre, ils rêvaient de cet instant sans aucun espoir d'assouvir le désir qu'ils ont toujours éprouvé l'un pour l'autre. Joseph était le mari de Lucille, et c'était bien suffisant pour mettre une distance infranchissable entre eux. Ils avaient déjà bien assez de subir les foudres de Lucille sans en plus faire exprès pour les provoquer. C'était du moins ce qu'ils croyaient.

— J'en rêvais depuis si longtemps, avoue Joseph en caressant la joue de Margot.

— Et moi donc ! Qu'est-ce qu'on fait maintenant ?

Joseph sort sa montre de sa poche de pantalon et il lui répond :

— On se rhabille en vitesse et on refait le lit avant qu'Anita revienne de la messe. On a exactement cinq minutes devant nous.

— Et on enlève ce sourire de sur nos lèvres !

Ils viennent à peine de s'asseoir quand Anita fait son entrée avec un sac à la main.

— Depuis quand vas-tu à l'église avec tes bagages ? la taquine Joseph.

— Gertrude m'a demandé de rapporter sa robe de mariée. Si j'ai bien compris, le sac est à cette Céline... Je n'ai pas vu dans quel état elle est, mais je me disais qu'on devrait peut-être la laver avant de la ranger.

— C'est la moindre des choses, confirme Margot, je vais chercher de l'eau.

— Mais on ne peut pas le faire aujourd'hui, conteste Anita, c'est dimanche.

— Eh bien, pour nous, ce sera lundi, plaide Margot. Je refuse de respirer ne serait-ce qu'une minute de plus l'odeur de cette petite garce.

Joseph et Anita se tournent aussitôt vers Margot. C'est la première fois qu'ils l'entendent parler de cette manière contre quelqu'un. Ils veulent bien croire que cette Céline n'a rien d'un ange, mais c'est Lucille qui mériterait de se faire traiter de garce, pas sa protégée.

— Hey! Vous n'allez quand même pas me faire accroire que vous l'aimez? Je vais chercher de l'eau. Plus vite on lavera cette robe, mieux je me sentirai.

Les deux femmes mettent beaucoup d'ardeur au travail afin que celui-ci dure le moins longtemps possible. Anita a tout de suite vu la minuscule tache de sang sur le corsage.

— Comme si ce n'était pas suffisant de porter la robe d'une autre sans sa permission, se plaint Margot, elle l'a même tachée de sang.

— Ce n'est pas que je veuille prendre la défense de cette Céline, plaide Anita, mais la tache n'est pas récente. Je m'en charge.

— Un jour, il faudra que tu me donnes tes secrets.

Anita hausse les épaules et elle lui dit:

— Je n'ai pas vraiment de mérite. On était tellement pauvres chez nous quand j'étais jeune qu'il n'était pas question de mettre un vêtement de côté avant qu'il soit usé à la corde. Il n'était pas question non plus que quelqu'un en porte un taché, ma mère ne l'aurait jamais toléré. Je savais à peine marcher quand j'ai commencé à monter sur mon petit banc pour l'aider à faire le lavage. Au début, je jouais dans l'eau plus qu'autre chose, mais ma mère a vite fait de m'apprendre tout ce qu'elle savait. Et je peux vous dire qu'elle n'avait pas son pareil pour détacher des vêtements. Tant que j'avais les deux mains dans l'eau, je l'écoutais et je l'imitais.

Les deux femmes s'affairent maintenant à tordre la robe en prenant soin de ne pas abîmer le tissu.

— On ne peut quand même pas l'étendre dehors, s'exclame Anita.

— C'est pourtant ce qu'on va faire! Avec le vent qu'il fait, elle va sécher en un temps record.

Cette fois, Anita se garde bien de plaider le fait que c'est dimanche et qu'elles seront les seules à avoir du linge sur la corde. Margot est l'opposé de madame Lucille sauf sur un point: toutes les deux possèdent un esprit libre et elles n'hésitent pas à faire ce dont elles ont envie.

— Je m'en occupe, dit Anita d'une petite voix.

En voyant la mine contrariée d'Anita, Margot se met à rire.

— Laisse, comme ça si les voisins sont à leurs fenêtres, ils ne pourront s'en prendre qu'à moi.

Margot s'empare du bassin dans lequel elles ont déposé la robe de Gertrude et elle sort sur la galerie. Elle dépose vitement le vêtement sur la corde et elle met deux épingles à linge sur les coutures pour ne pas abîmer la dentelle.

— C'est fait! s'exclame-t-elle en entrant dans la maison. Demain, je l'apporterai à Gertrude pour qu'elle la mette en sécurité. Comme ça, si Lucille décide de s'en prendre encore à sa robe pour marier une autre de ses catins, eh bien, elle n'aura qu'à s'en trouver une ailleurs.

— Tu la connais aussi bien que moi, lance Joseph, ce n'est pas une robe qui va l'empêcher de s'en prendre à Gertrude. Et je gagerais tout ce que j'ai que Céline n'était pas au courant.

— Je pense comme vous, monsieur Joseph, confirme Anita, je serais très étonnée qu'elle soit de mèche avec madame Lucille sur ce coup. En tout cas, moi je ne connais aucune femme qui accepterait de porter la robe d'une autre dans ces conditions.

C'est bien malgré elle que Margot revoit la scène où Gertrude se penche à l'oreille de la jeune femme pour l'intimer gentiment de faire attention à sa robe de mariée. À peine le dernier invité lui avait-il offert ses vœux que Céline s'éclipsait du salon pour revenir quelques minutes plus tard en tenue de ville alors que la coutume veut que la mariée garde sa robe blanche au moins jusqu'après le repas.

— Vous avez raison, finit par admettre Margot. C'est plus fort que moi, chaque fois que ma sœur s'en prend à Gertrude et que Céline est dans les parages, j'ai juste envie de lui faire la peau, alors que dans cette histoire, elle est probablement aussi victime que Gertrude.

***

Céline a survécu haut la main à sa nuit de noces. Tout s'est passé si vite que c'est à peine si elle a eu le temps de réciter une dizaine de chapelet, ce qui est parfait pour elle. De toute façon, elle se doutait bien que le vieil homme ne la ferait pas monter au septième ciel. Le jour où elle voudra y monter, elle n'aura qu'à faire ce qu'il faut et ça ne risque pas d'être avec lui. La première chose qu'elle a faite en se levant a été de visiter la maison. La décoration n'est pas à son goût dans toutes les pièces, mais étant donné que décorer n'est pas son activité préférée, elle composera avec cela. Elle s'est attardée plus longtemps dans la chambre qu'elle réserve à Raymond. Il ne se passe pas une seule journée sans qu'elle pense à lui. Il y a si longtemps qu'elle ne l'a pas vu qu'elle a peur de ne pas le reconnaître, pire encore, qu'il ne se jette pas dans ses bras quand elle va le retrouver. En même temps, ce serait un peu normal qu'elle doive s'armer de patience avec lui. Après tout, hormis les quelques jours qu'elle a passés avec lui chez sa tante avant de se faire enfermer, elle jouait un rôle de deuxième plan quand ils vivaient chez Charlotte et Laurier.

Il faut voir le sourire de monsieur Potvin lorsque Céline fait son entrée dans la cuisine. Il se lève de table et vient aussitôt l'embrasser sur la joue. Il tire ensuite une chaise et l'invite à s'asseoir d'un geste de la main. Céline sourit. C'est la première fois qu'un homme est aussi galant avec elle. Elle s'avance timidement vers lui.

— Tu n'as plus à rougir devant moi, belle enfant!

Si l'intention de monsieur Potvin était de la mettre à l'aise, c'est manqué. Céline est tellement gênée qu'elle en perd momentanément l'usage de la parole. Dans le monde d'où elle vient, personne ne prenait garde à elle. Elle était là pour servir tout un chacun et tant qu'elle s'acquittait de ses tâches, on oubliait jusqu'à son existence. Une fois, elle s'était planté un couteau dans la main en voulant couper un gros chou et il avait fallu qu'elle perde connaissance pour que quelqu'un se préoccupe d'elle. Chez ses parents, les femmes étaient là pour servir et ce qu'elles pensaient n'intéressait personne.

— Je t'ai fait cuire un œuf.

Cette fois, c'est un regard interrogateur que Céline pose sur son mari. Depuis quand un mari prépare-t-il à déjeuner à sa femme?

— Je te rassure tout de suite, ajoute monsieur Potvin, c'est ici que mes talents de cuisinier s'arrêtent. Tu n'as même pas idée du nombre d'œufs que j'ai mangés depuis la mort de Mérée, c'est tout ce que je sais faire. Pour tout te dire, je ne serai pas fâché de manger autre chose.

— Je me débrouille bien, mais j'aimerais être meilleure.

— Ne t'en fais pas avec ça, ma belle enfant, je connais un excellent professeur. Je lui demanderai de venir te voir la prochaine fois que j'irai au magasin.

Décidément, Céline aime de plus en plus sa nouvelle vie. Voilà maintenant qu'elle va pouvoir apprendre à cuisiner autre chose que les vieilles recettes de sa mère. Elle ne peut pas dire que c'est immangeable, c'est juste que tout goûte pareil. Elle se souvient entre autres d'un souper où aucun membre de la famille n'était du même avis quant à la viande qu'ils avaient dans leur assiette. Bœuf ! Poulet ! Cochon ! Tout y était passé ! Loin d'être désespérée, sa mère en avait profité pour leur donner des indices. Et le mystère avait duré jusqu'à ce que tout le monde ait vidé son assiette. En réalité, elle leur avait servi les faisans que son voisin lui avait donnés. Une fois de plus, sa mère avait réussi à faire de cette viande peu ordinaire un plat qui ressemblait à tout et à rien en même temps. Sa mère n'avait pas, et elle n'a sûrement toujours pas, le don de cuisiner. Personne n'est encore mort de faim dans la famille, mais personne n'a développé son palais non plus.

— Je vous promets d'être une excellente élève.

— À toi de décider ! Ou tu apprends, ou nous serons condamnés à manger des œufs trois fois par jour.

Et monsieur Potvin éclate de rire. Il n'est marié que depuis une journée et il a l'impression d'avoir rajeuni d'au moins vingt ans. *Comment pourrait-il en être autrement quand on a sous les yeux une aussi belle femme ?*

— Je voulais vous parler de quelque chose, dit Céline avant de porter sa fourchette à sa bouche.

Suspendu à ses lèvres, monsieur Potvin attend qu'elle avale sa bouchée.

— J'ai un fils, avoue-t-elle sans chercher à le ménager.

— Madame de Minier m'en a parlé le soir où j'ai demandé ta main. Elle m'a aussi dit que tu souhaitais le récupérer.

Les yeux dans l'eau, Céline prend sur elle pour ne pas se mettre à pleurer. Alors qu'elle était prête à condamner Lucille pour la robe de Gertrude et s'en tenir loin, voilà qu'elle apprend qu'elle a préparé le terrain pour elle et pour son fils.

— C'est mon souhait le plus cher, mais j'ignore comment m'y prendre. Même si je suis impatiente de le voir, je ne courrai aucun risque d'être à nouveau enfermée.

— Madame de Minier m'a tout raconté. Tout ce que je peux te dire pour l'instant, c'est que j'ai entamé des démarches avec la police.

Le dernier commentaire de monsieur Potvin suffit à lui seul pour que Céline commence à croire qu'elle a pigé le bon numéro.

— Pourquoi faites-vous tout ça pour moi? ne peut-elle s'empêcher de lui demander.

Monsieur Potvin la regarde avec tendresse.

— Pourquoi je ne le ferais pas? Je ne t'ai pas mariée pour te rendre malheureuse. Et ce n'est pas comme si je tombais des nues, je savais parfaitement dans quoi je m'embarquais. Je peux déjà te dire que la partie n'est pas gagnée d'avance, mais je peux te promettre de tout faire pour que ton fils soit avec nous un jour.

Céline est émue. Elle n'a jamais été un exemple de vertu, mais à cet instant précis, elle s'engage à être une bonne épouse pour monsieur Potvin, encore meilleure que ses deux précédentes réunies.

***

— Au secours! crie Gertrude. Au secours!

Son cri est si perçant qu'il résonne à la grandeur du logement et, comme les fenêtres sont ouvertes à pleine grandeur, on l'entend jusque chez le troisième voisin.

Occupé à lire tranquillement son journal sur la galerie, Camil entre en coup de vent. Quand il voit sa femme debout sur une chaise, il sait tout de suite de quoi il retourne.

— Elle était grosse comment, cette fois? lui demande-t-il d'un ton moqueur.

Devant l'attitude pour le moins choquante de son mari, Gertrude descend de sa chaise en furie.

— C'est la troisième que je vois cette semaine!

Si elle croyait que le nombre aurait un impact sur Camil, c'est manqué. Il évite son regard de peur de se mettre à rire comme un fou et de ne plus pouvoir s'arrêter.

— Est-ce qu'il va falloir que j'installe moi-même les trappes? lui dit-elle d'un ton bourru. Fais quelque chose… je ne veux pas de ces petites bêtes dans ma maison.

Cette fois, Camil n'en peut plus de se retenir et il éclate de rire. Ce n'est pas la première fois que Gertrude grimpe sur une chaise parce qu'elle voit passer une malheureuse petite souris entre la table et l'armoire ou entre le mur et le poêle à bois, et ce ne sera pas la dernière non plus. Il se tue à lui expliquer que c'est normal, puisqu'ils vivent au-dessus du magasin et de l'entrepôt. Quelle souris n'aimerait pas profiter d'un tel garde-manger?

— Je t'accorde deux jours pour les attraper et si ça ne marche pas, je demanderai à Adrien de m'apporter un chat.

Camil aime tous les animaux de la ferme, sauf le chat. Il n'a eu de problème avec aucun quand ils vivaient sur la ferme de ses parents ou même sur celle de Joseph, mais il refuse d'en avoir un sous son toit. C'est simple, il ne peut supporter la vue d'un chat à moins d'un pied de lui.

— Voyons donc Gertrude, tente Camil, tu es plus brave que ça.

— Tu es bien mal placé pour me faire la leçon, le nargue-t-elle aussitôt, toi qui es incapable de regarder un petit chaton en face.

C'est immanquable, la fierté de Camil en prend pour son rhume chaque fois que Gertrude revient à la charge avec ça. Il a déjà tenté d'essayer de se défendre, mais il a vite compris que c'était une pure perte de temps. Gertrude a vu une souris, et il doit tout mettre en branle pour l'attraper s'il ne veut pas cohabiter avec un chat. Tout, mais pas ça !

— C'est comme si c'était déjà fait, lance Camil. Reste maintenant à espérer qu'elles mordent à l'hameçon au plus sacrant.

Gertrude se garde bien de dire à Camil qu'avoir un chat dans la maison est la dernière chose qu'elle souhaite. S'il avait agi avant, elle n'aurait pas été obligée de le menacer comme elle vient de le faire. Camil est l'homme le plus vaillant que la terre ait porté dès qu'il est au travail. C'est quand il y a des choses à faire dans la maison que ça se gâte, et ça ne date pas d'hier. Camil n'est pas un homme de maison, pas même pour poser des trappes à souris.

— Si j'étais à ta place, ajoute Gertrude, j'irais faire brûler un lampion.

***

Monseigneur Labrecque est débarqué tout bonnement chez Joseph le jour où il a appris que le pape l'avait nommé archevêque et depuis, une franche amitié unit les deux hommes. Il faut dire que cette fois-là, ils avaient arrosé abondamment sa nomination, et ils répètent l'expérience régulièrement. La dernière fois que monseigneur est venu faire son tour, il a dit à son ami qu'il devrait oublier Lucille.

— Difficile de l'oublier, a riposté Joseph, je suis marié avec elle pour le meilleur et pour le pire.

— Accorde-moi un peu de temps et je vais t'arranger quelque chose pour te libérer définitivement d'elle. C'est beau la souffrance, mais il est plus que temps que ça finisse.

Joseph n'a pas posé de question. Il en a vu des vertes et des pas mûres depuis qu'il a répondu «oui» au curé et il ne se fait pas d'illusions. Lucille va sûrement l'enterrer.

— Entre! s'écrie Joseph en voyant son ami. Je t'attendais justement pour me servir un whisky.

— Comme si tu savais que j'allais venir... blague monseigneur. J'ai une bonne nouvelle à t'apprendre.

— Commence par rentrer, l'intime Joseph.

Les deux hommes s'installent au salon. Joseph remplit les verres et en donne un à son ami.

— À ta santé, mon Joseph! s'exclame monseigneur en levant son verre. J'ai réussi à faire annuler ton mariage.

Joseph fronce aussitôt les sourcils. La dernière phrase qu'il vient d'entendre a du mal à se frayer un chemin jusqu'à son cerveau.

— Tu m'as bien compris. Tu peux te remarier demain matin, si le cœur t'en dit.

— Mais Lucille n'est pas morte, à ce que je sache...

Bien qu'elle ait cessé de venir se confesser à lui, monseigneur Labrecque ne porte toujours pas Lucille dans son cœur. Pour tout dire, elle dépasse le quêteux et sa fixation d'embrasser sa bague en matière d'impopularité. Lucille a quelque chose qui irrite monseigneur à sa simple pensée, au point que s'il avait trois vœux à formuler, il lui sacrifierait sûrement le premier. Des gens comme elle, il y en a toujours trop.

— Pas aux dernières nouvelles, mais j'ai plaidé la folie et j'ai réussi à faire annuler votre mariage.

— J'ai un peu de mal à te suivre. Ma femme n'est pas morte et je peux me remarier ?

Monseigneur lui sourit. Joseph n'est pas le seul homme à avoir fait un mauvais mariage, mais tous n'ont pas la chance de l'avoir comme ami. Il estime beaucoup Joseph et les dernières frasques de Lucille, de même que son internement prolongé ont joué en leur faveur. Ajoutons à cela son statut d'archevêque, et vous avez la recette parfaite pour arriver à vos fins. Monseigneur en avait bien glissé un mot à Joseph lors d'une de ses visites, mais il n'en a plus reparlé jusqu'à aujourd'hui.

— Adjutor est-il au courant ? demande Joseph sans trop croire à ce qu'il vient d'entendre.

Libérer Joseph des griffes de Lucille est sa façon à lui de remercier Adjutor de tout ce qu'il a fait pour lui.

— Pas encore ! J'ai reçu la réponse seulement cet après-midi et je me suis dépêché de venir t'apprendre la bonne nouvelle. Alors, qu'est-ce que tu dis de ça ?

— Je ne sais pas trop… j'ai un peu peur de la réaction des gens.

— À l'âge que tu es rendu, Joseph, il serait temps que tu cesses de te préoccuper de ce que pense le monde. Tu sais aussi bien que moi que peu importe ce que tu fais, il y a toujours quelqu'un pour casser du sucre sur ton dos.

Monseigneur prend une bonne gorgée de whisky et il tend son verre à Joseph pour qu'il le remplisse.

— Promets-moi maintenant de demander la main de Margot.

Joseph est si surpris par ce que son ami vient de dire qu'il avale sa gorgée de travers et qu'il s'étouffe comme lui seul sait le faire au moins une fois par jour avec sa pipe.

— Tu ne trouves pas qu'elle a assez attendu après toi ?

Malgré toutes les années qui ont passé, Joseph n'a jamais oublié le fameux jour où Margot lui a annoncé qu'elle quittait la région et qu'elle n'y remettrait plus les pieds. Il aimait Margot plus que tout, mais Lucille était verte de jalousie chaque fois qu'elle posait son regard sur eux. C'est alors qu'a commencé une guerre interminable et d'une telle violence entre les deux sœurs que Margot a fini par brandir le drapeau blanc. Elle et Joseph ne pourraient jamais être heureux avec Lucille dans leurs pattes, elle ferait tout pour gâcher leur vie. Il avait décidé de partir avec elle, mais le décès de son père à deux jours de son départ a bousillé ses plans. Il était le plus vieux de la famille et tout le monde comptait sur lui pour s'en sortir. Joseph n'était plus que l'ombre de lui-même. Il travaillait sans relâche et il évitait Lucille comme si elle avait la peste. Margot avait fini par quitter la région, mais pas son cœur. Sans nouvelles d'elle, il a fini par céder à la pression de sa mère et il a décidé de prendre femme. Il n'a eu qu'à regarder autour de lui pour constater qu'elles étaient nombreuses à attendre qu'il daigne poser les yeux sur elles. C'est ainsi que Mariette, la cousine d'Alida, est entrée dans sa vie. Joseph était bien avec elle, au point qu'il ne s'est pas méfié une seule seconde de Lucille qui avait repris du service dès la première fois qu'elle l'avait aperçu avec elle. C'est ainsi que de fil en aiguille, il s'est retrouvé au pied de l'autel avec Lucille. Joseph secoue la tête pour arrêter de penser à tout ça.

— Et moi aussi, finit par dire Joseph en souriant à monseigneur, je vais même le faire devant toi si ça peut te rassurer.

Joseph trempe les lèvres dans son whisky et il dépose vivement son verre sur la table près de lui.

— J'aime autant ne pas penser à la réaction qu'aura Lucille quand elle sera au courant.

— Elle ne va quand même pas te tuer, lance monseigneur. Il faut que tu saches que la nouvelle va paraître dans le journal d'ici quelques jours.

— Tu n'es pas sérieux, j'espère ?

— Je suis très sérieux, mais je pense que ce sera bon pour toi qu'il y ait au moins un petit délai entre le moment où elle va le lire dans le journal et la publication des bans. Je ne voudrais pas être méchant, mais ce n'est pas parce qu'ils l'ont laissée sortir qu'elle est moins folle pour autant.

Joseph se frotte nerveusement le menton. Il aimerait croire qu'il va enfin pouvoir couler des jours heureux et tranquilles avec la femme qu'il aime, mais il y a longtemps qu'il a perdu ses dernières illusions. Lucille va être furieuse quand elle sera au courant. Reste à savoir maintenant comment elle va s'y prendre pour leur pourrir la vie.

— Crois-moi, je suis bien placé pour le savoir.

***

Depuis qu'il a ouvert les yeux qu'Adrien chantonne. À la question de Marie-Paule pour connaître la raison de sa bonne humeur, il n'a pas su quoi répondre. Comme on dit, il s'est levé du bon pied et il en profite à plein. Il peut dire sans aucune chance de se tromper que son travail de roulier contribue largement à son bonheur. Dès qu'il s'installe derrière son volant, il se sent bien comme nulle part ailleurs. Ajoutons à cela que sa vie aux côtés de Marie-Paule est plutôt agréable, qu'il n'a pas croisé sa mère depuis au moins une semaine et qu'il finira peut-être par avoir une fille. Il n'en faut pas plus pour le rendre heureux. Arté et lui ont finalement réussi à ralentir les ardeurs de leur homme qui volait de l'avoine pour nourrir son cheval. Les choses vont vraiment bien à la ferme et les deux frères peuvent vaquer à leurs occupations en toute quiétude. Non pas qu'il soit superstitieux, mais Adrien se croise les doigts pour que ça dure.

Le port droit, Adrien sort du magasin les bras chargés de paquets. Il se dirige vers son auto, ouvre le coffre comme il peut et se libère les bras. Ce n'est qu'au moment où il rabat la porte qu'il croit voir quelqu'un sur le siège du passager. *J'ai sûrement la berlue!* Il s'approche et quand il aperçoit Lucille, il devient cramoisi.

— Sortez de mon auto! hurle-t-il en rougissant jusqu'à la racine des cheveux.

Il en faut plus que ça pour impressionner Lucille. Au lieu de sortir, elle tapote le siège du chauffeur et lui dit d'une voix ferme:

— Viens t'asseoir à côté de moi, mon garçon, il faut que je te parle.

Adrien doit prendre sur lui pour ne pas tirer sa mère par le bras afin de la faire descendre de son auto. Moins il la voit, moins il veut la voir, et surtout pas dans son auto.

Devant son hésitation, Lucille s'empresse d'ajouter:

— Dis-toi bien que si j'avais voulu te la voler, il y a longtemps que je l'aurais fait. Qu'est-ce que tu attends pour aller t'asseoir? Je n'ai pas rien que ça à faire, moi!

Il ne tarde pas à aller s'installer derrière son volant.

— Je savais bien que je ne te demandais pas l'impossible, raille Lucille. Maintenant, écoute bien ce que j'ai à te dire, parce que je ne le répéterai pas deux fois. J'ai besoin de ton auto.

C'est à croire que sa mère fait exprès pour le faire enrager. Rouge comme une pivoine, Adrien lui dit :

— Si j'étais à votre place, je ne m'approcherais plus de cette auto, sinon…

— Sinon quoi ?

Adrien prend sur lui avant de répondre. Connaissant sa mère, il n'a rien à gagner en la menaçant.

— Contentez-vous de ne plus y toucher et tout va bien aller.

Lucille pourrait étirer la pipe de son fils encore longtemps, mais elle décide de déposer les armes pour une fois.

— J'ai besoin de ton auto…

Ces quelques mots ont un effet bœuf sur Adrien. Lui qui croyait que sa mère avait enfin compris que c'était son auto et non la sienne, voilà maintenant qu'elle lui démontre le contraire.

— …et de toi derrière le volant, ajoute-t-elle en le voyant changer de couleur, à tous les mercredis pour mes filles.

— Il n'est pas question que j'en laisse embarquer une seule dans mon auto, réagit-il aussitôt. Ce n'est pas moi qui travaille au bordel, c'est vous.

— Je t'interdis de leur manquer de respect ! le met sévèrement en garde Lucille en le montrant du doigt. Je pense qu'il y a quelque chose qui t'a échappé, mon garçon. Je ne suis pas venue te faire une offre, je suis venue te dire qu'à partir de mercredi prochain, une heure, tu es de service pour moi et que tu en auras au moins jusqu'à neuf heures. Est-ce que je me suis bien fait comprendre, cette fois ?

— Sinon quoi ? ose demander Adrien en bravant sa mère du regard.

— Crois-moi, je ne courrais pas ce risque si j'étais à ta place. Allons-y, ordonne Lucille, j'ai rendez-vous avec monsieur le curé dans cinq minutes.

Même sous la torture, Adrien ne pourrait pas répéter tout ce qui lui passe par la tête jusqu'au moment où sa mère descend de son auto.

— À mercredi prochain, mon garçon ! lui lance-t-elle avant d'ouvrir la portière.

Adrien attend seulement qu'elle fasse claquer la portière pour s'en aller. À peine l'entend-il fermer que Lucille l'ouvre de nouveau et lui dit :

— J'ai oublié de te dire que je te réserve une petite surprise chaque mercredi, si tu le souhaites.

Et Lucille referme la porte avant qu'Adrien ait le temps de réagir. Il ne peut pas croire qu'une mère puisse faire une telle offre à son fils. Il est si furieux qu'il a l'impression de léviter au-dessus de son siège. *Maudit ! Elle m'a encore eu !* Au lieu d'aller faire ses livraisons, il prend la direction de la maison. Il faut absolument qu'il raconte ce qui vient de lui arriver à Marie-Paule.

***

Marie-Paule a demandé à Marie-Laure de s'occuper des enfants le temps qu'elle fasse un aller-retour en ville.

— Je vous raconterai tout à mon retour, promet-elle à sa belle-sœur.

La voilà devant le bordel. Plantée devant la porte d'entrée, Marie-Paule prend une grande inspiration avant de frapper. C'est évidemment la première fois de sa vie qu'elle met les pieds dans une maison close. Quand elle pense que c'est pour venir voir sa belle-mère, il s'en faut de peu pour qu'elle se mette à rire. Décidément,

Lucille n'a pas fini de faire des vagues. Depuis que Marie-Paule a quitté la maison de Marie-Laure qu'elle se répète ce qu'elle va lui dire. Elle est tellement pompée qu'elle ignore comment ça va sortir, mais ce n'est pas ça le plus important. Tout ce qui compte, c'est qu'elle lui dise ce qu'elle a sur le cœur. Et ça ne pouvait pas attendre !

La jeune femme qui est devant elle n'a pas vingt ans. Un décolleté plongeant met la blancheur de sa poitrine en valeur. Elle sourit à Marie-Paule.

— Je voudrais voir ma belle-mère, enfin, Lucille Pelletier.

— La seule Lucille que je connaisse s'appelle madame de Minier.

Marie-Paule fronce les sourcils le temps de se souvenir du nom de jeune fille de Lucille.

— Je voudrais la voir.

— Suivez-moi au salon, je vais la chercher. Est-ce que je pourrais lui dire qui la demande ?

— Marie-Paule !

Marie-Paule n'a pas assez d'yeux pour tout voir. La pièce est sombre, mais tout est à l'adon. Une épaisse tapisserie dans les tons de bourgogne recouvre les murs. Des portraits de femmes toutes plus belles les unes que les autres ajoutent un peu de légèreté au décor. Un divan en velours, des fauteuils, un Récamier, des tables d'appoint et des lampes complètent le tout.

— Quelle belle surprise ! s'exclame Lucille en entrant dans la pièce les bras chargés.

— Je vous en prie, belle-maman, la met en garde Marie-Paule, ne jouez pas à ce petit jeu avec moi. Vous savez très bien pourquoi je suis ici.

Lucille lui fait son plus beau sourire avant de poursuivre en ignorant totalement ce que Marie-Paule vient de lui dire.

— Vous ne pouviez pas mieux tomber ! Je voulais justement vous voir, j'ai du travail pour vous. J'ai besoin d'une bonne couturière et j'ai tout de suite pensé à vous.

Déstabilisée par l'offre de Lucille, Marie-Paule se redresse sans même s'en rendre compte. Évidemment, son geste n'échappe pas à Lucille.

— Avant que je vous montre quelques exemples, je veux que vous sachiez que je paie bien.

Lucille dépose sa charge sur la table centrale avant d'aller s'asseoir près de Marie-Paule. Elle passe ensuite en revue toute la pile de vêtements qu'elle a apportés en commentant les travaux qu'il y a à faire sur chacun d'entre eux.

— J'aime autant vous dire que vous ne manquerez pas de travail. Si le cœur vous en dit, vous pourriez aussi coudre les robes des filles.

C'est en prononçant sa dernière phrase que Lucille a vraiment ferré Marie-Paule. Elle vient de faire d'une pierre deux coups. Elle a non seulement trouvé une excellente couturière, mais elle s'est aussi fait indirectement une alliée quant à son utilisation des services d'Adrien. Un peu plus et Lucille se mettrait à danser sur place. Comme si elle n'avait pas frappé suffisamment fort, Lucille ajoute d'une voix douce :

— J'ai toujours trouvé que vous aviez des doigts de fée.

— Je pourrais demander à Marie-Laure de m'aider, s'entend dire Marie-Paule en rougissant.

Elle réfléchit pendant quelques secondes à ce qu'elle vient de dire. Alors qu'elle est la première à parler contre Lucille chaque fois que l'occasion se présente, voilà qu'elle vient d'accepter de travailler pour elle. *Depuis le temps que je rêve de coudre des beaux tissus, je ne raterai certainement pas ma chance ! Tant pis si mes robes se retrouvent sur le dos des catins de la belle-mère !*

— Moi, c'est avec vous que je traite. Pour le reste, vous faites ce que vous voulez. Maintenant, il faut qu'on parle d'argent.

Lucille lui avait dit qu'elle payait bien, mais jamais Marie-Paule n'aurait cru que c'était autant. C'est le sourire aux lèvres qu'elle se lève pour prendre congé de Lucille.

— Attendez-moi une minute, lui dit Lucille, j'ai quelque chose pour vous.

Lorsqu'elle revient au salon, Lucille est accompagnée de la jeune femme qui a reçu Marie-Paule. Elles tiennent toutes les deux une caisse qu'elles déposent sur la table basse.

— C'est pour vous ! dit Lucille. Vous pouvez les ouvrir.

Marie-Paule n'en revient tout simplement pas. Les deux caisses sont pleines de pots de verre remplis à ras bord de viande et de légumes.

— Mais pourquoi me donnez-vous tout ça ?

— Parce que je m'étais juré de vous remplacer ceux que je vous avais pris l'autre jour, avoue Lucille d'une voix mielleuse. J'ai bien des défauts, mais je ne suis pas une voleuse. Disons que je les avais empruntés…

Marie-Paule est touchée par le geste de Lucille, en tout cas bien plus qu'elle ne voudrait le laisser paraître. En quelques minutes seulement, sa belle-mère vient de lui montrer une facette d'elle dont elle ignorait l'existence avant d'entrer ici. Marie-Paule n'en revient tout simplement pas. Lucille a pris la peine de lui préparer des conserves.

Devant son silence, Lucille ajoute :

— Au cas où vous seriez inquiète, ce n'est pas moi qui ai cuisiné. J'ai demandé à la cuisinière du curé de me rendre service.

— Ah ! mais jamais je n'aurais osé penser que…

— Ts ! Ts ! J'aurais fait la même chose que vous, la rassure Lucille. Ernest est allé atteler le cheval, il va vous ramener chez vous.

Marie-Paule est sans voix. Depuis qu'elle a mis les pieds dans ce salon que Lucille ne cesse pas de la surprendre. Quand elle va raconter ça à Marie-Laure, elle va tomber en bas de sa chaise. Et Adrien ? Il ne la croira pas.

— Je vous remercie ! dit Marie-Paule.

Aussitôt ses pots déposés sur son comptoir, Marie-Paule se dépêche d'aller chercher les enfants chez Marie-Laure.

— Allez-vous m'aider ? lui demande Marie-Paule après lui avoir expliqué en long et en large l'offre de Lucille.

— Une chose est certaine, si j'accepte, ce n'est certainement pas pour faire plaisir à cette vieille peau.

— Pensez-y une minute, s'exclame Marie-Paule, on va faire des robes de toutes les couleurs !

Devant l'engouement de Marie-Paule, Marie-Laure se laisse très vite contaminer.

— Je n'en reviens tout simplement pas, lance Marie-Laure, on va coudre les robes pour les filles du bordel. J'ai hâte de voir la face d'Arté quand je vais lui dire ça.

— Moi, j'imagine déjà celle d'Adrien et je peux vous dire que je ne suis pas pressée de lui en parler.

Avant de repartir avec sa marmaille, Marie-Paule dit à sa belle-sœur qu'elle a une caisse de conserves pour elle. Lorsque Marie-Laure apprend d'où elles viennent, elle se met à rire comme une déchaînée.

— Vous êtes en train de me dire que la belle-mère va finir par faire du monde… je vous crois pas.

— Tout ce que j'ai dit, c'est qu'elle m'avait donné deux caisses remplies de pots. Pour le reste, permettez-moi d'en douter un peu.

C'est le cœur léger que Marie-Paule retourne chez elle. Le sourire fendu jusqu'aux oreilles, elle revoit en boucle la scène avec Lucille. À peine a-t-elle fermé la porte qu'elle ouvre une des caisses pour en sortir un pot de poulet. C'est le moment ou jamais de vérifier si la servante du curé est bonne cuisinière. Elle sort aussi un pot de fèves jaunes et prend son plat de patates sous l'évier. *Pour une fois que la belle-mère s'est occupée du souper, je ne vais certainement pas me priver!* Et elle rit à s'en tenir les côtes.

Chapitre 13

Heureusement qu'Anita était là, parce que Joseph serait sûrement encore en train de demander à Margot de l'épouser. Il lui aurait parlé anglais que ça n'aurait pas été différent. Elle comprenait les mots, mais elle n'arrivait pas à leur trouver un sens. Plus Joseph parlait, plus elle se disait qu'il était devenu fou. Pourquoi la demandait-il en mariage alors qu'il était marié avec Lucille ? C'est en désespoir de cause que Joseph est allé chercher le journal et qu'il l'a ouvert à la page où il était inscrit noir sur blanc que son mariage avait été annulé par l'Église. Même après l'avoir lu, Margot continuait à se dire que c'était un canular. C'était bien trop beau pour être vrai.

— Ce n'est pas drôle, Joseph, a-t-elle fini par lui dire les yeux dans l'eau.

Joseph lui a arraché le journal des mains et il l'a tendu à Anita.

— Monsieur Joseph vous dit la vérité, Margot, son mariage a été annulé, ce qui veut dire qu'il peut se remarier avec vous si le cœur lui en dit. Et si j'étais à votre place, je me dépêcherais de dire « oui » avant qu'une autre femme lui mette le grappin dessus.

— Grand fou ! s'écrie Margot sans trop y croire, tu aurais dû le dire avant.

Joseph s'est approché d'elle et il lui a caressé la joue :

— Je t'en prie, l'a-t-il imploré, ne me fais plus attendre !

Margot s'est jetée dans les bras de Joseph et elle a éclaté en sanglots. Elle rêvait de cet instant depuis si longtemps !

— C'est quand tu veux ! est-elle parvenue à dire après avoir reniflé un bon coup.

La nouvelle de leur mariage a pris tout le monde de court, même Gertrude. Elle adore sa tante, et elle voyait bien qu'il se passait quelque chose entre son père et elle, mais de là à assister à leur mariage alors que Lucille est toujours de ce monde, il y a une marge. Elle est tellement surprise qu'elle est sans mot, ce qui ne lui ressemble guère.

— Est-ce qu'il y a quelque chose qui ne va pas, ma belle fille ? lui demande Joseph.

— Non ! C'est juste que je ne m'attendais pas à ça.

— Moi non plus, avoue Joseph.

— Je suis content pour vous, s'écrie Camil.

Et Joseph se met en frais de leur raconter ce que monseigneur Labrecque a fait pour lui.

— Je n'en reviens toujours pas qu'il ait fait ça pour moi, conclut Joseph. On est des bons amis, mais c'est tout un exploit qu'il a accompli. D'après ce que j'ai compris, l'Église n'annule pas les mariages sur le coin d'une table.

— Vous savez aussi bien que nous qu'il a le bras long depuis qu'il est revenu de Rome avec le titre d'archevêque, plaide Gertrude. Et, sans vouloir diminuer l'importance qu'il accorde à votre amitié, le moins qu'on puisse dire, c'est qu'il en devait une à Adjutor.

Joseph a tourné et retourné la question dans sa tête des dizaines de fois le jour où monseigneur est passé le voir et il a fini par se dire que si la vie voulait enfin lui être favorable, il serait bien bête de perdre son temps à essayer de comprendre pourquoi ça lui arrivait à lui.

— Je suis très contente pour vous ! lance joyeusement Gertrude, une fois l'effet de surprise passé. Et c'est pour quand, le mariage ?

— Si on pouvait se marier hier, rétorque Margot, je le ferais.

— Et que va-t-il arriver à Anita ? demande Gertrude.

— Que veux-tu qu'il lui arrive ? la questionne Margot. Elle va rester avec nous tant et aussi longtemps qu'elle le souhaitera.

La réponse de sa tante rassure Gertrude. Anita n'en mène pas large, ces temps-ci. On dirait que son célibat l'affecte de plus en plus. Chaque fois qu'elle est en sa présence, Gertrude l'observe et elle a tellement de tristesse au fond du regard que ça fait mal à voir. Hier, Gertrude a dit à Camil et à Adrien de garder l'œil ouvert et de lui en parler tout de suite, s'ils voient un bon prétendant pour Anita.

— Où allez-vous faire la noce ? les interroge Camil.

— Chez nous ! répond promptement Joseph. On n'a pas l'intention d'inviter toute la ville de Jonquière. On va faire un tout petit mariage en famille.

— J'ai une idée ! lance Gertrude. On devrait tous aller chez Adjutor pour célébrer votre mariage. Vous pourriez même vous marier là-bas si vous voulez. Qu'en dites-vous, papa ?

L'idée de se retrouver avec sa famille loin de Lucille plaît beaucoup à Joseph.

— Mais comment allez-vous vous organiser pour le magasin ? s'inquiète-t-il aussitôt.

— Ne vous en faites pas, le rassure Gertrude, j'ai déjà ma petite idée là-dessus.

— Et toi Margot, est-ce que ça te plairait qu'on aille se marier à Saint-Irénée ? se préoccupe Joseph.

— Tant que tu me promets de dire « oui », je peux me marier sur un tas de fumier si c'est ce que tu veux.

Ce ne sont pas les paroles les plus élégantes qui soient sorties de la bouche de Margot, mais elles traduisent à elles seules à quel point elle tient à Joseph.

— Je m'occupe d'écrire à Adjutor, offre Gertrude, et à Alphonse. Avez-vous une date en tête ?

— On pourrait se marier en août, suggère Margot.

— Ça nous laissera suffisamment de temps pour nous organiser, confirme Camil.

Gertrude est aussi contente qu'elle est inquiète. Elle voudrait se taire, mais elle en est incapable.

— Et là mère ? s'entend-elle demander.

— Connaissant ma sœur, répond Margot, ça ne fera sûrement pas son affaire.

— Dans le temps comme dans le temps, ajoute Joseph. Tout ce que je sais, c'est que je n'ai plus envie de m'en faire avec les humeurs de Lucille.

***

Charlotte regarde l'heure pour la troisième fois. Adrien l'a laissée au magasin général le temps qu'elle fasse quelques achats pour Gisèle, il devait revenir la prendre après être allé livrer un paquet à la pulperie. Comme elle n'arrivait pas à endormir Raymond, elle l'a emmené avec elle, mais elle commence à trouver le temps long, à faire le pied de grue sur le petit trottoir de bois devant le magasin. Sa grossesse actuelle n'a rien à voir avec sa première. Elle a toujours mal au cœur et le bébé pousse continuellement sur sa vessie, ce qui lui rend toute posture inconfortable. Il y avait un moment qu'elle n'était pas venue à Jonquière. Elle est toujours bien reçue quand elle vient voir sa mère, mais depuis qu'Alida reste avec Gisèle et René, elle vient beaucoup moins souvent. Même si le logement de sa mère était loin d'être un palace, il était plus grand que la maison de René. Elle pourrait s'installer chez Marie-Paule, elle l'invite chaque fois, mais la maison de sa sœur est bondée. C'est ainsi que Charlotte fait la plupart du temps l'aller-retour dans la même journée, somme toute, cela se fait très bien.

Comme c'est la fête d'Alida, Gisèle a insisté pour qu'elle reste dormir au moins une nuit, puisque toute la famille débarquera chez elle pour le souper. Parlant de sa sœur, Charlotte la trouve bien courageuse de travailler autant au magasin. S'il lui est déjà arrivé de l'envier, c'est maintenant chose du passé. Plus les enfants grandissent, plus Charlotte trouve qu'ils sont demandants. Lorsque c'étaient des bébés, elle les couchait dans leur panier et ils la suivaient partout sans chialer. Aujourd'hui, les emmener avec elle à l'orphelinat est un défi en soi. Bien sûr, ils s'amusent avec les autres enfants, mais lorsqu'ils décident de courir partout, Charlotte n'a pas assez de mains pour les retenir. Résultat ? Charlotte ne va plus à l'orphelinat que deux fois par semaine et quand elle a la chance que sa voisine puisse prendre ses petits, eh bien, elle les lui laisse volontiers. Charlotte tient solidement la main de Raymond qui n'arrête pas de bouger dans tous les sens.

— Bonjour Charlotte, dit une femme très bien vêtue qui s'avance vers elle.

Avant même que Charlotte ne la reconnaisse, l'intruse est déjà en train de s'accroupir pour saluer Raymond.

— Ou vous vous éloignez de mon fils ou je me mets à crier, la menace Charlotte dès qu'elle reconnaît Céline.

S'il y a une chose que Céline a remarquée chez Charlotte, c'est sa bonté plus grande que nature. Charlotte aboie, mais elle ne mord pas, c'est pourquoi Céline fait fi de ce qu'elle vient de dire.

— Il a encore grandi, remarque-t-elle en caressant la joue du petit garçon, et il est encore plus beau que dans mon souvenir. Te souviens-tu de moi ?

Raymond la regarde d'abord avec méfiance. Il serre la main de Charlotte tellement fort que ses petits ongles s'enfoncent dans sa chair, et il se colle sur elle. Devant une telle attitude, Céline enlève brusquement son chapeau et elle lui dit :

— C'est moi, tante Céline.

Est-ce l'intonation de Céline ou le fait qu'elle ait retiré son couvre-chef qui la ramène au souvenir de Raymond ? C'est à ce moment que le déclic se fait dans la tête du petit garçon. Il lâche la main de Charlotte et saute dans les bras de Céline si vivement qu'elle passe à un cheveu de s'étaler sur le trottoir avec son fils sur elle.

— Je savais que tu ne m'avais pas oubliée, s'exclame-t-elle d'une voix brisée par l'émotion. Est-ce que tu voudrais voir ma nouvelle maison ?

Cette fois, Charlotte en a assez entendu. Elle prend Raymond dans ses bras et s'écrie avant de retourner au magasin :

— Je vous interdis de vous approcher de mon fils !

— Plus il vieillit, lance Céline, plus c'est le portrait de son père.

Adrien arrive au moment où elle allait ouvrir la porte du magasin.

— Charlotte ! lui crie-t-il.

Elle se retourne et dépose son fils par terre. Elle le prend ensuite par la main et descend le petit trottoir jusqu'à la rue. Adrien voit tout de suite qu'il y a quelque chose qui ne va pas.

— Il faudrait aller chercher mes achats au comptoir, dit-elle d'une voix monocorde.

— Ça ne va pas, Charlotte ?

— Je viens de croiser Céline.

L'histoire du petit Raymond a fait le tour de la région comme une traînée de poudre quand il a été enlevé et aussi quand il a été retrouvé. Vu la relation qu'entretient Lucille avec cette Céline, Adrien sait tout de suite de qui Charlotte parle. Ce qu'il ignore, comme la plupart des gens, c'est que Raymond est son fils légitime.

— J'y vais tout de suite, dit Adrien sans faire aucun commentaire sur la rencontre fortuite que vient de faire Charlotte.

Cette dernière est encore pâle à faire peur lorsqu'elle revient chez Gisèle. Dès qu'Alida l'aperçoit, elle la fait asseoir et lui apporte un verre d'eau froide.

— Veux-tu bien me dire ce qui t'est arrivé ? On dirait que tu as vu le diable en personne.

— Vous n'avez jamais si bien dit, répond Charlotte entre deux gorgées d'eau. J'ai vu Céline devant le magasin général.

Alida n'a pas besoin d'en savoir plus pour comprendre l'état dans lequel est Charlotte. Depuis qu'elle a posé les yeux sur Raymond, sa vie a complètement basculé. En réalité, une épreuve n'attend pas l'autre. On dirait que les coups durs attendent en file à sa porte le moment où ils pourront enfin lui pourrir la vie. Il y a des jours où Alida se demande comment sa fille fait pour passer à travers autant de misère. Charlotte, c'est la bonté même.

— Je suis désolée, mais il fallait bien que ça arrive un jour.

— Vous ne comprenez pas, maman, cette femme est folle. J'avais enfin réussi à mener une vie presque normale, mais maintenant que je l'ai rencontrée, je ne pourrai plus faire comme si elle était morte. Non seulement elle n'est plus internée, mais elle vit à Jonquière. Vous auriez dû la voir, elle était habillée comme une princesse.

Et Charlotte met les mains sur son visage pour ne plus voir sa nouvelle réalité. Céline est de retour et ça, elle ne pourra pas le supporter. Vivre continuellement avec un couteau sur la gorge est l'équivalent de mourir à petit feu.

— Elle s'est mariée avec l'ancien propriétaire du magasin général qui a brûlé, fait remarquer Alida. Je ne voudrais pas te faire de peine, mais en se mariant avec lui, elle est devenue une femme respectable.

— N'en dites pas plus, j'en ai assez entendu pour aujourd'hui. Je vais attendre que Claire se réveille et je vais retourner chez moi.

— Oh non, ma fille, objecte Alida, je ne te laisserai pas partir dans cet état. Tu vas rester manger avec nous et si tu veux toujours t'en aller, je demanderai à Adrien ou à René de t'escorter jusque chez vous.

Alors que Charlotte allait ouvrir la bouche, Alida se dépêche d'ajouter :

— Et ce n'est pas négociable ! Maintenant, tu vas aller t'étendre un peu.

— Mais j'ai promis aux filles de préparer le souper, je…

— Je m'en occupe.

— Ah non, par exemple ! Vous n'allez certainement pas travailler le jour de votre fête. J'aurai tout le temps de me reposer et de m'apitoyer sur mon sort quand je serai chez moi. Profitez de vos petits-enfants pendant que je me charge du reste.

Charlotte s'essuie rageusement les yeux et elle va se chercher un tablier. Elle ne pourra pas s'empêcher d'y penser pendant qu'elle épluchera les patates, mais au moins elle sera occupée. Elle anticipe déjà la réaction de Laurier et, au fond, celle-ci l'insécurise plus que tout le reste. Depuis que Céline s'est pointée dans leur vie qu'il lui en veut et qu'il rêve du jour où il apprendra qu'elle n'est plus de ce monde. Charlotte ne croit pas qu'il irait jusqu'à lui faire la peau, mais sa haine à l'égard de la jeune femme l'inquiète.

— Trouvez-vous que Raymond est le portrait tout craché de Laurier ? demande subitement Charlotte à sa mère.

— Mais non, voyons ! Ton fils ressemble à son père autant qu'un moineau a de ressemblance avec un aigle.

— C'est bien ce que je pensais !

***

Gertrude n'avait pas encore posté sa lettre à Adjutor que la nouvelle du futur mariage de Joseph et de Margot courait dans tout Jonquière. Ajoutons à cela que Lucille venait de recevoir une lettre lui confirmant qu'elle n'était plus mariée à Joseph. Comme c'est mercredi, Adrien a été pris à partie pour la conduire à Chicoutimi. La seule phrase qu'elle a prononcée en montant dans l'auto a été :

— Emmène-moi à l'évêché le plus vite que tu peux.

Et elle s'est appuyée sur la porte sans rien ajouter de tout le voyage. Une fois devant l'imposante bâtisse, elle descend sans rien dire et marche d'un bon pas jusqu'à la porte. À voir son air, Adrien se dit que si c'est pour aller se confesser à monseigneur qu'elle est venue jusqu'ici, il est mieux de se préparer au pire parce que ça va brasser.

Lorsque le secrétaire lui ouvre la porte, Lucille le pousse et elle entre sans y avoir été invitée.

— Je veux voir monseigneur, s'écrie-t-elle d'une voix forte.

— Il est à l'église, répond gentiment le secrétaire, c'est son heure de confession.

Contrairement à l'archevêque, son secrétaire a beaucoup d'estime pour Lucille depuis qu'elle l'a laissé conduire l'auto de son fils. Chaque fois que monseigneur ose dire quelque chose de mal sur elle, il ne manque pas de prendre sa défense.

Dépourvue de toutes ses bonnes manières, Lucille pousse de nouveau le pauvre homme pour sortir du presbytère et elle file à l'église. Elle entre, puis elle se dirige illico vers le confessionnal où des paroissiens attendent leur tour. Elle ouvre brusquement la porte de gauche et elle agrippe le pécheur qui s'y trouve par le bras pour le sortir sans aucun ménagement. Elle s'assoit et lorsqu'elle voit qu'il était le suivant, elle répète le même exercice avec celui de droite. Aussitôt assise devant le grillage, elle se met à hurler.

— Vous n'aviez pas le droit de faire annuler mon mariage avec Joseph. Jamais…

— Madame Pelletier ? la questionne monseigneur Labrecque en plissant les yeux pour essayer d'y voir un peu plus clair.

— Comment osez-vous m'appeler ainsi après ce que vous m'avez fait ? Espèce de traître ! Jamais je ne vous le pardonnerai !

— Calmez-vous, madame ! l'intime monseigneur. Vous ne devriez pas vous donner en spectacle en public comme ça.

Si le saint homme croit que sa mise en garde va arrêter Lucille, il se trompe royalement. Elle en a gros sur le cœur depuis que la nouvelle du mariage de Joseph avec sa sœur est venue à ses oreilles et elle a bien l'intention de déverser tout son fiel sur le responsable de ce gâchis. Elle ne supporte pas que Joseph soit porté aux nues. Tout le monde semble avoir oublié que c'est à cause de lui, si elle s'est retrouvée au bordel. Elle reconnaît ne pas lui avoir fait la vie facile, mais ce n'est rien à comparer à ce qu'elle sera à compter d'aujourd'hui.

— Adjutor n'aurait jamais dû intervenir auprès du pape pour vous. Vous ne méritez pas d'être archevêque, mais de dormir dehors comme un gueux.

La patience de monseigneur a ses limites. Il sort de son confessionnal et ouvre vivement la porte de gauche.

— Suivez-moi au presbytère ! lui ordonne-t-il de sa grosse voix.

Comme Lucille ne bouge pas, il l'agrippe par le bras et la tire de toutes ses forces pour la sortir de là. Lucille fulmine.

— Je vous interdis de poser vos sales pattes sur moi, hurle-t-elle en se libérant de son emprise.

Si Lucille a l'habitude de gagner toutes les guerres qu'elle provoque, eh bien, elle va vite se rendre compte que l'ennemi qui se trouve en face d'elle est encore plus coriace qu'elle.

Monseigneur la prend par le bras et il la traîne jusqu'au presbytère sans porter attention à toutes les méchancetés qu'elle lui lance au visage. Il ne la libère qu'une fois dans son bureau. Il ferme la porte derrière lui.

— Je vous écoute, maintenant !

Lucille le fusille du regard. Elle a tellement crié depuis qu'elle est entrée dans le confessionnal qu'elle est épuisée. C'est alors que contre toute attente, elle se met à pleurer silencieusement.

Si monseigneur n'a pas aimé tout ce qu'elle lui a dit, sa détresse lui déplaît encore plus que ses mots. Il se sent totalement impuissant et il cherche désespérément comment se sortir de cette impasse. L'idéal serait que Lucille disparaisse de sa vue. Il a beau croire aux miracles, jamais il n'a entendu dire que Dieu perdait son temps avec des gens comme elle. À force de réfléchir, il en vient à la conclusion qu'il n'a pas d'autre option que de miser sur l'intelligence de Lucille pour essayer de lui faire entendre raison. Et puis, quelque chose lui dit qu'elle n'est peut-être pas aussi sincère qu'elle veut bien le paraître.

— Madame Pel... pardon, madame de Minier, je ne sais pas quoi vous dire, sinon que Joseph mérite lui aussi d'être heureux.

— Parce que vous croyez que je le suis ! lance Lucille à travers ses larmes. Rien de tout ça ne serait arrivé si Joseph ne m'avait pas privé de ma maison. Pensez-y une minute. Je sortais de l'hôpital et je n'avais nulle part où aller parce que personne de ma famille ne voulait plus de moi. Je ne suis pas du genre à m'apitoyer sur mon sort, mais tout ce que je peux vous dire, c'est que j'ai trouvé ça très dur. Je ne leur en veux pas, mais jamais je ne pourrai oublier ce qu'ils m'ont fait. Jamais !

Monseigneur pose un regard indifférent sur Lucille. Il aurait aimé ne pas être celui qui va lui dire ses quatre vérités, mais comme il est seul avec elle, il va devoir retrousser ses manches et plonger tête première.

— Le moins qu'on puisse dire, c'est que vous n'avez rien fait pour aider votre cause. Je ne vous connais pas depuis très longtemps, et j'ignore tout ce que vous avez pu faire subir à vos proches. Malgré ça, je peux vous dire que vous êtes la femme la plus difficile à vivre qu'il m'ait été donné de rencontrer. J'irai encore plus loin. Comptez-vous chanceuse que vos enfants vous aient endurée aussi longtemps. Si j'avais été l'un d'entre eux, il y a un sacré bout de temps que je vous aurais envoyé promener.

Plus elle en entend, plus Lucille bout par en dedans. Elle savait que monseigneur ne la portait pas dans son cœur, mais elle n'aurait pas cru qu'il oserait aller aussi loin, surtout maintenant qu'Adjutor a réussi à le faire nommer archevêque. Et c'est elle qui lui a emmené Émile sur un plateau d'or ! Elle le fixe et attend la suite.

— Et pour Joseph, je n'ai aucun regret. Cet homme ne méritait pas de tomber sur une sorcière comme vous. Je veux que vous sachiez qu'il ne m'a rien demandé. Si vous devez vous en prendre à quelqu'un, je suis votre homme. Je vous conseille de ne pas vous attaquer à Joseph ou à Margot, ou à qui que ce soit de votre famille pour passer votre colère, parce que vous allez me trouver. Plus vite vous accepterez qu'ils ne font plus partie de votre vie, mieux ce sera pour vous. Vous vous êtes fait une nouvelle vie et, si j'étais à votre place, je m'en contenterais.

Ce sont maintenant des larmes de colère qui coulent sur les joues de Lucille, larmes qu'elle essuie rageusement avant de se lever.

— À mon tour maintenant de vous dire vos quatre vérités, monseigneur. Sous votre soutane se cache un homme méchant et calculateur. Vous avez profité de mon Adjutor pour vous élever dans l'Église et c'est en traitant sa mère aussi mal que vous le remerciez ? Si vos paroissiens connaissaient seulement une partie de votre vraie nature, ils vous lapideraient sur la place publique, et je serais là pour vous lancer la première pierre.

Lucille s'étire au-dessus du bureau du saint homme avant de poursuivre :

— N'oubliez pas une chose, monseigneur, je passe mes journées avec des filles de petite vertu et une seule plainte de la part de l'une d'entre elles peut vous faire descendre de votre piédestal d'un claquement de doigts.

— Mais je ne suis jamais allé au…

— Ménagez votre salive, le coupe Lucille, vous en avez déjà trop dit.

Et Lucille sort du bureau sans se donner la peine de refermer la porte. Elle fait quelques pas et tombe nez à nez avec le secrétaire de monseigneur.

— Est-ce que ça va, madame Lucille ? lui demande-t-il poliment.

— Je n'ai jamais été aussi bien de toute ma vie, s'exclame-t-elle. Vous allez m'excuser, mon fils m'attend dans l'auto.

Il s'empresse de lui ouvrir la porte avant qu'elle n'ait le temps de mettre la main sur la poignée.

— Ah oui ! s'écrie Lucille avant de descendre la première marche du perron, vous devriez aller voir monseigneur… il n'était pas très bien quand je l'ai laissé.

Lorsqu'Adrien voit sa mère, il lève les yeux au ciel. Il n'a rien entendu de sa discussion avec l'archevêque, mais suffisamment pour savoir que ça a dû chauffer.

— Où va-t-on maintenant ? se renseigne-t-il d'une voix aussi neutre que possible.

— Où veux-tu que j'aille ? À la maison !

— Laquelle ?

Lucille soupire un bon coup et elle hausse les épaules deux fois plutôt qu'une avant de daigner lui répondre.

— Ne joue pas à l'innocent avec moi ! Tu sais très bien que le bordel est la seule maison qu'il me reste. Allez, démarre, je n'ai pas toute la journée.

Adrien sourit malgré lui. Lucille a retrouvé son air habituel, ce qui le porte à croire que somme toute, les choses se sont bien passées avec monseigneur. En tout cas, c'est certain qu'il ne lui posera aucune question sur sa rencontre avec lui. *Tant et aussi longtemps qu'elle ne s'en prend pas à mon auto, la mère peut bien faire ce qu'elle veut.*

Le premier mercredi qu'il a travaillé pour elle, Adrien a trouvé le temps long. Maintenant qu'il connaît les filles, il est content de les revoir. Au début, il en voulait de toutes ses forces à sa mère d'avoir enrôlé Marie-Paule dans ses histoires de catins. Il a commencé à ramollir un peu quand il a vu rentrer l'argent. Comme Marie-Paule le lui a dit, qu'elle couse pour Lucille ou pour n'importe qui, c'est du pareil au même. La seule différence réside dans la couleur des robes, et peut-être un peu dans leur style, mais il n'y a pas de quoi fouetter un chat.

— Hey, tu ne pourrais pas peser sur le champignon un peu ? lui intime Lucille. On dirait qu'on fait du surplace !

Adrien se tourne vers sa mère et il lui sourit. Il devrait la détester pour tout ce qu'elle lui a fait endurer, mais il en est incapable. Il est tombé sur la mère la plus imparfaite que la terre ait portée, mais c'est la sienne et il ne peut pas s'empêcher de l'aimer, au moins un peu.

Chapitre 14

Ernest va retrouver Céline chaque fois que monsieur Potvin fait son entrée au bordel. Au début, elle était une femme parmi tant d'autres à ses yeux, mais plus maintenant. La dernière fois qu'il l'a vue, il a même entendu les mots *Je t'aime* franchir ses lèvres, ce qui l'a beaucoup surpris. Depuis le temps qu'il fréquente la gent féminine, c'était la première fois non seulement qu'il le disait, mais qu'il le pensait sincèrement. Il connaît l'histoire de Céline pour l'avoir entendue de sa bouche et, normalement, il devrait se tenir loin d'elle. Cependant, pour ça, il faudrait qu'elle ne l'attire pas comme un aimant. Il aime tout de cette femme : sa beauté, sa fougue au lit, son audace, et même sa folie. La tenir dans ses bras a une valeur inestimable pour lui. Avec elle à ses côtés, il pourrait renverser des montagnes. Parfois, quand il revient de sa petite virée nocturne, il se prend à rêver du jour où ils vivront ensemble. Pour Céline, il serait même prêt à se mettre la corde au cou si elle le lui demandait. *Je ferais mieux d'être patient, parce qu'elle porte déjà celle de monsieur Potvin.* Ce qui console Ernest, c'est que son mari n'est pas de la première jeunesse et qu'à son âge, tout peut arriver. Il y a tout de même une petite chose qui le titille. L'autre jour, Céline lui a dit alors qu'ils venaient de s'adonner à des ébats particulièrement costauds :

— On pourrait aussi l'aider à mourir…

Elle n'a pas eu besoin d'ajouter quoi que ce soit pour qu'Ernest sache de qui elle parlait. Et il s'est bien gardé de renchérir, parce qu'en réalité, il n'a aucun problème avec le fait qu'elle soit mariée. De toute façon, avec son nouveau travail, il brillerait la plupart du temps par son absence et il se morfondrait sûrement à se demander avec qui sa femme est en train de le tromper. Il faut dire que Céline est aussi libre que les filles de madame Charmaine pour ce qui regarde les hommes. Et, d'une certaine manière, on peut dire qu'elle a vendu son corps à un client en se mariant avec monsieur Potvin. Quand Céline lui a raconté comment ça se passait entre eux quand ils font l'amour, il n'en revenait pas. Il n'est pas le seul homme à avoir deux sortes de vie sexuelle : une pour la femme respectable qu'il a mariée et une pour satisfaire son plaisir en laissant libre cours à ses fantasmes même les plus tordus.

— Je comprends qu'il vienne encore au bordel… n'a pu s'empêcher d'ajouter Ernest.

Même si son mari prétend qu'il va jouer aux cartes avec ses amis deux fois par semaine, Céline connaît la vérité : elle le suivait chaque fois qu'il sortait de la maison les premières semaines. Elle a très vite compris qu'elle pouvait mieux utiliser ce temps que de tricoter devant le feu, surtout qu'elle déteste ce genre d'activité pour laquelle elle n'est absolument pas douée. Elle a marché jusque chez Ernest et lui a laissé une lettre.

Cher Ernest,

Je trouve le temps bien long depuis que nous avons mis fin à nos échanges dans la remise du bordel, et j'ose espérer qu'il en est de même pour toi. Tu es sûrement déjà au courant que mon mari a repris ses anciennes habitudes… Devant la liberté qu'il s'accorde en se pointant au bordel deux fois par semaine, je ne vois aucune raison valable pour m'empêcher d'en faire autant. Le plan est simple : il arrive au bordel et tu viens me retrouver à la maison chaque fois que tu le peux.

Tout ce qui vient de toi me manque cruellement : la chaleur de ton corps, tes mains baladeuses, tes lèvres, ton sexe… Ne me fais pas attendre !

Céline

C'est donc le sourire aux lèvres que Céline reçoit son mari quand il revient de ses petites virées. Si elle ne se retenait pas, elle le remercierait de lui servir son amant sur un plateau d'or comme il le fait.

Hier, son valeureux mari lui a proposé d'engager une bonne pour l'aider dans la maison et c'est avec toute l'énergie dont elle est capable que Céline a refusé son offre.

— Je t'en supplie, ne m'enlève pas le peu d'ouvrage que j'ai, a-t-elle fini par lui dire.

Si monsieur Potvin savait pour quelle raison Céline s'est débattue de la sorte, qui sait comment il aurait réagi. Monsieur peut se payer tous les plaisirs qu'il veut pendant que madame l'attend bien sagement à la maison, toujours prête à s'offrir à lui dès qu'il en manifeste le désir. Sincèrement, Céline a besoin de beaucoup plus que les cinq minutes de son mari après son *Es-tu prête ?* pour se sentir vivante.

Il lui arrive de surveiller Ernest à la fenêtre et de se jeter dans ses bras dès qu'il ouvre la porte. Il lui arrive aussi de l'attendre au lit dans son plus simple appareil. Elle aime faire l'amour avec Ernest. Il est doux. Il est tendre. Il est brusque. Il respire la passion par tous les pores de sa peau et c'est ça qui plaît à Céline.

Ce soir, c'est au salon que Céline l'attend. S'il n'arrive pas bientôt, elle n'aura plus d'ongles. Son cœur s'emballe dès qu'elle entend la porte s'ouvrir.

— Céline ?

— Je suis dans le salon.

Comme il n'a jamais mis les pieds dans cette pièce, et qu'il fait noir comme chez le loup, Ernest se laisse guider par la provenance de la voix de Céline.

— Tu aurais pu allumer une lampe, gémit-il en se frappant sur le cadrage de la porte. Parle encore, il n'y a même pas de lune dehors pour me guider.

— Je suis devant toi, s'exclame Céline, il faut que je te parle de quelque chose d'important.

Chaque fois qu'une femme a utilisé ce ton pour s'adresser à lui, ce n'était jamais pour lui annoncer une bonne nouvelle.

— Je t'écoute, dit-il à contrecœur.

— Je suis enceinte.

Entendre ça de la bouche de sa maîtresse ou se tirer dans la rivière aux Sables en plein mois de novembre, le choc est le même, surtout quand on sait que le mari de celle-ci n'a jamais pu faire d'enfant à ses deux autres femmes, alors que la dernière en avait déjà plusieurs et qu'elle était encore en âge de féconder.

— Tu ne dis rien?

Ernest est sans mot. Depuis qu'il fréquente Céline, pas une seule fois la peur de lui faire un bébé ne lui a effleuré l'esprit. Ils s'aimaient et il n'en demandait pas plus.

Devant son silence prolongé, Céline se lève et elle va le rejoindre. Il la prend dans ses bras et lui dit tout bas:

— Je connais une femme qui pourrait…

Céline met aussitôt la main sur la bouche de son amant pour l'empêcher de poursuivre. Elle a bien des défauts, mais elle serait incapable de tuer la vie qui pousse en elle.

— Mais on n'a pas le choix, ajoute Ernest.

— Ne me demande pas ça, c'est au-dessus de mes forces.

— Et ton mari?

Même si la pièce est sombre, Ernest peut voir le désarroi de Céline. Elle se mordille nerveusement la lèvre inférieure pour mieux soupirer la seconde d'après.

— Je vais en parler à Lucille. S'il y a quelqu'un qui peut le convaincre que c'est le sien, c'est elle.

— Et si ça ne fonctionne pas ?

— Dans le temps comme dans le temps. Serre-moi fort !

Et ils basculent instantanément dans le plaisir de ces nouvelles retrouvailles où leurs corps mènent le bal. Et pour une fois, Ernest s'attarde un peu plus longtemps que d'habitude après qu'ils aient fait l'amour.

***

Charlotte n'a encore rien dit à Laurier sur sa rencontre avec Céline. Elle a peur de sa réaction. Aussitôt que Raymond se retrouve dans les bras de son père, elle les observe à en avoir mal aux yeux. Elle ne conteste pas le fait qu'elle ne voit pas les ressemblances, mais Laurier bercerait le fils de leur voisine que ce serait pareil. Ils n'ont pas le même nez, pas la même bouche, pas la même couleur de cheveux, pas le même sourire, et pas le même caractère non plus. En fait, ils n'ont strictement rien en commun.

— Veux-tu bien regarder ailleurs ! s'exclame Laurier en riant.

— J'essaie de voir s'il te ressemble.

Témoin de la scène, Arthur se retient de parler. Il y a longtemps qu'il a cessé de chercher quelque ressemblance entre Laurier et ses enfants. Ils ne lui ressemblent tellement pas que c'est à croire que c'est le laitier qui les a faits.

— Tu perds ton temps, précise Laurier, Claire et Raymond n'ont rien de moi.

Puis sur un ton badin, Laurier ajoute :

— Mon grand-père avait l'habitude de dire que la paternité est un acte de foi.

— J'espère que tu n'es pas sérieux, s'offusque Charlotte.

— Mais non, voyons! Tu n'as qu'à regarder autour de toi et tu verras que je ne suis pas le seul dans ce cas-là.

— J'ai un frère qui a les cheveux blonds comme les blés alors que ceux de mes parents sont noir corbeau, lance Arthur. Je ne vous mens pas, c'était rendu que la couleur de ses cheveux était le sujet de prédilection de tous nos soupers de famille. Tous cherchaient à savoir de qui il pouvait bien les tenir. Un jour, ma grand-mère maternelle en a eu assez et elle s'est mise en frais de faire le tour des maisons pour regarder les photos qui traînaient dans les greniers. Mon frère était le portrait craché d'un oncle de mes parents, le pauvre était mort en bas âge. Vous trouveriez sûrement une explication du genre si vous preniez le temps de fouiller dans les souvenirs des deux familles.

Charlotte sourit à Arthur avant de retourner à ses chaudrons. Il a toujours le mot gentil pour désamorcer une situation, mais surtout il ne manque pas une seule occasion de lui rendre la vie plus douce. Elle avait l'intention de parler à Laurier de sa rencontre avec Céline, mais elle se rétracte. Elle n'a aucune envie de subir ses foudres aujourd'hui.

— Tu ne devineras pas qui j'ai vu aujourd'hui, s'exclame Laurier. Imagine-toi que je suis arrivé nez à nez avec le frère de Céline.

Un grand frisson parcourt instantanément tout le corps de Charlotte.

— Ah oui? s'oblige-t-elle à dire d'un ton neutre.

— Il allait passer quelques jours avec elle. Tiens-toi bien, il m'a dit qu'elle s'était mariée avec un des hommes les plus riches de Jonquière et qu'elle se donne des grands airs dans ses belles toilettes.

— Ce n'est rien pour me rassurer, laisse tomber Charlotte, elle est beaucoup trop proche à mon goût. Je n'ai pas des yeux tout le tour de la tête…

Laurier a réagi exactement de la même manière que sa femme quand il a appris ça, mais le frère de Céline l'a vite rassuré quand il lui a dit que sa sœur n'avait pas intérêt à faire de faux pas si elle ne voulait pas retourner à l'hôpital.

— Tu t'inquiètes pour rien, ajoute Laurier.

— Peut-être bien, réagit Charlotte, mais tant que notre fils n'aura pas fêté ses vingt ans, je m'inquiéterai pour lui, parce que rien ne me garantit qu'elle ne reviendra pas à la charge. Tout ce que je peux te dire, c'est que si jamais ce jour-là arrive et que j'en suis témoin, je n'hésiterai pas à la tuer.

Pendant quelques secondes, Laurier a du mal à reconnaître sa femme. Il comprend la haine qu'elle nourrit à l'égard de Céline, mais c'est à elle qu'elle fait le plus de mal. Céline a enfin la vie qu'elle voulait et, d'après lui, elle ne sera pas assez bête pour risquer de la perdre, même pour récupérer son fils. C'est du moins ce qu'il aime croire.

— On pourrait aller voir ta mère demain, si tu veux, lance Laurier pour faire diversion.

— À la condition qu'Arthur vienne avec nous, plaide Charlotte. Ma sœur Gisèle a quelqu'un à te présenter.

Arthur est pour le moins surpris par l'offre de Charlotte de les accompagner à Jonquière. Qu'elle veuille lui présenter une fille le surprend encore plus.

— Bonne idée, s'exclame Laurier, Arthur fait partie de la famille. As-tu une idée de la fille que Gisèle veut lui présenter ?

— Tout ce que je sais, c'est qu'elle s'appelle Anita et qu'elle travaille parfois au magasin général. Attends ! Si je me souviens bien, Gisèle m'a dit qu'elle lui ressemblait, de taille, je veux dire.

Laurier se tourne vers Arthur et il ajoute :

— En termes clairs, disons qu'elle tient chaud l'hiver.

Et les deux hommes éclatent de rire alors que Charlotte se demande ce qu'elle a dit de si drôle.

— Vous avez intérêt à bien vous tenir, les met-elle en garde, parce que Gisèle ne tolère pas qu'on rie de ses formes.

— Pas de saint danger que j'ose faire ça, la rassure aussitôt Laurier.

Et ils se remettent à rire comme des gamins qui viennent de faire un mauvais coup.

***

C'était bien mal connaître Lucille de croire qu'elle ignorait tout des rendez-vous d'Ernest et de Céline.

— Il n'y a rien de plus simple, explique Lucille, je l'ai suivi et quand je l'ai vu rentrer chez vous, j'ai tout de suite compris que vous aviez repris du service.

— Mais nous…

— Je suis beaucoup moins bête que j'en ai l'air, tu sais… Tout ce que j'ai réussi à faire le soir où je suis venue te chercher avec Roger, c'est de retarder vos ébats d'une journée ou deux. Il aurait fallu être aveugle pour croire qu'il ne se passerait jamais rien entre vous. Je peux même te dire où vous alliez vous cacher.

— Ce ne sera pas nécessaire, confirme Céline. Je suis enceinte et j'ai besoin que vous m'aidiez.

Lucille lève les yeux au ciel. Elle savait bien que ce jour-là arriverait, et elle n'avait pas besoin de ça. Lucille a tout fait pour que Céline fasse un bon mariage, à elle maintenant de faire le nécessaire pour qu'il n'éclate pas en morceaux pour quelques parties de jambes en l'air.

— Ernest est au courant ?

— Oui.

— Je vais lui demander de t'emmener chez la femme qui débarrasse mes filles de leur misère avant que ça paraisse.

Céline vient se planter devant Lucille. Les mains sur les hanches, elle lui lance au visage d'une voix autoritaire :

— Je le garde !

Lucille ne s'attendait pas à ce genre de réponse de sa part. Il y a longtemps qu'elle a compris le petit jeu de Céline. Elle se met les pieds dans les plats et, après, elle compte sur elle pour la sortir de là. Bien sûr, Lucille n'a jamais son mot à dire. Céline a décidé de garder son bébé, reste maintenant à trouver comment faire pour que monsieur Potvin avale la couleuvre sans rien casser au passage. Lucille n'a pas son pareil pour convaincre les gens, mais elle a quand même ses limites.

— Et si je n'y arrive pas ?

L'idée que Lucille échoue n'a pas effleuré l'esprit de Céline et elle refuse de se laisser inquiéter par une telle éventualité. Lucille a toujours été là pour elle et ce n'est pas demain la veille qu'elle va l'abandonner à sa misère. Elle peut compter sur elle, et ça, elle le sait.

— Il n'y a que vous pour réussir un tel coup.

Lucille fixe sa protégée et elle finit par lui sourire. Elle a déjà sa petite idée sur sa façon de lui présenter l'arrivée d'un bébé. Et si la manière douce ne donne pas de résultat, Lucille a quelques cartes dans sa manche que, tout compte fait, elle préférerait ne pas être obligée de jouer pour Céline.

— À une condition, dit Lucille, je veux que tu cesses de voir Ernest sur-le-champ.

— Plutôt mourir ! Ernest est tout ce que j'ai et je ne laisserai personne, pas même vous, me l'enlever.

Quand Céline parle ainsi, Lucille se dit qu'elle aurait peut-être dû la laisser à l'hôpital. Elle n'a pas peur d'elle, mais disons qu'elle ne lui tournerait pas le dos dans un coin noir si elle décidait d'éloigner Ernest.

— Je m'en occupe, lui confirme Lucille.

— Il faut qu'on parle de Raymond maintenant, lance Céline sans se donner la peine de remercier Lucille.

Chapitre 15

Il y avait bien longtemps qu'une lettre n'avait pas été porteuse d'une aussi bonne nouvelle.

— Il a réussi ! s'écrie Adjutor en brandissant sa lettre devant Arabella. Je suis tellement content pour le père.

Arabella le regarde avec de grands yeux et elle attend patiemment qu'il lui en dise un peu plus.

— Monseigneur a réussi à faire annuler le mariage de mes parents ! Je savais que je pouvais compter sur lui.

— Parce que c'est toi qui le lui as demandé ?

— Oui, répond humblement Adjutor. Chaque fois que je voyais monseigneur, il me parlait immanquablement des misères que la mère faisait encore à papa. Un jour, je lui ai dit que la meilleure chose qui pourrait lui arriver serait qu'il puisse se marier avec tante Margot et que pour ça, il faudrait faire annuler son mariage. *Est-ce possible?* lui ai-je demandé. Tu le connais aussi bien que moi, il a plissé les yeux et il m'a dit que tout était possible, si c'était ce que je voulais. Entre toi et moi, je ne croyais pas qu'il y arriverait.

— Tu devrais savoir que quand monseigneur veut quelque chose, il finit toujours par l'obtenir. Comme je te l'ai déjà dit, avec lui, il n'y a qu'une chose qu'on ignore et c'est à quel moment on va céder à sa demande.

L'amour qu'Adjutor porte à sa femme est si grand que même leur manoir n'arrive pas à le contenir. Il remercie Dieu chaque matin quand il pose les yeux sur elle. Son sourire à lui seul le fait fondre comme un bloc de glace oublié sur le coin de la galerie en plein cœur de juillet. Arabella est son soleil, cette force à la fois tranquille et fougueuse qui le nourrit. Adjutor ne tarit pas d'éloges à propos de son jugement. Elle vient de dresser en quelques secondes seulement un portrait on ne peut plus juste de monseigneur.

— Le bébé vient de me donner un coup de pied, lance-t-elle joyeusement. J'espère que ce sera un garçon et qu'il ressemblera à son père.

— Si c'est une fille, répond Adjutor, on n'aura qu'à en faire un autre. Et tu devrais savoir que j'adore les filles.

— C'est justement ça le problème, rétorque Arabella, et tu lui passes tous ses caprices.

Adjutor sourit à sa femme. L'éducation de leur fille reste un des rares sujets sur lequel ils divergent d'opinion.

— J'essaie vraiment d'être plus sévère avec elle, plaide Adjutor, mais je suis incapable d'y résister, quand elle me regarde avec ses grands yeux ou qu'elle se jette dans mes bras.

— À moi aussi elle me fait le coup, sauf que ça ne marche pas.

— J'ai toujours su que tu étais plus forte que moi, blague Adjutor.

Arabella éclate de rire. Elle a pris un gros risque en quittant sa famille pour venir s'installer sur le bord du fleuve, mais jamais elle ne l'a regretté. Elle adore son pays d'adoption et encore plus ses gens. Elle est chez elle ici. Ses parents ont promis de venir la voir après son accouchement et, avec un peu de chance, sa sœur cadette les accompagnera. Au début, Arabella leur écrivait souvent, alors que maintenant elle espace ses lettres sans éprouver le moindre remords. Sa vie aux côtés de son Adjutor la comble de bonheur. Et la présence de Béatrice lui facilite les choses de toutes les façons. Elle est devenue une excellente cuisinière et, qui plus est, elle est une deuxième mère pour leur fille. Il faut l'entendre l'appeler *Béa* de sa toute petite voix. Elles sont attachées l'une à l'autre comme les étoiles le sont au ciel.

Adjutor et Arabella ont fait les choses en grand. Ils ont fait décorer le grand salon en blanc et aussi le pavillon où les nouveaux mariés s'installeront. Ils ont acheté toutes les fleurs blanches qu'ils ont pu trouver et ils les ont disposées dans de grands vases de porcelaine blanche qu'Arabella avait rapportés avec elle d'Italie. Ils ont fait préparer un vrai festin pour le mariage. Béatrice a fait venir deux de ses sœurs pour l'aider et Arabella a elle aussi mis la main à la pâte.

Adjutor était emballé à l'idée que le mariage se fasse à Saint-Irénée. Tout le monde est arrivé hier, même Alphonse et sa femme, alors qu'ils n'étaient pas certains de pouvoir être là. Adjutor ne s'est jamais senti aussi bien en présence de sa famille. L'absence de Lucille a sûrement quelque chose à y voir, mais ce serait lui accorder bien trop d'importance de croire que c'est l'unique raison. Le bonheur de Joseph est contagieux. Il suffit d'un seul coup d'œil dans sa direction pour qu'on se sente transporté de joie. Le mariage que s'apprête à célébrer monseigneur n'a rien de commun avec tous ceux qu'il a bénis depuis qu'il a été sacré prêtre. Unir la destinée de son ami Joseph à celle de Margot le réjouit.

Lucille n'est pas là de corps, mais son spectre flotte dans l'air sans que personne ne puisse faire quoi que ce soit pour l'effacer. Reste maintenant à espérer qu'elle n'a pas eu vent de leur petite escapade et qu'elle n'apparaîtra pas subitement dans leur champ de vision.

— Papa, s'exclame Camil, si vous voulez changer d'idée, c'est votre dernière chance.

C'est plus fort que lui. Chaque fois qu'Adrien entend son beau-frère appeler son père ainsi, il a un petit pincement au cœur.

— Que je le voie faire ça, s'écrie Adrien. Maintenant qu'on est tous là, il a intérêt à se marier.

— C'est à Margot que tu devrais poser la question, clame Joseph, parce que moi je suis gagnant sur toute la ligne.

Si un étranger était entré dans l'église au moment où Joseph et Margot prononçaient leurs vœux, outre le fait qu'il était célébré par un évêque, il aurait trouvé qu'il ressemblait à tous les autres. Mais pour la famille Pelletier et pour tous les anciens paroissiens d'Adjutor, il est unique. Tout a commencé lorsque leur bon curé s'est enrôlé et qu'il est revenu marié avec une riche héritière d'Italie, tout ça sans être excommunié. Et Lucille a repris du service plus souvent qu'à son tour. Joseph a dû s'en mêler pour qu'elle laisse enfin Adjutor en paix. Comme si ce n'était pas suffisant, voilà maintenant que Joseph a obtenu l'annulation de son mariage et qu'il convole en justes noces avec la sœur de Lucille. Les gens de Saint-Irénée ont bien essayé de comprendre pourquoi tout ça leur arrivait. En désespoir de cause, certains sont même venus en parler avec Adjutor, mais ils sont tous retournés bredouilles. *Les voies du Seigneur ne sont-elles pas impénétrables?* Depuis le temps qu'Adjutor habite ici, les gens de la place ont eu le temps de connaître ses frères et ses sœurs et ils s'y sont attachés. Tous autant qu'ils sont, ils ont une haute estime des Pelletier.

— Et maintenant, lance monseigneur, tu peux embrasser la mariée.

Adjutor est ému, et il n'est pas le seul. Les femmes de la famille sortent leur mouchoir et les hommes reniflent en prenant soin de ne pas faire de bruit. Les Pelletier viennent d'assister au mariage de ce père qu'ils adorent alors que leur mère vit toujours. Elle ne s'est pas encore montré le bout du nez, mais rien ne garantit qu'elle ne leur réserve pas une petite surprise de son cru.

Joseph embrasse sa femme deux fois plutôt qu'une. Il s'en faudrait de peu pour qu'il pense être en plein rêve. Il a attendu cet instant toute sa vie.

Margot s'essuie les yeux. Elle n'en revient tout simplement pas. Elle est venue à Jonquière pour aider Gertrude et la voilà enfin mariée avec l'homme de sa vie. Margot ne se fait pas d'illusions, Lucille ne déposera pas les armes pour autant. Mais Margot est prête à défendre son bonheur au péril de sa vie s'il le faut.

Adjutor aurait aimé ouvrir son manoir à tous ceux qui étaient à l'église, mais il s'en est tenu à sa famille et à quelques personnes du village avec qui il entretient des liens plus étroits. Il se doute bien que ça fera des jaloux.

— Tenez papa, dit Adjutor en lui tendant un grand verre de whisky. Je l'ai fait venir de Montréal spécialement pour vous.

— Ce n'était pas nécessaire, mon garçon, tu en avais déjà assez fait pour moi.

— Pour une fois que je peux vous gâter un peu, laissez-moi faire.

Les enfants et les petits-enfants de Joseph viennent le féliciter à tour de rôle.

— Grand-papa, lui demande André, est-ce que la vieille grand-mère est morte ?

— Non !

— Ça veut dire que tu vas avoir deux femmes ?

Joseph caresse la joue de son petit-fils. Il ne le voit pas assez souvent à son goût depuis qu'il habite en ville.

— Ce serait un peu trop compliqué à t'expliquer, mais pour répondre à ta question, ma nouvelle femme, c'est Margot.

— Est-ce qu'on va pouvoir l'appeler grand-maman ?

— Tu n'as qu'à lui demander toi-même.

Margot a tout entendu. Elle se baisse à la hauteur d'André et lui dit d'une voix remplie d'émotion :

— J'adorerais ça.

— Il faut d'abord que tu me jures de ne jamais être méchante comme la vieille grand-mère.

— Je te le jure, répond-elle en faisant une croix sur son cœur.

André l'embrasse vitement sur la joue et il court retrouver ses cousins.

C'est enfin au tour de Gertrude de féliciter les mariés.

— J'ai du mal à croire que vous êtes mariés, lance-t-elle en leur prenant la main. Je vous souhaite du bonheur mur à mur.

— On prend tous les souhaits qui passent, rétorque Margot, parce que connaissant ma sœur, on risque d'en avoir besoin.

— Ne parlez pas d'elle aujourd'hui, la prie Gertrude.

— Tu as raison.

— Allez-vous rester ici finalement ?

Ils venaient à peine d'arriver qu'Adjutor leur a offert de passer autant de temps qu'ils le souhaitaient dans le pavillon.

— Si ça peut vous rassurer, la mère n'y a jamais mis les pieds.

Leur sens du devoir étant ce qu'il est, Joseph et Margot se sont empressés de sortir un paquet d'excuses pour se défiler. Évidemment, toutes sans exception étaient reliées de près ou de loin à Lucille. Lorsque Gertrude est arrivée, Adjutor l'a prise à part et il lui a dit qu'il avait besoin de son aide pour les convaincre de rester au moins quelques jours.

— Oui, répond Margot, mais seulement quelques jours.

— Mais il n'y a rien qui presse tant pour que vous reveniez à Jonquière en courant, argumente Gertrude.

— C'est là que tu te trompes, affirme Margot. Sans vouloir parler d'elle, ma présence au magasin a réussi à la tenir éloignée, mais si je n'y suis pas, crois-moi, elle va revenir très vite à la charge.

— Et je n'ai pas envie qu'elle pourrisse la vie à Anita, ajoute Joseph.

— Je commence à en avoir assez qu'elle fasse la pluie et le beau temps dans nos vies, s'écrie Gertrude.

Bien que Lucille ne se soit pas présentée au magasin depuis le jour où Margot y est entrée, Gertrude n'est pas sans savoir qu'elle peut surgir n'importe quand. C'est rendu qu'elle insiste pour qu'ils aillent dans la direction contraire du bordel lorsque Camil et elle vont se promener.

— Elle marque un point chaque fois que tu changes de trajet à cause d'elle.

— Tu ne comprends pas, ne cesse-t-elle de se défendre.

— Certainement pas autant que toi, parce que ce n'est pas ma mère, mais j'ai vécu assez longtemps dans la même maison qu'elle pour savoir comment elle arrive à ses fins. Vois-tu, ta mère vous tient tous par la peur. Je ne sais rien d'autre de l'enfer que ce que monsieur le curé a dit en chaire, mais quand je pense à la belle-mère, je la vois en train de mettre du bois ici et là pour entretenir le feu. On peut aller marcher ailleurs pour ne pas risquer de la rencontrer, mais ça ne réglera rien. Ta mère a besoin qu'on lui tienne tête. Je te garantis qu'elle ne touchera plus à l'auto d'Adrien. Pourquoi ? Parce qu'il s'est tenu debout. Et si jamais on la croisait, eh bien, tu ne serais pas seule pour l'affronter.

Gertrude a réfléchi à tout ça et elle en est venue à la conclusion que Camil avait probablement raison. Le lendemain, ils sont allés marcher et elle a insisté pour qu'ils passent devant le bordel. Ah ! elle a serré son bras un peu plus fort que d'habitude, mais elle a surmonté sa peur.

— Restez aussi longtemps que vous voudrez, je vais m'arranger, ajoute Gertrude et je vous promets de veiller sur Anita. Elle pourra même venir s'installer temporairement à la maison. Pour moi, le règne de la mère finit aujourd'hui. Vous allez m'excuser, mais j'ai promis à Arabella et à Béatrice de leur donner un coup de main pour le repas. En passant, le bonheur vous va bien. Ne laissez personne vous le voler, et surtout pas elle.

***

Lucille a été très occupée ces derniers jours, mais pas encore assez pour ne pas penser au mariage de Joseph et de sa sœur. Elle n'a pas eu besoin de réfléchir très longtemps pour se rendre compte que ne plus avoir Joseph dans les pattes l'arrangerait. C'est quand elle s'arrête sur le cas de Margot que le bât blesse. Son amour pour Joseph n'a rien de nouveau pour Lucille. Seulement, dans son livre à elle, Margot ne revenait pas à Jonquière, pas plus qu'elle ne mettait la main sur son Joseph. C'est à force de poser des questions à gauche et à droite que Lucille a fini par savoir qu'ils étaient allés se marier à Saint-Irénée, et que toute la famille s'était rendue là-bas. Elle aimerait croire que ses enfants auraient fait la même chose pour elle, mais elle en doute. Ils l'aiment à leur manière parce qu'elle est leur mère, et que d'une certaine façon ils lui doivent la vie, mais ça s'arrête là. Lucille pourrait profiter de leur absence pour s'immiscer chez chacun d'entre eux et leur rappeler qu'elle est toujours là et qu'elle peut s'en prendre à eux quand bon lui semble. Si elle ne l'a pas fait, c'est parce qu'elle a jugé qu'il était temps qu'elle les laisse en paix un peu. Elle s'est bâti une nouvelle vie et, franchement, la nouvelle Lucille n'a rien pour lui déplaire.

— Il faut lui donner une leçon pour qu'il comprenne, s'écrie Ernest en entrant dans la cuisine, il a encore frappé une des filles parce qu'elle a refusé de céder à ses caprices.

— Est-ce qu'il est encore ici ?

— Je lui ai demandé de m'attendre au salon.

— J'ai ce qu'il faut pour le dompter. Va me chercher une corde et un morceau d'ardoise. Et une craie aussi !

Ernest la regarde sans comprendre où elle veut en venir.

— Grouille, le gronde Lucille, il ne nous attendra pas toute la journée.

— D'après moi, il n'ira pas très loin, il est bourré comme un cochon.

— Fais vite !

À partir du moment où Ernest fait son entrée dans le salon, les choses vont tellement vite que le pauvre Édouard se retrouve attaché au poteau de lumière de rue en face du bordel. Si Ernest n'avait pas raisonné Lucille, elle lui aurait même retiré ses vêtements. Au-dessus de sa tête, on peut lire sur l'écriteau : *Batteur de femmes.*

À l'heure qu'il est, Édouard est trop chaud pour réaliser ce qui lui arrive, mais pas les passants. Ils s'arrêtent tous sans exception devant lui et ils ne se gênent pas pour lui crier les pires bêtises. Roger vient voir Lucille aussitôt qu'il est informé de ce qu'elle a fait.

— Vous n'êtes pas de la police, à ce que je sache !

— Tu as raison, mais je n'accepte pas qu'un homme soit violent avec mes filles. Et je t'interdis de le détacher avant qu'il ait dégrisé.

Aux grands maux les grands moyens! On l'a averti plusieurs fois de changer d'attitude, mais il ne comprend rien. Si ça ne lui met pas un peu de plomb dans la tête, au moins ça fera peur aux autres.

— Mais vous ne pouvez pas le…

— Je suis certaine qu'il se passe quelque chose de grave à Kénogami, tu devrais y aller.

Roger savait d'avance qu'il n'aurait pas le dernier mot avec sa tante Lucille. Il a beau porter un insigne, elle ne s'en laisse pas imposer par lui. Roger pousse un grand soupir et il retourne d'où il vient. Au fond, il mourait d'envie de remercier Lucille de donner une leçon à Édouard. Tout le monde sait qu'il traite sa femme et ses filles à coups de pieds, même le curé de la paroisse et, pourtant, personne ne fait rien pour que ça cesse. C'est sur cette pensée que Roger décide de revenir sur ses pas.

Assise à plat cul sur la galerie du bordel, Lucille se lève aussitôt qu'elle le voit.

— Qu'est-ce que tu n'as pas compris? s'écrie-t-elle en venant vers lui.

— Je voudrais que vous me rendiez un service, répond Roger. Il n'est pas violent seulement avec vos filles, il ne se gêne pas pour malmener les siennes et sa femme aussi. Je me disais que tant qu'à l'avoir à votre merci, vous pourriez lui faire peur pour qu'il arrête.

Lucille fixe son neveu pendant quelques secondes.

— Et pourquoi je le ferais?

— Parce qu'aucune femme ne mérite d'être maltraitée.

Les hommes violents sont légion à Jonquière comme ailleurs. Tant que les curés les encourageront à dompter leurs femmes au besoin, les choses ne sont pas près de changer. À part la fois où Joseph lui a donné une tape dans la face, Lucille n'a jamais eu aucune raison de se plaindre. Son père était sévère, mais il n'était pas mieux que mort s'il avait osé lever la main sur un de ses enfants. Lucille ne tient pas son caractère des voisins, sa mère tenait tête à tous ceux qui se mettaient en travers de son chemin, le curé compris.

— Je m'en charge personnellement.

Roger remercie sa tante et il s'en va en sifflant. Édouard va regretter jusqu'à son dernier souffle d'avoir levé la main sur une des filles de Lucille et, avec un peu de chance, il ne lèvera plus la main ni sur ses filles ni sur sa femme.

Lucille est fière de son coup. Roger a mis du temps à comprendre où était son intérêt, mais maintenant que c'est fait, elle sait qu'il ne lui mettra plus de bâtons dans les roues sauf pour la forme. Avoir la police de son bord lui facilite la vie, et de beaucoup.

— Je vais aller voir Céline, dit Lucille à Ernest. Je t'interdis de le détacher avant que je sois revenue.

— À mon avis, il n'est pas prêt de retrouver ses esprits, mais je vais vous attendre. Saluez Céline pour moi.

— Compte sur moi, lance Lucille d'un ton moqueur, je n'y manquerai pas.

Lucille a dû travailler pas mal fort pour faire avaler la grossesse de Céline à monsieur Potvin. Il lui a répété sur tous les tons que l'enfant que sa femme portait ne pouvait pas être le sien.

— Je veux bien croire que Céline est dans la force de l'âge, mais mettez-vous à ma place une minute, je n'ai jamais pu faire d'enfant à mes deux autres femmes. Moi qui rêvais d'avoir une grosse famille.

Lucille se retient de lui rappeler que Mérée avait justement une grosse famille et qu'il s'est poussé à la première occasion. Au lieu de lui faire des reproches, elle choisit de se servir de ses propos.

— Disons que le Bon Dieu a fini par écouter votre prière. Que voulez-vous que je vous dise ? Votre femme est enceinte, vous devriez être heureux au lieu de chercher midi à quatorze heures pourquoi elle l'est.

Monsieur Potvin a continué à argumenter avec Lucille jusqu'à ce qu'elle lui dise :

— Écoutez-moi bien, que ça vous plaise ou non, vous allez être père. Et si vous ne voulez pas que je parle de vos petites virées au bordel à Céline, vous avez intérêt à en être un bon.

Monsieur Potvin n'a fait ni une ni deux et il a souri à Lucille avant d'ajouter :

— Vous ne pouvez pas savoir à quel point je suis content !

Comme Lucille n'a pas revu Céline depuis, elle est impatiente de savoir comment son mari s'est comporté avec elle. Lucille frappe à la porte d'en avant, mais fidèle à ses habitudes, elle n'attend pas que Céline vienne lui ouvrir et elle entre.

— Où es-tu ? s'inquiète Lucille.

— Dans ma chambre, répond Céline d'une petite voix.

Lucille monte aussitôt. Étendue sur son lit, Céline est pâle comme une vesse de carême.

— Veux-tu bien me dire ce qui t'arrive ?

— Ça fait une semaine que je me vomis les tripes. J'espère que ça ne fera pas comme à Raymond, parce que je ne passerai pas à travers.

Céline raconte à son amie qu'elle a vomi sans arrêt pendant les cinq premiers mois.

— Monsieur Potvin aurait pu rester avec toi.

— Non ! Non ! C'est moi qui l'ai obligé à sortir. Il est aux petits soins avec moi depuis que vous lui avez parlé, mais pour être honnête, ça commence sérieusement à m'énerver.

Lucille éclate de rire en entendant ça. Là-dessus, elle doit donner raison aux hommes. Les femmes ne sont jamais contentes. Elles se plaignent s'ils ne s'en occupent pas et, s'ils s'en occupent, elles se plaignent encore plus.

— Je suis contente qu'il ait compris le bon sens, dit Lucille.

Céline observe son amie. Elle ignore ce que Lucille a bien pu dire à monsieur Potvin, mais le moins qu'on puisse dire, c'est qu'il l'a prise très au sérieux.

— Et moi donc ! J'ai bien assez de Raymond pour m'empêcher de dormir. Je n'arrête pas de penser à lui. Je n'ai pas osé revenir à la charge ces derniers jours, mais je commence à trouver que c'est pas mal long.

— Une chose à la fois ! Commence par arrêter de vomir avant de penser à t'ajouter un enfant sur les bras. Et laisse un peu de temps à ton mari pour digérer la pilule. Il n'y a pas de cassure, à ce que je sache, ce n'est pas comme si Raymond était en perdition.

Lucille voit bien que ça ne fait pas l'affaire de Céline, mais au lieu de la toucher, ça la fait sourire. Quand Céline a quelque chose dans la tête, elle ne l'a pas dans les pieds. Elle peut bien se conduire comme une princesse avec tout le monde, mais pas avec elle. Lucille la connaît trop bien pour se faire prendre à son jeu. Elle peut comprendre qu'elle ait hâte de ravoir son fils, seulement ce ne sont pas quelques jours qui vont tout changer.

— Vous ne comprenez pas, je n'en peux plus d'attendre.

— Je sais tout ça, mais je te rappelle que ton mari vient d'accepter d'élever l'enfant de ton amant. Alors, si j'étais à ta place, je me tiendrais tranquille un peu. As-tu besoin de quelque chose avant que je parte ?

— Je veux voir Ernest !

Le pauvre Ernest s'est fait ramasser par Lucille comme du poisson pourri. Il n'y a rien qu'elle ne lui a pas dit. Avant de travailler pour elle, il se serait défendu de toutes ses forces, mais là, il s'est contenté de l'écouter.

— Comme je te l'ai déjà dit, ma belle fille, ajoute patiemment Lucille, tu ne peux pas toujours avoir le beurre et l'argent du beurre. Ernest ne viendra pas avant deux bonnes semaines. As-tu besoin de quelque chose avant que je parte ?

— Non ! répond Céline en se cachant la tête sous les couvertures.

Chapitre 16

Anita ne sait plus à quel saint se vouer. Sa rencontre avec Arthur lui a enlevé le peu d'espoir qu'il lui restait de fonder une famille un jour et ça la désespère. Elle a tout de suite vu dans les yeux du jeune homme que ça ne fonctionnerait pas. Et si elle est honnête avec elle, Anita ne peut qu'abonder dans son sens. Arthur est beau et très gentil, mais ils ne sont pas faits l'un pour l'autre.

Même si elle se donne corps et âme à son travail, elle n'arrive pas à surmonter cet autre échec. Elle connaît des filles moins belles qu'elle, plus grosses et beaucoup moins gentilles, et elles ont pourtant trouvé un mari. Cette fois, c'était sa dernière chance. Anita a pris une décision très importante. Elle aurait aimé que monsieur Joseph soit le premier à l'apprendre, mais pour ça, il faudrait qu'il soit revenu de Saint-Irénée, ce qui n'est pas le cas. Et puis, comme Gertrude le lui a dit, il peut revenir demain comme dans une semaine.

Perdue dans ses pensées, Anita n'a pas entendu Gertrude.

— Anita, je te parle, s'écrie Gertrude d'une voix plus forte.

Anita sursaute.

— Je suis désolée Gertrude, je n'ai pas très bien dormi.

— Qu'est-ce qui ne va pas ?

Anita la regarde avec de grands yeux. S'il y a une chose qu'elle déteste, c'est bien de faire de la peine aux gens qu'elle aime. C'est d'ailleurs pour eux qu'elle a mis autant de temps à prendre sa décision.

Anita prend son courage à deux mains et elle dit d'un trait :

— J'ai décidé de rentrer chez les sœurs.

Gertrude est si surprise qu'elle se met à rire comme une malade. Elle rit tellement qu'elle se met à tousser.

— Non ! parvient-elle à dire entre deux hoquets. Pas toi !

Au lieu de lui répondre, Anita lui confirme d'un signe de tête. Sa réponse arrête Gertrude de rire net. Elle s'essuie les yeux et elle reprend son souffle aussi vite qu'elle le peut.

— Je ne peux pas croire que tu penses à rentrer chez les sœurs. Voyons donc, Anita, tu as bien trop de vie pour aller t'enfermer dans un couvent. Tu vas mourir d'ennui.

— De toute façon, c'est ce qui est en train de m'arriver. Je suis sérieuse, Gertrude, aussitôt que mes parents seront au courant, je prendrai le voile. Je n'ai pas d'autre solution. Tu sais aussi bien que moi que je ne trouverai jamais de mari. Et je ne supporterai pas de me faire traiter de vieille fille.

— Dis-moi que je rêve ! s'exclame Gertrude. Je t'aime bien trop pour te laisser faire une pareille bêtise.

Anita a un air de chien battu, ce qui donne la chair de poule à Gertrude. Anita a de belles qualités, mais elle est aussi entêtée qu'une mule.

— Accorde-moi encore un peu de temps pour te trouver quelqu'un.

— C'est au-dessus de mes forces.

Alors que Gertrude allait ouvrir la bouche, la porte s'ouvre brusquement sur Adrien.

— Cette fois, hurle-t-il, elle va me le payer !

— Hey ! lance Gertrude. Pourrais-tu arrêter de crier et me dire ce qui se passe ?

Adrien est tellement fâché qu'il ne voit plus clair.

— Suis-moi !

Quand Gertrude voit dans quel état est l'auto d'Adrien, elle n'en revient pas. Le pare-brise est en mille miettes et il manque deux roues.

— Elle ne s'est pas contentée de s'en prendre à la mienne, viens voir, elle a fait subir le même sort à celles de mes rouliers. Je ne sais pas ce qui me retient de lui tordre le cou.

— Mais de qui parles-tu, au juste ?

— De la mère ! De qui d'autre veux-tu qu'il s'agisse ? Je le savais que le mariage du père avec Margot ne nous apporterait que des problèmes. Évidemment, il fallait qu'elle s'en prenne encore à nous. Il va falloir que quelqu'un me retienne, parce que je vais lui faire la peau !

Adrien est hors de lui. Il y a longtemps que sa mère est venue à bout de sa patience. Si Lucille était devant lui, elle se rendrait très vite compte que ce ne sont pas des paroles en l'air. Il n'en peut plus d'être sa victime préférée, surtout qu'il n'a rien fait pour mériter ça.

— Calme-toi, le frère.

— Ne me demande surtout pas de me calmer. À cause d'elle, je ne pourrai même pas faire mon travail. Et veux-tu bien me dire qui va payer pour les réparations ?

— Je vais aller la voir, affirme Gertrude.

— J'y vais avec toi, dit Adrien.

— À une condition, ajoute Gertrude, tu me laisses parler.

Il s'en faut de peu pour que Lucille les embrasse quand elle les voit devant elle.

— Vous prendrez bien une tasse de thé, leur dit-elle gentiment.

La gentillesse de Lucille va droit au cœur de Gertrude. Elle ne se souvient pas de la dernière fois où sa mère a été aussi aimable avec elle.

— Merci, mais si on est ici, c'est pour savoir si vous avez quelque chose à voir avec ce qui est…

Adrien a tellement de pression sur les tempes qu'il coupe la parole à Gertrude et il se met en frais de raconter lui-même ce qui est arrivé. C'est au prix de gros efforts qu'il parvient à se contrôler.

— Je veux savoir si vous êtes derrière ce coup, conclut Adrien d'une voix chargée de colère, et je vous conseille de me dire la vérité.

Lucille est démontée par ce qu'elle vient d'entendre. Elle regarde Adrien et Gertrude à tour de rôle. Elle revient ensuite à son fils et elle lui dit :

— Tu vas devoir trouver un autre coupable, dit-elle, je n'ai rien à voir là-dedans. Te souviens-tu de ce que je t'ai dit, si tu acceptais de me garder tes mercredis ? Je n'ai qu'une parole.

Adrien se gratte le menton, il n'a jamais eu aussi envie de croire sa mère qu'en ce moment.

— Mais c'est qui, alors ? demande Gertrude.

— Comment veux-tu que je le sache ?

Lucille réfléchit pendant quelques secondes. Savoir que quelqu'un d'autre qu'elle s'en est pris à un des siens ne lui plaît pas du tout.

— Je peux faire ma petite enquête, par exemple. Accordez-moi quelques jours et je vous promets que je connaîtrai le nom de celui qui a fait ça. Avez-vous le temps de prendre un thé avec moi ?

Ni Adrien ni Gertrude n'ont le temps de s'attarder, mais l'offre de leur mère est si précieuse par sa rareté qu'ils seraient mal placés de la refuser.

— C'est d'accord, acquiesce Gertrude, mais on ne pourra rester que quelques minutes.

— Suivez-moi à la cuisine.

L'un comme l'autre respirent mieux une fois sortis du bordel.

— Je n'en reviens pas, s'exclame Gertrude, la mère nous a fait du thé. On devrait l'inscrire sur le calendrier.

— C'est comme rien, réplique Adrien, elle doit sentir sa mort. Mais est-ce que tu l'as crue quand elle a dit qu'elle n'avait rien à voir là-dedans ?

— Oui !

Lorsqu'ils ouvrent la porte du magasin, Camil se précipite sur eux.

— On a un autre problème, dit-il, il paraît que notre commande a été livrée à une autre adresse.

— Ben voyons donc ! s'écrie Gertrude. As-tu l'adresse, au moins ?

Camil tend un papier à sa femme.

— Pensez-vous que votre mère a quelque chose à y voir ?

— J'aimerais bien savoir ce qu'elle manigance dans notre dos, s'écrie Adrien. Je retourne la voir sur-le-champ.

— Pas question que tu y ailles seul, dit Camil, je t'accompagne. On va d'abord passer voir où est notre commande.

Il y a des jours où Gertrude s'ennuie de sa petite vie tranquille. Heureusement, ça ne dure jamais plus de quelques minutes. Il y a quelque chose qui lui échappe. Quelqu'un s'en est pris aux autos des rouliers et maintenant à leur commande. S'il ne fallait pas qu'elle reste au magasin, Gertrude irait avec eux.

— Revenez vite me dire de quoi il retourne, les prie-t-elle avant qu'ils sortent du magasin.

Gertrude repense à l'attitude de sa mère. Elle a été la première surprise de voir qu'elle n'avait rien fait pour empêcher Joseph et Margot de se marier. Ah, monseigneur leur a raconté sa brève rencontre avec elle, mais ce n'est rien, comparé à tout ce qu'elle a déjà fait pour des choses bien moins importantes que le remariage de son mari. Gertrude n'est pas prête à lui donner le Bon Dieu sans confession pour autant, mais voir sa mère radoucie lui a fait du bien.

— Tu n'en reviendras pas! s'exclame Camil à son retour. La famille qui possède le magasin général de Chicoutimi va en ouvrir un sur Saint-Dominique. C'est eux qui ont pris notre commande.

Un peu plus et Gertrude se croirait en plein cauchemar. Comment ont-ils pu voler leur commande?

— Qui te l'a dit?

— C'est le père Desbiens en personne qui a fini par me l'avouer.

— Et je parierais tout ce que j'ai que c'est eux qui ont abîmé nos autos, renchérit Adrien.

— Je ne comprends rien à ce que vous dites, lance Gertrude en se prenant la tête. Êtes-vous allés voir la mère?

— Oui, répond Camil et elle nous a promis que ça ne se passerait pas de même. Je ne te mens pas, je ne l'avais jamais vue aussi fâchée. Mais tu ne sais pas la meilleure, elle était presque gentille avec nous. Elle est sûrement malade…

— Elle nous a même offert le thé quand on y est allés plus tôt, confesse Gertrude, mais revenons à nos moutons. Quand comptent-ils ouvrir leur magasin ?

— Si j'ai bien compris, répond Adrien, c'est prévu pour demain. Et ils ont trois autos pour faire les livraisons.

— Il y a sûrement quelque chose qui m'a échappé dans votre histoire, s'écrie Gertrude. Je veux que vous me répétiez tout ce que vous venez de me dire, mais plus lentement.

* * *

Lucille n'a pas perdu son temps depuis la visite de Camil et d'Adrien. Elle est allée vérifier par elle-même ce qui se passe exactement au nouveau magasin. Les gars avaient raison, ils sont en train de se faire damer le pion et ils savent par qui. Si les Desbiens avaient fait les choses dans les règles de l'art, personne n'aurait rien trouvé à redire, pas même Lucille. Ce n'est un secret pour personne, depuis l'ouverture du magasin de Mérée, plusieurs clients partent de Chicoutimi pour venir y faire leurs achats. Il paraît que tout est mieux chez Gertrude et Camil. L'arrivée de Margot n'a sûrement pas nui au commerce, au contraire. Lucille serait prête à parier que plusieurs viennent juste pour voir son sourire, c'est que Margot n'a pas son pareil pour servir les clients. Au lieu d'essayer de ramener leurs clients, la famille Desbiens a plutôt opté pour une guerre on ne peut plus déloyale. Et ça ne passe pas avec Lucille.

— Qu'est-ce qu'on fait, maintenant ? lui demande Ernest.

— Rien pour le moment, répond Lucille, mais je n'ai pas dit mon dernier mot. Ramène-nous au bordel et restes-y.

— Non ! J'ai promis à Céline d'aller la voir ce soir.

— Eh bien, tu la verras demain. Allez, j'ai beaucoup à faire avant que la nuit tombe.

Lucille n'a pas l'intention de laisser de purs étrangers s'en prendre à ses enfants sans rien tenter pour les aider. Cette nuit, Ernest, les filles et elle iront récupérer tout ce qui a été volé au magasin de Gertrude et ils iront le leur rendre. Ils s'empareront ensuite des trois autos flambant neuves qui sont stationnées dans la cour arrière. Lorsque tout le monde sera de retour au bordel, Lucille retournera sur les lieux et elle mettra le feu au magasin avant d'aller dormir. Lucille sait qu'elle risque gros, mais elle doit bien ça aux siens.

C'est ainsi qu'à deux heures du matin, une grande colonne de feu éclaire soudainement le ciel pendant que Lucille se glisse sous ses couvertures.

Le lendemain matin, tout le monde ne parle que de l'incendie. Les Desbiens ont la surprise de leur vie quand ils voient ce qui est arrivé à leur magasin général. Le bâtiment est complètement détruit, mais comme il était en retrait, rien d'autre n'a été touché. Ils se précipitent au poste de police et ils se mettent en frais d'accuser vertement les Pelletier. Ils ont même pris soin d'emmener un soi-disant témoin pour les accuser. Malheureusement pour eux, c'est Roger qui est de service.

— C'est drôle, dit-il, il y a à peine une heure, votre témoin m'a juré qu'il n'avait vu personne.

Pas besoin d'être devin pour savoir que les Desbiens ont dû allonger quelques billets pour que leur témoin dise ce qu'ils veulent.

— Il s'est sûrement trompé, réplique aussitôt monsieur Desbiens en se tournant vers le jeune homme qui les accompagne.

— Roger a raison, avoue-t-il en rougissant, il faisait trop noir.

Monsieur Desbiens n'attend même pas d'être sorti du poste de police et il lui tend la main pour reprendre son argent. Bien que Roger ne soit pas l'homme le plus honnête que la terre ait porté, il supporte difficilement qu'on le prenne pour un imbécile.

— J'aime autant vous avertir que vous êtes bien mal partis, lance-t-il d'un ton autoritaire. Personne ne vous empêchera d'ouvrir un magasin ici, mais vous avez intérêt à vous comporter en gentleman, par exemple. Les Pelletier sont des gens respectables et tout le monde les aime. Alors, si j'étais à votre place, je les laisserais tranquilles parce que ce n'est pas seulement moi que vous aurez sur le dos. Pour vous dire à quel point ce sont des gens bien, ils n'ont pas encore porté plainte pour leurs autos ni pour leur commande. Je me ferai un plaisir de vous arrêter si vous tentez autre chose contre eux.

Roger se lève et il leur montre la porte d'un geste de la main. Il est prêt à gager que sa tante Lucille a quelque chose à voir avec l'incendie, mais les Desbiens ont eu ce qu'ils méritaient. Et puis, il n'ira certainement pas se mettre Lucille à dos, il perdrait beaucoup trop.

Chapitre 17

Depuis qu'elle est réveillée que Céline court partout, tellement qu'elle en a oublié ses maux de cœur. Dans moins d'une heure, Gertrude, Camil, René et Gisèle vont arriver. Son cher mari a enfin fini par les inviter à souper. René est le seul qu'elle ne connaît pas, mais encore, c'est vite dit pour les trois autres. Disons qu'elle les voit au magasin général et qu'ils échangent quelques mots de politesse avec elle, mais ça s'arrête là. Céline ne s'est jamais sentie aussi isolée que depuis qu'elle est mariée. Elle habiterait en plein cœur de la campagne et ce serait pareil. Lucille et Ernest sont en fait les uniques personnes qu'elle côtoie et, dans les deux cas, c'est toujours à la sauvette.

Malgré les conseils de son mari, Céline a mis les petits plats dans les grands pour impressionner ses invités. Elle ne se fait pas d'illusions, il y a peu de chances qu'ils deviennent les meilleurs amis du monde. D'abord, ils ont une bonne différence d'âge. Et puis, elle est la protégée de Lucille. Céline ne connaît pas toute la petite histoire des Pelletier, mais elle en sait assez pour se douter qu'aucun de ses membres ne doit la porter dans son cœur. Lorsque Céline a donné le menu à monsieur Potvin, il l'a regardée avec de grands yeux.

— C'est bien trop pour un seul repas, tu vas les mettre mal à l'aise.

— Faites-moi confiance, pour une fois ! l'a-t-elle supplié. Ce n'est pas comme si j'étais abandonnée à moi-même, là vous pourriez avoir des bonnes raisons de vous inquiéter. Mon professeur de cuisine va faire la plus grosse part. Et j'ai envie de leur montrer ce que je sais faire.

Céline a pris soin de parler d'envie, mais si elle s'était écoutée, elle aurait utilisé le mot besoin, parce que pour elle, c'est une occasion en or de se montrer sous un autre jour et aussi de se dissocier de Lucille, ne serait-ce que le temps d'un souper.

Tout est prêt. Postée devant la table de la salle à manger, Céline admire son œuvre. Elle a sorti la plus belle vaisselle et la coutellerie en argent. Pendant qu'elle dressait la table, elle se disait qu'elle avait de la chance de vivre ici. Elle jette un dernier coup d'œil et elle va faire sa toilette. Elle a arrêté son choix sur sa robe bleu ciel pour l'occasion. Elle remontera ses cheveux en chignon et elle portera les boucles d'oreilles et le collier que son mari lui a offerts pour son anniversaire. Elle doit admettre que monsieur Potvin a beaucoup de goût en matière de bijoux. La première fois qu'il lui en a offerts, Céline s'est dit en les voyant qu'il avait sûrement eu de l'aide pour les choisir. Le temps de quelques secondes et sa pointe de jalousie avait disparu. Tant pis si c'était le cas, puisque le plus important était qu'ils lui plaisent. La bonne nouvelle, c'est qu'elle n'est pas obligée de feindre comme c'est le cas pour bien d'autres choses, comme lorsqu'ils font l'amour par exemple. Elle ne saura jamais si son mari était meilleur au lit avec ses autres épouses, mais une chose demeure : il n'arrive pas à la cheville d'Ernest. Et si elle n'avait que monsieur Potvin pour prendre son pied, elle s'ennuierait royalement. Enfin, considérant tout ce qu'elle reçoit en échange, elle ne peut pas dire qu'elle ait fait une mauvaise affaire.

Tous les regards se posent sur Céline lorsqu'elle fait son entrée. Monsieur Potvin s'avance vers elle et il la présente à tout le monde. Céline paierait cher pour savoir ce qu'ils pensent d'elle en ce moment, mais bon, elle aura tout le temps de se créer des scénarios quand ils seront partis.

— Monsieur Potvin nous a dit que votre grossesse vous faisait la vie dure, dit gentiment Gertrude.

— C'est le moins qu'on puisse dire, répond Céline, mais je ne voudrais pas vous ennuyer avec mes petits problèmes. Je suis contente que vous ayez accepté notre invitation, j'adore recevoir.

— Il fut un temps où j'adorais ça moi aussi, renchérit Gertrude, mais avec le magasin et les enfants, ce n'est plus possible. Pour vous dire, j'ai même de la misère à recevoir mon vieux père.

— Tu es trop sévère avec toi, corrige Camil, c'est papa qui refuse toutes nos invitations sous prétexte qu'on en a déjà assez sur les bras.

En entendant Camil, Céline fronce les sourcils. Elle a écouté pourtant, mais elle se demande de quel père il parle. Le sien ou celui de sa femme ?

— Laissez-moi vous aider, Céline, lance René. Mon beau-frère n'a pas assez d'un père, ce qui fait qu'il appelle aussi le nôtre « papa ».

— Je comprends mieux maintenant, confirme Céline. Il doit être vraiment spécial, cet homme…

— Encore plus que vous pensez ! ajoute Gertrude. C'est le meilleur père que la terre ait porté.

Lorsque Gertrude réalise ce qu'elle vient de dire, elle se dépêche de revenir à la charge.

— Mais j'imagine que ce n'est pas ce que vous avez entendu sur lui.

Céline aurait préféré ne pas avoir à parler du temps où elle était à l'hôpital avec Lucille.

— Je ne voudrais pas être impolie, mais j'ai toujours préféré me faire ma propre idée sur les gens. Chaque fois que j'ai croisé votre père au magasin, il a toujours été d'une grande gentillesse avec moi. J'espère que vous ne m'en voudrez pas, mais je vous envie d'avoir un père comme lui.

Devant le sérieux de la conversation, monsieur Potvin prend les choses en main.

— Changement de sujet, dit-il, j'ai entendu dire que vous aviez récupéré votre commande.

— Ouais ! répond promptement Camil. Et ce n'est pas tout. Imaginez-vous donc qu'il y avait trois autos flambant neuves devant l'entrepôt. Et la personne qui joue à l'ange gardien avec nous avait même laissé un mot sur le pare-brise de l'une d'elles : *Pour remplacer celles qui ont été vandalisées !*

— Vous devez bien avoir une idée de qui aurait pu faire ça…

— Pas le moins du monde ! répond Gertrude. Mais le pire, c'est qu'on n'a rien entendu du tout.

Gertrude n'oubliera jamais les cris de joie d'Adrien quand il a aperçu les autos et leur commande. Il était comme un enfant à qui on venait d'offrir le cadeau qu'il attendait depuis toujours.

— Moi, dit René, j'ai ma petite idée là-dessus.

Et les discussions vont bon train jusqu'à ce que Céline et monsieur Potvin se retrouvent seuls au salon.

— Je vous remercie du fond du cœur pour cette belle soirée, dit Céline en souriant à son mari. Ils sont très gentils.

— Maintenant que je vous ai vue à l'œuvre, on pourra répéter l'expérience quand vous voudrez.

Il s'en faut de peu pour que Céline s'emporte. Savoir que son propre mari ne lui faisait pas confiance la déçoit beaucoup. Dire qu'elle avait cru que son mariage lui accorderait la chance de se bâtir une nouvelle vie !

— Si on allait dormir, ajoute monsieur Potvin en lui tendant la main.

— J'ai trop mal au cœur pour aller me coucher, prétexte-t-elle, j'irai vous rejoindre un peu plus tard.

Même si leurs ébats ne s'éternisent jamais, ce serait au-dessus de ses forces. Elle s'enroule dans la grande couverture de laine qui traîne en permanence sur le divan et elle se met à pleurer.

***

— Je te remercie pour tout, mon garçon, dit Joseph, mais il est plus que temps qu'on retourne chez nous.

Adjutor n'est pas surpris du tout. Joseph ne tient plus en place depuis qu'il lui a remis la lettre de Gertrude. C'est qu'il s'en est passé des choses, à Jonquière, depuis le mariage. Et si Adjutor était à la place de son père, il ferait exactement comme lui. Joseph ne pourra rien changer à ce qui est arrivé, mais il pourra au moins veiller sur les siens comme il s'est promis de le faire.

— J'ai vraiment connu des jours merveilleux ici, leur confie Margot, et j'espère revenir très bientôt.

— Vous venez quand vous voulez, lui confirme Arabella.

Margot a savouré chaque seconde de son séjour. Et si ce n'était pas du magasin général, elle aurait demandé à Joseph qu'ils s'installent en permanence à Saint-Irénée, tellement l'endroit lui plaît. Se lever chaque matin avec le fleuve en image de fond la remplissait de bonheur. Et la vie de village lui plaît beaucoup plus que celle de la ville. Les commérages vont bon train ici comme ailleurs, mais les jours s'écoulent plus doucement. C'est du moins l'impression qu'a Margot depuis qu'ils sont arrivés.

— Ce sera à notre tour de vous recevoir, offre bien humblement Margot.

— On ira vous voir bientôt, dit Adjutor, mais il ne faudra pas vous offusquer si on ne reste pas à coucher. Monseigneur m'en voudrait jusqu'à la fin de ses jours si on n'allait pas s'installer à l'évêché.

— Ne t'en fais pas avec ça, mon garçon, le rassure Joseph. Bon, il vaudrait mieux qu'on parte si on veut arriver un jour. Tu viens, Margot ?

Joseph est impatient d'aller voir Gertrude. Sa lettre était suffisamment explicite pour qu'il sache de quoi il en retourne, mais pas pour l'empêcher de s'inquiéter. Il connaît très peu les Desbiens, mais jamais il ne les aurait crus capables de leur faire du trouble. Il était au courant que leurs ventes avaient baissé depuis que Mérée avait ouvert son magasin, mais ça ne leur donnait pas le droit de s'en prendre à sa famille. Il y a des jours où Joseph se demande dans quel monde il vit.

— Ça ne te pèse pas trop de retourner à Jonquière ?

— Tant que je suis avec toi, répond Margot en tapotant la main de son mari, l'endroit m'importe peu. Je ne te cacherai pas que je commence à avoir hâte que les choses se placent, par exemple. Au fond, si j'ai bien compris, on a juste changé de bourreau. Je ne connais les Desbiens que de nom et j'ai déjà l'impression qu'ils sont de la même trempe que Lucille, et peut-être pire encore.

— Tu crois vraiment que c'est possible ?

— Du moins, à première vue. Et moi, j'ai très hâte de connaître le nom de leur ange gardien.

Joseph et Margot ont passé en revue tout le monde qu'ils connaissent pour essayer de trouver le nom de cet ange, sans résultat. En désespoir de cause, Joseph a même osé prétendre que c'était peut-être Lucille. La réaction de Margot a été tellement foudroyante qu'il s'est dépêché de retirer ses paroles. Elle avait ri à gorge déployée jusqu'à ce qu'elle se mette à avoir le hoquet.

— J'aurai vraiment tout entendu, avait-elle fini par dire en s'essuyant les yeux.

Et elle s'était remise à rire de plus belle sans pouvoir s'arrêter.

— Est-ce vraiment nécessaire de savoir qui il est ? demande Joseph.

— Tu as raison. En tout cas, le moins qu'on puisse dire, c'est que la vie est tout sauf ennuyante avec toi.

***

Marcella et Gertrude ne se sont pas vues depuis le mariage de leur père. Gertrude a fait plusieurs tentatives pour aller chez elle, mais toutes sans exception ont échoué à ce jour. Et chaque fois que Marcella est venue au magasin, Gertrude était toujours trop occupée pour que les deux sœurs échangent ne serait-ce que quelques mots. Ce matin, elle a dit à Camil de ne pas l'attendre avant neuf heures.

Gertrude frappe à la porte de sa sœur et elle attend qu'elle vienne lui ouvrir. Comme elle ne vient pas, elle revient à la charge. Devant le silence prolongé, elle entre.

— Marcella ? C'est moi.

Une fois de plus, personne ne répond. Gertrude ne fait ni une ni deux et elle se met en frais de faire le tour de la maison. À l'heure qu'il est, il faudrait qu'elle soit vraiment malchanceuse pour que sa sœur soit déjà sortie. La voilà devant la chambre de Marcella et de Léandre. Gertrude tourne la poignée et c'est là qu'elle aperçoit sa sœur qui dort à poings fermés. Elle s'approche et elle la secoue doucement.

— C'est Gertrude. Est-ce que ça va ?

Marcella la regarde sans trop comprendre ce que sa sœur fait dans sa chambre. Elle se frotte les yeux et elle finit par s'asseoir. La pauvre, elle bâille à fendre l'âme.

— Excuse-moi, je n'aurais pas dû te réveiller, s'excuse Gertrude. Ça n'a pas l'air d'aller.

— Tu ne le croiras pas, avoue Marcella, mais je suis encore enceinte.

— Pauvre toi ! ne peut s'empêcher de dire Gertrude. Tu en avais déjà bien assez sur les bras.

— Que veux-tu que je te dise ? Je me vomis les tripes depuis trois jours. J'étais tellement faible ce matin que je me suis évanouie. Quand Léandre a vu ça, il est parti avec les enfants chez ses parents.

— On peut dire que j'ai choisi ma journée pour venir te voir !

— Ne t'en fais pas avec ça, tu as bien fait. Ça doit faire au moins deux mois que tu n'as pas mis les pieds ici.

Plus rien n'est pareil depuis que Gertrude a emménagé au-dessus du magasin général. L'une comme l'autre courent sans arrêt. Pendant que Gertrude est occupée à servir ses clients et à veiller sur tout son monde, Marcella passe ses journées à s'occuper de ses enfants et de son mari. Évidemment, aucune n'a posé les mains sur son piano depuis un sacré bail, au point qu'il leur arrive de ne plus se souvenir qu'elles en possèdent un. Jusqu'à son entrée au couvent, Anita faisait résonner les notes de celui de Gertrude de temps en temps, mais celui de Marcella est resté totalement muet. Là-dessus, Marcella ressemble un peu à sa mère, jamais elle ne laisse pianoter ses enfants. Et quand Léandre intervient en leur faveur, elle ne manque pas de lui rappeler que c'est son piano et non celui de la famille.

— Es-tu contente d'être enceinte au moins ? lui demande brusquement Gertrude.

— Oui et non ! répond Marcella en haussant les épaules. Oui, parce que Léandre me fait toujours des beaux enfants. Non, parce que j'en ai assez. J'avais déjà du mal à faire ma besogne, imagine un peu ce que ce sera quand j'aurai accouché.

— Tu n'as pas pensé à aller voir…

Gertrude hésite à poursuivre.

— … la sorcière ?

— Jamais dans cent ans ! Monsieur le curé l'a encore dit dimanche : *Dieu sait ce qu'il fait quand il nous envoie des épreuves.*

— C'est facile de dire aux autres quoi faire quand tout le monde vous prend en charge. Je voudrais bien voir le curé en train de changer des couches, ou même d'accoucher. À mon idée, il ne ferait pas vieux os. En tout cas, tu en avais déjà assez sur les bras.

— Changeons de sujet, veux-tu ? Parle-moi du magasin.

— Prépare-toi parce que j'en ai long à te dire.

Marcella écoute Gertrude sans l'interrompre.

— Ça n'a aucun bon sens.

— Mais attends, je ne t'ai pas encore parlé du souper chez monsieur Potvin.

Et voilà Gertrude qui repart de plus belle. Elle décrit avec moult détails la toilette que portait Céline et le repas.

— Tout était parfait, conclut Gertrude, sauf peut-être Céline. Elle est très gentille, mais je trouve qu'elle sonne faux.

— J'espère que tu n'es pas assez naïve pour croire qu'elle a fait un mariage d'amour avec monsieur Potvin. Il était déjà trop vieux pour Mérée, alors imagine-toi pour elle. En tout cas, moi je ne l'envie pas. La pauvre, elle est dans la fleur de l'âge et elle s'endort soir après soir à côté d'un vieillard.

— À ta place, je ne m'inquiéterais pas pour elle. Comme te dirait Camil, elle est allée à la bonne école.

— Qu'est-ce que tu veux dire ?

— Un plus un, ça fait deux. Elle magouille avec la mère depuis assez longtemps pour avoir appris comment profiter des autres au maximum.

Marcella fixe sa sœur. Elle l'a toujours trouvée dure envers leur mère et, d'après ce que Gertrude vient de dire, ce n'est pas demain la veille qu'elle va s'attendrir à son égard. Certes, elle vient de citer Camil, mais est-ce vraiment lui qui a dit ça ? Marcella en doute. Elle n'endosse pas pour autant le comportement de Lucille, mais disons qu'il y a plusieurs circonstances atténuantes, enfin selon elle. Évidemment, elle ne se lancera pas sur ce terrain avec Gertrude, en tout cas pas aujourd'hui.

— Et même si c'était vrai ? Mets-toi à la place de monsieur Potvin pendant quelques secondes. Il est vieux et il a une jeune et belle femme à son bras. Je suis certaine que tous les hommes de son âge l'envient. Céline l'a sûrement marié pour son argent plus que pour ses beaux yeux, et après… Dans mon livre à moi, ils en tirent profit tous les deux.

— Mais attends, je ne t'ai pas encore dit qu'elle était enceinte.

— Comment suis-je supposée réagir ?

Cette fois, c'est au tour de Gertrude de fixer sa sœur. Quand Marcella réagit de la sorte, discuter devient tellement périlleux que Gertrude aime mieux arrêter de parler.

— Il faut vraiment que j'y aille, dit simplement Gertrude. Prends soin de toi, ma sœur.

Et Gertrude sort de la chambre sans se retourner. Il lui arrive de penser que Marcella est jalouse d'elle et, sincèrement, Gertrude se demande bien pourquoi. Si elle additionne ses enfants et ceux de Mérée, elle arrive nez à nez avec sa sœur pour le nombre. Il est vrai que contrairement à Marcella, Gertrude a de l'aide, mais il ne faut pas oublier qu'elle passe ses journées au magasin et que le soir, elle fait encore les comptes. Sa vie a changé du tout au tout le jour où Mérée a fermé les yeux et il lui arrive parfois de s'ennuyer de son ancienne vie.

Chapitre 18

Joseph est tombé en bas de sa chaise quand il a trouvé la lettre d'Anita bien en vue sur la table.

Cher monsieur Joseph,

J'espère que vous ne m'en voudrez pas d'être partie comme une voleuse, mais je ne pouvais pas attendre plus longtemps. Je ne pouvais pas non plus courir le risque que vous parveniez à me faire changer d'idée, c'est déjà assez dur comme ça.

Je ne vous apprendrai rien en vous disant que mon souhait le plus cher était de me marier et de fonder une famille. Je vois bien que ça n'arrivera pas. Je suis ce que je suis, mais je ne serai jamais assez pour qu'un homme veuille passer sa vie avec moi. J'ai réfléchi longuement à tout ça et j'en suis venue à la conclusion qu'il n'existait qu'une solution pour moi : rentrer au couvent. Au moment où vous lirez ces lignes, j'y serai déjà.

N'en voulez pas à Gertrude de ne vous avoir rien dit, c'est à ma demande qu'elle s'est tue. Vous avez été plus qu'un père pour moi et je vous en serai toujours reconnaissante. Je vous souhaite d'être heureux avec Margot.

Je compte sur vous pour respecter mon choix.

Anita

Alors que Joseph se faisait un plaisir de retrouver sa chère Anita, tout ce qui l'attendait, c'est une lettre pour lui dire qu'il ne la reverra plus. Joseph est dévasté par le départ de la jeune femme, encore plus par l'endroit où elle est allée se réfugier.

— Elle est entrée au couvent, dit-il d'une voix remplie d'émotion.

— Qui est entré au couvent ? se renseigne Margot.

— Anita !

Si la lettre d'Anita a eu l'effet d'une bombe sur Joseph, Margot a l'impression de venir de recevoir un seau d'eau froide en plein visage.

— Ce n'est pas sérieux ! réplique-t-elle. Voyons donc, elle va s'ennuyer à mort chez les sœurs. Il faut la sortir de là au plus vite !

— Non ! C'est son choix et on va le respecter.

— Mais tu ne comprends pas, Joseph, Anita ne sera pas heureuse, enfermée dans un couvent.

— Peut-être bien, mais ce n'est pas à nous de lui dicter sa conduite. Anita est assez vieille pour savoir ce qu'elle fait.

Margot déteste tellement tout ce qui porte une soutane qu'elle serait prête à tout pour sortir Anita de là.

— Et si ce n'était pas le cas, argumente-t-elle.

Joseph hausse les épaules. Il est le premier à vouloir aller la chercher, mais il l'aime assez pour respecter sa volonté.

— La bonne nouvelle, c'est qu'on a toute la maison pour nous, ajoute Joseph pour faire diversion. Sais-tu ce que ça veut dire ?

Pendant que Margot fait mine de chercher quoi lui répondre, Joseph s'approche d'elle et il l'enlace.

— Si on oubliait Anita pendant quelques minutes ?

***

Adrien n'en revient toujours pas que trois autos flambant neuves et la commande soient apparues comme par magie devant l'entrepôt la même nuit que l'incendie qui a brûlé la bâtisse de l'ancienne meunerie. Tout ce que Roger a bien voulu lui dire, c'est que les Desbiens l'ont achetée il y a quelques mois et que, d'après les voisins, ils étaient sur le point d'ouvrir un magasin. Toujours selon l'entourage, ils ne travaillaient que lorsque la noirceur tombait, ce qui expliquerait pourquoi personne n'était au courant de ce qu'ils tramaient. Adrien ne connaît pas beaucoup les Desbiens et s'il se fie à ce qu'il entend, il préfère de loin faire partie de la famille Pelletier que de la leur, même avec sa mère en prime. Insatisfait, Adrien poursuit son enquête. Il a beau poser des questions à gauche et à droite à tous ceux qui montent dans sa nouvelle auto, il est encore au point de départ. Plus il y pense, plus il se dit que sa mère est probablement mêlée à tout ça. Il s'est d'ailleurs promis de lui en glisser un mot quand il la verra cet après-midi.

Adrien n'ira pas jusqu'à dire qu'il est impatient de voir sa mère, mais il doit tout de même admettre que ça lui fait plaisir de passer un peu de temps avec elle. Il ne se fait pas d'illusions, ce ne sera jamais l'amour fou entre eux. Ils ont fini par trouver un terrain d'entente, mais c'est toujours Lucille qui mène le bal. Tant et aussi longtemps que cette situation lui conviendra, elle perdurera. Pour le reste, comme on dit, c'est à la grâce de Dieu. Plus il côtoie sa mère, plus Adrien trouve qu'elle a changé, enfin d'une certaine manière, puisque Lucille restera toujours Lucille. Quoi qu'elle fasse, l'excès est sa marque de commerce. Peu de femmes au foyer auraient les capacités de prendre en charge les commandes pas d'une, mais de plusieurs maisons de débauche. D'ailleurs, Adrien soupçonne depuis un bout de temps que ce n'est pas la seule activité de sa mère. La dernière fois qu'il a pris une cuite, il a entendu l'aubergiste dire à son fils d'aller avertir Lucille de leur envoyer une caisse de whisky. Adrien était dans les vapes, mais curieusement, il s'en souvenait encore lorsqu'il a émergé. Sa mère n'est pas la seule à porter ce prénom. Par contre, elle est la seule qui oserait faire le commerce de l'alcool à quelques portes des autorités. Elle a confirmé ses doutes la semaine passée quand elle lui a offert une bonne bouteille de whisky pour sa fête. Par les temps qui courent, il faut avoir de maudits bons contacts pour mettre la main sur une.

Adrien n'est pas pressé de l'ouvrir. Cette bouteille ne remplacera pas tous les anniversaires où elle n'a même pas daigné lui offrir ses vœux, mais elle a une valeur inestimable pour lui.

— Tu les as sûrement vues chez vous, dit Lucille, mais elles sont encore plus belles sur le dos des filles. J'ai toujours trouvé que Marie-Paule avait des doigts de fée, mais là je suis bien obligée de dire que son travail m'impressionne. Porte une attention particulière à la robe que portera Camille ce soir et tu m'en donneras des nouvelles.

Il est si rare que Lucille s'emporte ainsi qu'Adrien se promet de faire un X sur le calendrier en entrant chez lui.

— Vous êtes au courant que Marie-Laure travaille avec elle…

— Comme je l'ai dit à ta femme, libre à elle d'engager qui elle veut pour l'aider, mais moi, c'est uniquement avec elle que je traite.

Adrien voit bien qu'il est inutile d'insister. Même si c'était Marie-Laure qui créait la robe de A à Z, Lucille ne voudrait rien entendre.

— Quand je les compare à celles que portaient mes filles avant, je suis gênée. Il y a même un client qui m'en a commandé une pour sa femme. Tu pourras dire à Marie-Paule qu'il y a quelqu'un à Montréal qui se promènera dans une de ses robes. C'est bien pour dire, ta femme était assise sur une mine d'or et elle l'ignorait.

Marie-Paule ne s'est pas mise à vanter les mérites de Lucille parce qu'elle coud pour elle. Cependant, elle lui sera toujours redevable de l'avoir sortie de sa torpeur. Elle court après son souffle la plupart du temps, mais ça vaut la peine. Et elle s'est rapprochée de Marie-Laure au point qu'elles se sont mis à se tutoyer sans même s'en parler. Il faut les voir s'extasier devant leurs créations avant que Marie-Paule aille les livrer à Lucille, on croirait voir deux petites filles qui viennent de faire un mauvais coup.

— Je suis fier d'elle.

— Et tu as raison de l'être, ta Marie-Paule a tous les talents.

Décidément, Lucille est en feu aujourd'hui. D'aussi loin qu'il se souvienne, Adrien ne l'a jamais entendue encenser quelqu'un de cette manière, et encore moins une de ses brus à qui elle a toujours réussi à trouver tous les défauts du monde.

— Il m'arrive encore de rêver à son poulet en pot, admet Lucille en levant les yeux au ciel.

Adrien regarde à sa droite pour s'assurer que c'est bien sa mère qui est montée dans son auto il y a quelques minutes. Cette nouvelle Lucille le déstabilise totalement.

— Je ne sais pas ce que vous avez mangé pour déjeuner, dit-il, mais vous devriez garder la même recette.

Contre toute attente, Lucille met sa main sur le bras d'Adrien et le serre un peu.

— Je te remercie du compliment, mon garçon. Pourrais-tu accélérer un peu ?

C'est avec un petit sourire en coin qu'Adrien pèse sur le champignon. Gertrude va se mettre à rire quand il va lui raconter tout ce que sa mère a dit sur Marie-Paule. Adrien se frotte le menton, sa mère est de si belle humeur qu'il se dit que c'est le moment ou jamais de lui poser sa question, ce qu'il fait. Lucille commence par le regarder avec insistance.

— Écoute-moi bien, mon garçon, parce que je ne le répéterai pas. J'ai plus de défauts que bien des mères réunies, mais jamais je ne laisserai personne vous faire du mal.

Puis sur un ton autoritaire, Lucille ajoute aussitôt :

— Je suis bien à la veille de prendre le volant. Avance, Adrien !

Cette fois, Adrien éclate de rire. La seconde d'après, Lucille en fait tout autant.

Le lendemain, un coursier livrait une grande boîte à Lucille. Quand elle a vu le manteau de fourrure qu'elle contenait, elle a souri. Il ressemblait à s'y méprendre à celui qu'elle avait brûlé un jour de grande colère. Après l'avoir enfilé, elle a vu un bout de papier au fond de la boîte.

Merci de veiller sur eux !

C'est plus par principe que par curiosité que Lucille l'a retourné pour voir s'il était signé parce qu'au fond, elle savait qu'il n'y avait qu'une personne pour lui offrir un tel cadeau. Elle est montée à sa chambre pour se regarder dans le grand miroir, et c'est à ce moment que ses yeux se sont embués. Elle a enlevé son manteau et l'a rangé précieusement dans sa garde-robe. *L'hiver peut arriver quand il veut, Lucille Pelletier n'aura plus jamais froid !*

Chapitre 19

Gertrude allait barrer la porte du magasin quand elle s'est retrouvée nez à nez avec les Desbiens.

— Il faut qu'on vous parle, dit l'homme.

— Revenez demain, le magasin est fermé.

— On ne vient pas pour acheter, on vient pour parler affaires. Je m'appelle Charles Desbiens et voici Pierrette, ma femme. On est propriétaires du magasin général de Chicoutimi.

S'ils croyaient épater Gertrude en se présentant, c'est raté. Elle n'a vraiment pas envie de s'asseoir à table avec eux, surtout pas maintenant. Les enfants l'attendent de pied ferme pour souper. Camil n'est pas encore rentré et Gisèle a fini sa journée il y a plus d'une heure. Quant à monsieur Potvin, il passe très rarement au magasin depuis qu'il est marié.

— Je suis désolée, mais vous allez devoir revenir un autre jour.

— Quand ? insiste la femme d'un ton autoritaire.

— Demain à la même heure. Je vous souhaite une bonne soirée !

Gertrude se demande bien ce qu'ils peuvent leur vouloir. De prime abord, elle ne les a pas trouvés très sympathiques. Il est clair qu'ils n'ont pas marqué de points en voulant ouvrir un nouveau magasin général sans en parler à personne. Depuis qu'elle l'a appris, Gertrude croit dur comme fer qu'ils ont quelque chose à voir dans le bris de leurs autos et le vol de leur commande. Aussitôt qu'elle met les pieds dans son logement, elle est tout de suite emportée dans un tourbillon infernal qui l'empêche de penser plus longtemps aux Desbiens et à la raison de leur petite visite.

Ce n'est que lorsque les enfants sont tous couchés qu'elle y repense et qu'elle s'empresse d'en parler à Camil.

— Ils ne t'ont rien dit ? s'informe Camil.

— Mettons que c'est moi qui ai coupé court, avoue Gertrude.

— Ils veulent peut-être acheter notre magasin maintenant que le leur a brûlé… lance Camil en tapant un clin d'œil à sa femme.

Devant son regard interrogateur, Camil ajoute :

— Penses-y seulement deux minutes. Le nôtre roule bien mieux que celui de Chicoutimi.

— Et tu serais prêt à leur vendre ?

— Tout ce que j'ai dit, corrige Camil, c'est que je crois qu'ils veulent acheter le nôtre. Pour ce qui est de vouloir leur vendre ou non, je te rappelle que je ne possède que dix pour cent des parts.

Gertrude n'a pas envie de prolonger le sujet plus longtemps, pas plus qu'elle souhaite dire à son mari qu'elle rêve parfois qu'elle n'est plus obligée de travailler autant. Cela étant dit, elle n'a jamais pensé à vendre le magasin de Mérée. C'est l'héritage des enfants de son amie, et Gertrude va se donner corps et âme pour le faire fructifier jusqu'à ce qu'ils soient en âge de prendre la relève. Dans moins d'un an, le plus vieux de Mérée sortira du collège avec son diplôme en poche. Il sera alors fin prêt à prendre la place qui lui revient au magasin… et Gertrude pourra passer plus de temps avec ses enfants.

— On verra bien de quoi il en retourne demain, conclut Gertrude. Ça te dirait d'aller marcher en ville ?

Si Gertrude pouvait lire dans la tête de Camil, elle lui proposerait plutôt de jouer une partie de cartes. Son cher mari se garde bien de lui en parler, mais sa jambe droite le fait de plus en plus souffrir.

— Si c'est tout ce que ça prend pour te faire plaisir, allons-y!

Depuis que Gertrude a décidé de ne plus avoir peur de croiser sa mère, elle sollicite Camil au moins trois fois par semaine pour aller marcher.

— C'est vrai, s'exclame Gertrude, je ne t'ai pas dit que Marie-Paule est passée au magasin ce matin pour me montrer la robe qu'elle venait de faire pour une des catins de la mère. Je ne te mens pas, je n'avais jamais rien vu d'aussi beau.

— Il me semblait que Marie-Laure lui donnait un coup de main.

— Elles travaillent toujours ensemble. Je ne sais pas exactement qui fait quoi, mais tout ce que je peux te dire, c'est qu'à deux, elles font des merveilles. Je n'ose même pas imaginer le prix des tissus que la mère leur fournit. Une chose est certaine, ce n'est pas demain la veille qu'on va se mettre à les vendre au magasin.

Ce que Gertrude ne dit pas, c'est qu'elle meurt d'envie de s'offrir une robe cousue par les doigts de fée de ses belles-sœurs. À vrai dire, Gertrude en a plus qu'assez de porter du foncé, elle a besoin d'un peu de couleur dans sa vie. Elle en a d'ailleurs glissé un mot à Marie-Paule.

— À une condition, lui a dit sa belle-sœur, vous devez me promettre d'être patiente. Avec tout l'ouvrage que j'ai, il va falloir que je la fasse à temps perdu.

— Et pour le tissu?

— Vous n'avez qu'à me donner votre couleur préférée et je vais m'arranger pour le trouver.

— Êtes-vous en train de me dire que vous allez demander à la mère de vous en vendre pour faire ma robe?

— Laissez-moi m'arranger avec ça.

Il y a déjà un bon mois que Marie-Paule a pris ses mesures. Chaque fois qu'elle vient au magasin, elle se fait un devoir de lui répéter d'être patiente. Tout ce que Gertrude espère, c'est de ne pas engraisser d'ici à ce que sa robe soit terminée.

— Tu ne trouves pas ça curieux, toi, que la mère ait choisi Marie-Paule comme couturière ?

— C'est peut-être sa manière de s'excuser, répond distraitement Camil. Mais il ne faudrait pas que tu oublies que ta mère est une ratoureuse et qu'elle ne fait jamais rien pour rien.

— Tant qu'à ça, tu as bien raison. Je ne suis pas encore prête à la mettre sur un piédestal, mais on peut quand même dire qu'elle s'est améliorée.

— Je ne voudrais pas t'enlever tes illusions, disons plutôt qu'elle est trop occupée pour penser à ce qu'elle pourrait faire pour nous pourrir la vie.

— Je te trouve bien injuste avec ta belle-mère, raille Gertrude.

— S'il fallait que je m'arrête à tout ce qu'elle nous a fait endurer, il y a longtemps que je ne lui adresserais plus la parole.

— Et moi donc !

C'est vrai qu'ils n'ont pas volé qu'elle les laisse un peu tranquilles. Ils auraient profité bien plus de cette accalmie si d'autres ne s'en étaient pas pris à leurs biens.

— Peux-tu m'expliquer pourquoi il y a toujours quelqu'un pour s'en prendre à nous ? demande Gertrude.

— Monsieur le curé te répondrait sûrement que c'est parce qu'il faut gagner son ciel.

— Si c'est vrai, alors j'ai dû gagner celui de plusieurs personnes depuis ma naissance !

***

Céline lui fait toujours la tête depuis le fameux soir où ils ont reçu Gertrude, Camil, Gisèle et René. Monsieur Potvin a essayé de l'amadouer plusieurs fois sans parvenir à faire sortir sa jeune épouse de son mutisme. Il commence à en avoir assez de dormir seul dans son grand lit et, surtout, de ne pas pouvoir profiter du corps de déesse de Céline. Il a multiplié ses visites au bordel sans y trouver beaucoup de satisfaction. Le bordel, c'était correct quand il n'avait pas de femme à la maison, mais maintenant qu'il en a une, ça sert juste à assouvir les petites fantaisies que jamais il n'oserait demander à sa femme.

Aux grands maux, les grands moyens ! Monsieur Potvin est allé voir Lucille pour lui demander conseil.

— J'ai rarement vu quelqu'un d'aussi entêté ! s'est exclamé Lucille. Pour vous montrer à quel point, elle a préféré rester enfermée plutôt que de dire où elle avait caché son fils, et je parie qu'elle le serait encore si je ne m'étais pas mise après elle pour qu'elle crache le morceau.

Si c'est un défaut pour Lucille, monsieur Potvin voit ce genre de comportement d'un bon œil. Il a toujours apprécié les gens qui ont du caractère, et ce, même quand ça joue contre lui.

— Elle ne m'en a jamais parlé.

— Il faut la comprendre, elle a toujours tenu à son fils comme à la prunelle de ses yeux. Mais revenons à nos moutons. C'est simple, vous n'avez qu'à lui offrir un bijou, ça marche à chaque fois avec elle. Vous pourriez lui offrir une belle broche pour mettre sur son manteau.

C'est donc avec une petite boîte à la main que monsieur Potvin fait son entrée ce soir dans la salle à manger. Il prend place à table et il attend que Céline s'assoie avant de déposer son cadeau devant son bol de soupe aux pois. Les yeux de sa femme s'illuminent aussitôt, ce qui lui donne bon espoir de ramener les choses entre eux.

— Ouvre-le vite, dit-il, c'est pour me faire pardonner.

Honnêtement, monsieur Potvin est incapable de se rappeler ce qu'il a bien pu dire pour que sa femme lui en tienne rigueur avec autant d'acharnement. Vu qu'il n'en est pas à son premier mariage, ça fait longtemps qu'il a compris qu'avec les femmes, rien ne vaut des excuses sincères et un présent pour détourner leur attention.

— Ah mon Dieu ! s'exclame-t-elle en ouvrant la boîte. Je n'ai jamais rien vu d'aussi beau.

C'est dans un élan du cœur que Céline se lève pour aller se pendre au cou de son mari.

— Elle sera magnifique sur mon manteau de drap. Merci !

Et elle retourne à sa place sous le regard amusé de monsieur Potvin. C'est cette femme qu'il a épousée et c'est elle qu'il veut garder près de lui jusqu'à ce que la mort l'emporte. La voir sourire ainsi le rend heureux et elle le fait se sentir plus jeune.

— Il faut que je te parle, Céline.

La jeune femme se rembrunit instantanément et, sans même s'en rendre compte, elle se met sur ses gardes.

— Je t'en prie, garde ton beau sourire, il ne t'arrivera rien de fâcheux !

Monsieur Potvin trempe sa cuillère dans son bol de soupe pour la reposer la seconde d'après. À voir l'air de sa femme, il se dit qu'il est mieux de vider son sac au plus vite.

— Bon ! D'abord, je veux que tu saches que je suis un homme heureux depuis que tu es entrée dans ma vie et que la dernière chose que je souhaite, c'est te faire de la peine.

Monsieur Potvin se gratte le front et il poursuit :

— Je ne suis pas assez bête pour croire que c'est la même chose pour toi. Je suis au courant, pour Ernest.

Si l'intention de son mari était de la déstabiliser, c'est réussi. Céline est blanche comme un drap et de grosses gouttes de sueur perlent sur son front. Monsieur Potvin lui tend son mouchoir.

— Comment l'avez-vous su ? lui demande Céline d'une voix mal assurée.

— Je l'ai suivi, répond monsieur Potvin en haussant les épaules. J'ai très vite remarqué qu'il sortait du bordel chaque fois que j'y entrais. Enfin, je ne vous demande qu'une chose : continuez d'être discrets.

Alors que Céline se voyait déjà à la rue avec son maigre bagage, voilà que son mari encourage sa relation extraconjugale avec Ernest. Elle était loin de s'attendre à une telle réaction de sa part le jour où il découvrirait le pot aux roses.

— Tu comprends, je n'ai pas envie d'être la risée de toute la ville de Jonquière. Je sais aussi que l'enfant que tu portes n'est pas le mien. Madame de Minier a tout fait pour me convaincre du contraire, seulement il y a très longtemps que j'ai cessé de croire aux miracles. J'imagine que c'est celui d'Ernest, mais je ne veux pas le savoir. Je...

Disons que depuis le décès de Mérée, sa relation avec Dieu a changé du tout au tout. Il va à la messe le dimanche et il va à la confesse aussi, mais c'est juste pour les apparences. Le lendemain de l'enterrement de sa deuxième femme, il est allé voir le curé et lui a dit que chaque fois qu'il entrerait dans son confessionnal, ce serait pour lui parler de tout et surtout de rien. Le curé avait usé de tout ce qu'il pouvait pour lui faire entendre raison sans y parvenir. Il avait même osé brandir le spectre de l'enfer pour le faire changer d'idée, mais encore là, monsieur Potvin avait résisté à ses menaces. L'enfer faisait partie de sa vie depuis la mort de sa première femme. Il n'était jamais très loin.

Monsieur Potvin prend son temps pour trouver les bons mots.

— Je vais l'élever comme si c'était le mien.

Cette fois, c'est trop pour Céline. Elle a si chaud qu'elle a peur de s'évanouir. Elle se fait du vent avec sa main et elle cherche son souffle. Il faudrait au moins qu'elle s'excuse.

— C'est inutile de te mettre dans cet état, ma belle enfant, je ne suis pas là pour t'attaquer, seulement pour mettre les choses au clair entre nous. Et je n'attends pas d'excuse de ta part non plus. Je ne connais pas tout de ta vie, mais j'en connaissais assez pour savoir dans quoi je m'embarquais, et je n'ai jamais eu l'ombre d'un regret.

Monsieur Potvin caresse délicatement la joue de Céline. Alors qu'elle n'a pas l'habitude de ressentir grand-chose à son contact, cette fois c'est différent. Elle se tourne vers lui et elle lui sourit.

— Il faut qu'on parle de Raymond maintenant.

Le visage de Céline reprend aussitôt des couleurs.

— Quand est-ce qu'on va le chercher? demande-t-elle avec empressement. J'ai tellement hâte de le serrer dans mes bras.

Monsieur Potvin sait d'avance que ce qu'il s'apprête à lui dire ne fera pas son affaire.

— J'ai quelque chose de mieux à te proposer. Je suis encore allé voir la police de Chicoutimi hier, et même en payant le gros prix, on ne pourra pas reprendre Raymond. Ton fils a été adopté officiellement et à moins de l'enlever, il ne sera jamais avec toi.

Céline blêmit d'un coup. Monsieur Potvin met la main sur son bras.

— Écoute bien ce que je vais te dire. Je vais rendre visite à ses parents adoptifs et je vais tout faire pour qu'ils acceptent que tu voies ton fils. Je suis même prêt à les payer s'il le faut.

— Mais ils n'accepteront jamais ! s'écrie Céline en larmoyant. Vous semblez oublier que j'ai déjà enlevé Raymond et que je les ai privés de lui pendant toute une année.

— Ça ne fait pas de toi une mauvaise personne pour autant.

— Ils ne me le pardonneront jamais, en tout cas pas Laurier. Déjà qu'il ne me portait pas dans son cœur quand j'ai débarqué dans leur vie, il va tout faire pour m'éloigner.

Céline s'essuie les yeux du revers de la main. L'espoir de revoir son fils est la seule chose qui la motive à se lever le matin. Si elle le perd, qui sait ce qu'il adviendra d'elle.

— Il y a quelque chose que vous devez savoir, ajoute Céline après avoir reniflé un bon coup, Laurier n'est pas le père de Raymond.

— C'est pourtant ce qui est inscrit sur son certificat de naissance, dit monsieur Potvin, je l'ai vu de mes yeux.

— Pour être franche, je ne pourrais pas dire avec certitude de qui il est, confesse Céline. Disons que les choses ne se sont pas passées comme je le souhaitais. Je voulais à tout prix avoir Laurier. Je savais qu'il était marié, mais ce que j'ignorais, c'est que Charlotte, sa femme, était pratiquement toujours à l'orphelinat de l'hôpital où j'ai accouché. J'ignore comment elle a su pour Raymond, mais quand je suis revenu à Chicoutimi pour voir Laurier et reprendre mon fils, il venait d'être adopté. Je ne vous dis pas à quel point j'étais désespérée.

Et Céline lui raconte son histoire dans ses moindres détails.

— Tu as agi comme une mère qui aime son enfant, la défend monsieur Potvin en lui tapotant doucement le bras. Demain à la première heure, j'irai leur rendre visite.

— Vous ne comprenez pas, je ne veux pas voir mon fils de temps en temps, je veux qu'il vive avec moi, ou plutôt avec nous. Je veux avoir une vraie famille, ce n'est quand même pas trop demander.

— Même si je voulais te satisfaire – ce que je veux, en fait –, je ne le pourrais pas. Je tiens trop à toi pour courir le risque qu'ils t'arrêtent. Je pourrais leur offrir de venir s'installer à Jonquière, et pourquoi pas dans la maison voisine de la nôtre. Je ne t'en ai jamais parlé, mais elle m'appartient.

— Mais pourquoi viendraient-ils s'installer ici?

— J'ai ma petite idée là-dessus!

Monsieur Potvin se lève de table et il vient se placer à côté de sa femme.

— Viens, que je te serre dans mes bras. J'ai promis de veiller sur toi en t'épousant et c'est ce que je ferai jusqu'à mon dernier souffle. Je ne te demande pas grand-chose en échange, seulement que tu sois là. Et je suis même prêt à aller une fois de plus au bordel, si tu ne veux plus faire ton devoir conjugal avec moi. Je tiens à toi comme à la prunelle de mes yeux, mais je comprendrais que tu veuilles t'en tenir au minimum.

C'est un regard voilé de larmes que Céline pose vers son mari. Il n'est pas l'amour de sa vie et il ne le deviendra pas, même s'il lui offre la lune. Mais elle lui doit tant qu'elle se verrait très mal se refuser à lui.

— Je veux qu'on continue à se comporter comme le fait un couple.

— Tu ne peux pas savoir à quel point tu me fais plaisir, ma belle enfant. Demain, j'irai à Chicoutimi et je te promets que je reviendrai avec des bonnes nouvelles.

— J'aimerais y aller avec vous, l'implore Céline.

— Ce ne serait pas une bonne idée.

C'est alors que Céline s'évanouit sans aucun avertissement dans les bras de son mari.

Chapitre 20

— Qu'est-ce que vous avez décidé de faire, finalement? s'informe René.

— Leur offre est alléchante, dit Gertrude. En même temps, si c'est eux qui ont abîmé les autos et volé notre commande, je refuse de les avoir comme associés. Je serais incapable de travailler avec des gens à qui je ne fais pas confiance.

— J'ai bien peur qu'on ne vive jamais assez vieux pour connaître la vérité, réagit Camil. Entre vous et moi, qu'ils soient coupables ou non, ça ne change pas grand-chose, puisque dans les faits on n'a rien perdu. Moi, je trouve que c'est une offre très raisonnable. Elle nous permettrait de récupérer un bon petit magot pour nous et pour les enfants de Mérée et, en restant majoritaires, ils ne pourront rien faire sans obtenir notre accord.

Occupée à faire du thé et à mettre quelques galettes au sirop sur une assiette, Gisèle ne perd pas un seul mot de la discussion. Depuis qu'elle est revenue du magasin qu'elle jongle à tout ça. Une minute, elle est prête à foncer. Celle d'après, elle se dit que ça ne vaut pas le coup.

— C'est vrai que ça aurait pu être pire, confirme Gertrude, et je vous avoue que je ne détesterais pas passer une journée à la maison de temps en temps.

— Si ce n'est que ça, lance Camil, on n'a qu'à engager quelqu'un d'autre. On n'est pas riches, mais on a quand même les moyens de payer, en tout cas pas mal plus que lorsque Mérée a pris la relève de monsieur Potvin. Ce qu'il faut se demander, c'est ce que les Desbiens feront, si jamais on refuse de les prendre pour associés.

— Ils vont sûrement ouvrir un autre magasin, s'écrie René, ils ont toujours été en affaires.

— Je veux bien croire, mais il ne faudrait pas oublier que celui qu'ils allaient ouvrir a passé au feu, ajoute Gertrude.

— Crois-moi, avance René, ce n'est pas ça qui va les mettre sur la paille. Les Desbiens ont toujours été considérés parmi les gens les plus riches de la région, et ce n'est pas demain que ça va changer.

Gertrude regrette que monsieur Potvin ait refusé de se joindre à eux. D'accord, il lui a dit qu'il se rallierait à leur décision, mais ils sont loin de posséder son expérience. Sur le coup, sa marque de confiance a touché Gertrude. Ce n'est que lorsqu'elle a annoncé la nouvelle à Camil qu'elle a réalisé qu'elle aurait dû insister jusqu'à ce qu'il finisse par dire oui.

— Si ce que tu avances est vrai, dit Camil, on est mal partis.

— J'ai beau revirer la question de tous bords tous côtés, s'exclame Gisèle en déposant la théière et les galettes sur la table, je n'arrive pas à voir clair dans leur jeu. Supposons que c'est eux qui ont vandalisé les autos et volé notre commande. Supposons qu'ils avaient l'intention de se servir de notre commande pour ouvrir leur magasin. Supposons aussi que les autos qui se sont retrouvées comme par magie devant notre entrepôt étaient à eux. Un plus un, ça fait deux. On ne pouvait plus faire de livraisons tant et aussi longtemps que nos autos n'étaient pas réparées, ce qui leur laissait le champ libre pour prendre la relève. Et sans notre commande, nos tablettes se seraient vidées en moins de quelques jours. Entre vous et moi, nos clients seraient sûrement allés faire leurs achats à leur nouveau magasin. Permettez-moi de croire qu'ils ne se seraient pas gênés pour s'en prendre encore à nous, si un ange n'avait pas mis le feu à leur foutu magasin. Alors, si vous voulez mon avis, jamais je ne voudrai m'associer à des gens comme eux. Comme je n'ai que dix pour cent des parts, je ferai comme monsieur Potvin et je me rallierai à votre décision.

Ce n'est pas exactement le genre de discours que Gertrude et Camil voulaient entendre. Tout comme Gisèle et monsieur Potvin, ils ont dix pour cent des parts. Les soixante pour cent restants appartiennent aux enfants de Mérée. C'est pourquoi la décision qui leur incombe revêt encore plus d'importance à leurs yeux, puisque Mérée a eu la bonne idée de mettre l'avenir de ses enfants entre leurs mains.

— J'ai l'impression d'être prise au piège comme un vulgaire lièvre, leur confie Gertrude en se prenant la tête. Si on refuse leur offre, ils vont se virer de bord et ouvrir un autre magasin. Tant qu'à y être, pourquoi pas sur le terrain vacant juste en face du nôtre ? Et si on accepte d'en faire nos associés, qui sait ce qu'ils nous réservent. En résumé, on est cuits dans tous les cas.

— Vous avez jusqu'à quand pour leur donner votre réponse ? demande René.

— Deux jours en comptant aujourd'hui ! répond Camil.

* * *

Monsieur Potvin a tout de suite vu qu'il avait surestimé son pouvoir de persuasion. Assise au bout de la table, Charlotte l'écoute poliment.

— Vous n'avez pas l'air d'être conscient de ce que vous me demandez, dit-elle. Laissez-moi vous parler un peu de Céline. Elle a tout fait pour se rapprocher de son fils. Et moi, comme une imbécile, j'ai même accepté de l'héberger. Laurier était furieux quand il l'a vue en train de bercer Raymond. Inutile de vous dire qu'il l'était encore plus quand je lui ai appris que Céline resterait avec nous. Ça a failli me coûter mon mariage. Je la défendais chaque fois qu'il osait dire quelque chose de travers sur elle. Je vous laisse imaginer la scène. J'ai obligé mon mari à vivre sous le même toit que sa maîtresse, que dis-je, que la mère de son fils illégitime. Et moi, pas plus fine, j'étais obligée de partager ma maison avec ma rivale. Je n'aurais jamais dû la laisser entrer chez nous, mais j'ai eu pitié d'elle. Je vous mentirais si je vous disais que j'avais pleine confiance en Céline. En fait, je ne la laissais jamais seule avec les enfants, sauf une seule fois… et elle les a enlevés tous les deux.

Monsieur Potvin regarde Charlotte avec empathie. Plus il l'écoute, plus il réalise que ce qu'il est venu lui demander n'a pas de sens.

— Je me vois encore en train d'hésiter avant de donner le signal à mon cheval pour qu'il avance. Je n'aurais pas dû aller au magasin sans les enfants. Tout ça pour mettre un peu de sucre sur le dessus des brioches. J'y pense chaque fois que je pose les yeux sur Raymond.

— J'ignorais qu'elle avait aussi enlevé votre fille.

— Il serait plus juste de dire qu'elle a demandé à ma voisine de la garder jusqu'à ce que je revienne. Mettez-vous à ma place une minute. J'ai fait aussi vite que j'ai pu pour revenir avec le sucre et tout ce que j'ai trouvé en arrivant, c'est un mot sur la table.

Charlotte se lève et va le chercher dans le meuble qui lui sert de buffet. Elle le tend à monsieur Potvin.

— Vous devriez le brûler, lui dit-il, ce n'est pas bon, de toujours ressasser les mauvais souvenirs.

— Je vais vous dire pourquoi je le garde. Parce que je ne veux pas oublier ce qu'elle a fait, pas seulement à mon mari et à moi, mais à son fils.

— Loin de moi l'idée de prendre sa défense, mais vous êtes-vous déjà demandé comment vous auriez réagi s'il vous était arrivé la même chose qu'à elle ?

— Ah oui, monsieur !

Il existe tout un monde entre ce qu'on peut penser et ce qu'on veut bien avouer aux gens. Charlotte fixe monsieur Potvin comme si elle voulait sonder son âme.

— La même chose qu'elle !

Monsieur Potvin reçoit la réponse de Charlotte comme un cadeau du ciel. Elle ne lui garantit en rien qu'elle va accéder à sa demande, mais au moins elle vient de lui démontrer qu'il y a de l'espoir.

— Je vous remercie de votre honnêteté.

— Ce n'est pas la peine, réplique Charlotte, je veux être capable de me regarder dans le miroir sans penser que je suis une mauvaise personne. Je vais vous faire une confidence, je n'en veux pas à Céline. Cela étant dit, ça ne signifie pas que je suis prête à lui pardonner ce qu'elle a fait, même si je comprends son motif. Je suis contente de savoir qu'elle a enfin trouvé quelqu'un pour veiller sur elle. Disons que Céline a juste eu moins de chance que moi.

Charlotte fronce les sourcils. La seconde d'après, elle ferme les yeux comme si ce geste tout simple pouvait l'aider à réfléchir. Voilà maintenant qu'elle joint les mains en mettant ses index sous son nez et ses pouces sous son menton.

— J'aime autant vous dire que vous êtes mieux de vous armer de patience, si vous voulez convaincre Laurier de la revoir un jour.

— Sans vouloir vous manquer de respect, il lui a quand même fait un enfant.

— C'est ce qu'elle prétend. Pour revenir à mon mari, il refusera de mettre son fils en danger même si c'était pour sauver la vie de Céline.

Monsieur Potvin se doutait que Charlotte serait seule à la maison en plein cœur de l'après-midi. Céline lui avait parlé d'elle en termes élogieux et elle avait insisté pour qu'il comprenne bien que Laurier a tout un caractère. Après ce que Charlotte vient de lui dire, monsieur Potvin réalise qu'il n'est pas au bout de ses peines.

— Et vous ?

— Je suis prête à aller voir Céline avec les enfants la prochaine fois que j'irai à Jonquière.

— Et si je venais vous chercher en auto ?

— Ne me rendez pas les choses plus difficiles qu'elles le sont. J'irai la voir jeudi prochain et, si tout se passe bien, je verrai pour la suite des choses.

— Merci, Charlotte ! Est-ce que vous permettez que je vous appelle par votre prénom ?

— Si vous voulez. J'imagine que vous aimeriez voir Raymond avant de partir. Je vais le chercher, je l'entends babiller.

Céline attend le retour de son mari avec impatience. Elle est tellement nerveuse qu'elle est incapable de faire quoi que ce soit. En désespoir de cause, elle est allée s'asseoir devant la fenêtre du boudoir et elle attend que les heures s'écoulent. *Le voilà enfin !*

Elle attrape son châle au passage et elle court rejoindre monsieur Potvin. Elle a fait tellement vite qu'il sursaute en l'entendant frapper à la fenêtre de son auto.

— J'ai une bonne nouvelle pour toi, annonce-t-il en sortant de son auto.

Le visage de Céline s'illumine aussitôt.

— Parlez, je vous en supplie !

— Commençons par entrer dans la maison.

Monsieur Potvin entraîne sa femme à la cuisine et il se sert un grand verre d'eau. Céline n'a pas besoin de lui dire à quel point elle est impatiente d'entendre ce qu'il a à dire, il le sent. Il cale son verre d'un trait et il se met en frais de lui raconter sa discussion avec Charlotte. À mesure qu'il parle, le visage de Céline perd ses couleurs.

— Je savais que c'était trop beau pour être vrai. Après ce que j'ai fait, je ne mérite pas leur confiance.

— Mais laisse-moi au moins finir ! l'implore monsieur Potvin.

L'annonce de la visite de Charlotte et des enfants redonne un peu d'espoir à Céline.

— Tu attendais plus que ça, je le sais, mais c'est quand même un bon début.

— En réalité, avoue Céline, n'importe qui d'autre que Charlotte vous aurait claqué la porte au nez. Je vous suis très reconnaissante de ce que vous avez fait et j'ai très hâte à jeudi.

— Cette Charlotte est vraiment quelqu'un de bien.

— Et d'une bonté rare.

Céline pourrait ajouter que c'est justement sa bonté qui lui a fait perdre son fils adoptif. Au lieu de ça, elle s'approche de son mari et lui passe les bras autour du cou.

— Merci ! Je ne sais vraiment pas ce que je ferais sans vous.

Chapitre 21

— Je continue à penser qu'ils n'auraient pas dû s'associer aux Desbiens, lance Margot, et je m'inquiète pour l'avenir du magasin. S'il fallait que…

Mais Joseph ne la laisse pas finir sa phrase.

— Veux-tu bien arrêter de t'en faire ! J'imagine qu'ils ont pesé le pour et le contre avant de signer. Fais-leur confiance un peu.

— C'est aux Desbiens que je ne fais pas confiance. J'ai beau essayer, je n'y arrive pas. Pour tout te dire, je commence même à me demander comment je vais faire pour travailler avec eux. Je leur donne un mois et ils vont vouloir prendre le contrôle du magasin.

— Ils ne pourront pas, ils ne sont pas majoritaires.

— On verra bien si j'ai raison !

Depuis que les Desbiens se sont pointés au magasin que Margot est sur leur dos. Elle a parlé de ses inquiétudes à Gertrude, à Camil, à Gisèle et, bien sûr, à monsieur Potvin, mais elle n'a pas réussi à les faire changer d'avis. Gertrude a même pris le temps de lui exposer les tenants et les aboutissants de leur situation sans rien lui cacher. Plutôt que de la rassurer, ses propos ont conforté Margot dans son idée et elle est revenue à la charge auprès de chacun d'eux jusqu'à ce que les papiers soient signés.

— Je suis sûr que tu t'en fais pour rien, ajoute Joseph d'un ton rassurant. Mon père avait l'habitude de dire qu'il faut donner une chance au coureur.

— Le mien disait la même chose, mais tu sais comme moi que la réputation des Desbiens n'est plus à faire. Au cas où tu ne le saurais pas, il n'y a pas grand monde qui les porte dans leur cœur. Je sais de quoi je parle, il ne se passe pas une journée sans que quelqu'un casse du sucre sur leur dos. Le pire, c'est que Gertrude, Gisèle et Camil entendent les mêmes choses que moi.

C'est la première fois que Margot s'en prend à quelqu'un avec autant d'énergie. Cette histoire la gruge tellement qu'elle altère son éternelle joie de vivre.

— Je n'aurais jamais cru que je dirais ça un jour, ajoute Margot, mais ils auraient dû en discuter avec Lucille.

— Tu n'es pas sérieuse, j'espère ?

— Oh oui ! Ma sœur a bien des défauts, et je ne te cacherai pas que l'accalmie qu'elle nous offre depuis un bout de temps me fait beaucoup de bien, mais elle aurait pu les aider à y voir clair.

Joseph a un peu de mal à suivre. Alors qu'ils ont tout fait pour éloigner Lucille du magasin et de leur vie, voilà que Margot serait prête à la faire entrer par la grande porte.

— Je ne suis pas de ton avis, Margot. Lucille est très bien là où elle est. Fais-moi plaisir et oublie toute cette histoire avant de te rendre malade. Veux-tu m'accompagner chez Adrien ? J'ai promis à mes petits-enfants de passer les voir.

Margot ne lui répond pas tout de suite. Lorsque quelque chose la préoccupe à ce point, elle a du mal à le cacher. Comme elle n'aime pas embêter ceux qui ne sont pas concernés avec ses humeurs, elle hésite à y aller.

— Viens donc, ça va te faire du bien de te changer les idées. Je vais t'attendre dehors.

Joseph a eu raison d'insister. Margot était à peine entrée que les garçons l'assaillaient de tous bords tous côtés.

— Suis-nous grand-maman, lui dit Michel, on va te jouer la nouvelle pièce qu'on a apprise.

— Mais on ne la sait pas assez pour la jouer, objecte vivement André qui accepte de jouer avec son frère de temps en temps.

— Ce n'est pas grave, argumente Michel, grand-maman Margot ne nous chialera pas même si on se trompe. Elle n'est pas comme la vieille grand-mère.

C'est plus fort qu'elle, Margot sourit chaque fois qu'elle les entend appeler Lucille de cette façon.

— Mes oreilles sont assez solides pour tout entendre ! s'exclame-t-elle en prenant la main des garçons. Je pourrai même vous jouer la pièce qu'Anita m'a montrée avant de rentrer au couvent.

— Anita était bien trop fine pour faire une sœur, dit André.

— Pourquoi dis-tu ça ? le questionne Michel. Sœur Bibiane est très gentille.

— Mais pas la directrice, par exemple. Elle m'a mis en punition l'autre jour parce qu'elle m'avait vu rire dans les rangs. Comme je l'ai dit à maman, c'est la vieille grand-mère qui aurait dû rentrer chez les sœurs, pas Anita.

— Qui commence ? leur demande Margot.

* * *

Les affaires de Lucille vont tellement bien qu'il y a des jours où elle ne sait plus où donner de la tête, ce qui ne l'empêche pas de faire des projets.

— En avez-vous parlé à votre bru ? s'informe Ernest.

— Il n'y a pas de presse ! le rabroue Lucille. On va commencer par trouver une place pour s'installer avant de répandre la bonne nouvelle.

— Je veux bien croire, mais vous devriez peut-être vous assurer que les femmes vont vous suivre. N'oubliez pas qu'elles sont habituées de travailler à la maison.

— Et elles vont pouvoir continuer à le faire ! Ce n'est pas pour elles que j'ai besoin d'un espace, c'est pour ranger les tissus et les robes. Tu sais aussi bien que moi qu'à force d'agrandir par en dedans, la maison déborde de partout.

Comme bien des gens, Lucille est victime de son succès. Elle reçoit de plus en plus de commandes de la part des clients du bordel pour qu'elle leur fasse faire des robes pour leurs femmes. Inutile de dire que ces messieurs ne veulent pas qu'elles soient identiques à celles des catins, mais ils veulent qu'elles aient autant de panache dans leur genre. La dernière fois que Lucille a vue Marie-Paule, elle lui a demandé si elle serait intéressée à créer des modèles pour les femmes ordinaires.

— J'en ai déjà dessiné plusieurs, lui a dit sa bru. Je peux vous les montrer, je les ai justement avec moi.

Sa belle-fille est si talentueuse que Lucille n'a pas pu faire autrement que de s'extasier devant chacun des modèles.

— Et celui-là, a ajouté Marie-Paule, c'est celui de la robe que je suis en train de faire pour Gertrude.

— Ma Gertrude ?

Il s'en est fallu de peu pour que Marie-Paule éclate de rire. Depuis le temps qu'elle côtoie Lucille, c'est le premier mot doux qui sort de sa bouche pour parler de Gertrude.

— Oui ! Elle va venir l'essayer ce soir.

Lucille a même poussé l'audace jusqu'à demander quelle couleur avait choisie sa fille.

— Ça va faire ressortir ses yeux. En tout cas, j'aime autant vous le dire tout de suite, avec le talent que vous avez, vous n'êtes pas prête de manquer d'ouvrage.

Maric-Paule aurait bien aimé faire valoir ceux de Marie-Laure, mais chaque fois qu'elle s'est risquée à le faire, Lucille l'a rabrouée.

— C'est avec vous que je traite et avec personne d'autre. Moi, ce qui m'intéresse, c'est le résultat final. Je veux que mes filles soient les plus belles.

Nul doute, elles le sont. Le nombre de clients n'arrête pas d'augmenter et c'est rendu que les filles qui évoluent dans le monde du sexe veulent toutes travailler pour Lucille.

— J'ai peut-être quelque chose pour vous, dit Ernest. J'ai ouï dire qu'il y avait un local qui vient de se vider près de l'entreprise de René.

Ernest n'en dit pas plus et il attend la réaction de Lucille. Elle parle rarement de ses enfants devant lui, et jamais de René.

— Pourquoi pas ? Allons le voir !

L'effet de surprise est immédiat chez Ernest.

— Le local ou René ? demande-t-il d'un ton légèrement sarcastique.

— Et tu te trouves drôle ? On va commencer par le local.

Lucille ne s'est pas transformée en ange avec lui, mais il a appris à l'apprécier à sa juste valeur. Sa tante ne sera jamais chaleureuse avec lui, pas plus qu'elle se perdra en compliments sur son travail. Et elle aura sûrement encore de nombreuses ratées en cours de route, mais d'une certaine manière, c'est ce qui fait son charme. Depuis qu'elle gagne sa vie par ses propres moyens, elle n'est plus tout à fait la même. Elle n'aime pas le curé de Saint-Dominique plus qu'avant, même si ce dernier lui commande une fille déguisée en religieuse chaque semaine. Et elle pense toujours que Marcella devrait mettre un terme aux petites escapades de Léandre, qu'Adrien et Estrade se plaignent trop, que Gertrude n'aurait jamais dû se marier, qu'Adjutor est un ingrat, qu'Alphonse s'intéresse à elle seulement quand il peut en tirer profit, que René n'obtiendra jamais son pardon pour avoir levé la main sur elle, qu'Arté est un mou et que Joseph n'avait pas le droit de l'abandonner. Mais une fois que c'est dit, la vie suit son cours et Lucille tire son épingle du jeu comme elle seule sait le faire.

Lucille a fait le tour du local en silence deux fois plutôt qu'une.

— On le prend !

Et elle sort en catastrophe pour aller s'asseoir dans la voiture. Au moment où Ernest allait lancer son cheval, elle met la main sur son bras et lui dit :

— Attends-moi, j'en ai pour une minute.

Lucille descend de voiture et elle entre dans l'entreprise de René sans même frapper.

— La mère ? s'écrie René en la voyant. Depuis quand m'honorez-vous de votre visite ?

— Je viens de louer le local d'à côté et il y aurait quelques travaux à faire, répond Lucille sans se soucier le moins du monde de la boutade de son fils. Je me demandais si tu accepterais de les faire, mais je te paierais.

— Ça pourrait toujours s'arranger.

— Je te remercie !

Et Lucille ressort sans rien ajouter.

— Il va falloir que tu en prennes plus large, dit-elle à Ernest aussitôt assise dans la voiture, parce que toute seule, je n'y arriverai pas. Je voudrais que tu prennes le bordel de Jonquière en charge. Et si tout se passe bien, on regardera pour les autres.

— Vous êtes sérieuse ?

— Quand est-ce que je fais des farces ? lui demande Lucille d'un ton brusque. Est-ce que ça t'intéresse ?

— Certain ! Et je peux vous garantir que vous ne serez pas déçue. Ya !

***

Bien qu'Alice et Alphonse ne soient pas de ceux qui courent après les rencontres de la famille Pelletier, ils ont beaucoup aimé celle qui a eu lieu chez Adjutor pour le mariage de Joseph et de Margot. Au départ, Alphonse n'était pas chaud à l'idée que son père marie cette tante Margot dont il n'avait jamais entendu parler. Ajoutons à cela qu'il ne comprenait pas trop comment son père avait pu faire annuler son mariage avec sa mère alors qu'elle est encore vivante. Comme on dit, il n'avait pas envie d'aller se mettre le nez là-dedans. Il a l'habitude de se tenir loin de sa famille et il s'en porte très bien. Mais c'était mal connaître Alice de penser qu'elle se priverait de voir enfin le manoir d'Adjutor. Depuis le temps qu'elle en rêvait, Alphonse était mieux de se lever de bonne heure pour l'en empêcher. Elle s'est donc mise après lui et lui a apporté argument par-dessus argument jusqu'à ce qu'il capitule et qu'il lui dise enfin qu'ils iraient à Saint-Irénée eux aussi. Alice n'a pas tari d'éloges auprès d'Adjutor et d'Arabella pendant tout le temps qu'ils ont été au manoir. Elle n'avait jamais rien vu d'aussi beau et elle s'est fait un point d'honneur à leur dire de toutes les manières. La ferme qu'ils exploitent est située sur la pointe de Chambord, en plein sur le bord de l'eau, et elle fait l'envie de plus d'un, mais le fleuve Saint-Laurent n'a pas son pareil, en tout cas pas pour Alice. À Saint-Irénée, rien n'est comme à Chambord. La couleur de l'eau, l'immensité, la plage, les côtes… tout est plus grand que nature même pour ceux qui, comme eux, vivent sur le bord d'un lac aussi majestueux que le lac Saint-Jean.

Alice a tout aimé de leur petite sortie. Était-ce parce que la belle-mère n'était pas là que tout devenait plus facile pour tout le monde ? Ou était-ce parce que le bonheur du beau-père faisait plaisir à voir ? Elle ne saurait le dire avec précision !

Étant donné qu'Alphonse et elle avaient laissé les enfants à la maison, Alice a eu le temps de jaser avec ses belles-sœurs à son goût. Pour une fois, elle était complètement libre de ses mouvements et elle en a apprécié chaque instant. C'était la première fois qu'elle avait autant de plaisir à être avec les Pelletier depuis qu'elle et Alphonse sont mariés. C'est ainsi que le jour de leur retour à Chambord, elle s'est tout de suite mise en frais de trouver une raison pour les inviter chez elle. Elle a eu sa réponse le lendemain lorsqu'Alphonse est revenu du village avec une lettre de monseigneur Labrecque.

… Je ne peux pas passer sous silence l'excellence des notes de votre Émile. Jamais un élève n'a performé autant que lui au séminaire. C'est pourquoi je crois qu'il serait opportun de souligner la qualité de son travail. Pendant que plusieurs de ses amis se la coulent douce, Émile travaille d'arrache-pied pour atteindre l'objectif qu'il s'est fixé.

Votre fils est promis à un brillant avenir et je veux que vous sachiez que je veille sur lui comme s'il était de ma famille. J'apprécierais être des vôtres si toutefois vous organisez quelque chose en son honneur. Je pourrais même emmener Émile chez vous et le ramener au séminaire après…

C'est ainsi qu'Alice a saisi l'occasion d'inviter les Pelletier et sa famille à venir dîner en l'honneur d'Émile. Et pour une fois, Alphonse a été emballé par l'idée de sa femme.

— Je suis un peu embêtée, confie Alice, il me semble qu'on ne peut pas laisser ta mère de côté. C'est quand même elle qui a ouvert les portes à Émile auprès de monseigneur.

— Je suis au courant de tout ça, mais je refuse de prendre sur moi de mettre mes parents dans la même pièce. Connaissant la mère, qui sait ce qu'elle serait capable d'inventer. N'oublie pas que c'est loin d'être l'amour fou entre tante Margot et elle.

À la grande surprise d'Alice, tout le monde a confirmé sa présence pour dimanche prochain. Alice a mis un énorme rôti de bœuf à cuire et c'est alors qu'elle s'est souvenue que Lucille en avait mangé deux fois le jour où elle a choisi Émile pour remplacer Adjutor comme curé de la famille Pelletier. Lucille a toujours été très avare de compliments, et comme c'était le premier qu'elle faisait à Alice, elle l'a gardé en mémoire pour le ressortir chaque fois qu'elle veut redorer l'image de sa belle-mère. En repensant à ce repas, Alice se sent doublement coupable de ne pas l'avoir invitée. Elle ne se fait pas d'illusions, Lucille va finir par savoir qu'elle était la seule à manquer à l'appel alors que tous sont au courant que sans elle, il n'y aurait probablement pas de fête en l'honneur d'Émile. Devant son inconfort grandissant, Alice se promet d'en glisser un mot lorsque tout le monde sera attablé.

Émile et monseigneur arrivent les premiers. Alice n'en revient pas de voir comment son fils a changé. Lui qui était si frêle et si peu sûr de lui au moment de rentrer au séminaire, voilà maintenant qu'il porte la tête haute et qu'il ne craint plus rien ni personne. Comme toute situation connaît aussi des mauvais côtés, ses frères, de qui il était pourtant très proche, n'arrivent plus à le rejoindre. Les rares fois qu'il se pointe à la maison familiale, tous se plaignent de sa froideur et de la distance qu'il met entre eux. Alice est la première à le reconnaître, Émile les regarde de haut. Témoin de la scène dans les minutes qui suivent leur arrivée, monseigneur prend les choses en main.

— Un jour, dit ce dernier, tu auras besoin de tes frères, tu devrais les remercier au lieu de les ignorer. Va t'asseoir avec eux et parle-leur de ta vie.

— Mais je n'ai plus rien à leur dire.

— Il vaudrait mieux que tu trouves, parce que lorsque tu seras ordonné prêtre, tu auras affaire à un tas de gens à qui tu n'auras rien à dire, mais tu devras te souvenir que c'est grâce à eux, même au quêteux le plus crasseux qui dort sur le banc près de la porte, que tu peux mener la vie que tu as. Sois-leur reconnaissant! Vas-y, mon garçon!

C'est la tête basse qu'Émile part trouver ses frères. Monseigneur en profite pour aller s'asseoir sur la galerie avec le père d'Alice. S'il y en a un qui lui est reconnaissant d'avoir pris son petit-fils sous son aile, c'est bien lui, surtout qu'Émile a toujours été son préféré.

— On peut dire que vous avez eu un sacré flair, s'exclame le père d'Alice. Émile n'est plus le même depuis qu'il est entré au séminaire.

— Sans sa grand-mère, je n'aurais jamais rencontré Émile. C'est elle qu'il faut remercier.

— Vous êtes trop humble, monseigneur, c'est tout en l'honneur de Lucille d'avoir parti le bal, seulement je connais mon petit-fils et si vous ne l'aviez pas pris en charge, il n'aurait pas fait long feu chez vous. Je m'en confesse, j'ai toujours aimé ce garçon plus que les autres, mais maintenant, j'ai encore plus de raisons de le faire.

— Je verrai personnellement à ce qu'il ne vous déçoive pas. Les jeunes de sa trempe ne courent pas les rues, vous savez.

Ce n'est pas de gaieté de cœur qu'Émile va rejoindre ses frères.

— Émile! s'écrie joyeusement Bertrand en le voyant. Veux-tu jouer au ballon avec nous?

— Le temps d'aller me changer et je reviens.

— Prépare-toi à perdre, le nargue son frère.

— C'est ce qu'on verra ! réplique Émile.

Le cœur léger, Émile passe en coup de vent devant son grand-père, son père et monseigneur. Il a connu des retrouvailles avec ses frères beaucoup plus difficiles que celle-ci. Les premières fois qu'il revenait à la maison après son entrée au séminaire, ses frères ne daignaient même pas lui adresser la parole. Et ça durait jusqu'à ce qu'Alphonse s'en mêle. Après, Émile a eu droit à leur mépris. Aussitôt qu'un de ses frères ouvrait la bouche, c'était pour l'insulter. C'était rendu qu'Émile passait plus de temps dans sa chambre que dans le reste de la maison. Ils étaient tellement obstinés que même leur père ne venait pas à bout de les ramener à de meilleures intentions. Résultat, Émile espaçait ses visites. Alice avait beau insister pour qu'il vienne à Chambord, il inventait toutes sortes d'excuses pour ne pas y aller.

— J'espère que vous ne m'en voudrez pas, dit monseigneur une fois Émile ressorti de la maison, mais j'ai insisté pour qu'il aille rejoindre ses frères.

— Vous avez bien fait, dit Alphonse, mais Émile n'a rien à se reprocher. Je n'aime pas parler en mal de mes enfants, mais ses frères l'ont pris en grippe le jour où ma mère l'a choisi pour aller au séminaire et ils ne l'ont jamais lâché.

Alphonse brosse un tableau rapide de l'accueil que lui ont réservé ses frères à chacune de ses visites.

— Je n'étais pas au courant, confesse monseigneur.

— Et ce n'est qu'aujourd'hui que tu nous en parles, s'étonne son beau-père. Je vais leur parler, à ces chenapans, moi.

— C'est inutile, croyez-moi. Je finis toujours par les réconcilier, mais c'est toujours à recommencer.

— Êtes-vous en train de me dire que vos fils voudraient tous être prêtres ? demande monseigneur. Parce que si c'est le cas, je peux vous arranger ça.

— Non ! Non ! Je ne voudrais pas vous décevoir, mais contrairement à Émile, aucun d'entre eux ne veut être ordonné. Les deux plus vieux vont reprendre la ferme et, pour ce qui est des deux plus jeunes, ils ont encore le temps de changer d'idée.

Loin de satisfaire monseigneur, la réponse d'Alphonse le laisse songeur.

— Mais alors, poursuit monseigneur, pourquoi sont-ils jaloux de lui ?

— Parce qu'il est le préféré de ma mère et de mon beau-père. Parce qu'il réussit tout ce qu'il entreprend. Parce que tout le monde aime Émile. Pour tout vous dire, depuis qu'il est tout petit que les deux plus vieux s'en prennent à lui, un peu comme s'il prenait leur place. Émile parti, ç'a été un jeu d'enfant de mettre les deux plus jeunes de leur bord. Émile est trop gentil pour se défendre de tout ce qu'ils lui font subir.

Monseigneur n'a pas besoin de fouiller très loin dans sa mémoire pour se rappeler qu'une fois de plus, l'histoire d'Émile ressemble étrangement à la sienne. C'est probablement pour cette raison d'ailleurs qu'il s'entend aussi bien avec lui et qu'il a envie de le protéger.

Une fois tout le monde attablé, monseigneur prend la parole et encense son poulain plus qu'il ne l'aurait fait si Alphonse ne lui avait pas parlé de l'attitude de ses frères envers lui.

— Si Adjutor était ici, conclut-il, il vous dirait que c'est un honneur pour lui de savoir qu'Émile va reprendre le flambeau. À Émile, qui est promis à une grande carrière !

Alors que tous appuient les dires de monseigneur, une petite voix s'élève par-dessus la mêlée :

— Moi, s'exclame son plus jeune frère, jamais je n'irai me confesser à Émile.

***

Pendant que les Pelletier complimentent Alice à tour de rôle pour son rôti de bœuf, les Desbiens utilisent chaque seconde de leur absence à son maximum. Bien qu'ils n'aient rien à redire sur la manière dont se déroulent les choses avec Gertrude, Camil et Gisèle depuis qu'ils possèdent quarante pour cent des parts, ils ont décidé de mettre le magasin à leur main. C'est ainsi qu'ils sont entrés dès que les Pelletier ont pris la route pour Chambord et qu'ils s'affairent comme des petits soldats pour venir à bout de leur besogne. Ils auraient fait les choses autrement si leurs nouveaux associés avaient seulement voulu porter attention à leur demande de changer quelques éléments de place. Étant donné qu'ils n'ont reçu aucune écoute, ils ont décidé de prendre le taureau par les cornes et de procéder sans avoir leur aval. Depuis l'ouverture du magasin, c'est la première fois que le magasin grouille de partout en plein dimanche matin.

Ce qui devait au départ ne donner lieu qu'à de menus changements s'est vite transformé en réaménagement complet de la place. En quelques heures seulement, les Desbiens ont recréé exactement l'intérieur de leur magasin de Chicoutimi… tout ça bien sûr dans le dos de leurs associés. Est-il nécessaire de préciser que c'est bien malgré eux qu'ils en sont venus à unir leur destinée à celle des Pelletier, alors qu'ils ne visaient rien de moins que la fermeture du magasin de Mérée à court terme ? Les Desbiens sont faits pour mener, pas pour obéir. Et puis, à voir aller les choses, il était plus que temps qu'ils réagissent s'ils ne voulaient pas perdre davantage de clients. Ils ont pourtant tout fait pour contrer la réussite de Mérée. Ils l'ont épiée, copiée et répandu toutes sortes de choses sur son compte, mais au final, rien n'arrêtait l'exode de leur clientèle vers son magasin. Le jour où ils ont appris son décès, ils ont organisé une grande fête familiale. Alors qu'ils croyaient que leur supplice venait de prendre fin, ils se sont vite rendu compte que Mérée n'était pas la seule à porter le succès de son magasin. Et les Desbiens se sont mis en frais de surveiller Gertrude de plus près, puis Camil, Gisèle et Adrien.

— On a fait du bon travail, déclare monsieur Desbiens en se frottant les mains. Reste maintenant à attendre la réaction de nos associés.

Chapitre 22

Marie-Paule ne porte plus à terre depuis que Lucille lui a parlé de l'entreprise de confection qu'elle est en train de mettre sur pied. Lucille a été très claire. Elle veut que ce soit elle qui se charge des couturières. Marie-Paule ne sait pas encore comment elle va s'y prendre pour arriver à tout faire, ce qu'elle sait hors de tout doute, c'est qu'elle va y parvenir coûte que coûte parce qu'elle y tient beaucoup. Sa vie a complètement changé depuis qu'elle coud pour Lucille, et celle de Marie-Laure aussi. On dirait presque que ça leur a fait pousser des ailes.

Marie-Paule a tout de suite pensé à Charlotte. Si Lucille trouve qu'elles ont des doigts de fée, elle n'en reviendra tout simplement pas quand elle verra le travail de Charlotte. Reste maintenant à la convaincre de sauter dans le train, même si elle n'habite pas la porte d'à côté. Reste aussi à la convaincre de réduire ses heures à l'orphelinat en conséquence du travail que Marie-Paule compte lui demander de faire pour elle.

— Je te remercie, dit Charlotte, mais ce n'est pas une bonne idée.

— Pourquoi ? réplique aussitôt Marie-Paule.

— Parce que je n'ai pas envie d'habiter à Jonquière.

Ce n'est pas exactement la réponse que Marie-Paule s'attendait à recevoir de la part de sa sœur.

— Tout ce que je te demande, c'est de coudre pour moi, ou plutôt pour ma belle-mère.

— Honnêtement, j'en ai déjà plein les bras avec les enfants, ma grossesse, l'orphelinat… et Céline.

Charlotte met aussitôt la main sur sa bouche comme si elle venait de s'échapper, ce qui en réalité n'est pas très loin de la vérité. Elle s'était promis de ne rien dire à personne de sa visite à Céline avec les enfants, pas même à Marie-Paule. Maintenant qu'elle a trop parlé, aussi bien s'expliquer.

— Un jour, se plaint Charlotte, il faudra que tu m'expliques pourquoi je finis toujours par tout te dire.

Marie-Paule lui sourit. Ce n'est pas d'hier que Charlotte se confie à elle et, s'il n'en tient qu'à elle, ce n'est pas prêt d'arrêter. Charlotte lui sourit à son tour et elle commence à lui raconter tous les tenants et les aboutissants de la visite qu'elle vient de rendre à Céline avec les enfants.

— Je n'en reviens pas, s'exclame Marie-Paule, tu es vraiment allée voir Céline après tout ce qu'elle t'a fait endurer ?

Charlotte se gratte le front à deux mains. Si seulement elle savait quoi répondre à sa sœur…

— Que veux-tu que j'y fasse ? Contrairement à Laurier, je suis incapable de la détester. Je vais aller plus loin que ça, avoir été à sa place, j'aurais fait exactement la même chose qu'elle. En tout cas, tout ce que je peux dire c'est que j'ai été très bien reçue.

— Et Céline ?

— Ah ! comme dirait notre mère, elle a bien fait ça.

Décidément, Charlotte a réussi une fois de plus à surprendre Marie-Paule au point que c'est à son tour de ne pas savoir quoi dire.

— Au cas où tu te demanderais si Laurier est au courant de ce que j'ai fait, poursuit Charlotte devant le silence prolongé de sa sœur, eh bien, non. Et entre toi et moi, je ne suis pas pressée de lui annoncer la bonne nouvelle non plus. Il en veut tellement à Céline que j'ai peur de sa réaction.

— C'est un peu normal, parvient à dire Marie-Paule. Il ne faut quand même pas oublier que Céline lui a fait un bébé dans le dos.

— Il a tout de même couché avec elle, renchérit prestement Charlotte. J'ignore où cette histoire va me mener, mais je me verrais très mal priver Céline de voir Raymond si c'est tout ce que ça lui prend pour la rendre heureuse. Et puis, j'aimais vivre avec elle.

— Tu es trop bonne, ma sœur!

— Pas tant que ça! riposte Charlotte. Mais attends, je n'ai pas encore tout dit, on va accoucher pratiquement en même temps. Je ne voudrais pas être langue sale, mais il me semble que monsieur Potvin est pas mal vieux pour...

L'entrée d'Adrien met brusquement fin à leur discussion.

— Il me semblait bien, aussi, que j'avais vu ta voiture en ville, s'écrie Adrien en entrant. Je ne voudrais pas être indiscret, mais veux-tu bien me dire ce que tu faisais chez monsieur Potvin?

— Je ne suis sûrement pas la seule à avoir ce genre de voiture, répond gentiment Charlotte pour semer le doute dans l'esprit d'Adrien, et je ne connais pas ce monsieur Potvin. J'arrive directement de Chicoutimi.

Ce que Charlotte ignore, c'est qu'Adrien a pris soin de s'approcher pour vérifier s'il s'agissait bien de la voiture de sa belle-sœur. Elle est très facile à reconnaître avec la jetée qui recouvre les sièges.

— Tu as certainement raison, finit-il par ajouter, il n'y a pas seulement un chien qui s'appelle Prince. Est-ce que tu restes souper avec nous?

— Il faudrait d'abord que j'aille vérifier si Gisèle est prête à nous recevoir pour la nuit.

— Si ça peut te rendre service, lui offre Adrien, je me porte volontaire pour aller lui poser la question.

— Ce serait gentil, confirme Charlotte.

***

— Tu peux descendre un peu plus tard si tu veux, dit Camil, j'ai tout placé avant de fermer samedi.

L'arrivée des Desbiens permet à Gertrude de rester chez elle deux jours par semaine et de descendre parfois un peu plus tard le matin, ce qui lui plaît bien. Sa première idée a été de se remettre au piano. C'est ainsi que chaque jeudi elle retourne dans son ancienne maison et elle joue pour son père pendant deux bonnes heures. Évidemment, Joseph est aux anges. C'est lorsqu'elle pose les mains sur le clavier qu'elle pense le plus à Mérée. Gertrude s'inquiète encore de savoir si son amie aurait été d'accord pour vendre des parts aux Desbiens. En fait, au fond d'elle-même, Gertrude demeure convaincue que Mérée aurait refusé, parce que jamais elle ne l'a entendue dire quelque chose de positif sur cette famille. Encore aujourd'hui, bien que tout se passe relativement bien, un doute subsiste dans son esprit.

Alors qu'elle s'apprête à poser sa dernière pince dans son chignon, un grand cri lui parvient du magasin.

— Gertrude, descends, ça presse !

Vu le ton utilisé, elle prend ses jambes à son cou et elle descend l'escalier en courant. Elle arrive si vite devant la porte du magasin qu'elle passe à deux doigts de rentrer dans Camil. C'est alors qu'elle comprend pourquoi son mari l'a fait descendre.

— Ah non ! s'écrie-t-elle en levant les mains dans les airs, ça ne va donc jamais finir ! Qui a bien pu faire ça ?

Gertrude pense immédiatement à sa mère. Peut-être a-t-elle eu vent de leur petite fête familiale et qu'elle a voulu leur montrer de quoi elle était capable, quoiqu'ils en aient tous déjà une très bonne idée. Mais si c'est le cas, il va falloir que Lucille lui explique son motif.

— Qui veux-tu que ce soit, à part les Desbiens ? lance Camil. Ça prend un front de bœuf pour faire ça ! Je n'en reviens pas, ils ont reproduit l'intérieur de leur magasin de Chicoutimi dans NOTRE magasin.

Sur le coup, Gertrude se demande comment il se fait que Camil le reconnaisse, mais la mémoire lui revient très vite. Camil est allé leur porter une copie du contrat à leur demande.

— On n'aura jamais le temps de tout replacer avant d'ouvrir, se plaint Gertrude d'une voix larmoyante, ça a dû leur prendre des heures pour tout déplacer.

— Je les attends de pied ferme.

C'est à ce moment que la porte s'ouvre sur les coupables.

— Tiens, tiens, s'exclame monsieur Desbiens, j'espère que notre petite surprise vous a plu.

— Vous disposez exactement de deux heures pour tout remettre comme c'était, gronde Camil.

— Mais on ne peut pas faire ça aux clients, riposte aussitôt sa femme. Faites-moi confiance, vous allez très vite vous habituer à la nouvelle mise en place.

Camil se retient à deux mains pour ne pas les abîmer de bêtises. Déjà que les Desbiens leur ont forcé la main pour qu'ils les prennent comme associés, il ne les laissera certainement pas faire la pluie et le beau temps ici.

— Au cas où vous l'auriez oublié, lance Camil, vous détenez seulement quarante pour cent des parts. Cela ne vous donne pas le droit de tout changer sans nous consulter.

— Dire qu'on a sacrifié notre dimanche pour vous préparer une surprise pendant que vous vous amusiez en famille sur le bord du lac Saint-Jean, ironise monsieur Desbiens. Ça nous apprendra à être trop gentils.

Plus Gertrude en entend, plus le sang lui monte à la tête. Les Desbiens les prennent vraiment pour des demeurés et cela l'insulte.

— Comme Camil vient de vous le dire, vous disposez de deux heures pour tout remettre en place.

— Depuis le temps que je suis en affaires, riposte monsieur Desbiens en faisant claquer ses bretelles, jamais je n'ai ouvert mon magasin en retard.

— Eh bien, renchérit Gertrude, il y a une première fois à tout, et c'est aujourd'hui que ça va vous arriver. Je vous jure que vous avez intérêt à relever vos manches, parce que c'est moi qui vous le dis, vous ne ferez pas long feu comme associés.

— Vous n'avez qu'à nous vendre, laisse tomber madame Desbiens du bout des lèvres.

Si Gertrude avait des canons à la place des yeux, les Desbiens seraient déjà devant la porte de l'enfer. Elle se tourne vers Camil et lui demande d'aller chercher Adrien et ses rouliers avant qu'ils partent faire leurs livraisons. Et dès que Margot et Gisèle font leur entrée, elle les mobilise aussitôt. Devant l'inaction des Desbiens, Gertrude s'approche d'eux.

— Je peux comprendre que vous n'ayez pas envie de nous aider, mais faites-nous au moins la faveur de ne pas nous nuire. Sortez du magasin et revenez cet après-midi.

Comme elle s'y attendait, les Desbiens la regardent avec un petit sourire niais sur les lèvres. Gertrude ne fait ni une ni deux et elle les empoigne fermement.

— Puisque c'est comme ça, je vais vous aider à retrouver votre chemin jusqu'à la porte.

Et Gertrude les tire de toutes ses forces sans aucun ménagement. Comme ils ont l'âge de ses parents et qu'elle est furieuse, elle les conduit sur le perron sans trop de difficulté.

— Non, mais, avez-vous vu l'air qu'ils avaient ? s'écrie Gertrude.

— Ça va, Gertrude ? lui demande Margot en s'approchant d'elle.

— La mère m'a volé toute la patience que j'avais. Si c'est la guerre qu'ils veulent, eh bien, ils vont l'avoir. Croyez-vous qu'on va avoir le temps de tout replacer ?

— Même si on prend une demi-heure de plus, dit Camil en tapant un clin d'œil à sa femme, les clients n'en mourront pas. Il fait un beau soleil dehors et, dans le pire des cas, ça leur permettra de mettre leurs ragots à jour.

— J'entends déjà les Desbiens leur parler de la raison pour laquelle l'ouverture du magasin est retardée, lance Margot. Si vous voulez mon avis, ils ne se priveront pas de leur suggérer d'aller faire leurs achats à leur magasin de Chicoutimi.

Le coup de ce matin conforte Margot dans sa méfiance à l'égard des Desbiens. Ce qu'ils viennent de faire est odieux et, à compter de maintenant, ils vont l'avoir sur les talons au point de ne plus pouvoir la supporter. Mais Margot va faire plus que ça, elle va aller voir Lucille au bordel. S'il y a quelqu'un qui peut les aider, c'est elle.

***

C'est la troisième fois cette semaine que Marie-Laure se présente au couvent pour voir Anita. Assise sur une petite chaise droite tout sauf confortable, elle attend que sa cousine daigne accepter de la voir. Lorsqu'elle entend grincer la porte, elle s'attend à voir réapparaître la religieuse qui lui a répondu, mais pas Anita.

— Eh bien ! s'étonne Marie-Laure, je suis contente de voir que tu as fini par te souvenir de moi.

— J'ai pourtant été claire, plaide Anita, je ne voulais pas avoir de visite.

— D'après ce que je vois, il est grand temps que quelqu'un te sorte d'ici. Tu n'as jamais eu aussi mauvaise mine.

— Mais j'ai perdu plusieurs livres, argumente Anita.

— Ma pauvre fille, tu es blême comme une vesse de carême. Je le savais, que le couvent n'était pas fait pour toi.

Anita incline la tête, c'est ce qu'elle n'arrête pas de se répéter pendant les périodes interminables de prière. Anita a mis moins de vingt-quatre heures pour se rendre compte que cette vie n'est pas pour elle. Elle est bien trop vivante pour passer ses journées en silence et puis elle n'est pas la fille la plus docile que la terre ait portée. Chaque fois qu'elle reçoit un ordre de la supérieure, elle doit se faire violence pour ne pas rouspéter. En fait, à part la jeune Mariette, sa voisine de cellule, Anita n'aime rien ici. Pire, elle déteste tout, les curés compris.

— Je suis venue te chercher, ajoute Marie-Laure d'un ton ferme. Va faire tes bagages, je t'attends ici.

— Mais je ne peux pas m'en aller sans raison, s'entend répondre Anita.

— Ça tombe bien, réplique aussitôt Marie-Laure, ton père est gravement malade.

— Hein ? Depuis quand ?

— Depuis que tu as besoin d'une bonne raison pour sortir d'ici.

Anita est prise dans un dilemme terrible. Si elle sort d'ici, elle devra porter le poids d'un nouvel échec sur ses épaules. Si elle reste, elle va finir par mourir d'ennui. Elle regarde sa cousine et lui dit :

— Je ne peux pas laisser maman seule avec toute la maisonnée. Je reviens tout de suite.

Et elle laisse Marie-Laure en plan sans se retourner. Quelques minutes plus tard, elle revient avec son maigre bagage et un large sourire sur les lèvres.

— Partons vite avant que la supérieure ne se rende compte de ma disparition, l'implore Anita.

Ce n'est qu'une fois hors de la vue du couvent qu'Anita respire mieux.

— Je ne te remercierai jamais assez d'être venue me chercher, confie-t-elle à Marie-Laure.

— Veux-tu rester chez moi quelques jours ?

— Emmène-moi chez nous.

— Chez tes parents ?

— Mais non, chez monsieur Joseph, voyons.

À voir l'air de sa cousine, Marie-Laure se félicite d'être allée la chercher. Anita commence déjà à reprendre des couleurs. S'il n'en tenait qu'à Marie-Laure, les couvents n'existeraient pas. Elle a toujours trouvé que c'était des prisons pour les femmes. Elle n'est pas allée à l'école très longtemps, mais assez pour avoir eu affaire à quelques religieuses et elle en garde encore un souvenir très amer.

— Marie-Paule et moi avons du travail pour toi.

Marie-Laure lui explique en détail en quoi il consiste.

— Qu'en dis-tu ?

— Je serais honorée de travailler pour vous, mais je tiens à garder au moins une journée par semaine pour le magasin, s'ils ont encore besoin de moi, bien entendu. Tu me connais, j'ai besoin de voir du monde.

— Tu peux même en garder deux si tu le souhaites, on va prendre ce que tu veux nous donner. Je t'avertis par exemple, quand tu vas voir les tissus avec lesquels on travaille, tu vas faire comme nous et tu vas t'ambitionner sans t'en rendre compte. La belle-mère ne sera jamais ma préférée, mais elle a toujours eu bon goût. Il paraît que nos robes sont demandées jusqu'à Montréal.

— Quand est-ce que je commence ?

— On n'a qu'à arrêter chez Marie-Paule pour prendre ce qu'il faut. Avant que j'oublie, Arté et moi avons quelqu'un à te présenter.

Si Marie-Laure voulait faire plaisir à Anita, c'est manqué. Depuis le temps que tout le monde lui présente quelqu'un, il y a longtemps qu'elle a cessé de croire au miracle.

— Il s'appelle Lucien, c'est un des hommes engagés de la ferme. Il habite au-dessus de chez Marie-Paule et Adrien. Le pauvre, il a perdu sa femme il y a deux mois.

Devant le peu d'entrain de sa cousine, Marie-Laure sourit. Elle la comprend d'être désillusionnée, mais cette fois, elle a espoir que ce sera la bonne. Lucien est venu manger chez elle la semaine dernière et elle lui a parlé en long et en large d'Anita. Plus elle lui en disait sur son compte, plus les yeux de Lucien brillaient. Marie-Laure ne lui a pas embelli les choses. Elle lui a dit qu'Anita était bien enrobée, qu'elle avait du caractère et un cœur gros comme le manoir d'Adjutor.

— Est-ce qu'il a des enfants ?

— Non ! Sa femme est morte en couche et son fils l'a suivi deux jours plus tard.

— C'est bien parce que tu viens de me sortir du couvent que j'accepte de le rencontrer.

Chapitre 23

La discussion qu'elle a eue avec Céline au moment de partir n'arrête pas de rouler en boucle dans la tête de Charlotte, et cela la rend complètement folle.

— J'ai une confidence à vous faire, lui a dit Céline. Laurier n'est pas le père de Raymond.

Entendre ça ou recevoir une claque en pleine face, il n'y a pas de différence. La nouvelle l'a tellement frappée fort que Charlotte s'est agrippée au bras de Céline pour ne pas s'écrouler par terre.

— C'est une blague, j'espère ? a-t-elle fini par balbutier.

— J'aimerais vous dire oui, mais c'est la stricte vérité.

— Mais qu'est-ce que vous attendez de moi ?

— Rien ! Je voulais juste que vous le sachiez, parce que j'ai confiance en vous et que ce secret commençait à être trop lourd pour moi.

Charlotte se demande encore comment elle a fait pour se retenir d'en parler à Marie-Paule. En même temps, elle se félicite d'avoir tenu sa langue. S'il fallait que la vérité vienne aux oreilles de Laurier, elle craindrait pour la vie de Céline. Plus elle y pense, moins Charlotte sait quoi faire avec ce secret. En lui parlant, Céline en a fait en quelque sorte sa complice. Mais maintenant que le mal est fait, Charlotte en vient à la conclusion qu'il vaut mieux laisser la vie continuer son cours maintenant que Laurier a accepté Raymond. Si elle ne le fait pas pour elle, Charlotte doit le faire pour son fils adoptif, qui ne mérite pas de se retrouver une fois de plus victime des manigances de sa mère biologique.

— Je ne vous comprends pas, a lancé Charlotte. Chaque fois que je réussis à vous redonner ma confiance, vous me plantez un couteau dans le dos.

— Ne le prenez pas comme ça, je vous en conjure. Vous êtes la seule personne capable de bien élever mon fils.

— Heureusement, a ironisé Charlotte.

— Je vous aime beaucoup, Charlotte, et je paierais cher pour que nous devenions amies. Vous devez me croire. J'ai compris que Raymond était avec vous pour y rester et je l'ai accepté, pas de gaieté de cœur, mais je l'ai quand même accepté. Pour lui, je ne serai jamais rien de plus qu'une tante.

— Comment puis-je être certaine que vous ne ferez pas une nouvelle tentative pour me l'enlever?

— Parce que je ne supporterais plus d'être enfermée, ne serait-ce qu'une seule minute.

Charlotte en a encore la chair de poule chaque fois qu'elle y pense. Une partie d'elle lui dit qu'elle devrait s'enfuir aussi loin qu'elle peut de Céline alors qu'une autre la supplie de se rapprocher d'elle, parce qu'au fond, Charlotte ne demande pas mieux que d'être amie avec elle. Elle ne saurait expliquer pourquoi exactement, mais elle aime cette femme autant sinon plus qu'elle aime Marie-Paule. Reste maintenant à voir comment monsieur Potvin va s'en tirer avec Laurier le jour où il va vouloir l'amadouer.

C'est sans s'en rendre compte que de fil en aiguille, Charlotte se retrouve en train de penser à Claire et à la réflexion qu'Adrien a faite en la voyant la dernière fois qu'il a emmené Alida chez elle. Charlotte l'entend encore dire à quel point elle ressemble à la dernière de Marcella, qui est aussi celle de Léandre. Si Charlotte calcule bien, la naissance de Claire coïncide parfaitement avec la visite de Léandre neuf mois plus tôt. Et si sa mémoire lui est toujours fidèle, sa grossesse actuelle tomberait pile-poil avec la dernière visite de Léandre. Ajoutons à cela qu'aux dires de Céline, Raymond n'est pas le fils de Laurier. *Et si Laurier n'était pas fertile?* Charlotte regarde à tour de rôle sa fille et son fils et elle sent aussitôt ses jambes devenir aussi molles que du coton. Si c'est le cas, cela voudrait dire que Claire et le bébé qu'elle attend seraient les enfants de Léandre. Comme c'est trop pour elle dans son état, Charlotte va se passer de l'eau froide sur le visage et elle sort dehors pour aller jouer avec les enfants.

***

— Ça parle au diable, s'écrie Lucille en voyant Margot, tu t'es enfin décidée à venir me voir. J'espère que tu ne te sentiras pas trop perdue dans mon bordel... Suis-moi à la cuisine, j'étais en train de me préparer du thé.

— Viens-tu vraiment de m'offrir un thé? ironise Margot.

— Garde tes farces plates pour les autres, réplique Lucille, et compte-toi chanceuse, pour une fois que je te sers. Mais ne t'avise surtout pas d'en parler à qui que ce soit parce que je nierai tout.

Margot observe sa sœur et elle sourit. À part le fait que Lucille soit une vraie peau de vache même quand elle dort, elle lui manque. D'ailleurs, pendant toutes les années qu'elle a passées hors de la région, Margot n'a jamais cessé de penser à elle, et même de rêver qu'elle avait changé. Quelques minutes en présence de Lucille le jour de son retour ont suffi pour lui prouver qu'elle ne devait pas prendre ses rêves pour des réalités. Lucille restera toujours Lucille. Dans ses bons comme dans ses mauvais jours, elle trouvera encore le moyen d'irriter quelqu'un au passage. Certaines de ses maladresses laisseront des traces permanentes aux personnes visées, alors que d'autres n'y porteront aucune attention.

— Mets-tu toujours autant de sucre dans ton thé? lui demande Lucille.

— Parce que tu t'en souviens! s'exclame Margot.

— Comment veux-tu que je l'oublie ? Tu es la seule personne que je connais qui en met quatre cuillérées dans une pauvre petite tasse. Si tu aimais le thé autant que moi, tu n'en mettrais pas une seule.

Lucille avait l'habitude de lui répéter mot pour mot la dernière phrase qu'elle vient de dire chaque fois que Margot prenait un thé. Alors qu'avant elle ne se privait pas de s'en prendre à Lucille, aujourd'hui, sa remarque lui fait chaud au cœur.

— J'imagine que tu n'es pas venue jusqu'ici seulement pour prendre le thé avec moi.

— Pour être honnête, si j'avais été certaine que tu m'en offrirais un, je serais venue te visiter bien avant.

Les deux sœurs se toisent du regard pendant quelques secondes avant que Margot ne reprenne la parole.

— En fait, je suis venue te voir parce que j'ai besoin de ton aide.

— Le contraire m'aurait surprise, ironise Lucille.

Cette fois, la remarque de sa sœur laisse Margot de glace. Elle n'est pas venue ici pour se battre avec Lucille. Et même si elle le voulait, elle ne pourrait pas nier que Lucille a été son ange gardien pendant tout son primaire. Tous ceux qui osaient s'en prendre à elle la trouvaient sur leur chemin. Ils avaient beau être grands et forts, elle fonçait tête première pour la défendre.

— Je t'écoute, dit Lucille.

Margot lui raconte tout ce que les Desbiens ont fait pour devenir associés et elle finit par le réaménagement complet du magasin à l'image de celui de Chicoutimi. Margot brûle d'envie d'ajouter qu'elle n'était pas en faveur de cette association, mais pour ce que ça donnerait, elle décide de s'arrêter là.

— C'était prévisible, lance Lucille. Les Desbiens aiment contrôler. Dis-toi que s'ils ont décidé d'être actionnaires, c'est pour mieux acheter le magasin.

— Mais il n'est pas à vendre, à ce que je sache !

— Peut-être, mais ils vont tout faire pour en arriver là, et surtout pour l'avoir au meilleur prix. N'oublie pas qu'ils ont vandalisé les autos et qu'ils avaient volé la commande du magasin.

Margot fixe sa sœur. Elle lui dirait bien qu'elle sait qu'elle n'est pas étrangère au retour soudain de la commande et à l'arrivée de trois nouvelles autos au magasin, et qu'elle est certaine que c'est elle qui a fait brûler le magasin que les Desbiens s'apprêtaient à ouvrir, ou plutôt qu'elle a payé quelqu'un pour le faire. Margot n'en fera rien, pour la simple et unique raison que ça ne donnerait rien de plus, puisque Lucille sait qu'elle est au courant.

— Les Desbiens ont la couenne dure, ma sœur, et ça ne date pas d'hier. Voilà ce qu'on va faire.

Lorsque Margot rentre chez elle et qu'elle trouve Joseph en pleine conversation avec Anita, elle remercie Dieu de l'avoir libérée de sa prison.

— Ça, c'est une belle surprise, s'écrie-t-elle en les rejoignant au salon.

Anita vient aussitôt à sa rencontre et elle se jette dans ses bras pour ensuite l'embrasser sur les joues.

— Dois-je comprendre qu'il n'y aura pas de sœur Anita ? la taquine Margot.

— Tout ce que je peux vous dire, c'est que s'il y en a une, ce ne sera certainement pas moi. Vous me manquiez trop. Monsieur Joseph m'a dit que je pouvais m'installer ici, mais si vous…

— Je te l'ai déjà dit, la coupe Margot, tu es chez toi ici. Et je suis vraiment très contente que tu sois revenue.

— Et moi donc ! s'exclame Joseph.

— Un jour, il faudra que tu m'expliques ce qui t'a pris de rentrer au couvent.

***

Ernest n'aurait jamais pu imaginer que sa vie serait aussi belle un jour et qu'il le devrait en grande partie à sa tante Lucille. Alors qu'il a toujours détesté plus que tout se lever aux aurores, il peut traîner au lit autant qu'il le souhaite puisqu'il ne commence à travailler qu'au début de l'après-midi. Ses journées sont plus longues que lorsqu'il les passait à la pulperie, mais combien plus intéressantes. D'abord, il passe son temps avec de belles femmes. Ensuite, il est libre d'aller et de venir à sa guise. Enfin, il est en train de se construire un avenir très prometteur dans l'industrie du sexe. En réalité, ce ne sont là que quelques avantages parmi tant d'autres.

Il sort du bordel en douce et c'est le cœur léger qu'il prend la direction de la maison de Céline. Même s'ils doivent se voir en cachette, c'est toujours un pur plaisir pour lui de passer du temps avec elle. Il la trouve encore plus belle depuis qu'elle est enceinte. Comme ils ont peu de temps, il est plutôt rare qu'ils se lancent dans de grandes discussions, sauf ce soir.

— Hier, monsieur Potvin m'a dit qu'il irait voir Laurier cette semaine, lui confie Céline, et je suis morte de peur à l'idée qu'il empêche Charlotte de revenir me voir avec les enfants.

— Tu t'inquiètes sûrement pour rien, dit Ernest pour la rassurer.

— Si tu connaissais Laurier, tu saurais qu'avec lui tout peut arriver. Contrairement à Charlotte, jamais il n'oubliera que j'ai enlevé Raymond.

— Je suis désolé, ma douce, je sais à quel point tu tiens à ton fils.

Ernest prend Céline dans ses bras et il la serre très fort. Quelques secondes plus tard, elle se libère brusquement de son étreinte et court jusqu'à la bassine la plus proche pour rendre son souper.

— Je vais aller te chercher un verre d'eau.

Chaque fois que Céline pose les yeux sur son amant, elle sourit même lorsqu'elle est prise de nausées comme c'est le cas en ce moment. Pour elle, Ernest est la huitième merveille du monde. Elle sait bien qu'il s'offre des petits plaisirs au passage, mais elle se dit que c'est le prix à payer pour qu'il continue à l'aimer malgré le peu de temps qu'elle peut lui accorder.

— Monsieur Potvin m'a encore dit que j'hériterais de tout ce qu'il possède, lui confie Céline. Il m'a même parlé de toi.

Ernest fronce aussitôt les sourcils. Il se doute bien que monsieur Potvin est au courant pour Céline et lui, mais qu'il en parle avec elle le surprend quand même un peu.

— Il m'a dit que ça le rassurerait de savoir que tu vas venir habiter ici à son décès, poursuit doucement Céline.

— Jamais je ne t'abandonnerai, ma douce, confirme Ernest, et rien ne me ferait plus plaisir que de me marier avec toi.

— C'est drôle que tu parles de mariage, parce qu'il a justement insisté pour qu'on se marie. Tu vas rire, il m'a remis un catalogue de robes de mariée en me disant que je n'aurais qu'à choisir celle que je préférais.

— J'ai cru comprendre qu'il n'avait pas beaucoup apprécié la blague de ma tante Lucille.

— Mets-toi à sa place un peu. C'est un des hommes les plus riches de la région et sa femme porte la robe d'une autre. Il n'y a que Lucille pour jouer ce genre de tour.

Il y a longtemps qu'Ernest a cessé de croire que c'était pour rire que Lucille s'en prenait à tout un chacun. Non ! Lucille est bien trop intelligente pour perdre son temps à faire des blagues. Chaque fois qu'elle pose un geste, c'est que ça lui sert d'une façon ou d'une autre.

— Crois-tu que ce sera un garçon ? ose candidement Ernest.

— Si ce n'est pas le cas, répond Céline, nous n'aurons qu'à en faire un autre. Suis-moi, je vais te montrer son berceau. Monsieur Potvin l'a commandé au père Lavoie.

— Est-ce que je t'ai déjà dit à quel point j'avais de la chance ? Tu me rends tellement heureux que je dois me pincer pour être certain que je ne rêve pas.

Et Ernest l'enlace au beau milieu du corridor qui mène à la chambre de leur enfant à naître. Être père n'était pas la première préoccupation d'Ernest, même qu'il s'était dit qu'il vivrait très bien sans enfants. Maintenant que la femme de sa vie en attend un de lui, plus rien n'est pareil. Il désespère de le tenir enfin dans ses bras et de le bercer chaque fois qu'il viendra voir Céline. Depuis que cette femme est entrée dans son champ de vision, le soleil brille de jour comme de nuit.

Chapitre 24

Malgré la vigilance serrée que tout le monde exerce sur eux au magasin, les Desbiens ont trouvé le moyen de manifester leur présence de manière plutôt originale. Il y a trois jours, ils se sont mis à dire qu'il n'y avait plus de sucre brun. Mais le pire, c'est qu'ils ne se gênent pas pour suggérer aux clients d'aller à leur magasin de Chicoutimi. Lorsqu'elle les entend dire ça, Gertrude fait trois tours dans ses jupons.

La première fois, Gertrude s'est précipitée dans l'entrepôt pour voir si c'était parce qu'ils avaient mal regardé. Comme elle n'a trouvé aucune trace de sucre brun, elle a demandé à Adrien d'aller en acheter au magasin général de Chicoutimi s'il le fallait, mais de ne pas revenir avant d'en avoir trouvé. Deux heures plus tard, il revenait avec une grosse poche de sucre brun et la déposait aux pieds de monsieur Desbiens. Après avoir haussé légèrement les épaules, il s'est précipité sur le client qui suivait Adrien. Et le lendemain, la réserve de gruau avait disparu comme par magie. Les Desbiens avaient trouvé une nouvelle raison d'envoyer les clients à leur magasin de Chicoutimi. Ils poussaient même l'audace jusqu'à promettre à ceux qui ne pouvaient pas s'y rendre de leur faire livrer chez eux le lendemain matin sans faute. Gertrude a de nouveau sollicité l'aide d'Adrien pour lui trouver du gruau. Voilà qu'aujourd'hui, c'est à la poudre à pâte que les Desbiens s'en prennent.

— Non, mais, allez-vous finir par vous tanner? s'emporte Gertrude.

— Je ne sais pas qui passe les commandes ces jours-ci, réplique monsieur Desbiens d'un air détaché, mais si j'étais à votre place, j'y verrais avant que les clients se fatiguent de ne même pas pouvoir acheter l'essentiel. Mettez-vous à notre place un peu, un magasin général ne doit jamais manquer de sucre brun, de gruau ou même de poudre à pâte. On parle d'ingrédients de première nécessité, pas de fla-fla qu'un client vient acheter par-ci par-là.

— Ni d'un bout de tissu ou de dentelle ! se croit obligée d'ajouter madame Desbiens.

Il ne se passe pas une seule journée sans que Gertrude se dise qu'ils ont fait la pire erreur de leur vie en prenant les Desbiens pour associés. Ils n'en font qu'à leur tête depuis leur arrivée au magasin et ils font tout ce qu'ils peuvent pour remonter celui de Chicoutimi.

Bien qu'elle ait envie de les abîmer de bêtises, Gertrude se retient. D'abord, elle n'aime pas laver son linge sale en public et, ensuite, elle sait que peu importe ce qu'elle dira, ça leur coulera sur le dos comme sur le dos d'un canard. Les Desbiens ont lancé une guerre contre eux et ils n'auront de cesse que lorsqu'ils auront remporté celle-ci. Le mieux que Gertrude puisse faire, c'est de réunir les autres associés et de décider ensemble de la suite des choses. *Mérée doit se retourner dans sa tombe en voyant tout ce gâchis !*

Margot n'a rien perdu de la scène. Elle déteste un peu plus les Desbiens chaque fois qu'elle pose les yeux sur eux. Elle n'aime rien de ces gens, pas même leur nom.

— Ils vont finir par avoir ma peau, se plaint Gertrude en venant la rejoindre.

— Il ne faut surtout pas que tu leur fasses ce plaisir. Pense à tout ce que ta mère t'a fait endurer, et si tu es aussi forte avec eux que tu l'as été avec elle, tu finiras par voir la lumière au bout du tunnel.

— Je ne demanderais pas mieux que de vous croire, mais je commence sérieusement à en avoir assez de toujours être obligée de me battre avec quelqu'un.

— Mais personne n'a dit que la vie était facile. Regarde ce que vous avez fait avec le petit magasin de Mérée et sois fière. Vous avez tellement bien réussi que vous êtes devenus l'ennemi à abattre pour les Desbiens. De grâce, ne vous laissez pas intimider par eux et battez-vous. Au nom de Mérée et de ses enfants, puis pour tous les efforts que vous avez faits, battez-vous !

Gertrude regarde sa tante en fronçant les sourcils. C'est mal la connaître que de croire qu'elle va baisser les bras au premier obstacle. Par contre, elle n'a pas l'intention de passer le reste de sa vie à se battre, ça non ! Au moment où Gertrude allait ouvrir la bouche, la porte du magasin s'ouvre sur Lucille. *Il ne manquait plus qu'elle !* se dit-elle en soupirant un bon coup.

— Tiens, s'exclame Margot d'une voix claire et forte, tu parles de la belle visite.

Trop concentrée sur la raison qui l'a emmenée jusqu'ici, Lucille fait comme si elle n'avait rien entendu et elle va se planter devant monsieur Desbiens. Elle met les mains sur ses hanches et soutient son regard pendant quelques secondes avant de larguer sa bombe.

— La prochaine fois que vous viendrez au bordel, dit-elle d'une voix suffisamment forte pour que tout le monde l'entende, essayez de repartir avec tous vos morceaux. J'ai bien d'autres choses à faire que de venir vous porter votre montre.

Lucille la sort de sa poche et la met dans la main que lui tend malgré lui monsieur Desbiens.

— Vous devriez la laisser chez vous quand vous sortez, lui suggère Lucille d'un ton malicieux.

Elle jette un coup d'œil à madame Desbiens et lui fait un petit sourire en coin comme elle seule sait le faire.

— Si j'étais à votre place, je surveillerais mon mari mieux que ça.

Et Lucille se tourne ensuite vers Margot et lui crie :

— J'aimais mieux tes cheveux avant !

Et elle sort du magasin sans rien ajouter. Son bref passage a eu un effet bœuf sur tout le monde. Même Margot est figée sur place et, pourtant, elle savait que Lucille allait frapper à un moment ou à un autre. Gertrude et elle observent les Desbiens à distance. Pendant que monsieur s'essuie le visage à répétition avec son mouchoir, madame fulmine. Nul besoin d'être devin pour deviner que le retour à Chicoutimi risque d'être orageux.

— Il n'y a que la mère pour faire un tel coup d'éclat, lance Gertrude avant d'éclater de rire. Pendant un instant, j'ai eu peur qu'elle lui dise dans quelle chambre il l'avait oubliée.

— Ou le nom de la fille qu'il a vue ! Sacrée Lucille, elle ne cessera jamais de m'étonner.

La visite éclair de Lucille a eu du bon. Les Desbiens se sont tenus à carreau le reste de la journée.

***

Son séjour au couvent n'a pas été négatif sur toute la ligne, il lui a fait apprécier ce qu'elle avait. Anita ne fera jamais un mariage princier, pas plus qu'elle n'habitera dans un manoir avec sa bonne et sa famille, mais depuis qu'elle est revenue dans le monde, elle se sent légère comme une plume. Qu'elle passe des heures penchées sur un bout de tissu ou qu'elle travaille au magasin général, elle apprécie chaque seconde à sa juste valeur. Et quand elle va se mettre au lit, elle remercie Dieu à genoux d'avoir envoyé Marie-Laure pour la sortir de là. Anita n'ose pas imaginer ce qu'aurait été sa vie si elle avait prononcé ses vœux. Elle a le plus grand respect pour les religieuses, mais elle a très vite compris qu'elle ne possédait pas la fibre nécessaire pour en faire une bonne. Pour ce qui est de sa phobie de ne peut-être jamais se marier, elle a décidé de ne plus y penser. Si jamais un homme s'intéresse à elle, eh bien, elle sera la première surprise. Si ce n'est pas le cas, elle fera une belle vie quand même. Ses retrouvailles avec monsieur Joseph et Margot à elles seules la remplissent de bonheur. Voir le sourire de Gertrude quand elle l'a aperçue dans le cadre de porte du magasin lui a donné autant de chaleur au cœur que si elle avait bu douze thés bouillants en ligne.

— Anita ! s'exclame Gertrude. Ne te retourne pas tout de suite, Lucien s'avance vers toi.

La jeune femme met quelques secondes pour savoir de qui Gertrude parle, et elle se met à suer à grosses gouttes sans qu'elle puisse rien y faire, sinon s'essuyer le front du revers de la main.

— Bonjour, Anita ! Entend-elle dire à quelques pouces de son oreille.

Elle se retourne prestement et se noie dans le regard de l'homme qui est devant elle sans offrir aucune résistance.

— Je me demandais si vous accepteriez de venir marcher avec moi ce soir. Je pourrais passer vous prendre chez vous à sept heures.

Toujours subjuguée par ses yeux, Anita doit secouer la tête pour revenir sur terre.

— À ce soir, dit-elle en lui souriant.

Et Lucien s'en va sans rien ajouter.

— Et puis ? s'enquiert aussitôt Gertrude. Comment le trouves-tu ?

— Tout ce que je peux dire, c'est qu'il a de très beaux yeux.

— Cette fois, confesse Gertrude, j'ai confiance que c'est le bon.

— On verra bien !

S'il y en a une qui était contre l'idée qu'Anita rentre au couvent, c'était bien Gertrude. À voir la nouvelle Anita, elle est bien obligée d'admettre que ça lui a été salutaire. Il n'y a pas si longtemps, Anita se serait accrochée à Lucien de toutes ses forces et elle aurait vécu au diapason avec lui en s'oubliant à la première occasion.

— Tu as changé, ajoute Gertrude.

— Pas tant que ça, riposte Anita.

Et Anita se remet au travail. Elle n'en a pas encore parlé avec Gertrude, mais elle trouve que l'atmosphère n'est plus la même depuis que les Desbiens se sont installés au magasin. Tout comme Margot, Anita ne les aime pas. Elle les trouve hypocrites, profiteurs et méchants. Chaque fois qu'elle attrape un bout de conversation entre eux et des clients, elle est découragée de tout ce qu'ils disent sur chacun des associés. Même monsieur Potvin y passe, alors qu'il ne met pratiquement jamais les pieds au magasin. À voir comment vont les choses, Anita ne serait pas surprise que les Desbiens deviennent propriétaires du magasin. Le jour où ça arrivera, elle s'en ira, parce que jamais elle n'acceptera de travailler pour des gens comme eux.

— Juste assez pour ne plus me rendre malade si jamais je finis vieille fille.

Gertrude s'approche d'Anita et elle la prend par le cou avant de lui coller un bec sonore sur la joue.

— Tu m'as tellement manqué ! Jure-moi que tu ne te sauveras plus jamais au couvent !

— Aucun danger ! Moi aussi, je me suis ennuyée de toi.

* * *

Adrien a disparu depuis quatre jours. Le premier réflexe de Marie-Paule a été de se dire qu'il fallait bien que ça finisse par arriver. Son mari avait battu son record à plate couture entre sa dernière cuite et celle-ci. Elle était morte d'inquiétude comme chaque fois, mais au moins une âme charitable était venue porter son auto dans la cour dès la première nuit, ce qui la rassurait partiellement. Mais là, elle commence sérieusement à penser qu'il lui est peut-être arrivé quelque chose de grave qui l'empêche de revenir.

Elle met son travail de côté et dit à Marie-Laure :

— Je vais aller voir les rouliers et si ça ne marche pas, j'irai voir la belle-mère.

— Vous êtes vraiment désespérée, à ce que je vois !

— Adrien n'est jamais parti aussi longtemps et je n'en peux plus de l'attendre.

— À moins qu'il soit très différent d'Arté, ce n'est sûrement pas lui qui en fait le plus dans une maison.

Marie-Paule plisse le front en entendant le commentaire de sa belle-sœur. Ce qu'Adrien fait dans la maison n'a strictement rien à voir là-dedans. Il est le premier à dire qu'il est bon à rien dans une maison. Il s'est amélioré un tantinet avec les enfants, mais encore là, pas suffisamment pour que Marie-Paule crie victoire. Et, pourtant, André et Michel ont dû lui poser un millier de questions depuis qu'Adrien brille par son absence.

— Je viens de me souvenir de quelque chose, dit un des rouliers, mais ça ne vous aidera sûrement pas. Le soir où il est disparu, le père Desbiens est venu lui dire quelque chose du genre : *Tu n'oublies pas, Adrien !*

— C'est tout ? insiste Marie-Paule.

— Moi, dit l'autre roulier, j'ai remarqué que les jours avant sa disparition, Adrien manigançait pas mal avec Desbiens. Je lui en ai même parlé. Vous le connaissez, il s'est frotté le menton et m'a juste dit qu'il avait ses raisons.

— Et vous n'avez pas pensé à m'en parler ? ne peut s'empêcher de dire Marie-Paule.

Les deux hommes haussent les épaules en même temps, en guise de réponse. L'un comme l'autre ont vite appris à être discrets. Ils ont été engagés pour faire ce qu'on leur dit, mais surtout pour tenir leur langue. Avec tout ce qu'ils transportent dans leur auto, ils en savent plus sur les gens que le curé en apprend à les confesser. Quand les portières de leur auto se referment, ils entendent et ils voient des choses à faire dresser les cheveux sur la tête, mais ils gardent ça pour eux.

Marie-Paule va saluer Gertrude avant de prendre le chemin du bordel.

— Je vous jure qu'il va avoir affaire à moi quand il va daigner réapparaître, lance Gertrude. Est-ce que je me trompe ou c'est la première fois qu'il part aussi longtemps ?

— Vous ne vous trompez pas, et personne ne sait où il est. Je suis morte d'inquiétude.

— C'est un peu normal. Vous êtes enceinte jusqu'aux yeux, vous travaillez comme une folle et vous êtes seule pour vous occuper des enfants et de la maisonnée. Je devrais vous commander une médaille.

— Il faudrait en prévoir au moins une douzaine, parce que je suis loin d'être la seule dans mon cas, ironise Marie-Paule. Vous allez sûrement me trouver bête, mais je vais aller voir la belle-mère.

— Ce n'est pas parce que c'est ma mère, mais je commence à croire qu'elle a plus de pouvoir que la police, en tout cas pas mal plus que le cousin Roger, mais ça, c'est une autre histoire. Je peux vous accompagner si vous voulez, j'ai justement quelque chose à lui demander.

Lucille les fait passer au salon, mais elle ne leur offre pas le thé. Elle brasse de grosses affaires ces temps-ci et elle n'a pas de temps à perdre avec des peccadilles.

— Que me vaut l'honneur ? leur demande-t-elle aussitôt qu'elles posent les fesses sur le divan.

Marie-Paule lui expose rapidement la situation. Lucille les regarde tour à tour.

— Et après ? finit-elle par dire.

La réaction de Lucille donne des boutons à Gertrude. Comme si sa mère ignorait pourquoi elles sont là.

— Si on est venues vous voir, c'est parce qu'on pense que vous pouvez nous aider à retrouver Adrien, réplique Gertrude en utilisant un ton légèrement acide. Il devrait être revenu.

Entendre Gertrude lui parler exactement sur le même ton que lorsqu'elle s'entêtait à la faire lever le matin ragaillardit Lucille. Elle n'ira pas jusqu'à dire que ce temps-là lui manque, mais le pouvoir qu'elle avait sur sa fille, ça oui. Perdue dans ses pensées, Lucille tarde à leur répondre, ce qui commence à impatienter drôlement Gertrude. Elle lui donne encore une minute avant de charger. La disparition d'Adrien ne l'a pas encore empêché de dormir, mais elle comprend que Marie-Paule n'en puisse plus d'être sans nouvelles.

— Est-ce que vous pourriez m'aider à le retrouver ? lui demande gentiment Marie-Paule.

— C'est la police que vous devriez aller voir !

Marie-Paule fixe sa belle-mère à travers ses larmes et elle lui dit :

— Mais j'ai plus confiance en vous qu'en Roger.

Lucille est flattée par les paroles de sa belle-fille. Elle n'a jamais compris pourquoi elle aimait autant Adrien. Ce n'est pas un mauvais garçon, mais Lucille prétend qu'elle aurait pu trouver un bien meilleur parti que son fils.

— Je n'ai jamais compris pourquoi Adrien a besoin de disparaître pour aller se saouler la gueule, lance Lucille, mais je vais voir ce que je peux faire. Je veux que vous sachiez que c'est pour vous que je le fais.

Les dernières paroles de Lucille suffisent pour que Marie-Paule se mette à pleurer comme une Madeleine. Contre toute attente, Lucille s'approche d'elle et lui tend son mouchoir.

— Croyez-moi, lui dit-elle, aucun homme ne vaut la peine qu'on pleure pour lui.

Si Gertrude n'avait pas été témoin de la scène, jamais elle n'aurait cru que sa mère était capable d'une telle compassion, surtout à l'égard de Marie-Paule, qu'elle s'est toujours fait un malin plaisir de critiquer lorsqu'elle habitait avec eux au début de son mariage avec Adrien. Il faudra qu'elle aille raconter ça à Marcella dès qu'elle aura une minute.

Comme si Lucille avait déjà épuisé sa banque de sensiblerie, elle se dépêche d'ajouter sur son ton habituel :

— Bon, vous allez m'excuser, mais j'ai autre chose à faire.

— Et moi j'ai une question à vous poser, dit Gertrude. Avec qui monsieur Desbiens a-t-il batifolé ?

— Ce qui se passe ici reste ici, répond Lucille d'une voix tranchante avant de sortir du salon comme une furie.

Gertrude se doutait bien que sa mère la revirerait comme une crêpe, mais c'était plus fort qu'elle. Tant pis, elle restera sur son appétit. En sortant de la maison, elles tombent nez à nez avec Ernest. Gertrude lui pose sans hésitation la même question qu'à sa mère.

— Approchez-vous, leur dit-il. Desbiens n'a jamais mis les pieds au bordel, j'ai demandé à mon protégé de lui voler sa montre. On n'allait certainement pas se priver, après tout ce que monsieur vous fait endurer depuis qu'il est actionnaire du magasin. Et je mettrais ma main dans le feu qu'il a quelque chose à voir avec la disparition d'Adrien. Je le connais, mon cousin, et s'il n'est pas revenu, c'est parce qu'il ne peut pas.

— C'est ce que je me dis, s'exclame Marie-Paule.

Et elle lui répète les paroles des rouliers.

— Je vais en parler à ma tante, oh pardon, à madame de Minier, confirme Ernest.

Ernest a très vite dû apprendre que lorsqu'il est au travail, il n'y a pas de tante qui tienne. Il faut dire qu'il a eu droit à une taloche en arrière de la tête chaque fois qu'il s'est échappé.

— Merci, Ernest ! dit Marie-Paule.

— Il n'y a pas de quoi, ma belle Marie-Paule.

Alors que les filles prenaient congé d'Ernest, la voix de Lucille résonne dans leurs oreilles.

— À quelle heure le bonhomme Desbiens finit-il de travailler ?

— Il part toujours vers cinq heures, répond Gertrude.

— Ernest, arrive ici, on a du pain sur la planche.

Il est trop tôt pour que Marie-Paule crie victoire, mais savoir que Lucille prend les choses en main la rassure.

— Est-ce que vous croyez qu'on a toujours jugé votre mère trop sévèrement ? demande-t-elle à Gertrude.

— Jamais dans cent ans ! lance Gertrude d'une voix assurée. Ce n'est pas parce qu'elle vous a donné son mouchoir que ça fait d'elle un ange. La mère ne changera jamais, c'est juste qu'elle est trop occupée pour nous empoisonner la vie.

Comme si ce n'était pas suffisant, Gertrude ajoute :

— Si j'étais à votre place, je ferais une croix sur le calendrier.

— Je vous trouve bien sévère à son égard. Grâce à elle, je peux coudre les plus beaux tissus et…

— Loin de moi l'idée de lui enlever ses mérites, mais dites-vous bien que c'était d'abord pour vous faire accepter qu'Adrien travaille pour elle à tous les mercredis. Je vous l'ai déjà dit, la mère ne fait jamais rien pour rien.

Chapitre 25

Monsieur Potvin regarde l'heure sur sa montre, madame de Minier est sur le point d'arriver. Le sujet dont il veut l'entretenir est assez sérieux pour qu'il la reçoive dans son bureau plutôt qu'au salon. Même si Céline est déjà au courant de la raison de sa visite, il préfère régler la question sans témoin. Il relit les quelques points qu'il a griffonnés à la hâte sur un bout de papier pour être certain de n'avoir rien oublié. Il ne passera pas par quatre chemins, ce n'est pas comme ça qu'il a l'habitude de faire des affaires, et madame de Minier non plus. Plus il la regarde aller, plus cette femme l'impressionne.

Dès qu'il entend parler, il sort de son bureau et il salue chaleureusement Lucille en la voyant.

— Suivez-moi, lui dit-il, on va s'installer dans mon bureau.

— Ça doit être vraiment sérieux, blague Lucille.

Puis, à l'adresse de Céline, elle ajoute d'un ton plus léger :

— On se voit tantôt, ma belle fille.

— Vous pourriez rester souper avec nous, propose Céline.

— Avec plaisir !

Et Lucille suit monsieur Potvin.

— Je vous écoute ! dit-elle aussitôt assise.

— J'irai droit au but. J'ai besoin de vous. J'ai réussi à convaincre Charlotte de venir passer du temps avec Céline pour qu'elle puisse voir son fils et, comme vous le savez sûrement, ça c'est très bien passé. Il me reste Laurier à voir, son mari. J'ai pris quelques renseignements sur lui et tout ce que j'ai réussi à savoir, c'est qu'il n'est pas commode. Céline vous a sûrement parlé de notre plan.

Lucille ne met que quelques secondes pour se souvenir de ce que Céline lui a dit.

— En gros, vous voudriez qu'ils emménagent dans la maison voisine de la vôtre.

— C'est bien ça, mais c'est plus facile à dire qu'à faire. Il travaille au port et on peut dire qu'il gagne plutôt bien sa vie. Vous comprendrez que ça va me prendre une maudite bonne raison pour qu'il accepte non seulement de quitter son emploi, mais de venir s'installer à Jonquière. On m'a dit qu'il était natif de Chicoutimi, ce qui me complique encore les choses. Je n'ai jamais compris pourquoi ils se pensent au-dessus de tout le monde, ceux-là.

— Et de devenir le voisin de Céline, ajoute Lucille. Si tout ce que Céline m'a dit est vrai, et je n'ai aucune raison de ne pas la croire, il va falloir le payer cher pour qu'il accepte seulement de la croiser de temps en temps. Quant à l'avoir pour voisine…

Lucille serait découragée si elle savait le nombre de fois que monsieur Potvin a retourné la question dans sa tête. Il est prêt à tout pour que sa femme soit heureuse, mais encore faut-il qu'il ait les moyens d'agir. Il a pensé offrir un emploi au magasin général à Laurier, mais depuis que les Desbiens sont là, il se sentirait bien malhonnête de le faire. À voir comment vont les choses, le magasin monté par Mérée ne fera pas vieux os. Monsieur Potvin sait qu'il devrait être là pour soutenir ses associés, mais c'est par pur principe qu'il a gardé des parts dans l'entreprise. En mourant, Mérée est partie avec le plaisir qu'il a toujours eu à tenir un magasin général.

— Vous allez sûrement me trouver effronté, présume monsieur Potvin, mais j'ai pensé que vous pourriez peut-être lui offrir de diriger votre entreprise de confection, à moins bien sûr que vous ayez déjà trouvé quelqu'un. Si j'étais à sa place, j'y réfléchirais à deux fois avant de refuser un emploi comme celui-là.

Lucille pense à ce que monsieur Potvin vient de lui dire. À première vue, ça pourrait être possible.

— Il faudrait m'en dire un peu plus sur le personnage, ajoute-t-elle.

— Remarquez que je l'ai vu seulement de loin, mais d'après ce qu'on m'a dit sur lui, j'aurais tendance à croire qu'il a des points communs avec Ernest et Roger, mais je pourrais sûrement m'organiser pour en savoir plus.

— Laissez-moi ça entre les mains, confirme Lucille.

Monsieur Potvin respire déjà mieux. Disons qu'il se sentait légèrement mal à l'aise d'aller le rencontrer alors qu'il a marié la femme qui a enlevé son fils.

— Mais à une condition ! lance Lucille.

Et Lucille se met en frais de lui expliquer en long et en large que c'est à son tour d'avoir besoin de lui.

— Ce sera un jeu d'enfant, surtout que le terrain en face du magasin général m'appartient, lui confirme-t-il. Pour revenir à Laurier, j'ai oublié de vous dire qu'il héberge un de ses compagnons de travail, un jeune qui n'a même pas vingt ans. Il paraît qu'il l'a pris sous son aile. Il faudrait lui trouver quelque chose à lui aussi, si on veut mettre toutes les chances de notre bord.

— L'avez-vous vu ?

— De loin seulement, il m'a paru être plutôt beau garçon.

— C'est parfait pour moi ! J'offrirai à Laurier de diriger l'entreprise et à son protégé de courir les chemins pour vendre nos robes.

Monsieur Potvin est très content que madame de Minier ait accepté de l'aider sans qu'il ait été obligé de brandir la carte du mari qui a accepté généreusement d'élever le fils de l'amant de sa femme. Il s'est bien gardé de parler de Léandre. La dernière fois qu'il a prononcé son nom devant Lucille, elle l'a remis à sa place en deux temps trois mouvements. Depuis qu'elle sait qu'il a trompé sa fille, et avec qui, elle ne le porte pas dans son cœur.

Lucille sait très bien à quoi elle expose Marcella en facilitant la venue de Charlotte en ville, mais elle a pour son dire que ce sera d'autant plus difficile pour Léandre de récidiver lorsqu'ils seront proches.

***

Adrien marche depuis la levée du jour quand il aperçoit enfin un camp de bûcherons. Jamais il n'aurait cru qu'il serait aussi content d'en voir un. Il entre sans frapper et se laisse tomber sur la première chaise qu'il trouve.

— Tu n'as pas le droit d'être ici ! s'écrie le cuisinier d'une voix bourrue. Retourne bûcher, avant de perdre ta *job*. Allez !

— Je ne suis pas bûcheron, répond Adrien, je suis perdu.

L'homme s'approche aussitôt pour voir à qui il a affaire.

— Parle ! lui ordonne-t-il.

— Je veux retourner à Jonquière, mais je n'ai aucune idée de l'endroit où je suis. On m'a abandonné dans un camp de chasse il y a trois jours, en tout cas, c'est ce que je pense.

— C'est mal parti, tu vas dans la direction contraire.

Entendre ça décourage Adrien. Même si son bourreau lui avait laissé de quoi manger, il vient de vivre les trois jours les plus longs de sa vie. Tout ce qu'il se rappelle, c'est d'être allé chez le père Desbiens à sa demande après sa journée de travail et d'avoir bu le verre de whisky qu'il lui a mis dans la main. Après, il a perdu la carte. Il s'est réveillé avec un mal de tête comme ceux qui le terrassent généralement après trois jours de beuverie. Il a regardé autour de lui et il a vite compris que Desbiens l'avait bien eu. Restait maintenant à découvrir pourquoi. Adrien est sorti dehors et quand il a vu qu'il était au beau milieu de la forêt, il s'est pris la tête à deux mains. Si c'était une blague, on viendrait sûrement le chercher. S'il se trompait, il faudrait qu'il trouve son chemin pour retourner à Jonquière. Mais comment? Adrien a marché autour du camp de bois ronds de tous bords tous côtés pour essayer de trouver un indice ou une piste. Tout ce qu'il a vu, ce sont des traces laissées par le passage d'un cheval dans les herbes hautes. Comme elles allaient dans tous les sens, il a choisi la première option. Il avait de quoi manger et une forêt entière pour se chauffer en attendant que quelqu'un vienne le chercher. C'était la blague la plus plate qu'on lui ait jamais faite et le père Desbiens ne perdait rien pour attendre.

— Tu as de la chance, on attend notre commande avant le dîner. Tu pourras repartir avec le livreur. Tu devrais être à Jonquière avant la fin de l'après-midi. Mais dis-moi donc, est-ce que par hasard monsieur Desbiens serait la dernière personne que tu aurais vue avant de te réveiller en plein milieu du bois?

— Comment le savez-vous?

Le gros homme hausse les épaules.

— Tu n'es pas le premier à qui il fait le coup, c'est un malade. Le dernier à avoir goûté à sa médecine, c'est le secrétaire du maire de Chicoutimi. Desbiens voulait obtenir une faveur et il s'est arrangé pour l'obtenir. Sais-tu au moins pourquoi il s'en est pris à toi?

— Pas encore, mais j'ai bien l'intention de le savoir, par exemple.

Adrien a quand même sa petite idée. Les Desbiens font des pieds et des mains pour imposer leur loi depuis qu'ils ont des parts dans le magasin de Mérée. Ils ont pensé qu'ils aideraient leur cause en s'en prenant à lui.

— Peu importe ce que vous ferez pour les contrecarrer, a dit Adrien le jour de son enlèvement, vous n'arriverez pas à les faire rentrer dans le rang. Pensez-y un peu, c'est comme si vous demandiez à un poisson de vivre hors de l'eau. Les Desbiens dirigent depuis qu'ils respirent.

— Mais tu as l'air d'oublier que nous sommes majoritaires, avait riposté Gertrude.

— Tu vois aussi bien que moi que ce n'est pas un pourcentage qui va les empêcher d'agir. Je sais bien que ça ne me regarde pas, mais vous devriez leur vendre le magasin au plus sacrant.

— Pourquoi, peux-tu me le dire ? Et on ne peut pas faire ça à Mérée, elle a trop travaillé pour monter son magasin.

— Je ne savais pas que tu aimais souffrir à ce point. Ma pauvre Gertrude, en signant avec les Desbiens, tu as juste changé de bourreau. Si tu savais tout ce que j'entends sur leur compte, les cheveux te dresseraient sur la tête.

Plus Adrien se fait brasser le derrière dans la charrette, plus il a hâte de se retrouver en face du père Desbiens. Le livreur le laisse à proximité du bordel de Jonquière. Adrien fait quelques pas et il tombe sur Ernest et Roger qui sont en pleine discussion.

— Adrien ! s'exclame Ernest en le voyant. Veux-tu bien me dire où tu étais passé ? Tout le monde te cherche. Tu as vraiment une sale mine.

Adrien leur raconte rapidement ce qui lui est arrivé.

— Ça ne prend qu'un salaud pour faire ça ! lance Ernest. Veux-tu que je te ramène chez vous ? Marie-Paule est morte d'inquiétude.

— Pas tout de suite, j'ai quelque chose d'important à faire avant.

— Est-ce que ça va, mon garçon ? lui crie Lucille par la fenêtre de sa chambre.

— Ça ira encore mieux quand j'aurai cassé la gueule du père Desbiens, lui répond-il d'une voix forte.

— Amuse-toi bien, fils !

— Vous allez m'excuser, se dépêche d'ajouter Roger, je viens de me souvenir que j'ai une urgence à Kénogami.

Ernest emboîte le pas à Adrien sans lui demander la permission. Il n'a jamais vu son cousin aussi enragé. Une fois devant le magasin, Adrien s'arrête au pied des marches et il prend une grande respiration avant de les monter. Ernest lui ouvre la porte et le laisse passer. Adrien cherche Desbiens jusqu'à ce qu'il le repère près des barils de mélasse. Il s'avance jusqu'à lui en le fixant et aussitôt à sa hauteur, il lui met son poing sur la gueule pour effacer le sourire qui s'affiche sur ses lèvres à mesure qu'il s'approche de lui.

— Ça, c'est pour le verre de whisky.

De nouveau son poing vient s'abattre sur le visage du père Desbiens.

— Et ça, pour m'avoir abandonné au beau milieu de la forêt.

Adrien ne voit plus clair, il frappe la cible encore et encore jusqu'à ce qu'Ernest le prenne par les épaules et le tire vers lui pour l'arrêter. Le visage en sang, Desbiens s'effondre par terre comme un vulgaire sac de patates. Au lieu d'aller au chevet de son mari, sa femme se rue sur Adrien comme un chien enragé, mais elle se fait très vite ramasser par Camil et Ernest qui se retiennent de lui faire subir le même sort qu'à son mari.

— Vous êtes des charognes, lance Camil. Vous avez gagné, nous allons vous vendre le magasin. Je refuse de travailler avec des fous.

Témoin de la scène, Gertrude a du mal à croire ce qu'elle vient d'entendre. Camil n'a même pas daigné leur demander leur avis et il vient de s'engager à vendre le magasin.

— Camil a raison, lui dit Margot en la prenant par les épaules, Adrien aurait pu y rester.

Gertrude comprend tout ça. Elle est la première à être contente de voir Adrien. Les Desbiens n'avaient pas le droit de s'en prendre à lui. Adrien travaille pour le magasin, mais il n'a rien à voir avec les décisions prises par les associés. Gertrude est d'accord pour dire que les choses sont allées trop loin, mais la seule pensée d'abandonner le magasin de Mérée aux mains des Desbiens la rend malheureuse.

Penchée au-dessus de son mari, c'est à hauts cris que madame Desbiens réclame de l'aide.

— J'ai envoyé chercher le docteur, lui crie Margot de derrière le comptoir. Il ne vous reste plus qu'à prier pour qu'il ne soit pas en train d'aider une femme à accoucher dans le fond d'un rang.

— Pourquoi lui parlez-vous ainsi? lui demande Gertrude soudainement prise d'un élan de compassion.

— Ta bonté va finir par te perdre un jour! Il n'est pas à l'article de la mort, c'est son orgueil qui souffre le plus. Et ce n'est certainement pas moi qui vais aller lui porter une compresse d'eau froide. Je ne peux pas croire que tu aies déjà oublié ce qu'ils ont fait à Adrien.

Sa tante pourrait lui dire tout ce qu'elle veut, il n'en demeurerait pas moins que Gertrude n'aime pas voir souffrir les gens, même ceux qui s'en prennent à sa famille. Elle ne s'attend pas à ce qu'Adrien aille s'excuser de l'avoir frappé, mais en ce moment, c'est monsieur Desbiens qui saigne comme un cochon. Gertrude ne fait ni une ni deux et elle sort du magasin. Elle monte chez elle et revient avec une serviette d'eau froide qu'elle va porter à monsieur Desbiens.

Comme si ce n'était pas assez, la porte s'ouvre sur Lucille. Elle s'approche du couple et remet une enveloppe à madame Desbiens.

— J'ai pensé que vous seriez contente de retrouver votre collier, surtout que la fille à qui votre mari l'a offert ne l'aime pas du tout. Tenez !

Et elle ressort aussi vite qu'elle est rentrée. C'est alors qu'on entend un grand rire qui résonne dans tout le magasin. Margot se tient les côtes, tellement elle rit. C'est ensuite au tour d'Adrien de lui emboîter le pas. Puis Camil, Ernest, Gisèle et enfin, Gertrude. Lucille n'a fait que passer, mais son passage a eu autant d'effet qu'un ouragan.

* * *

Marie-Paule est bouche bée quand Adrien lui raconte ce qui lui est arrivé.

— Dire que je pensais que tu te payais encore une cuite. Je suis vraiment désolée d'avoir douté de toi.

— Veux-tu bien m'arrêter ça ? Au nombre de fois que je suis disparu pendant des jours sans rien te dire, c'est normal.

Adrien fait une courte pause avant de reprendre la parole.

— Entre toi et moi, mon séjour en plein bois m'a sonné pas mal plus que je le voudrais. Je n'ai aucune idée de ce qu'il a bien pu mettre dans mon verre, tout ce que je sais, c'est que j'étais à jeun avant ce verre-là. Je n'ose pas imaginer ce que ça aurait été s'il m'avait fait le coup après deux bouteilles de whisky. Ça me fait assez peur que j'ai décidé d'arrêter de boire.

— Complètement ?

— C'est tout ou rien ! J'espère juste que je vais y arriver.

Marie-Paule salue la volonté d'Adrien, mais il est trop tôt pour crier victoire et elle le sait. Adrien n'est pas le premier homme qu'elle connaît qui veut arrêter de boire, elle espère néanmoins qu'il va gagner son pari.

— J'ai confiance en toi, lui dit-elle avant de l'enlacer.

— Ma foi du bon Dieu, s'écrie Adrien, tu as encore pris de la bedaine. Es-tu bien certaine que tu n'es pas en train de nous fabriquer des jumeaux ?

— J'espère que non ! se défend Marie-Paule. Un bébé à la fois, c'est bien assez pour moi.

Depuis qu'Adrien lui a parlé de la vente du magasin que Marie-Paule n'arrête pas de penser à ce qui pourrait leur arriver.

— J'imagine qu'une fois les papiers signés, Gertrude va devoir libérer le logement au-dessus du magasin, ajoute Marie-Paule.

— Il n'en a pas été question ce matin, mais si j'étais à sa place, c'est clair que je ne resterais pas au-dessus de mes bourreaux.

— Mais ils sont bien trop nombreux pour retourner dans son ancienne maison. Et il y a ton père, Margot et Anita…

Ce n'est qu'à ce moment qu'Adrien voit où sa femme veut en venir. Marie-Paule est inquiète à l'idée de devoir déménager ses pénates encore une fois.

— Arrête de t'inquiéter, le père ne reviendra jamais vivre ici. Ou il va rester dans la maison de Gertrude ou il va s'en faire construire une sur notre rang.

— Et Gertrude?

— Ils ont assez grand de terrain pour agrandir leur maison. Reste maintenant à savoir si c'est ce qu'ils vont décider. Des fois, je me demande ce que Mérée dirait, si elle voyait ce que les Desbiens sont en train de faire à son magasin.

— Moi, je pense que rien de tout ça ne serait arrivé si elle était toujours en vie.

***

C'est la troisième fois que Lucille vient se confesser à monseigneur ce mois-ci, et ce, toujours le mercredi après-midi. Enfin, il serait plus juste de dire qu'elle vient lui rappeler qu'elle est toujours vivante et qu'elle l'a à l'œil. Elle ne lui a pas encore pardonné le coup de l'annulation de son mariage, et c'est sa manière à elle de le lui rappeler. Les premières fois qu'il entendait sa voix de l'autre côté du grillage, il voyait rouge et il s'en prenait à elle jusqu'à ce qu'elle finisse par s'en aller au bout de cinq minutes bien chronométrées. Mais maintenant, il prend les visites de Lucille avec un grain de sel et il en profite pour discuter avec elle de tout et de rien. C'est même rendu qu'il se prend à surveiller l'heure lorsqu'elle retarde un peu.

— Aujourd'hui, dit Lucille, j'ai tellement de choses à vous dire que vous n'aurez pas le temps de parler.

— Rien ne nous interdit de prolonger un peu votre confession. Les mauvaises langues diront que vous aviez plus de péchés que d'habitude, mais je suis certain que ça ne vous dérange pas.

Si le but ultime de Lucille était de pourrir la vie de monseigneur à chacune de ses visites, tout comme lui, elle s'est mise à les espérer. Le fait de ne pas le voir lui facilite les choses de beaucoup.

Lucille lui parle de la mésaventure d'Adrien et elle ne se gêne pas pour casser de gros carrés de sucre sur le dos des Desbiens au passage.

— Je vous trouve bien bonne à leur égard, avoue monseigneur lorsque Lucille arrive au bout de son discours. Ces gens n'ont pas de cœur et il vaut mieux s'en tenir loin si on ne veut pas manger de coups. Vous ne pouvez pas imaginer tout ce qu'ils ont fait pour être là où ils sont.

— Mais alors pourquoi tout le monde finit par s'agenouiller devant eux?

— Parce qu'ils ont beaucoup d'argent et qu'ils sont prêts à tout pour arriver à leurs fins.

Monseigneur se retient à deux mains de féliciter Lucille pour le coup de la montre et du collier. Il n'y avait qu'elle pour se permettre ça. Lucille ne le sait probablement pas, mais elle est continuellement dans la mire des Desbiens. Seulement, elle a le bras tellement long qu'ils ne peuvent pas courir le risque de s'en prendre à elle. Et monseigneur croit qu'ils ont raison.

— À mon tour maintenant de vous dire mon nouveau. Émile a encore raflé tous les prix au séminaire.

Cette nouvelle remplit le cœur de Lucille à elle seule. Elle savait qu'il possédait ce qu'il fallait pour réussir, mais jamais elle ne se serait doutée qu'il serait premier de classe dans toutes ses matières.

— Il vient souper au presbytère ce soir. Je me demandais si vous aimeriez vous joindre à nous.

L'invitation de monseigneur touche Lucille au plus profond de son âme. Elle avait d'autres plans, mais c'est une invitation qui ne se refuse pas. Elle ravale pour masquer son émotion et elle lui dit :

— Je ne peux rien vous promettre, mais je vais faire mon possible pour venir.

Sa réponse fait sourire monseigneur. Sous ses airs sévères, Lucille a un cœur comme tout le monde et il suffit parfois de gratter un peu pour l'atteindre.

— Ce n'est pas tout, poursuit monseigneur, Adjutor m'a écrit pour m'annoncer qu'Arabella est enceinte.

Si monseigneur avait réussi à attendrir Lucille avec le cas d'Émile, il vient de provoquer un retrait dans ses terres les plus profondes en lui annonçant cette nouvelle. Autant elle a aimé, protégé et adulé son Adjutor, autant elle lui en veut pour tellement de raisons qu'il serait trop long d'en dresser la liste.

Devant son silence prolongé, monseigneur revient à la charge.

— Il va falloir lui pardonner un jour.

— Plutôt brûler en enfer, s'écrie Lucille avant de sortir du confessionnal.

Il s'est passé tant de choses entre elle et Adjutor que Lucille ne voit pas le jour où elle pourra passer par-dessus. Elle rêve parfois qu'elle veille sur la galerie du pavillon qu'il a fait construire expressément pour elle en admirant le fleuve et, chaque fois, elle se réveille en sursaut quand l'image de Joseph et de Margot se superpose sur la sienne. Lucille a la mémoire longue. Elle n'en veut pas à Joseph, pas plus qu'à Margot, mais à Adjutor parce que c'est lui qui leur a permis de s'installer dans son pavillon.

Lucille remonte dans l'auto d'Adrien avec son air des jours de misère. Adrien voit bien qu'il y a quelque chose qui ne va pas, mais il se garde bien de lui poser une seule question. Quand Lucille a cet air, il vaut mieux ménager sa salive.

— Emmène-moi au magasin des Desbiens, dit-elle d'un air pincé.

— À celui de Chicoutimi ?

— Mais oui ! répond brusquement Lucille. À ce que je sache, c'est encore le seul qu'ils possèdent.

Adrien se demande bien pourquoi sa mère veut aller à leur magasin, mais encore une fois, il se contente de la conduire sans rien dire.

Chapitre 26

C'est bien plus qu'une impression, Anita flotte littéralement sur un petit nuage rose depuis que Lucien est entré dans sa vie. Elle est si heureuse qu'il s'en faudrait de peu pour qu'elle aille s'en confesser. Le bonheur la rend belle et tous les clients qu'elle sert au magasin ne manquent pas de le lui dire, ce qui, bien sûr, la ravit.

— Et tu ne sais pas la meilleure, dit-elle en montrant sa main à Gertrude.

— Il t'a demandée en mariage ? Wow ! Je suis vraiment contente pour toi. Le moins qu'on puisse dire, c'est qu'il a beaucoup de goût. Avez-vous l'intention de faire un gros mariage ?

— Tout ce que je sais, c'est qu'on va se marier tout de suite après les Fêtes.

— Sais-tu au moins où vous allez rester ?

— Lucien m'a dit qu'on pourrait habiter dans le logement au-dessus de chez ses parents.

À voir la moue de la jeune fille, Gertrude réalise très vite que ça ne fait pas son bonheur.

— Ça n'a pas l'air de te plaire trop, trop…

— Bien moi, j'aimerais mieux qu'il garde son logement au-dessus de chez Marie-Paule et Adrien. Je n'ai rien contre ses parents, même que je les trouve plutôt gentils, mais je me sentirais plus à l'aise si on habitait à une certaine distance d'eux.

— Je te comprends très bien. Aimerais-tu que j'en glisse un mot à Adrien ?

— Non !

— Et pour ta robe ?

— J'ai l'intention de demander à ma mère de me la faire. Elle n'a pas les doigts de fée de Marie-Paule ou de Marie-Laure, mais elle travaille bien.

L'entrée de Margot interrompt brusquement la discussion des deux femmes.

— Non, mais avez-vous vu ça ? s'écrie-t-elle les baguettes en l'air. Ils ont osé poster des fier-à-bras à l'avant et à l'arrière du magasin.

— Mais de qui parlez-vous ? se renseigne Gertrude.

Margot regarde sa nièce droit dans les yeux.

— Des Desbiens ! Il y a quatre grands gaillards dehors qui surveillent les entrées et les sorties de tout le monde.

— Mais les Desbiens ne sont même pas encore arrivés, dit Anita qui essaie de comprendre de quoi il est question.

— C'est là que tu te trompes, ils sont en train de donner des ordres à leurs hommes. J'ai l'impression d'être en plein quartier Saint-Roch.

Devant le froncement de sourcils de Gertrude et d'Anita, Margot se dépêche d'ajouter :

— C'est à Québec. Voulez-vous bien me dire pourquoi ils ont besoin de se faire protéger ?

— Parce qu'ils ont peur qu'Adrien revienne à la charge, lance Gertrude. Mon frère ne s'est pas battu souvent dans sa vie, mais on peut dire qu'il n'a pas manqué le père Desbiens.

— Si tu veux mon avis, renchérit Margot, il aurait mérité bien pire. Au fait, avez-vous pris une décision ?

— On passe chez le notaire à la fin de la semaine pour signer l'acte de vente, répond Gertrude d'une voix neutre.

Ils se sont réunis chez monsieur Potvin, hier soir, et ils en sont très vite venus à la conclusion qu'il était grand temps de céder le reste des parts aux Desbiens. Après, ils ont bu un grand verre de whisky ensemble sans qu'un mot de plus ne soit échangé et ils sont tous rentrés chez eux. Gisèle a pleuré dans les bras de René jusqu'à ce qu'elle finisse par s'endormir. Camil a bu jusqu'à en perdre la carte, et Gertrude était tellement sonnée qu'elle n'a pratiquement pas fermé l'œil de la nuit. Elle a l'impression d'abandonner Mérée et elle s'en veut terriblement. Céder le magasin aux Desbiens est pour elle synonyme d'échec. Elle n'a pas réussi à établir une relation mère-fille normale avec sa mère. Elle n'est pas une mère exemplaire elle non plus. Mais la vente du magasin de Mérée reste de loin son pire échec à vie. Quant à monsieur Potvin, il s'est enfermé dans son bureau et il a demandé pardon à Mérée.

— Je suis désolée, dit Margot.

Les yeux dans l'eau, Gertrude fait un gros effort pour sourire à sa tante. Elle ravale plusieurs fois et elle parvient à se composer un visage de monde, comme dirait Lucille. Il n'est pas question que les Desbiens voient son désarroi. Ça ? Non !

La vente du magasin apporte son lot de changements. Même Adrien n'est pas certain d'avoir encore du travail, pas plus que les deux rouliers qui travaillent pour lui, d'ailleurs. Il a dit à Gertrude ce matin de ne pas s'en faire pour lui.

— René m'a dit qu'il aurait besoin de nous au moins une journée par semaine. Il m'a dit qu'il parlerait à monsieur Price la prochaine fois qu'il le verra. Je ne sais pas si tu étais au courant, mais il lui a commandé trois nouvelles girouettes. René m'a dit qu'il ne savait plus où donner de la tête.

— Il n'avait qu'à refuser la commande.

— Tu connais René aussi bien que moi, ce n'est pas demain la veille qu'il va refuser du travail. Il m'a dit qu'il allait demander à Arté de l'aider.

— C'est une bonne idée, il n'a pas le talent de René, mais je suis certaine qu'il sera parfait comme second.

***

— Prenez le temps de vous asseoir, lui dit Lucille, j'aimerais avoir votre avis sur quelque chose.

Lucille fait une pause comme si elle cherchait la meilleure façon de livrer son message qu'elle connaît pourtant parfaitement.

— J'aimerais offrir à votre beau-frère de diriger l'entreprise de confection.

Le visage de Marie-Paule se rembrunit aussitôt, ce qui n'échappe pas à Lucille.

— Je vous rassure tout de suite, vous demeurez responsable des couturières.

— Mais aux dernières nouvelles, Laurier avait un emploi.

— Vous savez aussi bien que moi que les choses peuvent changer plus vite qu'on pense, parfois. Et je pourrais aussi embaucher le jeune homme…

— Arthur ? lui demande Marie-Paule. Je ne savais pas que vous le connaissiez.

— Je ne le connais pas plus que Laurier. Contentez-vous de faire passer le message, on va perdre pas mal moins de temps.

Marie-Paule se gratte la tête nerveusement. Décidément, elle ne comprend absolument pas pourquoi sa belle-mère lui parle de son beau-frère et de son protégé alors qu'elle ne les a jamais vus. Son petit doigt lui dit qu'il y a sûrement quelque chose qui lui échappe, mais quoi ? Aux dernières nouvelles, Laurier a son emploi, et Arthur aussi. Et Charlotte a enfin accepté de coudre pour elle. Comme elle lui a dit, elle profitera de ses visites chez Céline pour lui remettre le fruit de son travail. Elle évitera ainsi toutes questions de la part de Laurier. Pour lui, elle coudra pour leur permettre de se payer un peu de luxe. Ainsi, elle ne pourra pas aller aussi souvent à l'orphelinat, Laurier en sera d'autant plus content.

Connaissant Lucille, Marie-Paule se doute bien que même si elle insiste, celle-ci ne lui en dira pas plus.

— J'en parlerai à Charlotte quand elle viendra me porter ce qu'elle a cousu la semaine prochaine, confirme Marie-Paule.

— Non ! la corrige Lucille sans attendre, ça ne peut pas attendre jusque-là. Je veux que vous alliez la voir demain sans faute.

Marie-Paule fixe Lucille, mais ce n'est pas de cette manière non plus qu'elle va réussir à lui tirer les vers du nez.

— Faites-le pour votre sœur, si vous ne le faites pas pour moi, l'intime Lucille. Mettez-vous un peu à sa place, elle est enceinte jusqu'aux yeux et son mari vient de perdre son emploi. Si vous les aimez le moindrement, évitez de les faire souffrir inutilement.

— Je ne comprends pas pourquoi c'est si important pour vous, mais vous avez l'air de tellement y tenir que je vais le faire.

— Ce n'est pas tout, dites-lui que j'ai une maison pour lui et sa famille. Il n'aura qu'à venir me voir au bordel.

Devant l'air ahuri de Marie-Paule, Lucille ajoute :

— Vous n'allez quand même pas essayer de me faire croire que votre beau-frère est un saint au point de ne jamais avoir mis les pieds dans un bordel… Croyez-moi, les marins n'ont pas l'habitude de se priver.

Même avec les enfants qui se pendent à ses jupes, Marie-Paule pense sans arrêt à sa conversation avec Lucille. Elle attend juste qu'Adrien arrive pour lui en parler. Elle voudrait bien savoir ce qui se cache derrière la générosité soudaine de sa belle-mère. Et elle serait très curieuse de savoir comment Lucille connaît l'existence d'Arthur, là, elle doit avouer que ça la dépasse. Et puis, pourquoi Lucille leur offrirait-elle un emploi ? Ça n'a aucun sens !

Adrien l'écoute avec attention. Tout comme elle, il trouve ça bizarre que sa mère s'intéresse soudainement à Laurier et à Arthur.

— C'est certain qu'elle a une bonne raison pour agir ainsi. Voyons donc, on n'offre pas deux emplois sans connaître les gens.

— N'oublie pas la maison, ajoute Marie-Paule.

— Je ne sais vraiment pas quoi te dire, à part que la mère ne cessera jamais de me surprendre.

***

Charlotte ne sait plus quoi penser depuis que Laurier lui a appris qu'il avait perdu son emploi. Elle fait les cent pas dans la cuisine comme si c'était censé l'aider à reprendre pied. C'est probablement à cause de sa grossesse, mais elle a l'impression que tout est en train de s'écrouler autour d'elle.

— Mais ils vous ont sûrement dit pourquoi ? répète-t-elle pour la énième fois.

— Je comprends que ça ne fasse pas ton affaire, dit calmement Laurier, c'est pareil pour moi. Mais ni Arthur ni moi ne savons la raison de notre renvoi. Tu me connais, j'ai toujours été un bon travailleur et pas plus tard qu'hier, mon patron m'encensait encore.

— Et c'est la même chose pour moi, renchérit Arthur. Je ne sais pas ce qui est arrivé.

— Et vous êtes bien certains qu'il ne vous a rien dit de spécial? lance Charlotte d'une voix désespérée.

Les deux hommes la regardent tour à tour. Ils sont là à essayer de se défendre alors que l'un comme l'autre n'ont rien fait pour mériter un tel sort. Laurier soupire un bon coup avant d'ajouter:

— Ça me revient, maintenant, il a répété au moins trois fois qu'il était désolé.

— Et qu'il n'avait pas le choix, poursuit Arthur.

— Je ne l'ai jamais entendu dire ça aux gars qu'il a remerciés et, crois-moi, on n'est pas les premiers.

— On dirait qu'il y a quelqu'un qui vous en veut, s'exclame Charlotte en s'arrêtant devant son mari. Qu'est-ce qu'on va faire?

— On va souper et on va aller dormir, répond Laurier avec aplomb, et demain Arthur et moi on va aller chercher du travail. Quitte à retourner sur les bateaux pour quelque temps, je te garantis qu'on va trouver quelque chose avant la fin de la journée.

Laurier a l'air sûr de lui devant sa femme alors qu'il n'en est rien, au fond. Depuis le temps qu'il travaille, c'est la première fois qu'il se fait renvoyer sans aucune raison. Même si son patron avait voulu plaider le manque de travail, il aurait été bien mal pris, parce que pas plus tard que la veille il avait engagé trois nouveaux gars. Il ignore qui est derrière tout ça, mais il se promet bien de le découvrir au plus vite. Quant à Arthur, il n'en mène pas plus large. Il n'a pas l'expérience de Laurier et il ne veut pas aller travailler sur les bateaux. Il peut les décharger sans problème, mais pas passer des semaines en mer. Heureusement qu'il a un toit sur la tête, parce qu'il se mettrait à pleurer comme un bébé. Ce n'était pas l'emploi du siècle, mais il l'aimait. Et surtout, il était avec Laurier et ça le rassurait. Qui sait ce qu'ils vont trouver comme emploi, puis il y a plus de chances qu'ils soient séparés que le contraire.

Charlotte n'a pas beaucoup dormi.

— Je vais aller à l'orphelinat ce matin, dit-elle avant de tremper sa cuillère dans son bol de gruau.

La réaction de Laurier est immédiate. Déjà qu'il déteste savoir que sa femme traîne encore là-bas malgré ce qu'il en pense, il ne va certainement pas l'encourager.

— C'est une farce, j'espère. Je viens de perdre mon emploi et tout ce que tu trouves à faire, c'est d'aller bercer tes bâtards. Je t'interdis d'y aller.

Le regard que Charlotte lui jette glace le sang d'Arthur qui est assis à côté de Laurier.

La dernière phrase de Laurier était de trop, et Charlotte a bien l'intention de lui faire ravaler ses paroles. Le sujet de l'orphelinat est clos depuis longtemps, et elle ne le laissera pas le rouvrir pour passer sa colère devant l'injustice qu'il vient de subir. Tant et aussi longtemps qu'elle vivra, elle ira bercer les petits orphelins parce qu'ils ont besoin d'elle.

— Combien de fois vais-je devoir te répéter que ce n'est pas toi qui vas m'empêcher d'aller à l'orphelinat ? hurle-t-elle. Tu peux rester pour t'occuper des enfants si tu veux, mais moi je pars aussitôt que j'ai fini d'avaler mon déjeuner.

Arthur n'a jamais vu Charlotte comme quelqu'un avec qui on peut faire ce qu'on veut, mais il n'aurait pas cru qu'elle pouvait avoir autant de caractère. Il faut se lever de bonne heure pour tenir tête à Laurier. À preuve, depuis qu'il le connaît, Arthur n'a jamais réussi à le faire changer d'idée, et ce n'est pas faute d'avoir essayé.

— Tu n'as qu'à faire à ta tête, comme d'habitude ! lance Laurier d'un ton acerbe.

Charlotte penche la tête sur son bol de gruau et elle finit de manger en silence. Laurier a raison sur un point, elle ne devrait pas y aller aujourd'hui, mais certainement pas parce que c'est lui qui en a décidé ainsi. Elle est fatiguée, c'est vrai, mais elle doit occuper son esprit à tout prix si elle ne veut pas craquer.

Laurier embrasse ses enfants sitôt sa dernière bouchée avalée et il sort sans dire un mot pour Charlotte. Autant elle peut l'aimer, autant elle peut le détester quand il est bête comme maintenant. Et dans ces moments, elle se prend à penser à Léandre et à toute la douceur qui se dégage de sa personne. Elle se doute bien qu'il n'est pas tout le temps comme ça, qu'il doit lui arriver de perdre patience comme tout le monde, mais ce qu'elle connaît de lui la rassure au moins le temps d'une pensée.

***

— Je pourrais te conduire chez ta sœur, mais seulement cet après-midi, dit Adrien.

— Ta mère a tellement insisté que j'ai décidé d'y aller ce matin. De toute façon, avec tout ce que j'ai à faire, je fais seulement un aller-retour.

— C'est à croire que la mère n'aurait pas pu envoyer Ernest.

— Tu oublies que Charlotte est ma sœur.

— Penses-y un peu, argumente Adrien, elle ne t'a pas demandé de les convaincre, juste de leur dire de venir la voir. Même si on passait notre avant-midi à en parler, ça ne nous dirait pas pourquoi c'est si urgent. Bon, j'y vais !

Adrien embrasse sa femme sur la joue et il sort de la maison. Marie-Paule finit de préparer les enfants et elle les emmène chez Marie-Laure comme convenu.

— Je voudrais bien être dans la tête de la belle-mère, dit cette dernière.

— J'ai l'impression que sa tête ne serait pas assez grande pour contenir tous ceux qui essaient de la comprendre. Je reviens aussi vite que je peux.

— Prenez votre temps, je vous promets de ne pas bouger d'ici.

Marie-Paule est tellement préoccupée qu'elle se retrouve chez Charlotte sans vraiment s'en rendre compte. Elle n'a même pas remarqué qu'il fait un temps magnifique et qu'elle est trop habillée pour la température. Elle a toujours aimé l'automne plus que toute autre saison. Elle déboutonne le premier bouton du col de sa robe et elle s'essuie le front avec son mouchoir. Déjà qu'elle a chaud à rien, c'est dix fois pire lorsqu'elle est enceinte. Elle prend le temps d'admirer le paysage avant de descendre de voiture. D'ailleurs, à l'heure qu'il est, Charlotte serait déjà sortie de la maison pour l'accueillir. *Elle doit être à l'orphelinat. Depuis le temps que je veux le voir, c'est l'occasion!* Marie-Paule admire le paysage encore quelques secondes et elle reprend sa route en direction de l'orphelinat.

Comme elle ne sait pas par quelle porte entrer, Marie-Paule choisit la plus grande de toutes.

— Bonjour, dit-elle à la religieuse qui la regarde d'un air sévère.

— Pouvez-vous m'indiquer comment me rendre à l'orphelinat ?

— Si c'est parce que vous voulez venir accoucher ici et donner votre bébé en adoption, c'est avec moi que vous devez traiter.

Marie-Paule met quelques secondes avant de comprendre ce que la religieuse vient de lui dire.

— Rassurez-vous, répond-elle en riant, je ne viens pas pour ça, j'ai un mari et bien d'autres enfants à la maison. Je viens voir ma sœur.

— Votre sœur ? Quel âge a-t-elle ?

— Je suis désolée, ma sœur, s'excuse Marie-Paule. Je viens voir Charlotte, elle berce des enfants à l'orphelinat.

— Ah bon ! Je comprends mieux maintenant.

La religieuse vient rejoindre Marie-Paule sans tarder.

— Attendez-moi ici, je vais aller la chercher.

— Est-ce que je pourrais venir avec vous ?

— Non ! lui répond sèchement la religieuse. Le public n'est pas autorisé à entrer dans l'orphelinat. Je reviens tout de suite.

Marie-Paule va s'asseoir. Elle regarde partout autour d'elle et elle se dit qu'elle ne verrait pas Anita tout de noir vêtue avec un gros crucifix qui pendouille sur le devant de sa robe. Elle essaie de l'imaginer avec la capine et elle est aussitôt prise d'un fou rire. Anita est bien trop gentille pour être religieuse. Et Marie-Paule est sûre qu'elle sera heureuse avec Lucien. C'est un homme bon et à sa place. Marie-Paule ne lui connaît aucun excès. Comme se plaît à dire Alida, il est modéré. Bien sûr, son caractère va contraster avec celui d'Anita, ce qui n'est pas mauvais en soi. Marie-Paule a été très surprise de voir le talent que possède Anita avec une aiguille. Elle la manie pratiquement aussi bien que sa tante, la mère de Marie-Laure, qui est dure à battre. Marie-Paule a recruté deux autres femmes pour les aider, mais si les commandes continuent à rentrer à ce rythme, elle devra en trouver d'autres au plus vite. Elle en profitera pour essayer de convaincre Charlotte de lui accorder plus de temps pour coudre.

— Marie-Paule ! s'étonne Charlotte en l'apercevant. Est-ce qu'il est arrivé quelque chose à maman ?

— Rassure-toi, elle va très bien. Quand tu vas savoir ce qui m'amène, tu n'en reviendras pas.

Comme la religieuse est restée plantée à côté d'elles, Marie-Paule prend sa sœur par le bras et l'entraîne dehors.

— Je n'ai pas envie qu'elle entende ce que j'ai à te dire, s'exclame-t-elle aussitôt la porte refermée.

— Tu n'as quand même pas fait tout ce chemin pour me parler sur le perron de l'hôpital, maugrée Charlotte, je vais chercher les enfants et je te rejoins à la maison. On sera plus tranquilles.

Lorsque Marie-Paule arrive chez Charlotte, la voiture de Laurier est devant la porte. Tant mieux, elle pourra lui faire le message de Lucille directement. Elle descend de voiture et elle frappe à la porte. Une voix légèrement bourrue lui crie d'entrer. Surpris de voir sa belle-sœur, Laurier se lève immédiatement pour venir l'embrasser. Il est très vite imité par Arthur qui affectionne particulièrement Marie-Paule.

— Charlotte ne m'avait pas dit que tu passerais, avoue Laurier.

— Elle n'était pas au courant de ma visite.

— Tu tombes mal, ajoute Laurier, elle est allée à l'orphelinat.

— Je sais, j'en reviens. Elle devrait arriver d'une minute à l'autre.

Entretenir la conversation avec sa belle-sœur est la dernière chose dont Laurier ait envie en ce moment. Arthur et lui ont fait pas moins de dix places différentes sur le port pour se trouver du travail et ils sont revenus bredouilles. L'un comme l'autre, ils ont le moral pas mal à plat, et qui plus est, ils ne veulent pas raconter leurs déboires, pas même à Marie-Paule qu'ils apprécient pourtant beaucoup.

— Quel bon vent t'amène ? lui demande enfin Laurier.

— Si ça ne te dérange pas, j'aimerais mieux attendre Charlotte.

— Il n'est rien arrivé de grave, toujours ? s'inquiète soudainement Laurier.

— Pas que je sache ! Ma sœur arrive, je vais aller l'aider pour les enfants.

Assis à table devant un thé fumant, Marie-Paule prend son courage à deux mains et elle leur dit sans fla-fla pourquoi elle est là. Trois paires d'yeux sont rivées sur elle. Ils essaient de donner du sens à ce qu'elle vient de leur dire.

— Ça ne tient pas la route, ton affaire ! s'écrie Laurier. Tu essaies de nous faire accroire que ta belle-mère, que je ne connais ni d'Ève ni d'Adam, m'offre un emploi de petit boss dans son entreprise de confection, et un de vendeur à Arthur. Voyons donc ! Même à Noël, personne ne m'a jamais fait un tel cadeau.

— Surtout qu'on a perdu notre emploi hier, ajoute Arthur.

— C'est vrai ? riposte Marie-Paule.

Elle n'en revient tout simplement pas. Comment Lucille a-t-elle fait pour le savoir ? Marie-Paule est sidérée. À moins que ce *ne soit pas un pur hasard !*

— Ça ne coûte pas cher d'aller voir, renchérit Arthur.

— Attends un peu, le jeune, le rabroue Laurier. Au cas où tu l'aurais oublié, Jonquière n'est pas à la porte. Y aller en visite, c'est une chose, mais faire la route à tous les jours pour aller travailler, c'est une autre affaire.

— On n'aura qu'à déménager ! Elle nous offre une maison, s'exclame Charlotte qui a retrouvé ses couleurs depuis l'annonce faite par Marie-Paule. Penses-y un peu, je pourrais faire plus de couture et rapporter plus d'argent… et arrêter mes visites à l'orphelinat aussi.

— Et moi, lance Arthur, je me verrais bien, parcourir le Québec comme vendeur. J'ai toujours rêvé de voyager de par les routes.

Un silence de mort tombe soudainement sur eux. Marie-Paule a livré son message comme promis et elle attend la réponse de Laurier et d'Arthur. Charlotte se voit déjà installée à Jonquière. Certes, elle devra faire une croix sur ses visites à l'orphelinat, mais elle sera proche de sa famille, et de Céline aussi. Laurier essaie de peser le pour et le contre. Quitter Chicoutimi n'a jamais fait partie de ses plans. Comme il s'amuse souvent à le dire, il a le nom de la ville qui l'a vu naître tatoué sur le cœur. En même temps, il n'a pas les moyens de laisser passer une telle offre sans au moins aller vérifier de quoi il retourne exactement. Quant à Arthur, habiter à Jonquière ou à Chicoutimi ne fait aucune différence pour lui, pourvu qu'il ait un emploi.

— J'ai de la misère à croire ce que tu me dis, confesse Laurier, mais Arthur et moi, on va aller voir ta belle-mère aujourd'hui même.

Charlotte est si heureuse qu'elle doit se retenir pour ne pas se mettre à danser au beau milieu de la cuisine. Pour une fois que les choses s'annoncent bien pour eux, elle en aurait voulu jusqu'à la fin de ses jours à Laurier s'il avait refusé d'aller au moins voir.

— Et moi, j'en profiterai pour aller voir ma mère.

À voir l'air de Laurier, Marie-Paule saisit très vite qu'il aurait préféré que sa femme ne l'accompagne pas. C'est pourquoi elle se dépêche de venir au secours de sa sœur.

— Je suggère qu'on laisse les hommes partir devant, dit-elle.

— Bonne idée ! s'exclame Charlotte. Ça fait tellement longtemps que je ne suis pas montée avec toi.

Puis, sur un ton taquin, Charlotte ajoute :

— Mais jure-moi d'abord que tu ne conduis pas plus mal qu'avant.

— Tu jugeras par toi-même.

Bien que Marie-Paule conduise une voiture à cheval depuis plus longtemps qu'elle, Charlotte ne s'est jamais sentie en sécurité à ses côtés. Elle a appris de leur frère Lucien, et on dirait qu'elle a retenu uniquement ses faux plis.

— Je propose qu'on mange une bonne soupe aux pois avant de partir, offre Charlotte.

Chapitre 27

Lucille n'a pas eu besoin d'insister très longtemps pour qu'Adrien accepte de l'emmener chez Adjutor. Il n'a presque pas de livraisons à faire depuis que l'acte de vente a été signé. Il a aidé Camil pour agrandir sa maison, mais comme ils ont déjà fait le plus gros, il a un peu de temps devant lui avant d'aider à la finition. Et de toute façon, son père et René sont là pour prendre la relève pendant son absence.

Adrien est de belle humeur aujourd'hui, mais il ne fait pas exprès pour le montrer. Les choses se passent bien avec sa mère jusqu'à maintenant et il vaut mieux qu'il joue profil bas s'il veut que ça continue.

— Je n'ai jamais compris comment tu fais pour avoir le bonheur aussi facile, lui dit Lucille d'un ton plutôt gentil.

— J'imagine que c'est parce que je suis né comme ça.

— Une chose est certaine, tu ne tiens pas ça de Joseph.

Sur le coup, Adrien a envie de prendre la défense de son père, mais en y réfléchissant à deux fois, il est obligé d'admettre que sa mère a raison. Joseph a bon caractère la plupart du temps, mais contrairement à lui, quand il entre quelque part, ce n'est pas lui qui va se mettre à parler ou à faire des farces. Joseph est plutôt du genre à rester dans son coin jusqu'à ce qu'on le sollicite.

— Tu dois tenir ça de mon père.

Vu qu'il est mort quand Adrien avait cinq ans, il n'a pas gardé bien des souvenirs de ce grand-père.

— Et vous, ose lui demander Adrien, de qui tenez-vous votre caractère ?

— Mon *mauvais* caractère ? ironise Lucille. De ma vieille tante Pauline, la sœur de ma mère. Quand j'étais petite, tout le monde disait que j'étais son portrait tout craché. Ça m'enrageait tellement que je criais des bêtises à tous ceux qui osaient m'en parler. Tu ne peux même pas t'imaginer le nombre de fois que j'ai été punie à cause de ça.

— Vous n'aimiez pas votre tante Pauline ?

— Je l'aimais beaucoup, même que c'était ma préférée, mais je refusais de ressembler à qui que ce soit.

Adrien a trop de doigts sur une seule main pour compter le nombre de fois qu'il a pu discuter avec sa mère comme maintenant. C'est pourquoi il en apprécie chaque seconde et essaie de les fixer dans sa mémoire pour les ressortir les jours où il lui en voudra de toutes ses forces.

— Avez-vous averti Adjutor de votre visite ?

— Pourquoi l'aurais-je fait, puisque j'ai un pavillon pour moi toute seule ?

Avoir su que sa question apporterait un changement d'humeur aussi draconien de sa mère, Adrien l'aurait gardée pour lui. Maintenant que le mal est fait, aussi bien poursuivre :

— Vous allez l'adorer.

— Laisse-moi en juger, rétorque vivement Lucille.

L'instant d'après, Lucille se croise les bras et elle devient aussi muette qu'une carpe. Adrien s'en veut, mais comme il ne peut rien faire pour ramener sa mère si elle ne l'a pas décidé d'elle-même, il se concentre sur le chemin et, histoire de passer le temps, il se met à chanter dans sa tête toutes les chansons à répondre qu'il connaît.

La communion parfaite avec sa mère n'a pas duré assez longtemps à son goût, mais il se console en se disant que c'est encore mieux que rien.

Lucille n'a pas parlé de tout le reste du voyage et Adrien ne lui en tient pas rigueur. Ou il l'accepte comme elle est, ou il cesse de la voir. Comme il a besoin de travailler et que sa mère paie bien, il est prêt à passer par-dessus bien des choses.

Assis sur la grande galerie qui fait face au fleuve, Adjutor reconnaît tout de suite l'auto d'Adrien. À première vue, il pense qu'il est avec Marie-Paule et il se réjouit d'avance de revoir sa belle-sœur. Il se lève de sa chaise et passe la tête dans l'embrasure de la porte pour avertir Arabella qu'ils ont de la visite. Et il descend ensuite les quelques marches pour aller à la rencontre de ses visiteurs. Il blêmit lorsqu'il voit sortir sa mère du côté passager. C'est la dernière personne qu'il s'attendait à voir, surtout qu'elle refuse de lui parler depuis qu'il est passé au bordel pour tenter de la sortir de là. Il a fait plusieurs tentatives par lui-même et il a utilisé monseigneur quelques fois pour atteindre sa mère, mais toutes ont été vouées à l'échec.

— Pour une surprise, dit Adjutor d'un ton qu'il veut enjoué, c'est toute une surprise !

— Ne te réjouis pas trop vite, lui lance Lucille au visage, je ne suis pas venue jusqu'ici pour tes beaux yeux, mais parce que j'ai affaire à te parler.

— Vous ne repartirez quand même pas avant demain, ironise Adjutor. Venez vous asseoir sur la galerie, le fleuve est magnifique aujourd'hui.

Au lieu de suivre Adjutor, Lucille prend la direction du pavillon.

— Dis à Béatrice de m'apporter du thé, ordonne-t-elle avant de s'éloigner. Et mon souper aussi. On se verra demain au déjeuner.

Adjutor est très surpris de l'attitude de sa mère. C'est à ce moment qu'il réalise qu'il n'a pas encore salué Adrien.

— Je suis content de te voir, le frère, lui dit-il en lui tendant la main. Je te trouve bien courageux de voyager avec la mère. À ce que je vois, elle a toujours aussi bon caractère.

— Ce n'est pas moi qui le dis. On dirait qu'elle a besoin de s'en prendre à quelqu'un pour être bien et, ces temps-ci, c'est à toi qu'elle s'en prend. Remercie le ciel de rester loin d'elle…

Adjutor est prêt à faire son possible pour bien recevoir sa mère, mais il va falloir qu'elle y mette un peu du sien. Il a fini de se fendre en quatre pour essayer de la satisfaire. Il lui a construit un pavillon et c'est la première fois qu'elle daigne y entrer. Il a cru comprendre à travers les branches qu'elle n'avait pas apprécié qu'il le prête aux nouveaux mariés, mais Lucille est aussi bien de s'y faire, parce qu'il a bien l'intention d'en faire profiter d'autres personnes. Il est prêt à le libérer chaque fois qu'elle aura envie d'y venir, mais il est hors de question qu'il mette la clé dessus entre ses visites. D'ailleurs, Joseph et Margot lui ont demandé s'ils pouvaient le réserver pour l'hiver. Évidemment, Adjutor a accepté avec empressement. Avoir son père et sa tante Margot à proximité le réjouit, et Arabella aussi. Ils auraient pu choisir d'aller s'installer dans la maison de Margot ou dans celle de René à Québec, mais ils préfèrent le pavillon. Comme ils l'ont écrit à Adjutor, ils doivent libérer la maison de Gertrude avant la fin du mois. Ils se feront construire une maison à proximité de celle d'Adrien et de celle de René le printemps prochain, mais en attendant, ils devaient rapidement se trouver un endroit pour s'installer. Gertrude et Camil ont fait des pieds et des mains pour les garder avec eux, mais ils sont déjà tellement nombreux que ce n'était pas possible. Même Anita a dû se trouver un endroit pour rester jusqu'à son mariage. Elle ira s'installer chez Marie-Laure et Arté.

— Tu prendrais bien un verre de whisky, lui offre Adjutor.

— J'aimerais mieux un thé, dit Adrien.

— Je peux t'offrir du vin de messe si tu préfères, raille Adjutor.

— J'étais sérieux, j'aimerais mieux un thé.

Adjutor s'approche d'Adrien et lui met la main sur le front.

— J'étais pourtant certain que tu faisais de la fièvre… Qu'est-ce qui arrive avec toi, le frère ?

Adrien lui raconte sa mésaventure en forêt avec moult détails. Les jours ont passé depuis son retour en ville, mais la peur, elle, ne l'a pas quitté. Elle est tellement présente que chaque fois qu'on lui offre un verre, il le refuse sans aucune difficulté. Il n'est pas naïf au point de croire que ça ne pourrait pas lui arriver en prenant un thé, mais le seul fait de cesser de boire le rassure et c'est tout ce qui compte à ses yeux. Il ignore toujours ce que Desbiens a mis dans son verre. Il est allé voir le docteur pour savoir, mais ce dernier n'a pas pu l'aider.

— On peut dire que tu l'as échappé belle, le frère ! s'exclame Adjutor. Je vais te faire une confidence, même monseigneur ne porte pas les Desbiens dans son cœur. Il m'a toujours dit de m'en méfier. Et je suis content que tu aies arrêté de boire. Qu'est-ce que Marie-Paule dit de ça ?

— Mets-toi à sa place un peu. Depuis qu'on est mariés que je disparais à tout bout de champ. Elle est contente, c'est certain, mais je pense qu'elle n'y croit pas.

— Si ça peut t'aider, je veux que tu saches que tu as toute ma confiance. Je ne t'en ai jamais parlé, mais j'étais inquiet pour toi quand tu te volatilisais pendant des jours.

Adrien sourit à son frère. Adjutor n'a jamais été celui dont il était le plus proche, bien au contraire. Il était toujours là pour s'en prendre à lui quand Adjutor se plaignait pour obtenir ce qu'il voulait. Et ça marchait à tout coup. Adjutor a toujours su comment prendre Lucille, sauf ces derniers temps, ce qui n'est peut-être que le juste retour des choses. Adrien était jaloux de lui, pas parce qu'il allait devenir prêtre, ça ne lui ressemblait pas du tout. Il l'était parce qu'Adjutor n'avait qu'à battre des cils pour que leur mère s'agenouille devant lui et dépose la lune à ses pieds. C'est de l'histoire ancienne, mais elle est enregistrée dans la mémoire d'Adrien à jamais. Il n'en veut plus à Adjutor d'avoir profité de la situation comme il l'a fait, seulement il est incapable d'oublier tout ce qu'il n'a pas pu avoir parce qu'il s'appelait Adrien, qu'il avait le bonheur facile et qu'il voulait seulement que sa mère l'aime.

— La vie est bizarre, dit Adrien. C'est seulement le jour où je te dis que j'ai arrêté de boire que j'apprends que tu t'en faisais pour moi.

Adrien renifle un bon coup pour contrôler l'émotion qui monte en lui et il poursuit :

— Ça me touche beaucoup.

— Je vais aller demander à Béatrice de nous faire du thé et je vais en profiter pour vérifier ce qui retient Arabella à l'intérieur.

Adjutor est conscient de ce qu'il a fait subir à ses frères et sœurs sans même le vouloir. Leur mère l'avait choisi et elle n'en avait que pour lui. Il pouvait lui dire tout ce qu'il voulait et lui faire subir les pires vacheries, elle passait par-dessus sans jamais s'en prendre à lui. Dire qu'il n'a pas profité de la situation serait mentir. Il l'a fait sans jamais se poser de questions. Elle voulait en faire un prêtre et il y avait un prix à payer. Adjutor demeure convaincu qu'il a été un bon prêtre, mais ce n'était pas son choix. Il n'a jamais été un fanatique de la religion. Égrener les grains d'un chapelet pendant des heures ne lui a jamais semblé palpitant. Passer des heures à genoux à prier l'ennuyait à mourir. Il le faisait parce que c'était ce qu'on attendait de lui, mais son esprit était ailleurs. C'était la seule manière qu'il avait trouvée pour survivre au destin que sa mère avait tracé pour lui. Adjutor a été très occupé depuis son retour. Il a adoré s'occuper de la construction de son manoir. Maintenant que tout est terminé, il réfléchit à ce qu'il voudrait faire de sa vie. Il a pensé à démarrer une entreprise de construction. Il a eu tout le loisir d'apprécier les qualités de tous ceux qui ont travaillé pour lui. Il demeure convaincu qu'il n'aurait qu'à leur offrir de poursuivre l'aventure pour qu'ils acceptent de le suivre. C'est bien beau tout ça, mais à moins de l'arrivée d'autres gens en moyen, ce n'est pas demain la veille qu'ils vont avoir à construire une autre grande demeure. En même temps, Adjutor se dit qu'il pourrait très bien approcher quelques congrégations religieuses et leur offrir de leur construire une résidence d'été sur le bord du fleuve, surtout qu'il a acheté toute la bande de terre qui longe le village.

* * *

Lucille a fait le tour du pavillon de nombreuses fois avant de se résoudre à s'asseoir. Elle était comme une enfant à qui on vient d'offrir sa première poupée. Si elle se fie à tout ce qu'elle voit, force lui est d'admettre qu'Adjutor et Arabella ont bien fait les choses et que, sous leurs airs un tantinet suffisants, ils tiennent à elle. Lucille était tellement survoltée lorsque Béatrice est venue lui porter son thé qu'elle a été presque aimable avec elle. Elle a même poussé la gentillesse jusqu'à la complimenter sur sa tenue. Il faut dire que depuis qu'elle sert Arabella, elle s'est raffinée. Servir une duchesse n'a rien à voir avec le fait de servir le curé du village. Si Lucille se laissait aller, elle irait jusqu'à dire que Béatrice a embelli. Devant le changement d'attitude flagrant de Lucille, la jeune bonne lui a donné volontiers des nouvelles de la famille d'Adjutor. Elle lui a même promis de venir faire un tour avec sa petite-fille au moment de lui apporter son souper.

L'eau du fleuve brille de tous ses feux sous les rayons du soleil couchant. Enroulée dans une couverture de laine, Lucille profite de ces quelques minutes de pur bonheur. Lorsque la pleine noirceur s'installe, elle tourne la tête en direction de l'église qu'elle devine plus qu'elle ne la voit. Il n'y a pas si longtemps, Adjutor faisait sa fierté comme prêtre de la paroisse. Peut-être que bientôt un certain Émile Pelletier prendra sa relève dans cette petite église à laquelle Lucille est attachée bien plus qu'à celle où elle va à la messe chaque dimanche. Puis, un beau jour, Adjutor est revenu de la guerre avec une duchesse à son bras et un bébé en route. Lucille n'en revient pas du chemin parcouru par son fils adoré. Elle a toutes les raisons du monde de lui en vouloir, et c'est ce qu'elle s'applique à lui faire voir, alors qu'au fond d'elle il demeurera toujours l'enfant chéri que rien ni personne ne pourra faire tomber en bas de son trône.

Ce n'est que lorsque les yeux lui ferment tout seuls que Lucille se résigne à aller dormir. Elle aime cet endroit plus que tout. La fatigue du voyage fait son œuvre et elle sombre dans le sommeil en posant la tête sur l'oreiller de plumes pour se réveiller avec le chant des oiseaux. Lucille a dormi comme un bébé. Elle fait sa toilette et traverse chez Adjutor malgré l'heure matinale. Elle entre sans frapper et elle file à la cuisine où elle trouve Béatrice en train de s'activer à préparer le déjeuner. À voir tout le fracas sur le comptoir, Lucille n'hésite pas à lui demander combien ils seront.

— Six avec moi, répond Béatrice après avoir compté sur ses doigts.

— Mais il y en a pour nourrir une armée, s'indigne Lucille. Je n'ai pas habitué mon fils à gaspiller la nourriture.

— Je vous rassure tout de suite, madame Lucille, j'irai porter tout ce qu'il restera au presbytère et monsieur le curé le donnera aux pauvres.

— J'aime mieux ça !

La seconde d'après, Lucille ouvre une porte d'armoire dans l'espoir d'y trouver une tasse.

— Ce n'est pourtant pas difficile à comprendre, les tasses vont à droite de l'évier. Vous avez vraiment la tête dure.

Béatrice se redresse instantanément. Elle qui croyait que la mère de monsieur Adjutor avait changé, elle vient d'en prendre pour son rhume.

— Pas autant que la vôtre, réplique Béatrice d'une voix autoritaire. Ici, c'est ma cuisine et je range les choses où je veux. Vous n'avez pas d'affaire à fouiller dans mes armoires. Si vous voulez quelque chose, vous n'avez qu'à me le demander. J'en ai plus qu'assez de vos commentaires désobligeants. Hum ! Dire que je croyais que vous aviez changé !

Béatrice va chercher une tasse dans l'armoire à gauche de l'évier et elle la remplit de thé fumant. Elle la dépose ensuite sur la table et elle ajoute :

— Asseyez-vous et dites-moi ce qui vous ferait envie pour déjeuner.

Aussi surprenant que ça puisse paraître, la nouvelle Béatrice plaît bien à Lucille. C'est vrai qu'il serait temps qu'elle la lâche avec ses armoires, et c'est ce qu'elle va faire à compter de maintenant. Lucille a toujours aimé les gens qui ont assez de caractère pour lui tenir tête. Béatrice vient de lui démontrer hors de tout doute qu'elle a fini de lui en imposer.

— Votre thé est très bon, ma belle enfant, dit Lucille d'une voix douce. En réponse à votre question, je voudrais une crêpe avec du sirop d'érable.

Le changement soudain d'attitude de Lucille inquiète un peu Béatrice, mais elle fait un effort pour ne pas le montrer. Après tout, madame Lucille est quand même la mère de monsieur Adjutor, ce qui l'oblige à avoir un minimum de respect à son égard.

Béatrice fredonne une berceuse pendant que la crêpe de Lucille prend des couleurs dans la poêle de fonte. Elle cherche désespérément quelque chose à dire pour entretenir la conversation.

— Si vous habitiez à Jonquière, lui confie Lucille, je vous volerais à Adjutor.

— Qui vous dit que j'accepterais de travailler pour vous ? lui demande Béatrice d'une voix candide.

— Moi, je pense que j'arriverais à vous convaincre.

Comme Lucille n'a pas envie de pousser la discussion plus loin, elle lance un nouveau sujet.

— À quelle heure se lèvent-ils ?

Béatrice regarde l'heure et lui dit avec un petit sourire en coin :

— Vous n'aurez pas le temps de manger votre deuxième crêpe qu'ils seront assis avec vous.

— Qu'est-ce qui vous fait dire que j'en mangerai une autre ?

— Je le sais, c'est tout.

Et pour une fois, les deux femmes enterrent la hache de guerre et elles éclatent de rire. C'est d'ailleurs ce qui réveille Adjutor et Arabella, bien qu'ils dorment au deuxième étage.

— Veux-tu bien me dire qui est avec Béatrice ? souffle Arabella à l'oreille de son époux.

— La mère !

— Mais ta mère ne rit pas aux éclats !

— Il faut croire que oui. Je vais descendre à la cuisine avant de ne plus la reconnaître.

— Je te rejoins dans une minute.

Lorsqu'Adrien fait son entrée dans la cuisine et qu'il voit les deux femmes s'essuyer les yeux d'avoir trop ri, il n'en revient pas.

Il ne connaît pas tout de la relation entre sa mère et Béatrice, mais il en sait assez pour trouver anormal qu'elles soient en train de rire comme des folles alors que le soleil vient à peine de se lever.

— Vous m'avez réveillé, dit-il d'un ton faussement bougon.

— As-tu vu l'heure, mon garçon ? L'avenir appartient à ceux qui se lèvent tôt. J'espère que tu as faim, parce que les crêpes de Béatrice valent largement le voyage. J'ignore ce qu'elle met dedans, mais tu peux être certain que je vais lui demander sa recette avant de partir.

Et voilà les deux femmes reparties à rire de plus belle. C'est à ce moment qu'Adjutor fait son entrée dans la cuisine. En le voyant, Lucille s'arrête brusquement de rire, ce qui met Béatrice et Adrien légèrement mal à l'aise.

— Ça fait du bien de vous entendre rire, la mère, lance Adjutor sans se préoccuper du changement d'humeur de Lucille. Avez-vous bien dormi dans votre pavillon ?

Lucille le toise du regard et elle prend son temps avant de répondre à sa question. Elle voudrait le blesser, mais la raison qui l'amène ici l'empêche de le faire. Elle prend sur elle et lui dit d'un ton sérieux :

— Comme un loir. Je voudrais te parler après le déjeuner.

— On ira s'installer dans mon bureau.

Le déjeuner n'est pas aussi joyeux depuis qu'Adjutor a fait son entrée dans la cuisine, mais il est bien mieux que certains repas en famille où Lucille s'en prenait à chacun de ses enfants jusqu'à ce que Joseph la fasse taire.

— J'ai besoin de toi, lui dit sa mère dès qu'Adjutor a refermé la porte de son bureau, ou plutôt ta famille a besoin de toi.

— Je vous écoute.

— Je n'irai pas par quatre chemins. Les Desbiens ont fait la vie dure à notre famille pour arriver à leurs fins au point que Gertrude et les autres ont fini par leur vendre le magasin de Mérée pour avoir la paix.

À voir l'air de son fils, Lucille n'hésite pas à lui raconter en détail tous les coups bas des Desbiens. Lorsqu'elle commence à lui parler de ce qui est arrivé à Adrien, Adjutor lui dit tout de suite qu'il est au courant de ce passage.

— Disons qu'ils ne s'en sont pas trop mal tirés malgré tout, financièrement je veux dire, mais il n'en demeure pas moins qu'ils n'ont plus de travail. J'ajouterai à tout ça que les Desbiens ne méritent pas de prendre le monopole des magasins généraux de la région. Je les vois venir avec leurs gros sabots, ils vont s'en prendre à ceux du Lac-Saint-Jean pour se retrouver mine de rien les uniques propriétaires de tous les magasins. Je ne suis pas contre la saine compétition, mais je refuse de les laisser faire la pluie et le beau temps à leur manière.

— Je vais dire comme vous, dit Adjutor, ce ne sont pas les gens les plus droits que la terre ait portés.

— Laisse-moi finir, mon garçon. Il y a quelques mois, ta tante Margot est venue me voir pour me demander de faire quelque chose pour les aider, pas les Desbiens, les Pelletier, bien sûr. J'ai fait tout ce que j'ai pu, mais je t'avoue que je commence sérieusement à être à court d'argent.

— Pour faire quoi ?

Lucille incline légèrement la tête à droite. Il n'y a que Margot et Joseph dans la famille qui sont au courant de ce qu'elle s'apprête à dire.

— Eh bien, j'ai tout organisé en cachette avec ton cousin Ernest, mon bras droit, et quelques personnes de confiance pour ouvrir un nouveau magasin général, mais il me manque de quoi régler la dernière commande. J'ai beau avoir le bras long, j'ai tiré sur toutes les ficelles qui sont à ma portée et tu es ma dernière planche de salut.

— Êtes-vous bien certaine que Gertrude, Gisèle, Camil et Adrien vont vouloir travailler pour vous ?

— Laisse-moi m'arranger avec ça ! Si tu veux savoir, j'ai bien l'intention de récupérer mon argent et le plus vite sera le mieux. Mais je ne te cacherai pas que j'aimerais bien conserver quelques parts pour avoir droit au chapitre.

— Mais qu'allez-vous faire des Desbiens ?

— Le feu peut arranger bien des choses, mon garçon.

— Je vais faire comme si je n'avais rien entendu. Qui vous garantit qu'ils ne reviendront pas à la charge ?

Lucille aimerait bien raconter à Adjutor qu'elle possède maintenant tous les contacts pour garder les Desbiens à distance, et que tant et aussi longtemps que le magasin sera à son nom, les Pelletier pourront dormir en paix, mais elle n'en fera rien.

— Fais-moi confiance, ils abandonneront l'idée d'avoir un magasin à Jonquière. Alors ?

— Je peux vous prêter l'argent qu'il vous faut, mais à une condition. Je veux que vous m'aidiez à bâtir un empire pour les Pelletier. Arabella possède un tas de contacts en Italie, et je crois que nous devrions commencer à en profiter. J'ai pensé qu'on pourrait importer des tissus pour votre entreprise de confection, et du vin, et des bijoux, et…

Le regard de Lucille s'illumine comme un ciel étoilé en plein cœur de juillet. Elle est venue quémander à Adjutor pour les siens, et voilà qu'il lui offre de s'associer avec lui pour que leur famille se taille une place parmi les grands. Un peu plus et elle se mettrait à chialer devant lui. Au lieu de ça, elle se lève et lui tend la main.

— Qu'est-ce que tu attends pour sortir ton meilleur whisky ?

— Mais il n'est que neuf heures, la mère !

— Si tu veux qu'on brasse des affaires avec les Italiens, aussi bien t'habituer tout de suite parce qu'il est trois heures là-bas !

Chapitre 28

Charlotte est encore sous le choc. Laurier a accepté l'offre de madame de Minier, de même qu'Arthur. Ils étaient si énervés quand ils l'ont rejointe chez René et Gisèle qu'on aurait dit deux gamins. Ils lui ont décrit la maison où ils pourront habiter dès qu'ils le souhaiteront dans ses moindres détails.

— Je ne te mens pas, lui a dit Laurier, elle est presque aussi belle que celle de monsieur Price.

— Tu exagères ! s'est aussitôt écrié Arthur. C'est vrai qu'elle est bien mieux que celle que vous habitez, mais il y a quand même des limites.

— OK ! OK ! Disons qu'elle est au moins dix fois plus belle que la nôtre et deux fois plus grande. Et n'oublie pas qu'il y a cinq chambres.

Ils ont ensuite tenté de lui expliquer où elle était, mais comme ils ne sont pas de Jonquière ni l'un ni l'autre, leurs explications n'étaient pas très précises, ce qui fait que Charlotte ne pourrait pas dire avec assurance où elle est située.

Il y avait longtemps que Charlotte n'avait pas vu son mari d'aussi belle humeur. Son nouveau travail l'emballe tellement que l'idée de quitter Chicoutimi pour aller s'installer à Jonquière ne le dérange même pas. Ils auraient pu commencer seulement dans une semaine, mais ils ont insisté pour commencer deux jours plus tard, ce qui somme toute faisait bien l'affaire de Lucille.

— Vous comprenez, leur a-t-elle répété à plusieurs reprises, tout est à faire ici.

C'est ainsi que Laurier l'a convaincue de lui laisser quelques semaines pour se familiariser avec son travail avant de déménager.

— Madame de Minier m'a promis que son fils Adrien s'occuperait de tout avec ses hommes. C'est toute une femme!

Charlotte n'a rien fait pour prolonger le sujet, quoiqu'elle ait du mal à croire que son mari ne fasse pas le lien entre Lucille et Céline. Enfin, ce n'est certainement pas elle qui va le lui rappeler. Il a désormais un travail qui lui plaît et il n'a jamais été d'aussi belle humeur. Pour elle, c'est tout ce qui compte.

Le plus dur pour Charlotte reste de savoir qu'elle devra abandonner ses petits orphelins. Elle viendra certainement leur rendre visite, mais ce ne sera plus pareil.

— Vous me manquerez, Charlotte, lui a dit son alliée de chaque instant à l'orphelinat.

— Vous aussi, ma sœur!

En attendant de déménager à Jonquière, Charlotte a redoublé d'ardeur à la tâche, c'est ainsi qu'elle passe le plus clair de son temps à l'orphelinat. Elle a averti Marie-Paule de ne pas trop compter sur elle pour les semaines à venir.

— Je t'apporterai le fruit de mon travail le même jour que d'habitude, mais il ne faudra pas t'attendre à des miracles de ma part.

Charlotte n'a pas besoin d'en dire plus pour que sa sœur comprenne qu'il s'agit du jour où elle va chez Céline. Marie-Paule ne l'approuve toujours pas, mais elle garde ça pour elle, puisque de toute façon elle n'a aucune emprise sur Charlotte pour ça et pour tout ce qui concerne sa vie. Sa sœur n'en a toujours fait qu'à sa tête et ce n'est pas demain la veille qu'elle va s'arrêter.

Plus les semaines passent, plus Charlotte attend avec impatience le moment de frapper à la porte de Céline. Leur deuxième rencontre n'était pas encore terminée que les deux femmes avaient retrouvé la complicité qui s'était installée entre elles lorsque Céline habitait chez Charlotte.

Chaque fois que la porte s'ouvre sur son amie, Charlotte se sent transportée dans un autre monde, ce monde qui ne sera probablement jamais le sien, mais qui lui fait du bien. Elle a très hâte de voir Céline pour lui raconter ce qui leur arrive.

Comme chaque fois que la porte s'ouvre sur Céline, les enfants se jettent dans ses bras.

— Suivez-moi, mes deux petits tannants, s'écrie Céline, j'ai une surprise pour vous.

— Il faut que tu arrêtes de leur offrir des cadeaux, parce que moi je ne sais plus quoi inventer pour expliquer à Laurier d'où ils proviennent. Je te rappelle qu'il n'y a personne de ma famille, ni même de mon entourage qui a les moyens de les payer. Tu aurais dû me voir patiner quand les enfants sont revenus avec un manteau neuf. J'ai fini par lui dire que j'avais vu ma vieille tante Marie-Anne chez ma mère et qu'elle avait insisté pour leur acheter un cadeau.

Céline le sait, mais c'est plus fort qu'elle. Depuis la première visite de Charlotte, elle se précipite au magasin général dès qu'elle sort de la maison pour leur acheter quelque chose. C'est tantôt un vêtement, tantôt un jouet de bois. Comme Céline n'a pas de problèmes d'argent, il va sans dire qu'elle choisit toujours ce qu'il y a de plus beau.

— Ne m'en veux pas, ils n'auront qu'à le laisser ici.

Les yeux de Charlotte s'écarquillent en voyant la grande poupée aux cheveux bouclés et le gros camion peinturé en rouge.

— C'est trop ! s'exclame Charlotte.

— C'est la moindre des choses, dit monsieur Potvin en entrant dans la pièce.

Charlotte rougit jusqu'à la racine des cheveux. Elle aime beaucoup cet homme et elle est contente que Céline soit tombée sur lui. Elle ne sait pas grand-chose de leur histoire, si ce n'est ce que Céline a bien voulu lui dire au fil de leurs rencontres. Elle a des yeux pour voir que ce n'est pas le grand amour entre eux, mais il est si rare qu'un couple se marie par amour que ça n'a rien de surprenant.

— Madame de Minier m'a appris que vous seriez bientôt nos voisins.

Si la nouvelle scie les deux jambes de Charlotte au point qu'elle va s'asseoir sur la première chaise qu'elle trouve, Céline se jette dans les bras de son mari.

— Qu'est-ce que vous attendiez pour m'en parler ? s'exclame-t-elle d'une voix enflammée.

C'est à ce moment que monsieur Potvin remarque que Charlotte ne va pas bien.

— Va vite chercher un verre d'eau pour Charlotte.

Il s'accroupit près d'elle et lui prend la main.

— Je suis désolé, je croyais que vous étiez au courant.

— Mon mari n'a jamais pu m'expliquer clairement où se trouvait la maison que madame de Minier avait pour nous. Si vous connaissiez Laurier, vous ne trouveriez pas que c'est une bonne idée qu'on habite à côté de chez vous. Je vous l'ai déjà dit, il ne vivra jamais assez vieux pour pardonner à Céline.

Lorsque Céline revient avec le verre d'eau, Charlotte prend quelques gorgées. Il y a quelque chose qui lui échappe dans cette affaire. Elle peut comprendre que les nouvelles vont vite à Jonquière comme ailleurs. Par contre, elle a du mal à saisir que la maison qu'on leur attribue soit justement à côté de celle de Céline.

— J'ai une question pour vous, dit Charlotte en regardant monsieur Potvin. Est-ce que vous avez quelque chose à voir avec la perte d'emploi de mon mari et l'offre de madame de Minier?

Monsieur Potvin hésite un peu avant de lui répondre. Il a beaucoup d'estime pour Charlotte, mais la vie lui a appris plus d'une fois que toute vérité n'est pas bonne à dire. C'est pourquoi il opte pour la prudence.

— Laissez-moi vous expliquer, Charlotte. D'abord, je veux que vous sachiez que je n'ai rien à voir dans la perte d'emploi de votre mari, pas plus que dans celle du jeune homme qui habite chez vous, d'ailleurs. Madame de Minier est venue me voir pour savoir si je pouvais lui louer la maison d'à côté.

— Parce qu'elle est à vous? s'inquiète Charlotte.

— Oui, mais je pourrai vous la vendre à un très bon prix si vous l'aimez. C'est seulement hier que j'ai su qui allait l'habiter. J'ai attendu que vous arriviez pour apprendre la bonne nouvelle à Céline.

— Mais vous auriez dû refuser!

— Si vous connaissiez madame de Minier, vous sauriez qu'elle obtient toujours ce qu'elle veut.

Plus elle en entend, plus Charlotte est désemparée. D'un côté, elle redoute la réaction de Laurier quand il va savoir que Céline est leur voisine. D'un autre, elle est folle de joie à l'idée que leurs enfants vont pouvoir jouer ensemble librement.

Céline s'approche de Charlotte et elle la tire par les mains pour l'aider à se lever. La seconde d'après, elle la prend dans ses bras et l'embrasse sur les joues.

— Je suis si contente de savoir que nous serons voisines.

Deux grosses larmes coulent alors sur les joues de Charlotte.

— Je ne dirai rien à Laurier tant et aussi longtemps que nous ne serons pas déménagés, dit Charlotte d'une toute petite voix. Il ne nous reste plus qu'à espérer que les choses se passent bien quand il le saura.

— Aimerais-tu visiter la maison ? lui demande Céline.

L'offre de Céline est si alléchante que Charlotte s'essuie les yeux et elle lui sourit.

— Certain !

En sortant de chez Céline, Charlotte passe au magasin général pour acheter quelques bonbons pour les enfants de Marie-Paule. À peine a-t-elle ouvert la porte qu'elle a l'impression de rentrer à celui de Chicoutimi. La mise en place est exactement la même. Sa dernière visite ne remonte pourtant qu'à la semaine dernière. Elle regarde autour d'elle pour essayer de trouver un visage connu, mais elle ne reconnaît personne, pas même la gentille grand-mère qui n'a jamais manqué d'offrir une sucette en sucre d'orge aux enfants chaque fois qu'elle venait. Charlotte emboîte le pas à ses enfants qui se dirigent directement au comptoir.

— Un peu plus et je me croirais au magasin de Chicoutimi, ne peut s'empêcher de lancer Charlotte.

— Vous ne pourriez pas nous faire plus plaisir, s'écrie la jeune fille derrière le comptoir. Le magasin général appartient maintenant aux Desbiens.

— C'est donc pour ça que je ne reconnais plus personne.

— Les Pelletier ont tous quitté la semaine dernière. Que puis-je faire pour vous, madame ?

Charlotte prend quelques sucettes de sucre d'orge, des *peppermints* et des réglisses noires. Avant de coudre pour Marie-Paule, elle ne pouvait pas s'offrir ces petites douceurs. Elle paie et prend son sac. Une fois dehors, elle sort deux sucettes et en donne une à Claire et une à Raymond. Lorsqu'elle relève la tête, Léandre est devant elle et il lui sourit.

— Bonjour Charlotte ! Je ne m'attendais pas à vous voir ici.

— Moi non plus ! balbutie-t-elle.

Mue par elle ne sait quel sentiment, Charlotte se dépêche de préciser :

— Il vaudrait peut-être mieux vous y habituer, parce que je vais déménager à Jonquière très bientôt.

L'effet de la bombe qu'elle vient de larguer est instantané sur Léandre. Les genoux lui plient d'un coup et il doit se rattraper au poteau de l'escalier pour ne pas tomber.

— C'est une… tente de dire Léandre sans trouver ses mots.

— C'est une excellente nouvelle pour nous, ajoute Charlotte à la hâte. Vous allez m'excuser, mais on m'attend.

Elle aide ses enfants à descendre les marches et elle les installe en vitesse dans la voiture sans jeter un seul regard à Léandre. Elle l'a vu dans ses yeux, l'annonce de son déménagement à Jonquière ne fait pas son affaire. Charlotte peut comprendre, mais c'est bien mal la connaître que de croire qu'elle va s'agripper à lui, ou même qu'elle va tout faire pour le voir. Ils ont fait l'amour quelques fois, mais ça s'arrête là. Il est marié et elle aussi. Pour le reste, ça appartient au passé. Le cœur gros malgré tout, Charlotte commande à son cheval d'avancer et elle disparaît au tournant de la rue principale.

Si seulement Charlotte savait pourquoi Léandre a réagi aussi vivement, elle se prendrait la tête à deux mains et elle ferait tout pour décourager Laurier de déménager à Jonquière. Chaque fois que Léandre est passé prendre de ses nouvelles, les enfants dormaient. Dès qu'il a vu la fille de Charlotte, il a su que c'était la sienne. Elle ressemble à s'y méprendre à sa petite dernière. Il a tout de suite imaginé la réaction de Marcella le jour où elle croisera Charlotte en ville, ce qui risque forcément de se produire et peut-être bien plus vite qu'il pense. Au lieu d'entrer faire ses achats, Léandre revire de bord et il remonte dans sa voiture. Il ne sait même plus pourquoi il fallait absolument qu'il vienne au magasin général.

***

Tout le monde a mis la main à la pâte pour que Gertrude et toute sa bande ne traînent pas plus longtemps qu'il faut au-dessus du magasin général. Au bout du compte, ils sont même sortis trois jours avant la date butoir, et ils étaient tous très heureux. Voilà déjà une semaine que Gertrude et Camil s'affairent à placer les enfants dans leurs nouveaux quartiers. Au final, ils n'auront pas plus d'espace que dans leur logement, mais ici tout est plus récent et plus beau aussi. La vente de leurs parts leur a rapporté un bon petit pécule, mais Camil et Gertrude savent qu'ils vont très vite avoir fait le tour de la maison. D'ailleurs, ils doivent avouer que le magasin général a commencé à leur manquer à la seconde où ils ont sorti leurs dernières affaires. Ce passage à vide que les Desbiens les ont obligés à traverser est l'expérience la plus douloureuse de toute leur vie.

Joseph et Margot sont allés s'installer chez Adrien pour la semaine. Ils partiront pour Saint-Irénée le lendemain du souper de famille qui aura lieu ce samedi chez Gertrude. Comme elle leur a dit lorsqu'elle les a invités : *Disons que c'est notre manière de vous remercier pour tout ce que vous avez fait pour nous.* Étant donné que monsieur Potvin est venu les aider, Gertrude l'a invité à se joindre à eux avec Céline. Il a commencé par décliner son invitation, mais devant son insistance, il a fini par accepter. Son attachement pour les Pelletier remonte au jour de son mariage avec Mérée et il n'a jamais cessé de grandir.

— Veux-tu un thé ? demande Gertrude à Camil.

Perdu dans ses pensées, celui-ci met quelques secondes avant de réaliser que sa femme lui a parlé. En voyant son air, Gertrude remplit une tasse de thé fumant et la lui tend.

— Comment as-tu su que je rêvais justement d'un bon thé ? blague Camil.

— Parce que je te connais, réplique gentiment Gertrude. Qu'est-ce qu'on va faire maintenant ?

— Tout ce que je sais, c'est que je ne retournerai jamais travailler pour les Desbiens. Pour le reste, j'ai l'impression d'avoir été abandonné en pleine forêt comme Adrien et j'ignore totalement où est la sortie. C'est trop injuste, ce qui nous arrive. On dirigeait tranquillement le magasin de Mérée jusqu'à ce que les Desbiens débarquent avec leurs gros sabots. Je ne leur souhaite pas de trop gros malheurs, mais j'aimerais que quelqu'un leur fasse goûter à leur médecine un peu.

— Tu sais comme moi qu'ils ont les reins forts, en tout cas pas mal plus forts que nous. Il suffit qu'on trouve une seule bonne idée.

— Mais moi, ce que j'aimais, c'était d'avoir un magasin général. Je ne t'en ai jamais parlé, mais déjà quand j'étais haut comme trois pommes, mon jeu préféré était de jouer au magasin.

Gertrude lui sourit en inclinant légèrement la tête de côté. Camil n'est pas le seul enfant à avoir rêvé d'avoir des étalages de bonbons et toutes sortes d'autres produits à sa portée.

— Je sais bien que tous les enfants ont joué à ce jeu, sauf que moi je commençais à m'y amuser en ouvrant les yeux et j'arrêtais au moment de m'endormir. Tu demanderas à ma mère, on aurait dit que j'en étais prisonnier. Même quand je courais derrière un ballon avec mes frères ou que j'allais glisser, je pensais toujours à mon magasin général. Et je priais Dieu chaque soir pour qu'il m'en donne un.

Camil se met à rire doucement.

— Tu ne peux même pas t'imaginer à quel point j'étais content quand j'ai réussi à convaincre monsieur Potvin de m'engager. J'allais le voir à tous les jours pour lui offrir mes services. Le pauvre, j'ai fini par l'avoir à l'usure, après trois mois de supplice. Et quand il m'a offert des parts dans le magasin de Mérée, j'étais comblé. Dieu n'avait pas exaucé mes prières en entier, mais au moins en partie. Et j'avais encore des tas d'idées en réserve pour notre magasin, mais il a fallu que les Desbiens débarquent pour tout gâcher. Je n'ai pas l'habitude d'en vouloir aux gens, mais je peux te dire que je suis loin de les porter dans mon cœur.

Camil est un homme bon, du genre de ceux qu'on ne rencontre pas à tous les coins de rue. Pour tout dire, personne ne lui connaît d'ennemis. Par contre, ce que les Desbiens leur ont fait subir est inscrit à l'encre indélébile dans un coin de sa mémoire. À cause d'eux, Camil peut dire qu'il connaît maintenant ce que c'est que de détester quelqu'un. Il est allé se confesser bien des fois depuis que les Desbiens ont envahi sa vie, mais jamais il ne s'est accusé de rien en lien avec eux. Pour tout ce qui les regarde, il a décidé de s'adresser directement à Dieu.

— Moi non plus !

Contrairement à son mari, Gertrude n'a jamais rêvé d'avoir un magasin général. Tout ce qu'elle souhaitait, c'était de sortir du joug de sa mère et elle y est finalement arrivée. Gertrude demeure continuellement sur ses gardes, elle sait que Lucille peut surgir au moment où elle s'y attend le moins. Seulement, sa mère n'a plus beaucoup d'emprise sur elle. Gertrude se rappelle encore la première fois qu'elle est allée donner un coup de main à Mérée à son magasin, elle a tout de suite eu la piqûre. Travailler avec le public lui plaît beaucoup. Gertrude aime les gens, mais elle aime par-dessus tout leur rendre la vie plus facile. C'est d'ailleurs ce qu'elle et Mérée ont toujours essayé de faire.

— J'ai tout aimé de cette aventure, ajoute Gertrude, même travailler avec toi.

Camil jette un regard en coin à sa femme. Il sait très bien qu'il ne lui a pas toujours fait la vie facile. Mais même s'il s'excusait encore une fois, ça ne changerait rien à ce qui a été.

— Si je continue à me bercer comme ça, avoue Camil d'un ton chargé d'impatience, je vais devenir fou.

— Allons marcher !

* * *

Chaque fois que Lucille monte les marches du presbytère de l'évêché, elle se sent plus grande que nature. Elle fait maintenant le voyage chaque semaine pour venir manger avec Émile et monseigneur. La première fois, son petit-fils était très réservé avec elle, mais on peut dire que les choses s'améliorent entre eux. Elle n'ira pas jusqu'à dire qu'il est aussi expressif qu'Adrien ou même que Gertrude, mais il se laisse approcher par sa grand-mère un peu plus chaque fois. Lucille a pris l'habitude de lui apporter une petite gâterie à chacune de leurs rencontres.

— Tiens, mon beau garçon, lui dit-elle en lui tendant une enveloppe. Tu n'es pas obligé de l'ouvrir tout de suite.

C'est bien mal connaître Émile, de croire qu'il va pouvoir attendre jusqu'au moment de retourner au séminaire pour savoir ce que Lucille lui a donné.

— Je suis bien trop curieux, s'exclame-t-il d'une voix beaucoup plus enjouée que d'habitude.

Au lieu de saisir les quelques billets de banque auxquels il s'attendait, Émile sort une feuille de papier. Il la déplie et il lit dans sa tête :

Même les hommes d'Église ont besoin d'argent.

Personne n'est encore au courant, mais ton oncle Adjutor et moi allons partir une entreprise d'importation de produits italiens. C'est pourquoi j'ai pensé t'offrir une partie de mes parts. Je ne connais pas l'avenir, mais je peux te dire que nous avons l'intention de créer un empire pour les Pelletier.

Ta grand-mère Lucille.

Et pour finir, Émile lit le pourcentage que sa grand-mère lui offre. Il se lève de table et, sans qu'elle n'ait le temps de le voir venir, il l'embrasse sur la joue.

— Merci grand-maman. Est-ce que je peux en parler à monseigneur ?

— À la condition qu'il nous promette de n'en parler à personne, répond Lucille.

Pendant que Lucille passe du bon temps avec son petit-fils, un malheur arrive au magasin général de Jonquière. En moins d'une heure, il subit exactement le même sort que celui de monsieur Potvin.

La nouvelle se répand comme une traînée de poudre jusque chez Camil et Gertrude, qui habitent quand même à un mille de là. Ils sortent sur leur galerie et ils regardent la colonne de feu qui s'élève dans le ciel.

— Le prochain, dit Camil, il faudrait le construire en briques.

— Et pas seulement à l'extérieur ! ajoute Gertrude. Réalises-tu que c'est le troisième qui brûle en peu de temps ?

Chapitre 29

— Si tu me le demandes encore une fois, s'écrie Lucille, je vais te faire sortir sur la tête par mes gars.

Roger regarde sa tante d'un drôle d'air.

— C'est la première nouvelle que j'en ai ! lance-t-il. J'ai pour mon dire que quand on est obligé d'avoir du monde pour nous protéger, c'est parce qu'on n'a pas l'esprit tranquille. Avez-vous quelque chose à voir avec l'incendie du magasin général des Desbiens ?

Lucille soupire aussi fort qu'elle peut. C'est la troisième fois aujourd'hui que Roger débarque au bordel et qu'il la cuisine sur ce maudit incendie.

— Ça suffit ! Tu vas devoir trouver une autre coupable, parce que j'ai passé la soirée avec monseigneur et mon petit-fils Émile. Demande à Adrien si tu ne me crois pas, c'est lui qui m'a conduite et il a joué aux cartes avec le secrétaire de monseigneur en m'attendant.

— Pourquoi vous ne me l'avez pas dit avant ? s'indigne Roger.

— Parce que ma vie privée ne te regarde pas, et aussi parce qu'il va falloir que tu arrêtes de penser que je suis coupable de tout ce qui arrive en ville.

Roger observe sa tante du coin de l'œil. Malgré ce qu'elle vient de lui dire, comme on dit, il ne lui donnerait pas la communion sans confession. Et encore faudrait-il que Lucille accepte de se mettre à table et qu'elle avoue ses fautes.

— J'avoue que mon premier réflexe quand il y a un incendie, surtout au magasin général, c'est de venir vous voir.

— Eh bien, dépêche-toi de changer tes habitudes. Je vais être franche avec toi, les Desbiens ont juste ce qu'ils méritent. À voir comment ils ont agi, ils n'ont sûrement pas juste un ennemi.

— Êtes-vous en train de me dire que quelqu'un de votre famille pourrait avoir quelque chose à voir là-dedans ? Gertrude ? Camil ?

Lucille agrippe son neveu par la fosse du cou et elle le traîne jusqu'à la porte.

— Sors d'ici et va t'occuper des vrais criminels, au lieu de déranger le bon monde.

— Mais avant, dites-moi pourquoi vous avez engagé des gars pour vous protéger.

— Ce n'est pas de tes maudites affaires ! Va-t'en, ajoute Lucille en rouant son neveu de petits coups de poing.

— Arrêtez ! Vous me faites mal. Je voudrais bien me payer une petite gâterie.

— Je t'ai assez vu, tu reviendras plus tard !

Plus le temps passe, plus Roger a de l'admiration pour sa tante. Pas comme policier, parce qu'elle l'oblige à fermer les yeux sur bien des choses, mais comme neveu. Elle fait preuve d'une telle détermination qu'elle pourrait donner des leçons à bien des hommes. Et elle possède un sens des affaires hors du commun. La place n'est plus la même, depuis qu'elle a pris le bordel en main. En fait, tout est plus beau. Les filles, leurs robes, le décor… Lucille change tout ce qu'elle touche en or. Elle a fait des misères à tous les siens et elle leur en fera encore jusqu'à ce qu'elle ferme les yeux, mais elle a du cœur au ventre et c'est aussi pour cette raison que Roger l'admire.

Lucille ferme la porte derrière son neveu et elle va s'asseoir au salon. Même s'il lui empoisonne la vie plus souvent qu'à son tour, elle l'aime bien. Depuis sa sortie de l'hôpital, elle a réalisé l'importance d'avoir une famille, mais surtout de pouvoir compter sur elle. Lucille a longtemps cru qu'ils l'avaient tous abandonnée, alors qu'ils ne faisaient que se protéger de son venin. Elle n'a pas été tendre avec eux. Certains ont écopé plus que d'autres, mais en réalité, ce n'est qu'en apparence parce que Lucille n'a ménagé personne. Elle ne saurait pas expliquer pourquoi Gertrude était son souffre-douleur préféré… peut-être était-ce parce qu'elle est la plus forte de la famille. Lucille a été d'une telle méchanceté avec elle que ça prenait tout un caractère pour garder la tête hors de l'eau. Et Gertrude a fait bien plus que ça, elle a réussi à se faire respecter de son bourreau. Adrien, lui, en a vu de toutes les couleurs. Lucille l'a bafoué, abaissé, ridiculisé, volé. Elle a poussé l'audace jusqu'à lui enlever ce à quoi il tenait le plus, son auto. Malgré tous les coups qu'il a reçus de sa main, il est encore là pour prendre sa défense. Adrien n'a pas seulement le bonheur facile, il a bon cœur, et c'est probablement celui qui, de tous ses enfants, l'aime le plus. Lucille essuie nerveusement une petite larme au coin de son œil droit. Elle pense ensuite à Adjutor, son fils adoré. Il était si faible et si plaignard lorsqu'il était jeune que Lucille l'a pris sous son aile, mais elle n'a pas été plus tendre avec lui pour autant. Elle voulait un prêtre dans la famille et elle a fini par l'avoir à coups d'efforts parfois presque surhumains. Chaque fois qu'elle pensait qu'Adjutor était sur la bonne voie, il revenait du séminaire avec une grippe de fou ou quelque autre malaise. Sa mère voulait un prêtre, eh bien, il lui ferait payer le gros prix. Lucille faisait tout ce qu'elle pouvait pour le remettre sur les rails et elle attendait la prochaine chute en rentrant la tête dans les épaules. Elle ne saurait dire si c'est Dieu qui l'a sauvé, mais depuis le jour de son ordination, Adjutor n'a plus jamais été malade.

L'arrivée d'Ernest sort Lucille de ses pensées.

— Monsieur Desbiens aimerait vous voir.

— Je n'ai rien à lui dire. Pourquoi veut-il me voir, au juste ?

— Il m'a dit que c'était personnel.

Lucille lève les yeux au ciel et elle soupire.

— Fais-le entrer.

Monsieur Desbiens enlève son chapeau et il lui tend la main. Aussitôt qu'elle la touche, Lucille a une envie irrésistible de retirer la sienne. Elle n'aime pas cet homme. Elle l'invite à s'asseoir sur le divan en face d'elle et elle lui demande ce qu'elle peut faire pour lui.

— Je vous en prie, madame de Minier, ne jouez pas à ce petit jeu avec moi. Vous savez très bien pourquoi je suis ici.

— Puisque c'est comme ça que vous le prenez, sortez d'ici. Je n'ai pas de temps à perdre à jouer aux devinettes.

Lucille se lève et se dirige à la porte.

— Vous ne vous en tirerez pas aussi facilement, s'écrie son visiteur. Vous avez fait brûler mon magasin et vous allez le payer.

— Je vais vous faire une confidence avant de vous ouvrir la porte. Je ne sais pas qui a fait ça, mais si je le savais, je courrais le féliciter. Vous êtes un homme méprisable et, tant qu'à moi, vous méritez tout ce qui vous est arrivé. Ce n'est pourtant pas difficile à comprendre, personne ne veut de vous et de votre famille à Jonquière. Restez à Chicoutimi et je suis certaine que vos problèmes cesseront. Sur ce, je vous souhaite une très agréable journée.

Au lieu de sortir sans faire d'histoires comme Lucille l'invite à le faire, monsieur Desbiens l'attrape par le bras et la soulève dans les airs.

— Vous avez intérêt à ne plus vous mettre en travers de mon chemin, parce que je me chargerai personnellement de vous.

C'est sur ces paroles que Roger fait son entrée dans le salon.

— Lâchez-la tout de suite, hurle-t-il.

— Vous, le policier pourri, ne vous mêlez pas de ça.

Au lieu d'intimider Roger, les paroles de monsieur Desbiens lui donnent du courage. Roger l'agrippe par l'autre bras et le tord jusqu'à ce qu'il lâche Lucille. Furieuse, elle roue aussitôt son agresseur de coups de poing sans se préoccuper de la douleur qu'elle a au bras.

— Vous êtes en état d'arrestation, laisse tomber Roger.

— J'espère que vous pourrirez en prison, lui crache Lucille au visage.

— Ne vous faites pas d'illusions, riposte monsieur Desbiens, je vous garantis que je serai sorti dans moins d'une heure. Voulez-vous que je vous dise pourquoi ? Parce que je n'ai rien fait, moi !

Dès qu'elle se retrouve seule au salon, Lucille se laisse tomber sur un des fauteuils. Son bras lui élance de plus en plus. Elle le frotte jusqu'à ce qu'elle ait l'impression de ne plus sentir la douleur, et elle repart dans ses pensées. René. Aujourd'hui, elle reconnaît que la punition qu'elle lui a infligée dépassait largement son geste. Elle pourrait lui dire qu'il ne s'est pas passé une seule journée sans qu'elle s'inquiète pour lui. Elle pourrait ajouter qu'elle a dû se faire violence pour ne pas lui sauter au cou le jour où il est revenu. Elle pourrait lui dire un tas de choses, mais elle n'en fera rien, parce que même avec la meilleure volonté du monde, on ne peut pas rattraper le passé. Aujourd'hui, elle est fière de lui, mais elle ne le lui dira pas. Les visages de Wilbrod, d'Arté et d'Estrade s'imposent ensuite à elle. Que pourrait-elle bien dire à leur sujet, à part le fait qu'elle ne s'est jamais vraiment intéressée à eux. Elle devrait se sentir coupable d'avoir agi ainsi avec eux, mais ce n'est pas le cas. Il y a des cœurs qui ne sont pas assez grands pour aimer plus qu'un certain nombre de personnes, et celui de Lucille en fait partie. L'absence d'une mère peut laisser des marques encore plus profondes que sa présence abusive, elle le sait.

Lucille ouvre les yeux dès que Camille pose la main sur son épaule.

— Vous avez de la visite. C'est une dame. Est-ce que je peux la faire entrer ?

De toutes les filles qui travaillent au bordel, Camille est celle que Lucille préfère. D'ailleurs, elle pense sérieusement à l'aider à changer de vie.

— Est-ce qu'elle t'a dit son nom ?

— C'est mon erreur, je n'ai pas cru bon de lui demander.

— Commence par t'assurer que ce n'est pas madame Desbiens et fais-la entrer.

Si Lucille n'était pas bien assise, elle aurait du mal à tenir sur ses jambes. Anna est devant elle et elle lui sourit. Si seulement Anna savait combien sa visite lui fait plaisir !

— Tu ne me dis pas que tu as fini par trouver le chemin pour venir me voir ! s'exclame Lucille d'une voix faussement bourrue.

— Il fallait bien, tu ne te souviens plus de mon adresse. C'est à croire qu'ils t'ont enlevé une partie de ta mémoire à l'hôpital.

Les femmes se toisent du regard pendant un moment que ni l'une ni l'autre ne pourrait évaluer justement. Toutes deux, elles ont très vite les yeux embués.

— Tu peux travailler au bordel si tu veux, et même devenir la pire des criminelles, mais je ne veux plus jamais que tu me prives de ta présence. Écoute-moi bien, Lucille, parce que je ne le répéterai pas : tu me manques.

— Eh bien, on est deux, alors !

Anna s'approche de Lucille et elle lui dit :

— Viens, que je serre un peu ta vieille carcasse dans mes bras.

Pour une fois, Lucille n'offre aucune résistance. Elle avance jusqu'à Anna et elle la prend par le cou. L'épanchement de Lucille ne dure que quelques secondes, mais il est sincère. Elle est contente de voir Anna.

— M'as-tu apporté du sucre à la crème, au moins ? lui demande Lucille.

— J'ai fait bien mieux que ça, je suis arrêtée en chercher chez Gertrude.

— Tant mieux, parce que je n'ai jamais trouvé quelqu'un qui le fasse mieux qu'elle. Suis-moi à la cuisine, je vais nous préparer du thé pour qu'on puisse en manger plus.

Après le départ d'Anna, Lucille retourne s'asseoir au salon au lieu d'aller rejoindre Ernest comme prévu. Elle retombe de nouveau dans ses pensées. Alphonse est celui qui lui ressemble le plus, à la seule différence qu'il est plus discret qu'elle. Il savait à peine se tenir debout qu'il lui tenait déjà tête. Lucille se voyait en lui comme si elle se regardait dans un miroir. C'est pourquoi elle lui a très vite laissé le champ libre. Elle avait bien assez de se supporter pour ne pas s'en prendre à lui, puisque de toute façon, elle ne pourrait pas le changer d'un iota même si elle y consacrait sa vie entière. Elle n'est pas proche de lui, mais elle n'est pas loin non plus. De ses deux filles, Marcella est sans contredit sa préférée. Elle aurait pu la choisir pour rester à la maison à la place de Gertrude, mais elle l'aimait bien trop pour lui faire subir ses foudres. Lucille a acheté un piano juste pour elle et elle lui a toujours offert ce qu'il y avait de plus beau. Marcella, c'était un peu comme sa poupée de porcelaine. Elle voulait le meilleur en tout pour elle et elle s'arrangeait pour pouvoir lui offrir même s'ils n'étaient pas riches. Et Marcella, comme toutes les petites filles, ne demandait pas mieux. Certes, il lui arrivait de se préoccuper de sa sœur Gertrude, mais ça ne durait jamais très longtemps. Lucille a connu sa première déception avec Marcella le jour où le beau Léandre est entré dans sa vie. Elle a tout fait pour essayer de la raisonner, mais elle n'a pas réussi à la faire changer d'idée. Elle l'aimait et elle voulait fonder une famille à tout prix. Là-dessus, elle ne s'est pas trompée. Marcella a tellement d'enfants accrochés à sa jupe qu'elle pourrait fonder deux familles à elle seule. Pendant que Gertrude s'élève, Marcella s'apitoie sur son sort à la moindre affaire qui lui arrive.

Lucille prend une gorgée de thé avant de refermer les yeux. Et il y a Joseph. Elle ignore comment il a fait pour la supporter pendant autant d'années. Le pauvre vieux, elle ne l'a pas ménagé. Si elle avait été à sa place, elle aurait levé les feutres bien avant. Un jour, il faudra qu'elle le remercie de l'avoir abandonnée à sa sortie de l'hôpital, parce qu'à l'heure qu'il est, il serait sûrement mort de tout ce qu'elle lui aurait fait subir pour avoir osé l'enfermer. C'est Margot qu'il aurait dû marier, pas elle, elle ne le méritait pas. Heureusement que Joseph était là pour les enfants, parce que sans lui ils n'auraient pas réussi à panser leurs plaies avant la prochaine attaque. Il a toujours su comment s'y prendre avec eux. Joseph, c'est un cœur sur deux pattes, mais elle n'a jamais su l'apprécier à sa juste valeur, sauf peut-être depuis qu'il ne fait plus partie de sa vie.

Elle vide sa tasse d'un trait et se frotte les mains jusqu'à ce qu'elle sente une bonne chaleur. Elle va porter sa tasse à la cuisine et se dit : *L'avenir appartient aux Pelletier !*

***

Ça fait trois jours que Léandre est cloué au lit à cause d'une forte fièvre. Il est si mal en point qu'il délire pendant son sommeil et, franchement, il commence à faire peur à Marcella. Elle a fait venir le docteur deux fois, mais rien de ce qu'il lui a donné n'a réussi à faire tomber la fièvre. Marcella ne comprend pas ce qui lui arrive. Il est allé au magasin général pour acheter du sucre et de la farine, puis il est revenu bredouille et brûlant de fièvre. Comme si ce n'était pas assez, il n'arrête pas de répéter le nom de leur petite dernière pendant son sommeil. Les premières fois, Marcella courait jusqu'à sa chambre pour s'assurer qu'elle allait bien.

— Léandre, redresse-toi un peu, je t'ai préparé de la soupe aux légumes.

— Je n'ai pas faim.

— Il va quand même falloir que tu manges. Allez, force-toi un peu.

Marcella commence à en avoir assez de jouer à la garde-malade avec son mari. Et puis, elle ne voudrait pas qu'il perde son emploi.

— Laisse-moi tranquille ! Tout ce que je veux, c'est que cette maudite fièvre s'en aille et que je retourne travailler.

C'est la première fois que Léandre est malade et Marcella espère que ce sera la dernière. Dès qu'il ouvre les yeux, c'est immanquable, il se met à bougonner.

Léandre regarde le bol de soupe d'un mauvais œil, mais devant l'insistance de Marcella, il le saisit et l'engloutit comme s'il avait été privé de manger pendant des semaines.

— Merci ! Elle était très bonne, ta soupe.

— Tu me dirais le contraire que je ne te croirais pas, rigole Marcella, tu n'as pas laissé une seule goutte au fond du bol. Aimerais-tu que je t'apporte autre chose ?

— Non ! Je vais essayer de dormir un peu.

La seconde d'après, Léandre ferme les yeux, mais ce n'est que pour mettre un terme à la discussion. Marcella croit qu'il passe son temps à dormir, mais c'est faux. Il repasse en boucle sa brève rencontre avec Charlotte et il est mort de peur à l'idée que Marcella la croise en ville avec sa fille, ou qui que ce soit d'autre de leur famille. Il s'en veut terriblement de sa faiblesse et, en même temps, il ne regrette pas une seule seconde du temps qu'il a passé dans les bras de Charlotte. En lui annonçant son déménagement à Jonquière, elle lui a confirmé qu'il allait être démasqué. Reste seulement à savoir quand ça se produira.

Chapitre 30

— Si Wilbrod était là, dit Gertrude en sortant la grosse rôtissoire de son four, il serait déjà à côté de moi avec sa fourchette pour piquer une bouchée d'orignal.

— C'est drôle que tu en parles, lance Joseph, j'ai justement pensé à lui ce matin. Je me disais que la vie n'avait pas ménagé sa famille. Heureusement que tu es là, ma fille, parce que je n'ose même pas imaginer ce qui serait advenu des enfants de Wilbrod et de Mérée.

— Je les aime comme si c'était les miens.

— Ça paraît !

L'arrivée d'Adrien et de Marie-Paule met fin à la nostalgie qui était en train de s'installer de manière insidieuse.

— Où veux-tu que je dépose les pâtés à la viande ? se renseigne Adrien d'une voix enjouée. Ils sont encore chauds.

— Viens les mettre sur la tablette du poêle, lui indique Gertrude. Je vous avertis d'avance, s'il en reste un, je le garde.

La boutade de Gertrude fait rire Marie-Paule. Cette année, elles n'ont pas fait de jardin commun et leurs petites discussions et leurs fous rires lui manquent.

— Je vais faire mieux que ça, s'exclame Marie-Paule, je viendrai vous en faire.

— Faites attention à ce que vous dites, vous là, parce que j'ai une excellente mémoire.

René et Gisèle arrivent en même temps que monsieur Potvin et Céline. Les premiers ont apporté la soupe aux pois et les tartes au sucre, et les autres, une pleine caisse de pots de marinades.

— Est-ce qu'on laisse les tartes au sucre sur le coffre de bois qui est sur la galerie ? demande René après avoir déposé la marmite de soupe sur le poêle. Je vous signale que c'est la belle-mère qui les a faites.

— Jamais de la vie, s'écrie Gertrude. Apporte-les-moi ici, je ne fais pas confiance à mes voisins.

Gertrude indique à monsieur Potvin de mettre sa caisse sur une chaise.

— Mais c'est beaucoup trop ! s'indigne-t-elle, on ne mangera jamais tout ça.

— Eh bien, lance Céline, vous n'aurez qu'à nous réinviter.

Est-ce parce que Céline a porté la même robe de mariée qu'elle ou qu'elle a goûté à la médecine de Lucille le jour de son mariage que Gertrude l'aime bien ? Elle s'est posé la question de nombreuses fois sans jamais trouver la réponse.

— Ce sera avec plaisir, lui confirme Gertrude.

Gertrude aurait bien voulu inviter Arté, Adjutor, Alphonse, Estrade et Marcella, mais ce n'est pas réellement un souper de famille. C'est plus un souper d'anciens associés. Camil est même allé déposer leurs enfants chez ses parents. Les seuls qui seront au souper sont ceux de Mérée, en raison de leur ancien statut d'actionnaires.

— Suivez-moi au salon, dit Joseph, j'ai un bon whisky à vous faire goûter.

Les conversations vont dans tous les sens. On dirait une ruche d'abeilles en pleine saison des récoltes. Les hommes s'affairent à régler le sort du monde en sirotant un verre de whisky, pendant que les femmes dressent la table avec l'aide des enfants de Mérée.

— Je suis fière de faire partie de votre famille, confesse Margot d'une voix étranglée par l'émotion, et vous allez me manquer terriblement.

— Mais vous ne serez partie que quelques mois, lance Gertrude.

— Je sais tout ça, ma belle Gertrude, mais j'ai peur de trouver le temps long. Je ne vous remercierai jamais assez de m'avoir accueillie aussi chaleureusement. Depuis que je vous connais, je remercie Dieu chaque soir que Joseph m'ait demandé de venir l'aider. Vous êtes la famille que j'ai toujours voulu avoir.

— Ho! Ho! Arrêtez tout de suite, ma tante, s'écrie Gertrude, parce qu'on va tous se mettre à pleurer.

L'idée d'organiser un souper pour ceux qui se sont impliqués dans le magasin général de Mérée vient de Joseph. Un soir, il a dit à Margot qu'ils devaient absolument parler une dernière fois de tout ce qui leur est arrivé avec le magasin. Au départ, Joseph souhaitait réunir seulement les personnes concernées, mais Margot l'a très vite convaincu que leurs conjoints devaient être là, parce qu'ils avaient dû les supporter pendant toute la durée de l'aventure.

Margot doit ravaler quelques fois pour repousser ses larmes. C'est alors que le dernier de Mérée vient se coller sur elle. Il la serre de toutes ses forces sans rien dire. Au bout de quelques secondes, elle se penche et l'embrasse sur la joue.

— Je te promets d'essayer d'être aussi brave que toi, lui dit-elle en esquissant un sourire.

— Moi, lance Céline, j'aimerais que Marie-Paule nous parle de sa dernière création.

C'est dans la joie et l'allégresse que le souper se déroule. Tous ceux qui sont concernés directement évitent d'aborder le sujet qui les réunit ce soir. Même les enfants tiennent leur langue. Quant aux autres, jamais ils n'oseraient le faire. Il y a des sujets qu'il vaut mieux taire quand tout a déjà été dit. Cette petite rencontre n'effacera rien de leur mémoire, mais elle les aidera à tourner la page sur une note plus positive.

— Vous n'allez quand même pas me dire que vous ne mangerez pas de dessert, s'indigne René. Demandez à Adrien ce qu'il pense des tartes au sucre d'Alida.

— Que du bien, s'écrie ce dernier, mais je serais incapable d'avaler une seule bouchée de plus.

— J'ai une idée, s'exclame Joseph, allons marcher.

Tous les regards se tournent vers lui. Depuis quand Joseph veut-il aller prendre une marche avant de manger son dessert? En fait, personne ne se souvient d'être allé marcher avec lui ne serait-ce qu'une fois…

— Ça va, papa? lui demande Camil.

— Très bien, mon garçon. Allez, bougez-vous un peu, pour une fois que je veux aller marcher. Et c'est moi qui mène!

C'est sous les regards ébahis des siens que Joseph sort le premier de la maison. Il attend que tout le monde soit venu le rejoindre et il leur dit:

— Je vais vous emmener voir quelque chose dont vous ne soupçonnez même pas l'existence.

— Est-ce que c'est loin? questionne Adrien.

— Pas assez pour que tu arrêtes en chemin pour reposer tes vieilles jambes, raille Joseph.

Ils ne marchent guère plus que quelques minutes avant de bifurquer dans la ruelle qui mène à un ancien entrepôt. Joseph est aussi nerveux que le jour de son premier mariage.

— Attendez-moi ici une minute.

Il ouvre la petite porte de côté et disparaît à l'intérieur.

— Veux-tu bien me dire ce qu'on fait ici ? s'inquiète Gertrude. Ça fait tellement longtemps que cet entrepôt est abandonné que j'avais oublié jusqu'à son existence.

— Patience ! dit simplement Margot.

Joseph réapparaît au même moment.

— Suivez-moi, j'ai une surprise pour vous. Vous allez devoir fermer les yeux avant de rentrer et je vous interdis de les ouvrir avant que je vous le dise.

— Mais on ne verra rien, grand-papa, s'écrie un des fils de Mérée, il fait noir comme chez le loup là-dedans.

— Faites-moi confiance, je vais vous guider.

Monsieur Potvin est le dernier à entrer. Joseph se dépêche de fermer la porte, et il regarde les siens pendant quelques secondes avant de leur donner le signal :

— Ouvrez les yeux maintenant.

Une multitude de Oh ! et de Ah ! résonnent de partout. Ils n'ont pas les yeux assez grands pour tout voir. Alors qu'ils croyaient entrer dans un entrepôt désaffecté, les voilà au beau milieu d'un magasin général.

C'est à ce moment que Lucille sort de sa cachette en arborant son plus beau sourire. Elle savait que ça leur ferait plaisir, mais jamais à ce point. Voir leur réaction valait largement le travail. Ils mettent quelques secondes avant de réaliser qu'elle est là.

— La mère, s'écrie Gertrude. Qu'est-ce que vous faites ici ?

Il n'en faut pas plus pour que chacun y aille de son commentaire et, pour une fois, ils sont tous très contents de la voir.

— Lucille a quelque chose à vous dire, lance Joseph d'une voix forte.

Elle commence par laisser planer son regard sur chacun d'eux comme si elle voulait graver ce moment à jamais dans sa mémoire.

— J'ai pensé que ça vous ferait plaisir d'avoir un nouveau magasin général. Il est rudimentaire, mais c'est seulement en attendant de construire une nouvelle bâtisse en face de celui qui vient de partir en fumée. Inutile de vous dire qu'il sera en briques à l'intérieur comme à l'extérieur. Je ne sais pas ce qu'ils ont tous à brûler, mais on va au moins s'arranger pour que le nôtre ne passe pas au feu.

Quelques éclats de rire éclatent par-ci par-là lorsque Lucille prononce sa dernière phrase.

— Ça, c'est la bonne nouvelle ! poursuit-elle.

— Et la mauvaise ? interroge Adrien.

— C'est que je serai votre associée.

— Moi qui croyais que vous seriez notre patron, blague Camil.

— Jamais de la vie ! J'ai bien trop d'ouvrage pour ça. Et puis, vous devriez le savoir depuis longtemps, tout ce qui m'intéresse, c'est l'argent.

Cette fois, c'est de bon cœur qu'ils éclatent tous de rire.

— Avant que j'oublie, je veux que vous sachiez qu'Adjutor aussi sera actionnaire. Pour le reste, tout sera comme avant. On va signer les papiers la semaine prochaine… à moins que ça ne vous dise rien de vous relancer en affaires.

À voir l'air qu'ils ont, Lucille est convaincue qu'ils vont tous revenir avec joie.

— J'aimerais vous dire une dernière chose, précise-t-elle, notre magasin ouvrira ses portes lundi à sept heures, et il sera surveillé jour et nuit par mes hommes. Et…

Lucille fait une courte pause avant de poursuivre :

— Et vous devez une fière chandelle à Margot, car c'est elle qui est venue plaider votre cause. Mais disons qu'elle m'en devait une, ajoute Lucille d'un ton taquin, elle m'a quand même volé mon Joseph !

Remerciement

Je tiens à souligner le travail remarquable de Lucas Paradis tout au long de l'écriture de ce roman.

De la même auteure

Souvenirs d'autrefois – tome 1 : 1916 (roman)
Souvenirs d'autrefois – tome 2 : 1918 (roman)
La nouvelle vie de Mado Côté, retraitée (roman)
Un voisinage comme les autres – tome 1: Un printemps ardent (roman)
Un voisinage comme les autres – tome 2 : Un été décadent (roman)
Un voisinage comme les autres – tome 3 : Un automne sucré-salé (roman)
Un voisinage comme les autres – tome 4 : Un hiver fiévreux (roman)
Souvenirs de la banlieue – tome 1 : Sylvie (roman)
Souvenirs de la banlieue – tome 2 : Michel (roman)
Souvenirs de la banlieue – tome 3 : Sonia (roman)
Souvenirs de la banlieue – tome 4 : Junior (roman)
Souvenirs de la banlieue – tome 5 : Tante Irma (roman)
Souvenirs de la banlieue – tome 6 : Les jumeaux (roman)
Maria Chapdelaine – Après la résignation (roman historique)
La noble sur l'île déserte – L'histoire vraie de Marguerite de Roberval, abandonnée dans le Nouveau Monde (roman historique)
Le roman de Madeleine de Verchères – La passion de Magdelon (roman historique)
Le roman de Madeleine de Verchères – Sur le chemin de la justice (roman historique)
Le roman de Madeleine de Verchères – Les héritiers de Verchères (roman historique)
Je veux divorcer de mon fils (roman)
Les dessous d'une V.-P. (roman)
Sous le couvert de la passion (nouvelles)
Histoires célestes pour nuits d'enfer (nouvelles)
Ça m'dérange même pas ! (roman jeunesse)
Ça s'peut pas ! (roman jeunesse)
Ça restera pas là ! (roman jeunesse)

MARQUIS

Québec, Canada